想念是什么滋味？

好比透过玻璃看美景，花也美，雨也美，

但他眼里没有颜色，

耳边也没有声音，

只有听见与她有关的事，千百种颜色和声响

才能穿过玻璃将他包围。

梦里不知她是客

白鹭成双 著

上册

青岛出版集团 | 青岛出版社

图书在版编目（CIP）数据

梦里不知她是客 / 白鹭成双著. -- 青岛 ：青岛出版社, 2025. -- ISBN 978-7-5736-3189-3

Ⅰ. I247.5

中国国家版本馆CIP数据核字第2025T4R146号

MENG LI BUZHI TA SHI KE

书　　名	梦里不知她是客
作　　者	白鹭成双
出版发行	青岛出版社（青岛市崂山区海尔路182号）
本社网址	http://www.qdpub.com
邮购电话	18613853563
责任编辑	郭红霞
特约编辑	徐晓辰
校　　对	耿道川
装帧设计	蒋　晴
照　　排	梁　霞
印　　刷	三河市良远印务有限公司
出版日期	2025年5月第1版　2025年5月第1次印刷
开　　本	16开（640mm×920mm）
印　　张	48.5
字　　数	718千
书　　号	ISBN 978-7-5736-3189-3
定　　价	89.80元（全3册）

编校印装质量、盗版监督服务电话 4006532017　0532-68068050

第一章 从狼林到牢房到琉璃生意	1
第二章 重回萧家	58
第三章 你不是杜温柔	80
第四章 弄巧成拙	105
第五章 陶瓷大会	142
第六章 平静生活	162
第七章 旧账	193
第八章 被迫卖身	219

目录 中册

第九章 红颜祸水杜温柔 … 267

第十章 风云变幻 … 328

第十一章 另起炉灶 … 387

第十二章 真相大白 … 421

第十三章 开业大吉 … 439

第十四章 不如打个赌 … 446

第十五章 平定流言 … 463

第十六章 身份对调 … 480

目录 下册

第十七章　山长水远，后会无期　513

第十八章　贼船　544

第十九章　赐婚　623

第二十章　惨遭绑架　638

第二十一章　温柔的危机　672

第二十二章　风波不断　702

第二十三章　鸠占鹊巢？　730

第二十四章　梦里不知她是客　761

第一章
从狼林到牢房到琉璃生意

温柔是被抖醒的。

起先温柔以为是地震，挣扎着就想跳下床，结果不知道是谁一把就捞住了她的腰，低斥了一声："坐稳了！"

什么情况？

温柔猛地睁开眼睛，映入眼帘的不是自己的闺房，而是一片郁郁葱葱的森林，有人正带着她骑着马从树木之间狂奔而过，抖得她几乎要吐出来。

"你是何人？！"温柔惊慌失措地抓住这人的衣裳，低头却发现他穿的竟是上等的锦绣。

听着她这问话，马背上的男人倒是冷笑了："你现在跟我玩花招还有什么用？前头就是狼林。"

狼林？温柔眨了眨眼，再眨了眨眼，反手就给了自己一巴掌，"啪"的一声，好疼。

不是在做梦，她竟然被一个不认识的男人带着在马上狂奔，这个男人的语气还不是很友善。她一个普普通通的小女子，没有仇家也没有对头的，怎么就被人绑架了？

不等她回神，她身后的人突然就勒了马，马蹄高扬。

"滚下去。"

平平淡淡的三个字，语气也没什么起伏，但温柔听着就感觉自己的双手像是触电了一样，跟着心里一紧。

她有点儿慌，正想问问这是什么情况，身子就被人猛地一推。下一秒，她就从马背上翻滚下来，直接砸在了地上。

没错，温柔整个身体是砸下来的，脸朝地的那种。

男人的动作粗暴得一点儿余地也没留，他简直就是没想让她活！温柔疼得龇牙咧嘴的，却没瞎叫唤。

马背上的那人杀气太重了，她现在乱吼乱叫的话，万一激怒了他，怎么死的都不知道。

温柔忍着疼坐起来，小心翼翼地回头往四周看了看。

夜深人静，荒郊野外，面前的树林郁郁葱葱，远处的高山上隐约传来狼嚎声，那里还真的是狼林！要是大半夜被扔在这儿，她还活得到天亮吗？

"这是你该有的报应，杜温柔。"

马背上的人开口了，声音冷然，带着丝丝厌恶情绪。

不过，哎？他喊的名字是什么来着？杜温柔？

温柔有点儿蒙，抬起脑袋看了看他，干笑了两声："你是杜温柔的丈夫？"

"杜温柔的丈夫？"那人顿了顿，嗤笑道，"我从未承认过你是我的夫人。"

温柔是很想跟他讲道理的。她觉得应该是产生了什么了不得的误会。

这份罪不该她来受！她压根不是杜温柔！

然而，这男人的话刚入耳，她的心口就疼得紧缩，喉咙也跟着发紧，她不受控制地发出低低的悲鸣，身子都在地上蜷缩了起来。

山风凛凛，吹得她跟小白菜似的惨，然而马背上的男人丝毫没有动容，掉转马头就想离开。

不是吧？温柔瞪眼，就这样让他走了的话，那自己岂不是得不明不白地死在这里？

不行！她才不要葬身狼腹。与其被狼吃，她还不如选择被人杀死，至少能痛快点儿！

眼瞧着那人要策马离开了，温柔顾不得自己浑身是伤，立马猛扑过去吊在了马尾巴上。

那马估计也没想到她会来这么一出，痛极之下猛地一扬前蹄，长嘶一声就将马背上的人甩了下去。

萧惊堂正有些走神，冷不防身子失重下坠，立刻一个翻滚落到一边，皱眉看向自己的宝驹。

马疯了?

马是无辜的,温柔是真疯了,求生本能让她连滚带爬地踩上了马镫。她上马拎起缰绳就狠夹马腹:"驾!"

温柔不会骑马也看过别人骑马,不管怎么样,先跑了再说!

从地上站起来的萧惊堂皱眉看着杜温柔离开的方向,一时间有点儿傻眼。

这女人竟然往狼林里头冲!既然她这么想死,还抢他的马做什么?她这是报复他?那马可是他从西域买回来的宝驹。

萧惊堂眯了眯眼,立马飞身朝她追过去。她死不死无所谓,马得活着。

然而他好像低估了杜温柔的能力,这女人竟然没有坠马,速度还快得他差点儿追不上。

"你给我下来!"

背后响起暴怒的吼声,吓得温柔差点儿掉下去。她连忙甩动缰绳,马跑得更快了。然而萧惊堂是个练家子,身如鬼魅,没跑一会儿就追上了她,跨坐在她身后,直接抢过她手里的缰绳,勒住了马。

"啊啊啊!"温柔浑身发抖,不管不顾地号叫起来。

萧惊堂被吓了一跳,下意识地捂住了她的嘴,皱眉看着她。

这女人怎么变得这么聒噪?

他的手掌很大,温柔的脸很小,她的整个口鼻都被捂得死死的,人差点儿窒息!

他这是想直接闷死她?温柔眯眼,脑子里灵光一闪,立马装作喘不过气来的样子,挣扎着胡乱抓着背后的人的衣裳。

萧惊堂愣了愣,本想马上放开手让她呼吸,谁知自己的手却被她狠命掐住了,几次想松都松不开。怀里的人挣扎不断,嘴里呜呜咽咽的不知道在说什么,惹得他有些烦躁,干脆加重了手上的力道。

然而,他就这么用力一下,杜温柔的身子猛地一僵,只僵了一瞬,就跟烂泥似的瘫软下来,掐着他的手也跟失去知觉似的垂落在两侧。

萧惊堂心里一跳,连忙松开了手,皱眉摸了摸她的鼻息。

她……死了?

夜晚的森林里安静得只有虫鸣,萧惊堂坐在马上抱着怀里的尸体,一时间有点儿茫然。

他是气急了打算吓唬吓唬她,可人要是真死了……他倒是不好跟杜家交代。

萧惊堂正想着该怎么办呢,背后突然有些发凉。他心中一凛,立马策马往前狂奔。

"嗷呜——"

绿莹莹的眼睛不知道什么时候出现在他们背后的丛林之中,萧惊堂反应极快,一手抱着杜温柔,一手狠甩缰绳,再晚一点儿,恐怕他们都得被狼扑下马来。

狼群紧随他们身后,矫健些的公狼已经追上了半个马身,差点儿咬着萧惊堂的腿。

"该死的。"萧惊堂脸色很难看,抬眼看着前头的路,心想要不要先把怀里的人丢下去挡一挡。

远处有水光闪烁,似乎是一片湖,他们已经到绝路了。

"这就怪不得我了。"萧惊堂在湖边勒住马,甩手就将怀里的尸体扔了下去。

狼群在四周围成了圈,看见死人应该会先扑上去,那么他就有逃跑的机会了……

等等,这是什么情况?

萧惊堂以为自己眼花了,使劲闭了闭眼又睁开。

刚刚"死"在自己怀里的杜温柔,现在竟然在空中一个打挺,灵活地落到地上,然后朝着湖水就是一个漂亮的飞扑动作。

水花四溅,那人没一会儿就在湖面上露出了脑袋,咬牙切齿地冲他喊:"你这没有人性的东西,自个儿喂狼去吧!"

她竟然……没死?

反应过来的萧惊堂气极反笑,看了一眼狼群,下马就往湖边退,眯着眼睛看着面前的狼群,朝身后道:"你居然装死。"

杜温柔还会骂他?

水里的温柔翻了个白眼:"不装死能从你手里逃出来?"

这语气、这态度,萧惊堂听得连连皱眉。不过危机当前,他没精力跟她计较那些,看了看狼群,在最前头那匹公狼扑上来之前,立马也跳下了湖。

他们潜在水里,狼是没办法吃到他们的。

然而,有一个问题,那就是萧惊堂根本不会浮水。

月光皎洁,照得湖面上波光粼粼,温柔震惊地看着萧惊堂朝自己的方向游过来，不是震惊他的容颜在月光下有多好看，而是震惊这人竟然游着游着就沉进了水里。

而且他还是面无表情，十分镇定地沉进了水里。

他竟然不会游泳！

那谁给他的胆子让他跳湖的？！

眼瞧着岸上的狼好像想试探性地下水了，温柔深吸一口气，立马跟着沉进湖水里，摸到半死不活的萧惊堂，拽着他就往对岸游去！

这完全是身体的自然反应，等回过神发现自己救了要杀自己的人的时候，温柔有点儿凌乱，想了许久才明白自己在做什么。

她现在压根不知道这里是哪里，如果这人死了，那她多半也走不出这片森林。所以她救他，应该是理智的行为。

温柔的水性极好，不过这种要没命的感觉让她腿脚都在发软。她费了好大的力气才上了岸，顺便把水里那不知是死是活的人一并拖了上去，狠狠地在他的胸口上按了两下。

"咳……"萧惊堂吐出几口水，眼睛紧闭，还是没醒。

温柔摸了摸他的呼吸是正常的。这人大概是被吓晕了，温柔低咒一声，然后便起身看了看四周。

晚上的森林是不能乱走的，幸运的是旁边有棵大槐树，他们可以在上头躲一躲狼群。

温柔伸手扯了萧惊堂的腰带和外袍，把他裹起来捆好，然后选了根又高又粗的枝干，费力地将他吊了上去。温柔看看高度觉得狼应该咬不着了，便自己爬上树，找了一根牢实的枝干，将自己的腰带捆上去以防脚滑，然后开始想她这是走了什么霉运。

如果没记错的话，她是在自己的小草屋里入睡的，睡之前刚同隔壁大娘聊过城中八卦，说那杜家与她同名的小姐不受夫家待见，眼看着府里小妾越来越多，日子怪难过的。

大娘问她："如果是你，你会怎么做？"

作为一个无父无母口无遮拦的小草民，温柔肯定就直说了："这样的男人还不和离，留着过清明？"

女人们聊天儿碎嘴嘛，一问是劝分不劝和的，况且这样的情况真的没什么好说的了。杜小姐嫁错人就和离呗，反正杜家也是大户人家，不愁吃喝。

聊完她喝了一杯茶，就去睡了。

记忆到这里就断了片儿，温柔眯着眼睛蹲在树杈上，摸着下巴小声嘀咕："这是玩了一出偷龙转凤？可我与她也就是同名，这萧家公子怎么能连自己的夫人都认不出来？"

萧家公子果然是个负心人。

温柔深吸一口气，有点儿暴躁地挠了挠自己的鬓发。

升斗小民，可不敢掺和进这些大户人家的恩怨，但她明显是被杜家人利用了，这萧家公子也显然是认上她了，还打算杀她灭口，她若直接跑回自己的小草屋里，那怎么死的都不知道。

温柔想起刚刚的惊险场景，忍不住又看了一眼旁边的树枝上吊着的那个男人。

怎么说自己刚刚也算是救了他一命，事情还有没有点儿转机？

又或者，她不如直接把他丢回湖里淹死，然后天亮了想办法找到杜温柔的婆家，去好好守寡？

这个念头刚起，旁边就刮来了一阵凉风，温柔身上只剩了薄薄的兜肚，当即打了个寒战，抱着胳膊摇头。

她觉得倒也不至于伤人性命。

"你这是在干什么？"

低沉的男声从旁边传了过来，温柔愣了愣，连忙扶稳树枝抬头看过去。

萧惊堂醒了，正皱眉看着她，目光落在她只穿着小兜肚的身子上，微微眯了眯眼："不知廉耻！"

温柔："……"

这人怎么一点儿也不可爱？他都不感谢一下她的救命之恩，上来就骂她？按照她这小民脾气，是立马就要骂回去的，但想到当下的处境，她还是深吸了一口气，保持住脸上的微笑关切地问："您还好吗？有没有哪儿不舒服？"

萧惊堂浑身上下没一处舒服的地方。他低头看了看自己，又惊又气："谁干的？"

竟然有人敢把他吊在树上？！

温柔眨了眨眼，伸手指着自个儿："这里只有我们两个人，当然是我做的了。情况危急，您又昏迷不醒，我不把您吊起来，难道留在下头喂狼？"

顿了顿，萧惊堂冷笑："你力气倒是大。"

听这语气好像有消气的前兆，温柔赶紧邀功："我力气很小的，但我想着要救您一命，力气霎时就大了起来。"

· 6 ·

力气大不大的不是重点，她就想对这人提示一下，他的命可是她救的！他再没人性，也得念念救命之恩，然后放她一条生路吧？

萧惊堂似乎听懂了，神色有些古怪地看了她一眼："你今日是不是被吓坏了？"

她整个人好像都不太对劲，跟中了邪似的。

一听这话，温柔赶紧扶紧额头，很是虚弱地说道："今日这般出生入死的，我自然是被吓坏了。现在脑子里都是一团糨糊，我若是说错什么话，您可别往心里去。"

她说错的话还少吗？萧惊堂眯了眯眼，转头看一眼即将破晓的天色，皱眉道："先放我下去再说。"

"好嘞！"看他这变得温和不少的态度，温柔大喜。这人会念恩，那她就肯定死不了了。

人只要能活着，人生就有无数种可能！

心里高兴，温柔一溜烟就从树上滑下，"唰"地就将缠在树上的锦带解开了。

然后她就听见背后传来"咚"的一声巨响！

萧惊堂本来是消气了的，毕竟昨天把她带过来，也真的只是气极了想给她个教训，现下生死关都过了，也就打算把这人带回去另行问罪就是。

结果，这不知天高地厚的女人，竟然就这么让他砸在了地上！

"杜温柔！"

带着雷霆之怒的声音在背后响起，温柔身子僵硬了一下，慢慢回头，"嘿嘿"一笑："我……不是故意的，手上没力气了。"

这女人有力气把他吊上去，没力气好好放他下来？萧惊堂咬牙，动了动身子便将身上的破布条给震开了，起身松了松筋骨，便大步朝她走了过去。

温柔下意识地想跑，结果背后就是树，抵上去冰凉冰凉的。左右都来不及跑，她干脆伸手抱住了自己的头，闭紧眼喊道："有话好好说，别动手！"

她洁白如玉的身子上蹭了不少脏污痕迹，肩胛上都有伤口，黑乎乎的双手上不知道是伤还是泥，一头秀发凌乱得紧，小脸也是煞白煞白的。

萧惊堂顿了顿，抿了抿唇。

温柔已经做好心理准备了，面前这人有暴力倾向，她只要护着要害留下命来，其他的都好说！

但是她等了一会儿，竟然没什么动静。

温柔悄悄睁开眼，面前这人就站在离她一步的地方，她看不清楚他脸上的神色，但觉得他身上的杀气倒是消了个干净。

她逃过一劫了？

"天快亮了，没有马，你穿上这个跟我走。"萧惊堂脱下自己的袍子，拧干些抖开递给她，面无表情地说道，"有什么事回去再说。"

阿弥陀佛，谢天谢地！温柔大大地松了一口气，接过他给的衣裳穿上，跟只小兔子似的蹦跶着跟着他走。

萧惊堂一看就是大户人家出身，一身的气质当真不俗，哪怕是走在这荒山野岭之中，也如闲庭信步，自信又从容。温柔跟在后头，望着他那宽阔的肩背，心想杜温柔的执着也不是没道理，至少这人的皮相的确是好看得少见。

她正想着呢，前头走着的人突然就停了下来，温柔没注意，猛地撞到了人家的背上。

"得罪。"回过神的温柔连忙道歉，生怕又惹这位爷生气。

但是萧惊堂没说话，回头看了她一眼，又看了看前头。

"怎么了？"温柔有点儿茫然，伸出脑袋瞧了瞧——悬崖，死路。

温柔："……"

这人走得那么自信，她还以为他对这山林的地形了如指掌，结果他却是什么都不知道一通乱走？！温柔忍不住翻了个白眼，问："您不知道路？"

"我没来过这里。"萧惊堂淡淡地说道，"我溺水昏迷后，也不知道你将我往哪个方向带了。"

他说这话的意思是，怪她打乱了他的方向感，这锅她得背一半？！

温柔气笑了，叉着腰就说道："谁能想到您这大男人不会浮水？"

萧惊堂顿了顿，目光陡然变得锐利，说："整个萧家，所有人都知道我不会水。"

杜温柔更应该清楚这一点。

温柔差点儿咬着自个儿的舌头，浑身汗毛竖立，脸上还是一副波澜不惊的样子，强自镇定地说道："情况那么紧急，我给忘记了。"

萧惊堂冷笑，只当她是故意讥讽他，倒是没往别的方面想："你变得和以前很不一样。"

"以前？"温柔撇嘴，抱着胳膊看着前头的悬崖说道，"以前再怎么样，您不是也没将我放在心上吗？既然不得您的心，那我索性便自在些。"

言下之意，她现在这个样子才是杜温柔本来的模样吗？萧惊堂皱眉："不管你变成什么样，我都不会把你放在心上。"

哦，你的心是黄金咯，人人都想要？温柔不屑地撇嘴："咱们就在这儿待着吧，等人来寻比咱们自己走出去来得快。"

萧惊堂沉默，扫了一眼四周，爬到了悬崖旁边的大岩石上。

那地方看起来比较舒坦，一般的野兽应该也不好上去，温柔立马手脚并用地跟着往上爬，自然地靠在萧惊堂身边坐着，缩着身子就闭上了眼。

"你做什么？"萧惊堂眯眼，"谁允许你靠着我睡的？"

"别说话，我先睡半个时辰，等醒了就轮到你睡。"温柔闭着眼睛嘟囔，"野外生存，别拘于小节，咱们得留存精力……你把腿放平点儿，对，就是这样。"

调整好了姿势，温柔直接趴在人家的大腿上，瞬间就进入了睡眠状态。

萧惊堂气极反笑，简直不知道这女人是吃错什么药了！萧惊堂瞪着她，竟也拿她没什么办法。

他正气着呢，就感觉到腿上传来了滚烫的温度。萧惊堂微愣，低头看了看杜温柔，犹豫片刻，伸手摸了摸她的额头。

杜温柔的额头烫得跟刚出笼的包子似的！

萧惊堂缩回手，掀开她身上还未干的衣裳看了看。

大家闺秀一向是最注意保护身子的，以肌肤洁白如玉为美。虽然他从未与杜温柔同房，但也听母亲夸赞过，赞她白玉无瑕，浑身上下没有一处疤痕，该是花了不少心思在上头。

然而现在，他瞧得见的肌肤上头，全是零零碎碎的伤疤，有刮伤，有擦伤，看起来新得很，全是今晚弄的。

萧惊堂半垂下眼，把衣裳给她盖上，任由她躺在自己的腿上，不动弹了。

山林间一片寂静，夜风吹得两人都浑身发寒，萧惊堂正犹豫要不要起身去找柴火，在他的腿上趴着的人就坐起来了。

"给我两块那边的石头。"温柔嗓音沙哑地说完，指了指悬崖边上的黑色石头。

石头能做什么？萧惊堂皱眉，扫她一眼，还是起身，动了动被压得发麻的腿，下去捡了石头给她。

"再找些干柴来。"脑袋昏昏沉沉的，难受得紧，温柔忍不住小声嘀咕，

"野外过夜没火堆怎么成？大户人家就是大户人家，这都不知道……"

萧惊堂没听清楚，看着她问了一句："你说什么？"

"没什么，再不生火我就要冷死了。"温柔趴在大岩石上，迷迷糊糊地说道，"柴火、干草，都带点儿回来。"

她这是在使唤他？萧惊堂微微皱眉，想想这状况，倒也该他去，只是……

"我们都是从水里出来的，身上的火折子已经不能用了，找到柴火也点不了。"

"你是不是傻呀？"温柔有气无力地咆哮了一声，伸手扬了扬手里的小石头，"看见没？燧石，俗称火石，能生火的。"

石头能生火？萧惊堂愕然，这个他是当真不知道。高门贵族的少爷，鲜少有野外生存的经历。

温柔已经不想翻白眼了，趴在大岩石上直哼哼。萧惊堂抿唇，转身就去寻了她要的东西回来。

温柔费力地点了火，才松了一口气，感觉到自己发烧了，连忙先将身上的衣裳烤干。

"手伸出来。"她说道。

萧惊堂疑惑地看着她，伸出了手。温柔一点儿也不客气地让他双手打直，然后把没干的袍子挂在上头用火烤。

萧惊堂："……"

杜温柔竟然敢把他当衣架用？！

温柔实在没力气了，蹭到人家怀里就继续闭眼睡觉，留萧惊堂撑着双手挂着衣裳，放下来也不是，不放也不是。

这女人可真是……

不过，看在有火好受多了的分儿上，他还是不同她计较了。

衣裳渐渐干了，山林间也开始有了人声，萧惊堂松了松僵硬的手臂，看了怀里的人一眼，用温热的袍子将人裹了个严实，然后抱了起来。

"二少爷！"

火把渐渐靠近，萧家的家奴总算着找着他们了，为首的萧管家两腿都在发抖，一见两个人都在，才松了一口气，脸上老泪纵横："少爷啊，您这是要了小的们的命哪！"

萧惊堂没吭声，抱着杜温柔就跳下了岩石。

萧管家连忙跟上他，半躬着身子，碎碎念道："二少奶奶没事吧？夫人已经发火了,宅子里一晚上没平静,这儿可是狼林哪!您要是有个好歹,或者二少奶奶有个好歹,可叫小的怎么活哟?……"

萧惊堂已经习惯了这管家的唠叨,置若罔闻,走了几步看见有马,直接就单手扛着人跨了上去。

"少爷,这……"萧管家担忧地看了一眼他肩上不知是死是活的二少奶奶,试探性地伸手,"要不,小的们找滑竿来抬?"

就算是个大活人,被这么一路扛回去,恐怕也得没气儿了。

"不用。"萧惊堂转手将人放在身前坐好,吩咐道:"来人,给我带路。"

旁边有家奴立马上了还空着的马,走在他前头,领着他们七拐八拐地出了林子,回到了官道上。

晨光熹微,趁着路上人不多,萧惊堂飞快地回到萧家大宅,先更衣,再跪在了大堂里。

温柔被人小心翼翼地放在床榻上,大夫来诊了脉开了药,丫鬟仔细地喂温柔喝了,温柔那一双紧皱着的眉才松开了。

房间里一片寂静。

丫鬟坐在温柔的床边,看着温柔微微颤动的睫毛,轻笑着说道:"留了好多疤,得养上许久了。"

温柔听见了这话,眼睛睁开了一条缝。

面前的丫鬟气定神闲,一看就是个知道事的。此时房中无他人,温柔也就干脆地直接问道:"你想做什么?"

"姑娘是个聪明人。"那丫鬟微微一笑,"许大娘推荐的人,自是不会差的。既如此,疏芳便直说了。此处于我家小姐而言是折磨人的地方,但于姑娘你,便是个锦衣玉食的好地方。姑娘有缘与我家小姐生得九分相似,若能替我家小姐做这萧家的少夫人,便有享不完的富贵和丰厚的酬劳。"

丰厚的酬劳!

温柔闻言眼眸一亮,可随即又觉得不对:"能有这样天上掉馅饼的好事?"

疏芳深深地看了她一眼,微笑道:"自是没有。这宅院里水深火热,姑娘能不能活下去,要看姑娘自己的本事。只是,姑娘若不愿意,想跑,那便是生死有命了。"

这是威胁,赤裸裸的威胁。

大户人家的人就是这么不讲理,压根不给小民选择的余地。

不过,温柔倒是不太介意。她穷惯了,能好吃好喝地生活,还有漂亮衣服穿，她的心里就很乐意。只是……

"我要替你家小姐在这宅院里过日子的话，那你得把基本情况告诉我，不然我什么都不懂的话，迟早会穿帮。"

"情况……"疏芳抿了抿唇，声音低落了不少，"也没什么情况，萧惊堂你已经见过了。他有些严肃，不爱说话，生起气来话才会多些，一般你不要招惹他就不会有事。夫人是护着我家小姐的，你有什么需要都可以找夫人。老爷经商，不常回来，万一回来，也是站在咱们这边的。只是院子里的几个姨娘你得小心，离远些。"

一听这个，温柔就放心了许多："也就是说，这宅子里最能说话的两个人都给你家小姐撑腰，萧惊堂再嚣张也得听他们的话是不是？"

疏芳皱眉，想了半天才明白她这话的意思，点了点头。

"那我还怕他做什么？"温柔瞬间有了底气，说道，"有老爷和夫人撑腰，他还敢对我这样，我一状告得他在祠堂里长跪不起！"

"可是……"疏芳皱眉，"那样你会惹萧惊堂厌恶。"

厌恶？温柔撇嘴："你觉得他现在不厌恶你家小姐吗？他都要将你家小姐丢在狼林里了！反正他都已经厌恶了，多厌恶一点儿有什么要紧？"

好像也是这个道理，疏芳沉默，一双眼打量着她，像是想笑，又强忍着。

毫无规矩的民女，好像也有点儿意思。

织锦床帐顶上绣着花开富贵的图样，屋子里的熏香混着药香，一看就知道这萧家家底不薄。温柔动了动身子，发现手正被人拉着。

"主子醒了？"疏芳低声问道，"可好些了吗？"

昨儿那高深莫测的模样已经不见了，面前这个丫鬟乖顺又体贴，仿佛她当真是杜温柔一般。

丫鬟还挺入戏。

那她也该早点儿进入状态才是。

这样想着，温柔就问了一句："惊堂呢？"

疏芳抿了抿唇，垂眸答道："在大堂里跪了一晚上，夫人刚派人过来问过，说您若是醒了，就让奴婢过去知会一声。"

"那你知会了吗？"

"没有。"疏芳脸上隐有不悦之色，多余的话却也没说。她再看萧惊堂不顺眼，人家也是少爷，她只是个丫鬟。

这个丫鬟很对自己的胃口啊，温柔忍不住想给她竖个大拇指，好样的！

"那咱们收拾收拾过去瞧瞧吧。"温柔学着小姐的腔调，撑起身子就要下床。

"主子，"疏芳伸手扶她，低声说道，"慢些过去也不打紧，二少爷此番委实过分，跪上两天也难消您这一身伤。"

"就是因为他跪都难消，所以我才要过去。"温柔眯着眼睛笑了笑，跟一只阴险的狐狸似的。

疏芳愣了愣，有些意外地看了她一眼。

外头天已经大亮，温柔没在意疏芳的目光，伸手摸了摸自己的额头，感觉烧退了人也精神了，便下床说道："帮我打扮打扮。"

"是。"

疏芳扶她到梳妆台前坐下，正要拿胭脂，就见自家主子跟没见过世面似的，看着台子上的金银首饰直了眼。

天哪，真金白银的头面！温柔抹了抹嘴角的哈喇子。

她这个穷鬼，以前只有过木簪，银簪都没有，只能看着别人头上的簪花流口水。可现在她面前放着的有金蝉玉、玉雕凤，端庄又大气，红玛瑙为头的金簪子就有三支，金丝垂额跟花钿更是各式各样的都有。

杜温柔这日子过得不差啊！

"主子今日……想戴这些吗？"疏芳问了一句。

温柔连连点头："给我试试。"

疏芳手很巧，十指翻飞之间，温柔就看见铜镜里的自己顶上了飞仙髻。

"戴一支这个簪子就行。"温柔很眼馋地摸了摸那一堆好簪，却还是指了指台面上看起来略微陈旧的金簪。

疏芳微讶，但还是应了，眼里满是赞许之色："主子终于不用奴婢操心了。"

温柔笑眯眯地从镜子里看着她，没吭声。

杜温柔不是缺钱的主儿，有这么多样式奇特的金银首饰，却还留着这样一支古朴厚重的金簪，那这支金簪多半跟给她撑腰的夫人脱不了干系。

温柔这会儿是要去让萧惊堂个好过的，那肯定只有抱大人的大腿了。

萧夫人是个美貌非常的妇人，虽然算起来应该有四十余岁了，但保养得极好，每天早睡早起喝燕窝，皮肤分外光滑，瞧着就让人又敬又喜。

然而今日，萧夫人眼下满是黑色，看起来像瞬间老了五岁，眼神很是恼怒，还在训斥大堂里跪着的自己的亲儿子。

"你到底有什么理由这么讨厌柔儿？柔儿掏心掏肺，一年来从未有半点儿对不起你的地方，你这做的都是什么混账事？！"

萧惊堂沉默地跪着，垂着眼帘，无声无息。

萧夫人要被气死了，端起茶杯要砸下去，却又舍不得，只能捂着自己的心口直喘气。

"娘亲。"

温柔穿着一身半旧的素锦齐胸牡丹裙，扶着疏芳的手就焦急地跨进了大堂。

见她来，萧夫人脸色缓和了不少，连忙招手让她在自己旁边坐下，拉着她仔细瞧了瞧。

"我可怜的柔儿，小脸还是白的，赶过来做什么？为娘会帮你好好教训他的！"

温柔扫了跪在地上没半点儿反应的萧惊堂一眼，叹息一声，对萧夫人说道："娘亲明知道柔儿舍不得，又何必再教训惊堂？"

这话听得萧夫人又是心疼又是愧疚。萧夫人轻轻拍着她的手说道："这浑小子真不知是修了几世的福气才娶到你这样的好媳妇，偏生还不知珍惜！你给为娘说说，昨晚是出了什么事？为什么你会发着高热回来？"

敢情萧夫人压根不知道他们是从狼林里回来的？温柔挑眉，看了一眼旁边垂着头的管家，心想这些人护萧惊堂也真是护得紧，再加上杜温柔这个不争气的家伙，被欺负也不会吭声，那萧惊堂简直就可以肆无忌惮地想怎么对她就怎么对她了。

杜温柔真是个傻子，自古一味忍让和付出的女人就没什么好下场，男人可不是什么会感恩的动物。

温柔深吸一口气，眼泪"唰"地就流了下来。她咬着嘴唇，脸上泪水汹涌成河。

萧夫人被吓了一跳，连忙拿帕子给她擦眼泪，急声问道："怎么了？有什么委屈，你都说给娘亲听，娘亲给你做主！"

"我没事，娘不用担心。"嘴上这么说着，温柔却连身子也抖了起来，脸色也有些发紧。

"主子！"疏芳皱眉，连忙抓着她的手小声安慰，"都过去了，您别怕。"

温柔欣慰地看了她一眼。有这样的丫鬟帮忙，她简直能省一半的事！

"我……我不怕了。"温柔"强自镇定"地说了一句，又侧头朝萧夫人笑了笑："没事了。"

她这哪里像没事的样子？萧夫人目光锐利地扫向疏芳，说："你的主子不肯说，那便你来说！"

疏芳一撩裙子就跪了下去，低声回道："夫人明鉴，我家主子在狼林里受惊发热一夜才归，身子还没好全，知道您在罚二少爷，就急急忙忙赶来了。她心系二少爷至此，奴婢又怎敢违背主子的心意告状？"

这聪明的丫鬟，前半句话说得很含糊很快，后面却说得清晰，一副心疼自家主子的模样，其实还是告状了。

萧夫人耳朵尖，听见了重点："狼林？"

旁边的萧管家有点儿慌，连忙看了地上的萧惊堂一眼，见他还是不动，只能自己站出来说道："夫人，此事小的倒是知情。二少爷觉得狼林那边风景不错，打算带二少奶奶去看看的，没想到迷了路，倒是叫二少奶奶受了惊吓。"

"半夜去狼林看风景？"萧夫人冷笑，一巴掌拍在旁边的案几上，声音震慑整个大堂。

"你们都当我老糊涂了，好糊弄是不是？！"

萧管家被吓得跪了下去，低着头没敢再吭声。温柔一边拿帕子按着眼下，一边瞟了萧惊堂一眼。

这么大的动静萧惊堂都没反应，她赌五毛这禽兽在睡觉！

眼珠子一转，温柔立马起身扑到萧惊堂身边，一副护着他的样子看向萧夫人，指尖却捏起他手臂内侧的肉，狠命掐了一下！

"哟……"萧惊堂醒了，皱着眉扬手就要把旁边的人甩出去。

"惊堂！"温柔抱紧他的胳膊说道，"你说，昨晚咱们的确只是去狼林看风景了，是不是？你还答应回来陪我夫买首饰呢。"

萧惊堂一夜未眠，正睡得迷糊，睁眼就看见了这惹人厌的杜温柔，当即黑了脸，嗓音沙哑地说道："妙梦还昏迷着，谁会陪你去买首饰？"

大堂里安静了一会儿，温柔挑眉，暗骂一声这畜生简直没人性，然后调整状态，缓缓松开他的胳膊，垂眸苦笑了一声："那……是我记错了吧。"

人家姑娘都这么护着他了，他还对人家这个态度？萧大人看着都难过，气得起身就打了一下萧惊堂的肩："有你这样对自己的发妻的吗？！妙梦算个什么东西，能排在正室的前头？"

萧惊堂顿了顿，这才反应过来自己的娘亲还在这里，当即选择了沉默。

一般来说他的沉默是很有用的,娘亲再怎么气也追问不下去,杜温柔又不会出卖他,所以到最后娘亲也顶多是让他思过而已。

但是,今天的情况好像有点儿出人意料。

松开了他的手的杜温柔低着头眼泪直流,眼泪落在地上很快打湿了一片地板。疏芳看得着急了,跪在她旁边低声说道:"主子您是傻了,梦姨娘的事还没解决,二少爷怎么可能原谅您?"

萧夫人眯着眼看着疏芳:"梦姨娘的什么事情?"

疏芳垂眸:"梦姨娘也在狼林受了惊,不过是昨日下午的事情了,二少爷许是问罪主子,所以才带主子去狼林看了看。"

她的言下之意,萧惊堂因为一个姨娘,把自己的正妻扔在狼林里了。

温柔心里直骂,怎么家家户户都是妻不如妾啊?杜温柔若与她相貌差不多,那虽然不是很艳丽动人,但好歹也是端庄佳人,萧惊堂是眼瞎还是怎么的,就不会好好处理妻妾关系,让人和平共处吗?

萧夫人沉默了片刻,再开口,声音骤然冷了下来:"萧惊堂。"

长辈连名带姓地叫晚辈,那就是真的生气了。温柔有点儿幸灾乐祸地看了他一眼,结果这人不知道从什么时候开始一直盯着她看,她这一眼恰好就撞进了他那深不见底的眼眸里。

温柔:"……"

萧惊堂顿了顿,眉心微皱,神色复杂地盯着她,心下还是觉得她应该会开口帮自己搪塞过去。

然而没有,旁边这女人嘴唇紧闭,神色委屈,转过头去就盯着地面,半分没有为他求情的意思。

杜温柔转性了?

"为娘一直觉得,懂得爱护自己的夫人的男人,才算是一个真正的男人。"萧夫人一字一顿地说道,"没想到我当儿子养的人,最后不是个男人!"

这话骂得痛快,温柔小小地在心里鼓了鼓掌。

"萧管家,拿家法来!"

"这……"管家有些哆嗦,看了萧惊堂一眼,却也顶不住夫人的雷霆之怒,慢吞吞地下去拿了家法。

温柔看了看,萧家的家法不算轻,五股竹条拧成的棍子,边上并不平整,落在身上应该是极疼的。

那她就放心了。

温柔装作哭得很专注的样子,一声不吭地看着萧夫人高举家法,然后重重地落在萧惊堂的身上。

萧惊堂闷哼一声,皱眉看着杜温柔。

这女人不是一贯最护着他、最心疼他了吗?她也有无动于衷的时候?是他终于伤了她的心,叫她死心了?

"孽障!"萧夫人一下下地打着,力气还不小,看得旁边的萧管家都捂住了眼睛。

温柔刚开始还在看热闹,但是旁边的疏芳一直拉她的衣袖,示意她别过分冷漠了。温柔挣扎了一会儿,还是扑上了萧惊堂的背。

"啪!"家法落了下来,温柔"嗷"地就哭出了声。

女子身子柔弱,哪有男儿那么经打?

萧夫人被吓坏了,连忙扔了家法蹲下来扶着她:"你……你这傻孩子这是做什么?为娘在替你出气呢!"

温柔也不想的,但总不能一夜之间性情大变,该护着还是要护一下嘛。

"娘亲……"温柔痛得直哆嗦,抹着眼泪开口,"柔儿求娘亲答应柔儿一件事。"

温柔这话一出来,在场的人几乎都能猜到她接下来要说什么了。按照这位夫人护夫的性子,她肯定得求夫人原谅萧惊堂,要罚罚她之类的。萧惊堂也这么认为,一瞬间觉得杜温柔果然还是杜温柔。

萧夫人重重地叹了一口气:"你怎么就这么傻呢?你总是忍让宽容,他心里永远不会有你。"

"我不忍让、不宽容,他心里不是照样没我吗?"温柔咬牙,努力想把身子从萧惊堂身上挪开,然而压根就挪不动!想了想,她干脆抱得更紧点儿,试图让萧惊堂甩开她。

然而,听见这话的萧惊堂顿了顿,没动。

温柔只能硬着头皮继续说道:"柔儿在丈夫的心里占不了一席之地,又有别的姨娘更得他欢心,这样的日子实在是辛苦。娘亲若是真疼柔儿,就给一封休书,让柔儿回家吧。"

萧夫人傻了,萧管家也惊了,就连旁边的疏芳也忍不住担忧地看了温柔一眼。

"不用太惊讶。"温柔皱眉,捏着心口继续说道,"日子过不下去了,总是得分开的,既然惊堂这般不喜我,我强留在萧家也没什么意思,不如就一别两宽，各生欢喜。"

萧惊堂终于有了动静，伸手将她从自己背上扯了下来，睨着她问："当真？"

"当真。"温柔点头。

"那好，"萧惊堂面无表情地说道，"既然这是你的心愿，娘亲也没有不成全的道理……"

"你个混账！"萧夫人气得捡起家法又往他的背上狠打了两下，"好好的人嫁来咱们家一年，被你逼得要回娘家，混账东西！混账东西！"

温柔很想说，这都一年了，杜温柔也真是能忍。幸好她来了——杜温柔说不出来的话，她可以帮忙说。

大概是她的神情太冷漠了，萧惊堂看了她两眼，受着家法，突然不说话了。

萧夫人红了眼，打了十几下才停手，转头一看温柔这表情，眼眸微动，立马过来将温柔拉了起来。

"好孩子，你是杜家托付给我们的，没有道理受了委屈就走，要走也得是你当真不喜欢惊堂了。"

温柔很认真地看着她说道："我真的不喜欢他了。"

看了看这小可怜满脸的泪，萧夫人又叹了一口气："你若是不喜欢，又怎么会一说和离就哭成这样？"

温柔叹息："娘亲你相信我，我只是眼睛疼。"

"那你别哭了，好好跟娘亲说你不喜欢他了，娘亲就信你。"

这话自然是不能说的，闹归闹，杜温柔痴迷萧惊堂的事尽人皆知，她若说出这话来就露馅了。

于是她沉默地啜泣了两声。

萧夫人的眼眶也有些红，她拉着温柔的手揉了好一会儿，然后看向下头的萧惊堂："柔儿这么温顺的女子，今日都说出和离的话来，你也该反省自己到底有多过分了。从今日起，没有柔儿的首肯，你不许踏出萧府半步！"

萧惊堂点了点头，脸上没有半分不满的神色。

废话，这算什么惩罚？以杜温柔的性子，他说要出府，杜温柔还能不让？就算她不让，他硬是出去了，她能怎么样？

温柔眯眼，心里冷笑一声，然后带着哭腔开口："娘亲。"

"柔儿你说。"萧夫人立马看向了她。

"柔儿觉得自己遇上惊堂的事情就容易心软，根本拿他没办法。"温柔委屈地说道，"不如娘亲定个规矩，若是惊堂违背了娘亲的意思，也该受点儿惩罚。"

"你说得有道理。"萧夫人点头道，"若是惊堂不经你的允许离府一次，便扣他院子里一个姨娘一个月的花销，如何啊？"

温柔对这宅院里的情况还不是很清楚，不过萧夫人会这么说，那这法子就定然能制住萧惊堂。反正现在是不能和离的，那她多少得拿点儿主动权在手里不是？

"柔儿听娘亲的。"

看她有了回心转意的意思，萧夫人才松了一口气，狠狠瞪了萧惊堂一眼："你也听见了，现在就回去思过吧，好好陪着柔儿。那院子里的姨娘再敢以下犯上，别怪我不客气。"

萧惊堂黑着脸没吭声。

"柔儿也先回去吧，若是有什么需要，只管跟娘亲说。"萧夫人转头看向温柔，目光落在温柔的头面上，微微皱眉，"别总是这么素净，夫人也该有夫人的样子。"

温柔乖巧地笑了笑，摸了摸头上的金簪，撒娇似的说道："柔儿才不素净，瞧，有金簪呢。"

萧夫人愣了愣，看着那熟悉的簪子，心里顿时有些高兴："一支金簪哪里够？惊堂不是说要陪你去买首饰吗？让他给你多买几套回来。"

"好。"温柔笑着应了，脸上泪痕犹未干。

萧惊堂起身，没行礼就往外走。温柔下意识地跟上，朝萧夫人行了礼："柔儿告退。"

"好。"萧夫人笑眯眯地看她一眼。她抬眼看向已经走出去的萧惊堂就吼道："这不跟长辈行礼就走的规矩是谁教你的？！"

走到院子里的人顿了顿，回过头来，老大不情愿地行了礼，又走了。

温柔朝萧夫人歉意地笑了笑，提着裙子就追了出去。

挨了家法还能走得这么快，看起来一点儿事都没有，这萧惊堂的身子是铁打的吧？温柔一边吐槽，一边试探性地摸了摸自己的背——她挨那一下可是真疼。

温柔正嘀咕呢，前头的人骤然站住。她冷不防地就撞了上去，鼻子差点儿被撞凹了，忍不住抬头就说道："你走路看路行不行？"

萧惊堂："……"

撞到他的是她，这人是哪里来的底气反过来指责他的？

事情不太对劲，杜温柔绝对不会用这种语气跟他说话。别人不知道，萧惊堂却看多了杜温柔在自己面前时的模样。她从来都是低着头绞着手帕一声不吭，或者怯生生地喊一句他的名字，从不敢像现在这般抬头直视他，还敢吼他。

"你是谁？"

温柔心里一跳，脸上却满是不耐烦之色："都娶回家一年了，你才来问我是谁？萧二少爷，欺负人也不带这么欺负的。"

"你……"

"我什么我？！"温柔翻了个白眼，"您是不是觉得我以前在你面前小心翼翼的，大气都不敢出，现在变得嗓门大又嚣张，感觉跟换了个人似的？"

萧惊堂皱眉，看了她两眼，点了点头。

"这叫心计，心计你懂不懂？"温柔一本正经地说道，"以前那模样不得你喜欢，我就换个模样来嘛。瞧瞧，现在您不就对我感兴趣了？"

这行为简直是耍无赖！萧惊堂黑了脸，居高临下地看着她："不管你耍什么花招，我都不会对你感兴趣。"

"您说得到，但做得到吗？"温柔眯着眼睛摸着下巴看着他，"我一直这样古怪，有本事您一直别在意我，别觉得我不是杜温柔。"

"你都把算盘说出来了，我若是还上当，岂不是很愚蠢？"萧惊堂冷笑，"你爱是什么模样就是什么模样，跟我没什么关系。"

萧惊堂说罢，一挥袖子就往前走去。

温柔轻哼一声，看他没回头了，才偷偷松了一口气，捂了捂自己的心口，抬脚跟上去。

疏芳跟在她身后，觉得好笑又有些担心。

这真的没问题吗？

萧家看起来是个豪门，两个人从大堂回到他们的院子就走了一刻钟的时间，一路上花团锦簇，建筑都是石水搭配，韵味十足。若不是这些人都用的民间的称呼，温柔一定会觉得自己是进到某个王爷府里了。

人在这样的宅院里生活，起码是吃穿不愁的，那她就得好好想想杜温柔的问题了。

这男人看起来很不喜欢杜温柔。不管是因为别的女人也好，还是因为杜温柔本身也罢，他不喜欢，那就好办，大家凡事好商量嘛。

"你干什么？"萧惊堂正要关门，就见杜温柔冷不防地凑了个脑袋进来，她还笑眯眯地看着他。

"有话想跟二少爷说。"温柔使劲挤进去，拍手道，"您会愿意听的。"

萧惊堂沉默地看她两眼，松开了手，转身去主位上坐下了。

温柔连忙示意疏芳把门关上，在外头守着。

"我想了一年，终于想明白了。"温柔表情痛苦地说道，"强扭的瓜不甜，二少爷与我空有夫妻之名，却相互怨怼，不如早早和离，各自好过，您觉得呢？"

这话在娘亲面前他就听她说过了，他还以为她是欲擒故纵，正生气，没想到她竟然敢在他面前再说一遍！

萧惊堂嗤笑："你的意思，是问我要休书？"

"自然。"温柔说道，"您把休书给我，我转身就走，绝不纠缠！"

"你当我是傻子吗？"萧惊堂睨着她，脸上满是嘲讽之色，"我给你休书，然后再让你去娘亲面前装一次可怜，让她扣着我不让我出门？"

"哎，您别这么想啊。"温柔连忙解释，"我是真心诚意地想跟您和离。"

"是吗？"萧惊堂起身，越过她走到内室的书桌边，摆开宣纸铺平，"既然诚心诚意，那这休书就你来写吧。"

啥？她写？温柔有点儿蒙："女子也可以写休书吗？"

"为何不可？"萧惊堂说道，"你杜家也富甲一方，嫡女自然是有本事写休书的。"

还能这样？温柔眨眼，赶紧提着裙子过去，拿起毛笔看了看。

"怎么写？"

"这里有范本。"萧惊堂抽出一本册子，翻开放在她面前，"照抄。"

密密麻麻一大篇字，以她那丑陋粗大的毛笔字，她写五张宣纸都不够用的。温柔撇嘴，伸手就将笔递给了萧惊堂："帮我掰断。"

掰断？萧惊堂皱眉："做什么？"

"我有我的写字方法，你给我掰断就知道了。"

萧惊堂将信将疑地掰了一支毛笔递给她，就见这贤惠端庄的大家闺秀竟然撩起袖子露出雪白的手腕，拿毛笔的断口蘸了墨水，开始写字。

"这是什么写法？"萧惊堂忍不住低头看了看，"不会划破纸吗？"

"那得看材质。"温柔一边眯着眼睛抄休书，一边说道，"这断口还算平滑，用起来也不错，什么木头做的笔啊？"

"紫檀。"

"怪不得。"温柔嘀咕,"木头好,没刺儿,自然不会划破纸,这样写字小巧又好看,你瞧,这是小楷。"

这字是不是正宗的小楷他不知道,但是看起来还……当真是挺好看的。

"既以二心不同,难归一意,快会及诸亲,各还本道……"

萧惊堂正看得专心,就见那字突然歪歪扭扭起来,有水珠落下去,染了半张纸。

"杜温柔,"他皱眉,"你这又是什么意思?"

手直发抖,温柔控制不住地将笔给扔了出去。

"我……真的是想写休书的,"温柔泪眼模糊地抬起头,脸上的表情复杂极了,"但是身体不听使唤,这样说你能明白吗?"

他明白个鬼!萧惊堂气急,一把抓起她的胳膊就往外推:"你这女人,三番五次戏弄于我,简直把人当傻子!既然身子不听使唤写不下去,那你就滚出去!"

门口守着的疏芳正在低头想事情,冷不防就见门开了,自家主子直接被扔了出来,倒在了院子里。

"主子!"她连忙上去扶温柔。

温柔完全没感觉到疼,收起眼泪,拍拍身上的灰就站了起来。

和离是不可能了,萧家是江南首富,卖丝绸起家,如今生意遍布大江南北。而杜家是兵器商,与朝廷关系甚好,也是富甲一方。萧、杜联姻,可谓强强联手,普天之下没有人再能从这两家手上抢生意。萧家给杜家提供生意资金,杜家为萧家做贡品生意铺路,大家各取所需。

这就是一桩互利互惠的联姻,她方才试探了,萧惊堂是真的不爱杜温柔,那接下来她就好过得多了。

不过,温柔还是有些想不明白,扭头看向疏芳:"萧惊堂为什么这么讨厌杜温柔?"

疏芳正拍着温柔身上的灰,闻言脸色微变,拉着她就回了自己的院子。

既然温柔要长久地住下来,有些事早晚是要知道的。关上门后,疏芳定了定神,将温柔按在椅子上,然后细细道来。

豪门之中,左右不过都是那些事,萧家也不例外。杜温柔有个妹妹叫杜芙蕖,爱惨了萧惊堂,但杜温柔横刀夺爱,先嫁了过来。

为此,杜芙蕖自尽而亡。因她是庶女,杜温柔二话不说将她的尸体处置干净了,并且同家里人说她只是出去游山玩水了。

听到这儿，温柔忍不住抽了抽嘴角。

杜温柔是个狠角色啊！

"主子，"疏芳站在她的床边，担忧地看着她，"您还好吗？"

"我没事。"温柔抿唇，有点儿哆嗦地问了一句，"我就想知道，这杀人的勾当不会被人发觉吗？"

疏芳垂眸："奴婢正想同您说，那事可能要瞒不住了——二少爷刚刚又出府了，好像是找到了什么重要的人。"

啥玩意儿？！温柔瞪大了眼，被吓得差点儿掉下床。

她还以为萧惊堂是知道杜温柔逼死杜芙渠的事，所以才对她这么糟糕的，敢情他是根本不知道？那万一他知道了此事，杜温柔会怎么样？

做了坏事的人肯定是会有报应的，可现在看起来，杜温柔的报应是要落在她身上啊！

温柔觉得自个儿真是倒了八辈子血霉，怎么就摊上这么个主儿了？！

"主子别太担心。"疏芳低声说道，"夫人做事一向妥帖，二少爷查了一年也没个结果，就算抓到什么关键线索，夫人应该也有办法遮掩过去。"

"这世上有不透风的墙吗？"温柔欲哭无泪地看了她一眼，"他早晚会知道的！"

"那便等他知道的那一天再说吧。"疏芳抿了抿唇，"您现在要做的事，还是与二少爷好生相处。萧夫人既然给了机会，您得好生把握才是。"

把握？温柔抱着枕头撇嘴："把握得了什么？你没见他还是不当回事地出府了吗？"

"按照您与夫人说的，二少爷出府，您便能扣院子里一个姨娘一个月的月钱。"疏芳看着她说道，"既然二少爷不当回事，您还是拿阮姨娘开刀吧。"

阮姨娘？

温柔掏了掏耳朵，眯着眼睛问："阮姨娘是不是就是他们说的那个也在狼林里受了惊吓的人？"

疏芳愣了愣，微微意外地看了她一眼："主子不记得了？她先前蛊惑二少爷，您让人把她扔进狼林里冷静了一晚上。"

温柔："……"

这怎么又是杜温柔造的孽啊？啊！亏她一开始还以为是杜温柔嫁错了人，遇见萧惊堂这么没人性的丈夫，谁知道一切都是杜温柔自找的啊，杜温柔一点儿也不无辜！

她都想扇杜温柔一巴掌了！这人干的这都什么事？！

· 23 ·

"我……与这院子里的姨娘的关系是不是都不好啊？"温柔绝望地问。

疏芳看她一眼，微微皱眉："主子有这样的出身，为何要同那群贱婢关系好？"

温柔长吐了一口气，捂住眼睛说道："我想再静静，你先出去，等二少爷回来了再来通禀。"

"是。"疏芳古怪地看她一眼，低头恭敬地退了出去。

门一关上，温柔就揉着太阳穴在房间里仔细翻找。

很快，她找到了一本杜温柔的手记，一打开，上面全是力道极重的字。

迎了我他还不知足，还迎这些个姨娘？她们那么低贱的出身，也堪同我住在一个院子里吗？

明面上不动，暗地里也不会动吗？

赵姨娘那一身功夫可真是不错，身子瞧着也好，让她去山上给我打点儿野味回来吧，若是打不着……那她就别回来了。

阮姨娘霸占惊堂已经有半个月了吧？当真不知道个度吗？

他好像很恨我。

…………

温柔打了个寒战，回过神来，脸色难看得很。

这么一瞧，萧惊堂真是一个脾气很好、很温柔的人，竟然一直忍着杜温柔没有发难，也没直接让她病死在外头不带回来。虽然可能有杜家的原因在，但他对杜温柔这个态度，真的一点儿也不算过分。

当然，他知道杜芙蕖的事之后怎样，就另说了。

温柔莫名其妙地觉得很愧疚。虽然这些事都不是她做的，但她现在顶着杜温柔的名字，能不能做点儿啥事补偿补偿？

这样想着，温柔立马起身去翻了翻梳妆台上的东西。除了摆在外头的头面，盒子里还有好几副，院子里一共有四个姨娘，她一人送一套去赔个罪，少树敌，以后的日子也好过一点儿不是？

"疏芳。"

"奴婢在。"

温柔挑了四副头面，眨巴着眼吩咐道："拿去送给她们，就说我这一病想开了，给大家赔个不是，希望大家把以前的恩怨都放一放，好好伺候二少爷。"

疏芳沉默地看了她手里的盒子一会儿，伸手接了过去："主子的意思，奴婢明白了。"

明白就好，温柔点头，看着她出去，捂着心口开始祈祷这院子里的姨娘都是不记仇的。

礼物送出去后，四个姨娘可能都被吓傻了，没什么反应，温柔这才坐下来吃了来到这里之后的第一顿饭。

萧家有钱，饭菜自然不会差，只是吃着吃着温柔就有点儿想家了，眼睛发红，眼泪汪汪的。

她啥时候才能回去啊？

"你这可怜装给谁看？"

萧惊堂的声音冷不防地在门口响起。

温柔被吓了一跳，连忙起身，就见那人表情不悦地走了进来，浑身透着冰凉的气息。

看样子他没发现什么，不然进来哪里还会说话啊，直接拖着她就又可以去一趟狼林了。

"二少爷吃饭了吗？"温柔讨好地笑了两声，问道。

他只不过出去了一趟，一回来这女人的态度怎么又是一百八十度大转弯？萧惊堂皱眉，站在离她三步远的地方，低声开口："你又想要什么花样？"

"哪有什么花样？"温柔连连摆手，说道，"我只是关心您。"

"用不着。"萧惊堂问道，"我来这里只是想问你，我出府了，你想扣谁的月钱？"

"瞧您这话说的。"温柔一手掩唇，一手拍了拍他的胳膊，"这是萧府，是您家，您爱出去就出去，爱回来就回来，谈什么扣钱？！"

萧惊堂眯起眼看了看自己的胳膊。他觉得这女人多半是疯了，这行为举止，哪里还有半点儿大家闺秀的端庄模样？

"你若是不想扣钱，当初何必跟母亲多提一个规矩？"

温柔咬唇，委委屈屈地说道："我那是想吓唬吓唬您，吓唬不住也没办法，哪里舍得真亏了您？"

她中邪了？萧惊堂眼里满是怀疑之色。面前这女人是杜温柔没错，但是说话做事，怎么都透着一股子奇怪的味道？

"你若是想用这种法子迷惑我，大可不必。"他说道，"除非有要事，否则我不会踏进你这屋子半步。"

"知道了。"温柔平静地点头,"我也不会去打扰您,这院子里吃穿管够就成。"

她以为他会信吗?萧惊堂摇头,甩了袖子就要走,结果一只脚刚踏出去,就见阮妙梦院子里的丫鬟桃嫣急匆匆地跑来,看见他就喊了一声:"二少爷!"

"怎么了?"萧惊堂皱眉,"她的病还没好?"

"不是,您快去看看。"桃嫣急得跺脚,看了二少爷背后的温柔一眼,声音陡然小了些,"咱院子里出事了。"

温柔心里一跳,立马问:"出什么事了?"

桃嫣张了张嘴,没敢说出来。萧惊堂已经猜到了,目光跟刀子似的往温柔脸上扫去。

"看我做什么?"温柔无辜道,"我已经改邪归正了,方才还送礼赔罪来着。"

"你跟我过去看看。"萧惊堂说道。

看就看,她送的是头面又不是吃的,还能把他的姨娘给毒到不成?温柔很是理直气壮地提起裙子跟上他的脚步。

然而事实证明,是她太天真了,谁说头面不能吃的?

柔弱得跟林黛玉似的人躺在床榻上,脸色发青,旁边就放着温柔送的首饰盒子。大夫正收了脉枕,冷不防就对上了萧惊堂那张严肃的脸。

"怎么回事?"

大夫打了一个哆嗦,连忙低头回道:"二少爷,姨娘这是误食了毒物,幸好不多,只身体遭点儿罪,性命无碍。"

误食毒物?萧惊堂看向床上的人:"你吃了什么?"

阮妙梦哪里还有力气说话?旁边的桃嫣只能开口道:"方才二少奶奶送了金首饰来,我家主子有个习惯,瞧着金的东西会咬一咬,所以……除了这个,再没别的东西入口了。"

屋子里众人的目光顿时全落在了温柔的身上。

温柔一脸蒙,看了看床上要死不活的人,再看了看萧惊堂:"我不知道她会放嘴里,首饰上怎么可能有毒?!"

"这就是你说的改邪归正了?"萧惊堂冷笑,一双黑眸里满是怒火,"你的正,可真是比邪好不到哪里去!"

"我……"温柔憋屈死了,简直是百口莫辩,干脆就在旁边坐下,"解释你也不听,那你想怎么样?"

"真是天不怕地不怕的杜家大小姐。"被她这无所谓的态度激怒了,萧惊堂压着火气,咬牙说道,"心狠手辣,蛇蝎妇人,这样的人留在萧家,萧家的人迟早全死在你手上,你还是走吧!"

温柔撇嘴:"我走不动。"

"那我送你一程!"萧惊堂冷笑,"杀人犯法,未遂也当被送往衙门,人证物证俱在,你便去衙门里住着吧!"

说罢,他直接拎起杜温柔的后衣领就往外扔。

温柔有点儿狼狈,被扯得疼了,条件反射地就在他的手上猛抓,长长的指甲折断了两个,萧惊堂的手背上也瞬间血肉模糊。

"你这女人……"萧惊堂痛极了想甩开她。

温柔反应极快,抱着他的胳膊就爬到他身上,瑟瑟发抖地说道:"你轻点儿不行吗?"

"轻点儿?"萧惊堂抓着她的胳膊恼怒地说道,"你给人下毒的时候怎么不会轻点儿?她身子还没好,你就不能放她一马?!"

温柔心口一窒,差点儿疼得松手掉下去。

但是萧惊堂没打算让她好过,扯了她就要往地上摔。

"哇!"温柔被吓得尖叫,立马挣扎着抱紧他的脖子,"这样摔下去会受伤的!我身上的伤也没好!"

萧惊堂顿了顿,眯了眯眼。

温柔趁机双腿盘上他的腰,双手搂紧他的脖子,一副咬定青山不放松的模样,然后一抬头猛地一口吻上萧惊堂的嘴唇。

整个院子好像都安静了下来,萧惊堂瞳孔微缩,愣怔地看着面前这张放大的脸。

这是什么情况?

看这人回不过神了,温柔立马顺着他的身体下去,轻松落地,然后提着裙子就往外跑,边跑边喊:"来人,送我去一趟衙门!"

众人:"……"

瞧她跑得一点儿大家闺秀的样子都没有,萧惊堂总算勉强回神,眉头直皱。

"二少爷,"萧管家站在旁边,小声问,"当真要送二少奶奶去衙门吗?"

"送,把案底留着,以后有用。"萧惊堂垂下眼眸,抹了自己的嘴唇一把。

这女人,为了不被摔,真是什么事都干得出来。

温柔其实是干不出来这种事的,毕竟还是个黄花大闺女,无论如何也不会这么去亲人家啊。

　　但是,这是杜温柔的身份,再加上温柔的胆子,那简直没有什么事是温柔不敢做的。

　　她一路狂奔没敢回头,到了府门口看见有轿子,直接坐了进去。

　　"主子!"疏芳追了出来,焦急地喊道,"您不能去衙门!"

　　"为什么?"温柔掀开轿帘看着她说,"我是被冤枉的,去了衙门他们也定不了我的罪。"

　　疏芳顿了顿,神色有些悲伤,小声问道:"您是说……让奴婢来背这罪过吗?"

　　啥?!温柔震惊地看了她半晌,干笑了两声:"你是说……你当真给她下毒了?"

　　"主子不是吩咐奴婢送礼吗?"疏芳万分不解,"给那群贱婢送礼,难道就只是白给吗?"

　　温柔:"……"

　　她到底是掉在了一个什么样的贼窝里啊?啊!她单纯地想送礼赔罪,这丫鬟怎么就能理解成她想下毒呢?!

　　这下好了,这还真是她的罪过,真进了衙门还得靠萧夫人把她捞出来。

　　但是,萧夫人对她再好,那也是萧惊堂的娘亲,小事情会帮她没错,这种她明显不占理的事情,萧夫人定然就不是那么乐意帮忙了,说不定心里还会对她有想法。

　　温柔痛苦地扶额,对疏芳说道:"你就别跟着去了,我进去之后,你拿我的私房钱将我赎出来就是。若是萧夫人问起,你就说有点儿误会。"

　　疏芳皱眉,表情为难地看着她。

　　"怎么了?"温柔问,"有什么问题吗?"

　　"您的私房钱……这个月已经送回杜家去了,"疏芳抿了抿唇,"没有多的银两留下。"

　　这就很尴尬了,温柔捂脸,苦笑着问:"赎我出来需要多少银子?"

　　"若是证据确凿,一千两银子是少不了的。"疏芳叹息,"况且是萧家二少爷送去的证据。"

　　萧惊堂这是要把她往死路上逼啊?她本来还以为衙门多多少少会看萧家的面子,再不济花点儿钱也是可以的,谁知道后路早就被她自己给堵死了!

杜家又不缺钱，杜温柔好端端地把私房钱全送到杜家去是什么意思？

"起轿吧。"

不等她想出别的法子，萧管家就出来了。疏芳无奈，只能站在门口看着。温柔放下帘子，心想最糟糕的情况也不过是让萧夫人来救，到时候只能硬着头皮说自己是被冤枉的了。

轿子一路往幸城衙门去，温柔努力安慰自己，以前去衙门这种地方，那可是要被打的，现在还能坐轿子去呢，哈哈哈……

她发现，此刻自己笑不出来。

温柔泄气地趴在轿子里，想着，她要是当真被冤枉的就好了，起码还能有点儿委屈的感觉，然后再争取以后报仇。但是，她没被冤枉，这种罪有应得的感觉真是让人连火都没处发！

萧家东院。

萧惊堂坐在阮妙梦的床边，眼睛没什么焦距，像是在走神。

"爷，"阮氏睁开了眼，轻轻伸手勾了勾他的手指，"您在想什么？"

"没什么。"萧惊堂垂眸，收回自己的手，起身说道，"你好生养着吧，杜氏会在衙门里待几天，你们也可以清净几日。"

阮妙梦愣了愣，看了看自己的指尖，没多说什么，乖巧地应了："好。"

"往后东西先洗干净再入口，"萧惊堂嘱咐了一句，"尤其是杜氏送的。"

"妾身明白。"阮妙梦苦笑，"只是难得见少奶奶愿意送东西来，还是金的，妾身忍不住……"

瞧这话说的，跟她在萧家还见少了金子似的。萧惊堂微微皱眉，低声说道："等会儿我便让人给你送两套新的金头面来，你把她那一套还回去。"

"是。"阮妙梦笑了，坐在床上朝他行了个福礼，目送他离开。

疏芳刚从门口回来，正想着要去找萧大人，结果迎面就撞上了要出门的萧惊堂。

"把她带去柴房里关两天。"萧惊堂淡淡地命令道。

后头的家丁应声而上，疏芳被吓得抖了抖身子："二少爷！少奶奶还在衙门里呢！"

"她若不是在衙门里，我关你做甚？"萧惊堂皮笑肉不笑地说道，"别再惊动母亲了，让她好生休息休息。"

不顾疏芳挣扎，旁边的家丁直接捂住了她的嘴，将她整个儿扛了起来，往柴房的方向走去。

杜温柔再不吃点儿苦头，还不知道会做出什么更疯狂的事。趁着现在，就给她个教训吧。萧惊堂皱眉，像是想起了什么，又伸手擦了擦自己的唇，顿觉恶心。

温柔到底是萧家二少奶奶，衙门收了她，却也没敢太怠慢，单独把她关进了一间干净、舒适的牢房里。

温柔吸了吸鼻子，看着墙上那扇小窗嘀咕："没想到我还能有这种体验，好歹是个女眷，怎么说给关进来就给关进来了？"

"谁能想到自己会进来呢？"旁边有人跟着她叹息了一句，"一生平顺，没想到在阴沟里翻船了。"

这边的牢房都是单间，四处都空荡荡的，只有旁边这一间牢房里有人。温柔顿了顿，侧头看了说话的人一眼。

那人身着锦缎绣金钱的上衣，领口有复杂的暗纹，下摆的衣料缎面泛光，一瞧就知道也是个有身份的人。温柔再看那人的面容，五官秀气，鼻尖微勾，双眼深沉，一副标准的商人相，只是那人尚且年轻，瞧着也不过二十余岁。

本着多个朋友多条路的原则，温柔伸出手跟人家打了个招呼："您也憋屈呢？"

"被关五天了，怎么能不憋屈？"那人抬眼看向她，"终于来了个能出气儿吭声的人，您贵姓啊？"

"免贵姓温。"温柔提着裙子就在与他相隔的栅栏边蹲下了，"您呢？"

"裴方物。"裴方物看了一眼她的动作，跟着她在栅栏边蹲下，打量了她两眼，"这么美的夫人，怎么被送进来了？"

温柔干笑："做错了点儿事，被自己的丈夫关进来冷静冷静。"

裴方物愣了愣，有点儿错愕地看了她一眼："被自己的丈夫关进来的？"

"有什么稀奇的吗？"温柔撇嘴，"这世上不得自己丈夫喜爱的女人不是很多？"

"是很多，"裴方物抿了抿唇，"可是没一个像你这么惨，还一点儿不难过的。"

眼前的女人不仅不难过，看起来还挺有精神。

"难过又不能改变什么，那还难过个什么劲儿？"温柔耸肩，左右也闲得无聊，干脆跟他聊天儿，"您是因为啥事进来的啊？"

"做点儿小生意，被人算计了。"裴方物叹息了一声，"这年头自己的朋友也信不得。"

"看样子您也是个生意人。"温柔凑近他仔细看了看，"您该不会是做陶瓷生意的吧？"

裴方物惊了一下，低头看了看自己，又看了看她："夫人如何得知？"

"猜的。"温柔眼睛亮了亮，说道，"我祖上也跟陶瓷什么的有关系。"

"是吗？"裴方物垂下眼，"可惜我家在幸城的几个窑子不知道还能不能保下来。"

"咋回事啊？"温柔问道，"您说给我听听，反正我也帮不上什么忙。"

被她这话说得无语凝噎，裴方物倒是笑了："说出来也无妨，就是我卖给了富商萧家一批瓷器，谁知道有朋友在中间动手脚，以次充好，被萧家发现了。因为交易的银子数额甚大，这里的县太爷又老早看我不顺眼，所以就把我关进来了，商量着定个大罪。

"县太爷一早就想吞我的这几个窑子了，如今给他抓着把柄，我不松口，他就不会放我出去。到最后，定然还是我妥协。"

"这简直是以权谋私嘛！"温柔气愤得拍大腿。

拍完她才发现哪里不对劲，看了对面这男人几眼，后知后觉地问："你说你的瓷器卖给谁家了？"

"萧家。"裴方物无奈地说道，"若是别家都还好说，这萧家可是县太爷都不敢惹的人家，我得罪了他们，以后的路可谓艰难。"

这世界可真小啊，温柔忍不住感叹，好不容易出来遇见个人，怎么还是跟萧家牵扯在一起的？

心里有点儿郁闷，温柔撇嘴："萧家很了不起？"

"自然了不起。"裴方物脸上浮现些崇拜的神色，"萧家二少爷你知道吧？他十七岁就开始经商，天赋异禀，将一群老谋深算的奸商耍得团团转。三年前这幸城还不是这样一家独大的光景，就三年的时间，整个幸城从米粮到金器首饰、客栈马匹，没有什么不是萧家的生意。"

萧惊堂这么厉害？温柔皱眉，努力回忆了一下萧惊堂那张冷冰冰的脸。

看起来不像是商人的模样啊，他那样的人，会逢迎、会低头吗？

"夫人在想什么？"裴方物好奇地问了一句。

温柔回神，轻轻笑了笑："没什么，只是觉得当真自古英雄出少年，阁下看起来年纪不大，也已经有所成就。"

"得蒙祖荫罢了。"裴方物叹息，"在下在手段方面远不及人，故而落得如此下场。"

"你是后台不够硬吧。"温柔低笑，"有后台，这点儿小手段也难不倒你。"

"说起后台……也不是没有能照顾我的人。"裴方物抿了抿唇，"只是我只身一人，被朋友背叛，家奴四散，连个传话的人都没有。幸城被县太爷一手遮天，我实在也没别的办法了。"

温柔脑子里"叮"地亮起了一盏小灯。

"你我在这种地方相识，也算缘分，我若是能先出去，倒是能帮公子一个忙。"

裴方物听着这话，眼眸微亮，有些期盼地看着她："当真？"

"当真。"温柔大方地说道，"公子若是信得过我，就给个口信，我会想法子替公子将消息传达出去。"

"太好了！"裴方物大喜，连忙说道，"夫人若是有机会，便差人告诉裴巡抚一声，请他派人来查这案子，就能还我清白。"

"裴……巡抚？！"

温柔抿唇，看了看他："恕我好奇，您与那裴巡抚是……？"

"他是我大哥。"裴方物觉得这夫人真是个好人，当即也就什么都不隐瞒了，"裴家就我们两兄弟，他入仕，我从商，为了避嫌，我们鲜少联系。不过如今不联系也不行了，他若是不来救我，这县太爷能关我到老。"

温柔轻轻吸了一口气，干笑了两声。巡抚可不是个小官，救他出去那是抬手之间的简单事，她只需要传个话，就能卖人家一个人情，这真是天上掉的馅饼。

"好，等我家里派人来接我出去后，我便替公子去办这事。"温柔扫了一眼四周，找了点儿干草铺下坐好，"但现在，咱们只能等了。"

"无妨，在下已经等了很久。"裴方物轻笑道，"本来一个人还觉得无聊，有夫人作陪，倒有了些生气。"

说着，他便跟温柔一样坐下来，捡了点儿稻草把玩。

"公子方才说，是做陶瓷生意的？"温柔突然问了一句。

"是啊。"裴方物点头，"我刚接手这江南一带的生意，还不是很熟悉，不过认真在学了。"

"那……公子听说过琉璃吗？"

琉璃？裴方物皱眉："未曾听闻，那是什么？也是陶瓷的一种吗？"

"算是，"温柔笑了，笑得很开心，"不过它比陶瓷可贵重多了。"

先前她就在想杜温柔的钱不够用，倾家荡产地把自个儿赎出去之后该怎么办。这可真是老天爷送给她的机会，她祖上原就流传下了烧制琉璃的方子，但因为她实在穷困，开不起瓷窑，也不舍得把方子交出去，所以才落得个穷困潦倒的下场。

"贵重的陶瓷？为何在下没有听过？"裴方物有点儿郁闷，小声嘀咕，"难道我还没背熟品种单子？"

"不是，是世间只有我知道那东西要怎么做。"温柔笑了笑，"阁下要是有兴趣，等出去了之后，倒是可以与我做一做生意。"

做生意？裴方物看了她一眼："夫人这样的贵家妇人，还用抛头露面做这些事？"

温柔叹了一口气，捏着帕子擦了擦眼角："您也看见了，我的日子要是好过，我如何还会进这大牢？靠男人是靠不住的，女人还得自己手里有钱才有底气。再说了，做琉璃是不用抛头露面的，种种细节，倒是可以之后再详谈。"

裴方物仔细看了这女人两眼，不知是她承诺帮助自己在先还是别的原因，总觉得她是靠谱儿而且可以相信的人。

"好。"他点头道，"就冲这种牢里相逢的缘分，在下也愿意同夫人做生意。"

这就好办了啊！温柔握拳。能自力更生的话，那她就没这么被动了。她现在要做的事，就只是等疏芳来接她。

可是……这丫头怎么还不来？

疏芳被关在柴房里，行动不自如，好不容易等到送饭的丫鬟来，便让她去传话给萧夫人，得到的结果却是萧夫人今日出门了，还没回来。

"这可怎么办？"疏芳有点儿着急，买通了一个丫鬟替她待在柴房里，便回去翻找自家主子的首饰。

私房钱没了，首饰倒是可以换些银子出来。可是这一换，自家主子就一点儿能戴出去的东西都没了，这像什么话？！

不过人到底是比首饰重要的，大牢那种地方，自家主子怎么可能一直待着？疏芳咬了咬牙，还是带着首饰从后门出府，去了一趟当铺。

温柔等啊等，没等来接她的萧夫人，倒是等来了双眼微红的疏芳。

"主子，奴婢有罪。"疏芳进了牢里就在温柔面前跪下了，"砰"的一声，听得温柔膝盖都疼。

"这是怎么了？"温柔连忙过去，蹲在栅栏边看着疏芳，"起来说话。"

"奴婢……犯了大错。"疏芳哽咽着没抬头，抖着身子说道，"奴婢本是想拿您的首饰换银子救您出来的，没想到那当铺是个黑店，关起门来要抢东西。奴婢拼死抱着包袱出来，东西……东西少了一半。"

啥？温柔有点儿傻眼，这算是屋漏偏逢连夜雨吗？

"你没找夫人吗？"

"夫人不在府里。"疏芳低声说道，"二少爷还下令把奴婢关了起来，故而出了事奴婢也不敢找二少爷。"

萧惊堂也真是够狠的，把她关进来就算了，还一条活路都不给留！

温柔咬了咬牙，看着疏芳说道："东西少了就少了，咱们再想办法就是，你先起来。"

"是。"

裴方物在旁边听得目瞪口呆，看着温柔接过包袱去数剩下的首饰，忍不住说了一句："你这日子怎么过成了这样？"

温柔心里估着这些首饰的价值，满不在乎地道："我手段阴毒又心狠，不得丈夫喜欢又遭报应，日子不好过是正常的。"

这是很客观的评价，但是裴方物听着，就有点儿不知道说什么好了。

哪有人自己骂自己的，还半点儿不委屈，这人……怎么想的？

"进牢房的时候用了两支金簪。"疏芳咬了咬唇，"剩下的东西怕也就值三百两银子，救不得您。"

三百两……温柔摸了摸下巴，转头问裴方物："三百两银子能买些什么东西？"

裴方物回道："三百石精米，或者在幸城边上买座小院子。"

"听起来当本钱倒是堪够。"温柔笑了笑，取了一支九凤步摇递给裴方物，"这个算是咱们做生意的定金吧。"

精致的金簪上，九凤栩栩如生，眼上的宝石虽小，却也颇为珍贵，这是杜温柔的陪嫁之物。疏芳看了一眼，没吭声，眼眶微红。

"好。"裴方物欣然接过，也没说别的，看了她一眼，建议道，"夫人的退路看起来被堵住了，不如就现在帮了在下的忙，我们也好一起出去晒晒太阳。"

"我正有此意。"温柔挠挠头，朝他笑了笑，"本来还不知道怎么开口求助，您倒是大方。"

"看夫人犯的也不是什么大事。"裴方物说道，"多救一个人，没添麻烦，倒是添了点儿情谊。"

做生意的人最不讲情谊,也最讲情谊,就看对什么人了。温柔微笑,招手让疏芳过来,把裴方物的口信传达给她。

"这是信物。"裴方物将腰间的一支陶笛取了下来,"路上若有人拦,你就拿出这个说是裴家的人。"

"奴婢明白了。"疏芳颔首接过东西,提着裙子就往外跑。

第二天,萧家别院里。

萧惊堂正拿着衙门送来的案底在看,旁边的县太爷抿着茶笑道:"没想到二少爷倒是丝毫不偏私,大义灭亲哪。"

萧惊堂收拢手里的东西,垂眸说道:"她做得实过分了,故而才让她得些教训,不过那牢里环境不好,还请大人多多照顾。"

县太爷一听这话,面上笑着,心里倒是有些掂量不清了。

都说这萧、杜两家的联姻名存实亡,早晚会散伙,可他瞧着,萧惊堂不是还挺关心那杜氏的吗?连她杀人未遂坐进大牢,萧惊堂都要这样关心两句。

"对了,裴家陶瓷案子如何了?"萧惊堂问了一声。

县太爷拱手道:"多亏二少爷帮忙,那裴方物现在被扣在大牢里呢,要是不肯交出瓷窑,那本官就只有按律一直关下去了。"

萧惊堂点了点头。这县太爷帮了他不少忙,又是这一方之主,他自然是要给些甜头的。裴家的陶瓷生意做得不错,隐隐有与萧家瓷业竞争的架势,能提早将其除去,反正对他没什么坏处。

"马上就是幸城陶瓷大会了,裴方物被关,今年想必又是萧家一枝独秀了。"县太爷微笑,"到时候本官便向巡抚大人举荐,将萧家的瓷器往上头送。"

"大人劳心了。"萧惊堂颔首,端起茶杯看了萧管家一眼。

管家会意,将一个红封塞进了县太爷的跟班的袖子里。

县太爷装作没看见,嘴边的笑意却更浓了,正想再说点儿什么,外头守着的人却急匆匆地进来,附在他耳边说道:"大人,出事了。"

县太爷不满地看了他一眼,问:"能出什么事?"

"您还是回衙门去看看吧。"

瞧这人的神色不轻松,县太爷心里一顿,起身便朝萧惊堂拱手:"本官就先走一步了,不知又接到了什么麻烦案子。"

"大人慢走。"萧惊堂起身还了他一礼,然后目送他出去。

衙门有什么案子他不关心,母亲临时有事去了凤城,不知道什么时候才能回来。这段时间,他希望杜温柔能一直待在大牢里,好让他清净清净。

"少爷,"管家有些忧心,"那牢里也不是什么好地方,要不您关二少奶奶两日也就罢了,一直关着……夫人回来的话,怕是不好交代。"

"我有分寸。"萧惊堂说道,"没我的吩咐,谁也别去接她回来。"

杜温柔不是一向自视甚高,觉得杜家的嫡女就是比别人高出一头吗?他偏让她在那种地方吃苦头,跟那些人混在一起。杜家大小姐脸上的表情,定然好看得很。

温柔现在脸上的表情的确挺好看的。

裴巡抚的亲信带着东西将她与裴方物一起放了出来,县太爷脸色惨白,低声向裴方物赔罪:"这……大水冲了龙王庙,本官也不知您是裴巡抚的弟弟。"

"无妨。"裴方物脾气甚好地笑着说,"平时谁也不会知道,大人如今知道了,也望能替在下保密。"

"是,是,本官明白。"县太爷干笑两声,又看了杜温柔一眼,"只是这萧家二少奶奶,裴公子怎么也要一并带走?"

萧家二少奶奶?裴方物愣了愣,转头往四周看了看:"哪有萧家二少奶奶?"

温柔心虚地缩了缩脖子,弱弱地举手:"这儿呢。"

啥?裴方物震惊地瞪大眼看着她:"您竟然是萧家的二少奶奶?!"

"说是这样说没有错,"温柔耸肩,"不过我要出这大牢,还真得公子搭救才行。"

裴方物傻了,半响都没能回过神来。

市井之间关于这萧家二少奶奶的流言也不少,说她草菅人命的有,说她不把下人当人看的有,说她心狠手辣、小肚鸡肠的也有,但是……看着眼前这人,他无论如何也没办法将她同那些流言联系在一起。

这妇人看起来温柔可人,一双眼睛清澈明亮,像是装了整个夜空的星星似的,让人瞧着觉得很舒坦。有这样一双眼睛的人,怎么可能心肠歹毒?

"裴公子,您不会想反悔吧?"温柔瞧着他这神色,有点儿慌了,"咱们可是说好的啊。"

"没有,在下不会反悔。"裴方物低笑,"在下只是一时半会儿有点儿意外罢了,萧家二少爷竟然会如此对待自己的夫人。"

温柔轻轻松了一口气,尴尬地笑了笑:"就不提那些事了,多谢裴公子搭救,既然县太爷肯放人了,那我就先回去了。"

"我送您一程。"裴方物下意识地就说了一句,说完才觉得有些不妥,看了县太爷一眼,补上了半句,"顺便拜访一下萧家。"

县太爷笑得有些僵硬,背在身后的手轻轻挥了挥,后头站着的机灵的衙差连忙就往外走。

裴家有裴巡抚那样的后台,那事情可就难办了啊!

"二少爷!"

衙门里的消息传得很快,温柔还没跨出县衙大门,萧管家就已经急急忙忙地找到了萧惊堂:"二少奶奶被放出来了!"

"我不是说过,没有我的吩咐,谁也不许放她出来吗?"萧惊堂皱眉,"谁胆子这么大?"

"是裴方物。"萧管家有些慌张,"也不知道发生什么事了,衙门那边来消息说,裴方物是裴巡抚的亲弟弟,裴巡抚收到消息就给县太爷施压了,让县太爷将裴方物连同二少奶奶一起给放了出来。"

裴方物?萧惊堂皱眉,眯着眼睛想了一会儿,倒是能想明白。只是,这院子里才宁静一天,没道理就让杜温柔又回来祸害人。

"刚从牢里出来的人满身晦气。"顿了顿,萧惊堂吩咐道,"你去门口拦着,她若是回来了,让她去方才的别院里住着,等我亲自去接。"

"这……"萧管家觉得自家少爷委实有些欺负人了,但也没办法,只能硬着头皮去门口守着。

温柔坐在马车上,一路与裴方物聊着天儿。

"夫人是萧家的人,那从在下口中听见关于萧家的言论,怎么半点儿反应没有的?"裴方物有点儿哀怨,"害在下当真以为您与萧家毫无瓜葛。"

本来也是毫无瓜葛的,她就是个外来的人而已。温柔笑了笑:"我也不知道该有什么反应,外头的事,妇道人家怎么晓得?"

话是这么说没错,但她也太漠然了,也许是跟萧家二少爷有什么矛盾?萧、杜两家的事裴方物还是有所了解的,这杜氏若是当真对萧家没什么感情,那这桩联姻想必也维系不了多久。

裴方物正想着呢,马车就在萧家门口停下了。

温柔做了个深呼吸,掀开帘子正准备下车,就看见一脸褶子的萧管家站在车辕边朝她拱手。

"二少奶奶。"

萧管家这一拱手就挡住了她下车的位置,温柔微挑眉梢,笑着问:"这是什么意思?"

"二少爷吩咐,说少奶奶在牢里吃了苦,就先去别院休养两日。"管家小声说道,"等时候到了,少爷会亲自去接您回来。"

休养?萧惊堂这是变着法儿不让她进门呢。温柔抱着胳膊冷笑,虽说是杜温柔做错事在先,但这报应落在她身上,她是怎么都不舒坦的。萧惊堂不让她回去是吧?正好了!

"既然二少爷这么体贴,那就劳烦裴公子再送我一程了。"温柔回头看了裴方物一眼,说道。

裴方物听着外头的对话就皱了眉,再看温柔这一脸倔强又委屈的表情,心里微软,想也不想就点了头:"坐回来吧。"

"好嘞。"温柔放下帘子,没再理会外头的人,反正杜温柔的家当都在她这里呢,换个地方住就换个地方住,有什么大不了的?

她不在乎,但这表现落在裴方物眼里,怎么都是一副隐忍难过的模样。

"夫人缓缓气,若是有什么需要帮忙的地方,只管派人来知会在下一声。"裴方物伸手递了帕子过去,轻声说道,"在下能出大牢,全蒙夫人帮忙,今后在下必定全力报答。"

"没啥好报答的,举手之劳罢了。"温柔接过帕子,一边擤鼻涕一边说道,"公子若是想帮我,不如就借个小瓷窑给我用两日。"

瓷窑?裴方物想了想,颔首道:"城北有个小瓷窑,专门做精致的小件儿的,你若是想去看看,明日就可以去。"

"那敢情好。"温柔笑了笑,"我还需要点儿东西,公子能帮忙买吗?"

"什么东西?"

"石灰、白砂……"温柔一一将东西报给裴方物。

"夫人要这些东西做什么?"裴方物记下了,不过颇为好奇,"以您现在的处境,难道您不是要些衣食更划算?"

温柔笑了笑:"问你要衣食,岂不是成你养我了?我有手有脚有脑子,总能养活自己。"

裴方物有些震惊,被她这话说得还不上嘴,不禁失笑,然后认真地点了点头。

别院到了,温柔带着疏芳下车后,朝裴方物行了一礼:"多谢。"

"明日准备好东西，在下会来接夫人去瓷窑。"裴方物朝她拱手，"好生休息。"

温柔点了点头，目送那马车离开，然后抱着包袱就跨进了别院的大门。

别院也是萧家的房产，只是冷清些，疏芳从进来开始眉头就没松开过，等下人送上晚饭的时候，疏芳更是直接拿走了温柔的筷子。

"怎么了？"温柔伸手要抢回筷子，"我昨儿和今日都还没进食呢，快拿来。"

"您怎么能吃这种东西？！"疏芳眼睛发红，狠狠地瞪了旁边的下人一眼，"少奶奶就是少奶奶，不管是在主宅还是在别院里，都没有被下人欺负的道理！这分明是下人的吃食！"

旁边的小丫鬟抖了抖，低着头没吭声。

温柔笑了笑，还是把筷子拿了回来，然后说道："下人没有敢欺负主子的，除非地位更高的主子要同我过不去，他们才敢做这样的事。既然那人不打算好好对咱们，你发火也没用，吃东西吧。"

"可……"疏芳咬牙，颇为心疼地看着少奶奶去夹白豆腐，那眼神悲痛得活像少奶奶要"英勇就义"了似的。

温柔是真饿了。原先在草屋里吃的东西可比这个悲惨多了，她都能吃下好大一碗饭，萧惊堂这点儿小敲小打的伎俩，根本逼不着她。两菜一汤没有肉，她也照样能吃一碗饭，有什么事吃饱了再说嘛。

"二少爷。"

萧惊堂正在看账本，闻声只"嗯"了一声。

萧管家颇为无奈地说道："别院的用度安排下去了，少奶奶她……没反抗。"

杜温柔没反抗？萧惊堂顿了顿，抬头看了他一眼："为什么？有旁人帮她了？"

"老奴不知，不过那饭菜少奶奶吃得很干净，一点儿没剩下。"

萧惊堂皱眉，合上账本想了半天，开口道："管家，你觉不觉得二少奶奶跟变了一个人一般？"

萧管家轻轻点头："是不一样了，也许是想通了不少。"

"这可如何是好？"萧惊堂眼眸深沉，"咱们手里的东西还不够，她还得继续想不通才行。"

管家顿了顿，有些犹豫地说道："老奴瞧着……那裴家公子对少奶奶倒是颇为殷勤。"

要说杜温柔的错漏之处,萧惊堂能抓着的实在是太多了,可都是不痛不痒的,她甚至可以反咬他一口,怪他冷落正室。

但她若犯了七出之条,那就不一样了。

萧惊堂抿唇,点了点头表示知道了,只让管家多留意证据,然后就继续低头看账本。

但是看着看着,他忍不住抬头问了一句:"少奶奶对那裴方物是什么态度?"

管家正准备退下,听见这么一句话,认真想了想,答:"礼待有加。"

礼待吗?萧惊堂冷笑,垂了眸子挥了挥手。

杜温柔的胆子是越来越大了,他倒想看看,这个口口声声说爱他至死的女人会做出些什么事来。

第二天,天气甚好,温柔一身简朴的打扮,没带疏芳,自己出了门。

疏芳不是很放心,然而裴方物亲自来门口接温柔,疏芳也只能眼看着自家主子离开。

"旁边有包子铺吗?"温柔嗅了嗅空气里的香味儿,咽了一口唾沫,"能去买几个吃吗?"

裴方物意外地看她一眼,下车去买了一袋小笼包回来,递给她:"有些烫。"

"多谢。"

昨天吃白菜豆腐压根没吃饱,温柔接过包子就小心翼翼地吃了起来。动作不粗鲁,速度却极快,五个包子没一会儿全下了肚,她还可怜巴巴地舔了舔手指。

裴方物失笑:"夫人很饿?"

"有点儿。"温柔撇嘴,"等办完正事,您用膳时介意我搭个桌角吗?有肉就成。"

这话听得人又好笑又心酸,裴方物忍不住说了一句:"萧家二少爷也未必像传言之中那般完美。"

"嗯?"温柔好奇地看他一眼,问,"为何这样说?"

"对自己的夫人不好的男人,都不是什么好男人。"裴方物淡淡地说道,"他能力超群又如何?一家都难安,遑论安天下?"

裴方物说得挺有道理的,温柔给他鼓了鼓掌,然后不好意思地说道:

"我也不是什么好人,所以没立场责备他,大家各过各的,也相安无事。"

她倒是想得开,裴方物叹息,欲言又止,终究没说下去。

这毕竟是人家小两口的家务事,他只是个外人,哪里管得了那么多呢?

很快,他们就来到了瓷窑里。温柔跟着裴方物走到烧瓷的地方,看了看旁边她要的东西,便寻了布袋套着手,然后说道:"借地儿做个东西,可能要花很长时间,裴公子不如去喝杯茶。"

"不能看你做吗?"裴方物问。

"这是个秘密,旁人不能看。"温柔眨了眨眼,娇俏地笑了笑,"若是成功了,公子也能大赚一笔。"

这杜氏,还真是神秘兮兮的。裴方物无奈,只得挥手让旁边的师傅都下去,就把火给她烧着便是。

温柔寻了些合适的瓷瓶和瓷碗当容器,将白砂等东西先提纯,然后从荻灰和白炭灰里提纯碱。

纯碱有腐蚀性,温柔做得很小心,费时也较长,不过好在还算顺利,东西勉强能用。

祖上的琉璃方子是留给后代保命用的,温柔当时没当回事,眼下真能寻着生机,当真心存感激。

她按比例配好了原料,便将它们放入坩埚送进烧窑里高温加热。裴家的烧窑看起来很不错,琉璃料很快烧制而成,接下来就是成形和退火的问题了。

温柔耐心地等着,浑身是汗,取了模具慢慢退火,连裴方物什么时候进来的都不知道。

"这是什么东西?!"裴方物惊讶地低喊了一声,吓得温柔打了一个哆嗦,她这才发现他站在旁边对着正退火的琉璃珠子看直了眼。

温柔笑了笑,说道:"这便是我先前说的琉璃,先试着做了出来,没什么工艺可言,等退完火公子可以看看材质,若是能用,便寻点儿能工巧匠,做成更好的东西售卖。"

裴方物愣在原地,看着温柔将那一盒子琉璃珠放进了保温用的木箱,再放到更凉一点儿的地方,直到琉璃完全冷却。

她很有耐心,嘴里还哼着不成调的小曲儿,在这炎热干燥的环境里,哪怕汗水直流也没什么狼狈的感觉,反而很惬意。

他很不明白她这种惬意从何而来——她分明是被夫家薄待，被迫出来谋生的，这样的境遇放在大家闺秀身上，她是该痛哭几日才对的。可她，怎么就半点儿不觉得难过，反而更自在了呢？

　　她真是个奇怪的女人。

　　琉璃完全退火后，外头的太阳也已经下山了。温柔小心翼翼地把装着琉璃珠的盒子端出来，放在了裴方物的面前："公子请看。"

　　桌上亮着灯，灯光橙黄。裴方物小心翼翼地取了一颗琉璃珠子，对着灯光，发现竟然浑然通透，透过这珠子，都能看见灯罩上的花纹！

　　"这……这是什么材质，可以透视？"他惊了一跳，"宝石吗？"

　　温柔也拿起一颗琉璃珠子对着灯光看了看，微笑道："这就是我跟您说过的琉璃，可以当宝石，也可以做成器皿……但是，有的材料没到位，所以这珠子里有不少柳絮花纹，做成器皿恐怕不值多少钱。"

　　"这样的珠子，已经很值钱了。"裴方物眼里微微有光，看了她一眼，说道，"就算这是夫人做出来的珠子，只要商人说它是天然的宝石，这世间的达官贵人又没有见过，那这东西自然就能卖出天价。"

　　"如此甚好。"温柔点头，将桌上的盒子往裴方物那边推了推，"这一盒子琉璃珠，就当给公子的谢礼了。"

　　裴方物愣了愣，微微皱眉："给我？夫人做出来的第一批珠子，为何不自己留着换钱财？"

　　她倒是想啊！可她又不是商人，后续事宜还得靠裴方物帮不小的忙呢，怎么可能不先给人点儿甜头？求人的态度绝对要端正，没有人是天生该帮谁的，这是基本的为人处世的原则，不是吗？

　　心里这样想着，温柔笑得很端庄："我暂时还能度日，也没有凄凉到吃不起饭的地步。公子不如就先拿这些东西去试试，看到底能卖到什么价位。如此，之后我们也才好考虑要不要继续做。"

　　"做是肯定要做的。"裴方物认真地看着她说，"夫人若是信得过在下，在下保证，这一盒珠子，价格定然不会少于五千两银子。"

　　五……啥？！温柔震惊了，下意识地掰着指头开始算，五千两银子是多少钱哪？杜温柔这个杜家大小姐的陪嫁首饰才能卖将近一千两银子，这么一盒琉璃珠子，能卖五千两银子？不算人工的话，成本可能连五两银子都没有。

　　暴利啊！这就叫暴利！

　　温柔激动得哆嗦起来，拍了一下桌子，猛地吼道："做！明儿我就来继续做!"

裴方物被她这反应吓得差点儿没拿稳手里的盒子,心有余悸地捏紧盒子,然后看了她一眼,轻笑出声。

她真是个让人觉得又心酸又可爱的人。

"时候不早了,在下送夫人回去吧。"裴方物说道,"至于这盒珠子,明日在下就拿一颗摆在店面里,也许不能马上卖掉,夫人可能要多等些时候。"

"好。"温柔笑眯眯地应了,拿起旁边下人递过来的斗篷,裹上就往外走。

夜空里繁星遍布,她抬头看了一眼,忍不住感慨:"好久没有见过这样的星空了,星星多得跟芝麻似的。"

"为何会好久没见过?"裴方物慢慢地走在她身边,说道,"只要不下雨,每天晚上抬头就能看见。"

温柔笑了笑,也没多解释。

掌灯的下人不知道什么时候不见了,裴方物亲手拿着灯在她前面半步处引着路,温柔回过神来往前一看,就看见了他分外柔和的侧脸线条。

气氛咋有点儿不对劲了呢?

温柔眨了眨眼,停下了步子,还没开口,裴方物就也停了下来,回头关切地看着她:"夫人怎么了?"

眉梢一动,温柔干笑:"时候不早了,裴公子也没必要亲自送我回去,有车夫在就行了。"

裴方物微愣,似乎也想到了什么,伸手将灯盏递给她,低声应道:"好。"

温柔朝他屈膝,接过灯就飞快地往外走去。

太可怕了,她差点儿忘记自己是有夫之妇,半夜三更跟人这样在一起,指不定就被逮着浸猪笼了呢!

马车在门口等着,温柔提了裙子就上去,结果后头跟上来一个丫鬟提着两个食盒,坐在她旁边就说道:"公子怕夫人路上无趣,命奴婢送送夫人。"

裴方物还真是体贴啊!温柔朝她笑了笑,然后目光就落在了她手里的食盒上,肚子发出"咕"的一声。

温柔今儿做了一天的琉璃,中途也就吃了几口点心,现在真是饿得不行。

那丫鬟听见了声响，掩唇笑了笑，打开左边的食盒，拿了一碟细面馒头递给她："车上颠簸，别的菜肴还是得到了再用，夫人先用点儿这个垫肚子。"

温柔点头，接过馒头来就咬了一大口，总算没了那种心慌慌的感觉。

瞧着她这狼吞虎咽的模样，丫鬟都有些不忍心了。这位夫人好歹是大户人家的嫡女，怎么就落得了这样的下场？

马车走得很平稳，没一会儿就来到了别院前。温柔惦记着美味佳肴，一跳下车也没看周围的情况，伸手就去接马车上的食盒。

"回来得挺早。"熟悉而冰冷的声音在背后响起，温柔身子一僵，瞬间觉得像有一条冰冷的蛇从她的脚跟爬上了脖颈。

"主子！"疏芳颤抖着喊了她一声，看了旁边的萧惊堂一眼，没敢说多余的话。

二少爷来了有一会儿了，发现别院里没人，就一直等到了现在，也不知道是什么意思。

温柔深吸一口气，缓缓转过身来，朝萧惊堂笑了笑："你这么晚了还没休息啊？"

"你这么晚了，不也是还没归家吗？"萧惊堂一张脸在灯光下显得有些恐怖，目光里半点儿感情也不带，看得温柔浑身发毛。

女子回家晚了，好像是有点儿说不过去。她只庆幸自个儿机灵，没让裴方物送她回来，不然才真是撞进阎王殿了！

"夫人去咱们珍馐斋订了饭菜，因着排队的人多，所以现在才给送来。"马车上的小丫鬟开口了，聪明十足。她巧笑着下了车，将食盒递给旁边的疏芳："这是夫人点的菜，能得夫人的赏识，咱们珍馐斋不胜荣幸。"

温柔顿了顿，立马就反应过来，苦笑着道："辛苦你了，银子就记在萧家账上吧。"

"是。"小丫鬟颔首，朝萧惊堂也行了一礼，然后跳上马车就走了。

萧惊堂皱了皱眉，看着那远去的马车，冷冰冰地重复了一遍："珍馐斋？"

"城里很出名的酒楼。"温柔没再看他，顺手帮着疏芳提了食盒就往里走，"二少爷这么晚了大驾光临，是知道有东西吃，过来蹭桌角的吗？"

才不是，他分明是过来抓奸的，只是没抓到而已。

萧惊堂抿唇，看了看头也不回的杜温柔，想了想，还是跟了上去。

她早上开的玩笑，裴方物当真是放在心上的，食盒里的八个菜，个个都有肉，看得温柔的鼻子一酸，眼眶都红了。

该死！世上的好男人这么多，杜温柔怎么就在萧惊堂这一棵歪脖子树上吊死了？

"我当你真吃得下青菜豆腐，没想到还是自己找了路子。"

进了花厅，萧惊堂也没坐下，就靠在一边看着温柔狼吞虎咽。

杜温柔当真是狼吞虎咽，半点儿不像以前吃饭那死板的样子，两个腮帮子都鼓起来了，还在不停地往嘴里塞肉。

他把人饿成这样了？

"二少爷你吃吗？"咽完嘴里的东西，温柔象征性地问了一声。

萧惊堂当然是摇头，还没说话呢，就见她一把将疏芳拉过来坐下，伸手就给疏芳盛了一碗饭。

"那咱们就不客气了，您自便。"

疏芳惊了一下，下意识地就要站起来，温柔却一把将她给按下了："别说什么规矩不规矩的了，人家没拿我当主子，你也不必把我当主子，一起吃个饭吧，别饿晕了明日没人给我梳头。"

"是。"疏芳神色复杂地看她一眼，拿起了筷子，很是缓慢地把饭往自己嘴里塞。

温柔瞧她一眼，给她夹了一块肉。把肚子填饱了之后，温柔放下筷子，优雅地抹了抹嘴。

萧惊堂还站在原处，一双眼充满探究地看着她。

"二少爷不回去吗？"温柔问。

这话说是询问，却分明有些赶人走的意思，萧惊堂淡淡地说道："这也是萧家的别院，我就算留下来，也没什么不妥。"

"哦。"温柔点头，打了个哈欠，"那你就去歇着吧，我也困了，就不多陪了。"

她累了一天，实在没什么精力应付这人了，起身就想走。

然而刚经过萧惊堂身边，她胳膊一紧，整个人瞬间被拎到了他面前。

"我说留下来，你还想走？"

温柔愣了愣，抬眼看了看他。

这厮脸上的表情不知道为什么柔和了下来，看着她的眼神里没了刺儿，倒剩下些颜色不分明的水，暖暖软软的，卷着她就往里头沉。

这一招对杜温柔有用，使在她身上，没用，她又不喜欢他。

虽暗自吐槽，温柔却不敢动，任由他靠近。

萧惊堂皮笑肉不笑，伸手就抚上了她的脸。

温柔躲不了，也不再想躲了。人家毕竟是夫妻，做点儿夫妻爱做的事情，那她也不能拦着不是？

只是……她没啥经验，对面前这人也没啥兴趣，过程肯定不会太愉快。

然而她想多了，萧惊堂只是伸手摸着她的脸，压根没想进一步做点儿什么。

粗糙的手掌滑过她的肌肤，说实话是有点儿疼的，毕竟杜温柔保养得很好，皮肤嫩，但她也没挣扎，站直了等他摸完，然后浅笑着问道："二少爷可看仔细了？有没有人皮面具啥的？"

萧惊堂愣了愣，有些狼狈地收回手，转头看向别处："你想多了，只是许久未见，想仔细看看你而已。"

这话也就杜温柔能相信了。温柔暗自翻了个白眼，然后奸诈地笑了笑，伸手就抚上他的衣襟："当真？二少爷想我了？"

发着呆的疏芳一听这话，连忙起身退了下去，还带上了门。

萧惊堂微微皱眉，垂眸看着她说道："你以往从来只唤我惊堂。"

她什么时候开始喊他二少爷了？

"同一个称呼叫久了会腻。"温柔勾唇，笑得媚气横生，"同一种态度处久了，也会腻。二少爷瞧瞧，是不是看如今的我挺顺眼的？"

"没有。"萧惊堂伸手抓住她企图解开自己的衣襟的手，一脸冷漠的表情，"你只是正常了些罢了，算不得顺眼。"

"嘤嘤嘤。"温柔扭着身子不开心了，"人家现在一不妨碍你泡小妾，二不在你面前碍眼，好不容易等着你愿意主动来看人家了，竟然还说人家不顺眼。"

秉着反正恶心不死自己的原则，温柔软着声音眨巴着眼，眼角都快抽筋了，反正目光死活粘在他身上不挪地儿。

萧惊堂脸色有点儿精彩，跟整吞了一个榴梿似的看着她，张了张嘴，也不知道该说什么话。

这人一身冰霜，倒是挺好调戏的啊！温柔发现了这好玩的事，踮起脚就凑到他的耳边说道："二少爷真的不好好看看人家吗？说不定不是脸上有猫腻，是身上呢？"

萧惊堂板着脸，冷哼一声推开她，耳根却微微发红："滚开！"

"好凶。"温柔撇了撇嘴，顺着他的力道跌坐在地上，一手撑地，一手掩唇，活脱脱一个被抛弃的怨妇，"嫁给你这么久了，你都没怎么好好疼爱人家,人家好委屈,好不甘心……"

"没想到你竟然如此放荡。"萧惊堂眯眼,脸色严肃得紧,"端庄贤惠的皮,终究是盖不了无耻下贱的骨!"

哎,你说这好端端的骂起人来算是怎么回事啊?温柔没忍住,一个大白眼就朝他甩了过去:"就你高贵,别人都下贱!你女人多是你本事,我勾引自己的相公还成放荡了不成?"

萧惊堂顿了顿,以为自己听错了:"你说什么?"

"我说您高兴就好。"温柔站起身,拍了拍裙摆,"不举不是什么丢人的事,早点儿看大夫早点儿治病,娘亲还等着抱孙子呢。"

不……不什么?萧惊堂怒不可遏,逼近她两步,俯视着她:"你放肆!"

"没有,您别生气啊。"温柔撇嘴,上下扫他一眼,满脸嫌弃的表情,"恼羞才会成怒呢,您这浑身的火气代表着什么,我可不知道。"

"你!"

牙尖嘴利,这人简直是牙尖嘴利!他以前怎么没发现这女人这么能说?

萧惊堂深吸一口气,冷笑:"你若认为我不举,大可出墙去。"

"出墙,然后被人抓着浸猪笼啊?"温柔"呵呵"笑了两声,一脸气死人不偿命的表情,"我不,就不——我非碍着人眼活得好好的,您有本事休了我啊?"

萧惊堂头一次被一个女人气得没话说,良好的家教让他没一拳揍过去,却怒得双目微红。

温柔耸肩,小声嘀咕:"大半夜跑我这儿找气受,也是自作孽。"

萧惊堂嗤笑一声,伸手就抓起她,半点儿不怜惜地往花厅内的软榻上扔去。

砸在软垫上有些疼,温柔皱眉,看着面前这被自己气得没了理智的人,心里有点儿慌,面上却还是一片镇定之色。

"怎么?当真要给我证明了?"

萧惊堂没理她,伸手扯了她身上的衣裳,盘扣飞远,锦缎外裳下头就是兜肚……

温柔撇嘴,心里到底慌了。

她没这么惨吧?

萧惊堂像一头暴躁的狮子,将她身上的衣裳破坏殆尽。她雪白的肌肤裸露了出来，带着盈盈的香气，让身上这人顿了顿。

温柔勉强镇定地看着他，笑道："停下来做什么？二少爷还是快些宠幸了人家，人家好回去院子里跟那些姨娘炫耀呢。"

萧惊堂嫌恶地看了她一眼，浑身冰冷地站了起来，看着她的目光满是嘲讽之意。

衣不蔽体，温柔不用看也知道自己现在是什么模样。他没打算宠幸她，就是打算借这法子羞辱她。

无论富贵贫穷，女子在男人面前都没有尊严，就是一个生育和泄欲的工具，饶是杜温柔这样的出身，也免不得要被自己的丈夫像看货物一样看着。

她有些心疼杜温柔了。

但是她这时候哭的话，岂不是更惨了？温柔咬牙，忍着心痛坐起来，目光怜悯地看了萧惊堂一眼，然后才"哇"地大哭起来。

没错，她没有隐忍可怜地哭泣，而是直接号啕大哭，边哭边喊："我才二十岁啊，为什么丈夫就不举了？我要守一辈子活寡啊，苍天哪——"

萧惊堂是真的打算羞辱她的，抱着胳膊正准备看她的笑话，谁知道这人就大哭大号起来，喊的竟然还是……他不举？

整张脸都黑了下去，他伸手捂住了她的嘴，狠狠地说道："杜温柔，你想死是不是？"

温柔眨了眨眼，眼泪跟珍珠似的掉了下去，在他的掌心里呜咽："守一辈子活寡，不如死了算了，你闷死我吧！"

萧惊堂又好气又觉得有些好笑。他当真不知道该说什么好了，杜温柔的本性怎么会是这样的？这简直让人不知道该怎么办。

"你闭嘴，我只是不想碰你，没有不举。"

温柔哭得更厉害了："你别解释了，我这样胸大、腰细、腿长的人你都不想碰，还不是不举？"

"身子好看有何用？"萧惊堂冷笑，"你这颗心脏得让人没有想碰的欲望。"

他这是在骂她，毕竟杜温柔做过的恶心事简直罄竹难书。他以为这样说，她多少会有点儿不好意思。

然而他又想错了，面前这人听了这话，认真想了想，竟然点了点头，拿开他的手说道："有道理，既然这样，那咱们就各自回房休息吧。"

温柔说罢起身，一点儿也不留恋地裹了衣裳就往外走。

"杜温柔！"萧惊堂愣怔之下，低喊了一声。

衣衫根本没法儿蔽体，她这样走出去，不觉得羞耻吗？

温柔知道他是什么想法，站住了脚，把裙子给撕成短裙，上衣也撕成短袖，回头朝他笑了笑："二少爷可得记住，我这个人从来不服封建礼教的。就算我裸着出去，丢脸的也是你。衣裳是你撕的，冤有头债有主，别指望我会不好受。"

穷人家衣不蔽体的时候多了去了，她怕啥？就算这儿的人戳她的脊梁骨骂她，那也是杜温柔该背的，杜家大小姐让她来也没跟她商量，这便算是礼尚往来了。

眼瞧着这人说完就要继续往外走，萧惊堂气极反笑，伸手将人拉回来，扯了自己的衣裳将她罩住。

"你若是在跟我比谁更不要脸，那你赢了。"他说道，"我不求你做夫人多尽职尽责，但萧家的颜面不能在你这儿丢了。"

大户人家嘛，都是讲颜面的。温柔挑眉，终于像是抓着了救命的绳索，厚着脸皮抬头看着萧惊堂说道："想要我不丢脸？很简单，二少爷把我在府里的用度还给我如何？"

她还蹬鼻子上脸了？萧惊堂眯眼："你犯错在先，如何还能享平常的待遇？"

"咱们这不是讲条件吗？"温柔"嘿嘿"笑了两声，拉着他就在椅子上坐下，"我的要求就这一个，二少爷若是满足了，我可以在这别院里一直住下去。就算娘亲让我回去，我也可以自己找理由回绝，怎么样？"

萧惊堂皱眉看她一眼，没吭声。

对这个条件，他很心动。但作为经验老到的商人，在自己动心的条件面前，他也从来不动声色。

要是一般人，这时候就该降低自己的条件了，但面前这女人竟然很有耐心，不追问也不慌张，一双眼睛镇定地看着他。

一瞬间萧惊堂觉得，杜温柔可能也适合做一个商人。

"好，我答应你。"他垂下眸子，微微颔首，"只要你不回萧家大宅，并且抵抗得了母亲的安排，那我不仅恢复你的用度，每月还会多给你五十两银子。"

"成交！"温柔高兴地拍了拍手。

温柔拍完手发现自己的表现太反常了，连忙轻咳两声，换了张悲伤的脸："既然如此，二少爷便要自己记得多添衣，多加餐，勿念妾。"

萧惊堂冷笑一声，抱着胳膊看了她一眼："你可真是虚情假意。"

"二少爷过奖。"温柔一点儿也不恼，随他怎么说，钱到手了，意味着她可以吃更久的肉，有更多的本钱做琉璃，哪里还管这男人的生死啊？

萧惊堂盯着她沉思了一会儿，转过身去，终于跨出了这别院的大门。

夜色深沉，温柔终于爬上了床。折腾了一整日，她累得慌，一闭上眼就陷入了黑暗之中。

"杜家嫡女，好个杜家嫡女！"有女子尖锐的声音从远处传过来，吓得温柔睁开了眼。

一片混沌之中，场景突现。一身素绢的女子跪坐在柴房的地上，表情仇怨地看着杜温柔。

"你是嫡女，我是什么？这么多年来，父亲和母亲竟然被你耍得团团转！你放开我！我要去揭穿你！"

"揭穿我？"杜温柔笑了笑，低下身来看着她，"没有机会了，好妹妹。"

杜芙蕖陡然睁大眼睛，看着面前的酒杯，一边摇头一边往后退："不……不要，我可是你的亲姐姐！"

"瞧瞧，活人就是会乱说话。"杜温柔笑了笑，让疏芳压着杜芙蕖的身子，自己捏着杜芙蕖的下巴就将那一杯酒灌进了她的嘴里。

"明日可是大喜的日子，你这深爱惊堂的庶女，也该自尽以示情深了。"

酒杯落在地上，发出清脆的声响，杜芙蕖眼泪横流，怨毒地看着杜温柔："你会有报应的，会有报应的！惊堂永远不会爱上你，永远！"

浑身一紧，温柔惊醒过来，恍惚了好一阵子，才看清头上帐顶的花纹。

杜芙蕖……是被杜温柔杀害的？不是说杜芙蕖是自尽而亡的吗？嫡女庶女、姐姐妹妹的，又是怎么回事？她这是做噩梦了，还是这本就是属于杜温柔的回忆？

若梦里的场景是真的……那这杜温柔，到底是有多可怕？

外头还未天亮，温柔却睡不着了，披头散发地起身，决定去敲疏芳的门。

第二天晌午，萧惊堂从后门乘车，七拐八拐地去了一处幽静的宅院。

"景公子来了。"门口的小丫鬟低声说了一句。

萧惊堂颔首，脱了斗篷便大步往里走去。

这处宅院一年也就用得着一两次，每次住人不会超过一个月，但依旧被人照顾得很好，一处杂草也不曾有，花团锦簇，正是春光最好的时候。

但是萧惊堂什么也没看，步履匆匆，直接去了大堂。

"惊堂。"有温文尔雅的男子捏着玉骨折扇，微笑着看着他。

萧惊堂颔首，二话没说，半跪行礼。

"你看你，这么多年了，每次相见，还总拘礼。"轩辕景无奈又好笑地扶起他，说道，"又是半年未见，惊堂兄风采更胜了。"

"三公子过奖。"萧惊堂难得发自内心地笑了笑，"您来得倒是时候，我正想迎个新人进门，这杯喜酒，公子倒是能喝上。"

"哦？"轩辕景有点儿意外，"纳妾？可那杜氏……"

"杜氏已经被安置在别院里，想必不会惹出什么事来。"想起那女人，萧惊堂微微皱眉，"她最近性子大变，跟往常不同，倒也省了我不少事。"

有这样的事？轩辕景挑眉："我怎么听闻，她先前还将你那阮姨娘给扔进狼林了？"

"那次，我已经惩罚了她，将她也扔去了狼林。"萧惊堂垂眸，"只是被扔去之后，不知是受了惊还是别的原因，她回来就变了个人。"

轩辕景顿了顿，而后"哈哈"大笑："女人的手段千奇百怪，谁又说得准她在玩什么花样？你若是嫌她烦，不理会便是。"

萧惊堂点头。

其实他最近倒没那么嫌她烦了，反而想知道她到底在想什么。他这算不算中了她的计？

"午膳咱们还是去珍馐斋用吧。"轩辕景提议道，"半年前来吃过一回，总也难忘那一道东坡肘子。"

"是。"萧惊堂回过神应了，跟着他就往外走。

幸城不大也不小，街上车水马龙，分外繁华。轩辕景来了兴致，弃了马车就拉着萧惊堂步行。

"听说那裴方物与巡抚有些关系，被放出来了？"

人虽不在幸城，幸城的风吹草动可没能瞒过这位爷的眼。萧惊堂低头应了一声，看了看前头的裴记玲珑轩。

那是裴家最大的首饰铺子，半月前只有四个店面，如今已经扩了二楼，生意倒是红火。

"进去看看。"轩辕景合了扇子就往里走。

萧惊堂颔首跟上，发现里头的人当真是多，差点儿没他们落脚的地方。

一群人围在一个架子前头，掌柜的派了不少护卫才免得他们撞倒货架。

货架前头还站了位鉴宝商，此人正眼睛发光似的看着红木架上的宝石盒子。

"不是在下吹捧，这珠子百年难得一遇啊。"那鉴宝商说，"既然你们玲珑轩摆出来了，不如就开个价？"

除了说话这人，其他人都是看热闹的，毕竟那晶莹剔透的宝石谁也没见过，大家不知道价钱。

掌柜的笑了笑，打着算盘说道："东家说了，这珠子有市无价，只待有缘人来遇见，开个缘分价钱。"

鉴宝商不高兴了："我与这珠子碰见了，就是缘分。掌柜的要这样说，莫不是觉得在下出不起价钱？先前收蓝宝石，这么大一颗也便是两千两银子，这东西……这东西也就一千两银子吧？"

掌柜的一脸客套的笑容，没吭声。

什么珠子竟然这么惹人注目？萧惊堂有点儿好奇，轩辕景更是直接上前去看了看。

锦黄的缎子上衬着一颗东西，两个人不仔细看差点儿没看见。珠子晶莹剔透，其中有些蓝光，带了些天然的柳絮状纹理，许是新发现的宝石品种。

当世民间的人鉴赏能力不高，但什么稀奇就以什么为贵，这是通理。

轩辕景眼眸微亮，看了那珠子两眼，展开折扇笑道："一千五百两银子，我倒觉得算个缘分价钱。"

掌柜的顿了顿，看了说话的人一眼，眼眸微亮，连忙笑着迎了过来："这位公子倒是识货，咱们东家说了，谁能出准这价钱，珠子就可以卖给谁。一千五百两银子，不多不少，正好是缘分价。"

鉴宝商微愣，脸上红白交错，看了轩辕景一眼，试探性地问："公子要买？"

"不买出什么价呢？"轩辕景微笑，朝旁边的随从看了一眼。

那随从当即拿出了银票，放在掌柜的手里。

围观的人一片哗然，纷纷猜这人是什么来头。就算是萧家二少爷，也不会随时带几千两银票在身上啊。

身后的萧家二少爷保持沉默。

轩辕景有收藏古玩和稀奇东西的嗜好，萧惊堂拦不住也懒得拦。这玲珑轩今日摆明了是套冤大头，没想到三公子给人家送上来了。

萧惊堂瞧瞧旁边的鉴宝商——这显然是个托价格的，周围围观的人倒不都是骗子，多是看热闹观望的。今日这珠子卖了一千五百两银子，那以后若是还有同样的珠子，自然是更高的价钱。

裴方物真是会做生意。

不过……萧惊堂看了一眼轩辕景拿在手里的珠子，那东西的确没见过，三公子拿回家去讨讨长辈喜欢，一千五百两银子，倒也不亏。

于是，萧惊堂就闷不吭声地看着轩辕景一路捏着那珠子把玩。

"母妃最近正闷得慌呢，说是头面拿不出手了，父皇给的恩赐又不多。"坐在珍馐斋厢房里，轩辕景低声说道，"我拿这个回去镶在她的宝蓝头面上，应该能讨她两分笑意。"

"公子孝顺。"萧惊堂点头。

轩辕景笑了笑，盯着那珠子说道："不过一颗倒是有些少了，若是能多寻些，自然更好。"

"公子先用膳休息，这珠子，惊堂自然会再多寻几颗，到时候一并送回上京，娘娘想必更开心。"萧惊堂一点儿也不心疼地应承下这差事，"左右您还会在幸城停留一个月，我会派人多去玲珑轩打听打听。"

"辛苦你了。"轩辕景微笑，眼里满是温和的亮光，伸手便从袖了里拿出一张单子，"这是你一直想要的东西，倒是有了进展。"

萧惊堂一直想要的，无非就是皇家的生意。他听三公子这么一说，心里便是一跳，接过单子看了看——贡品物什纳进单。

"多谢三公子。"心里的石头落了地，萧惊堂轻笑，"您每次来，都是带着好消息来的。"

"也是你萧家争气，与我有什么干系？"轩辕景凤眼微眯，"你的路，还长得很呢。"

萧惊堂颔首，仔细将那单子收好，然后便吩咐人上菜。

裴家瓷窑里，温柔顶着两个黑眼圈，无精打采地调着配料，旁边的裴方物看她好几眼了，瞧着她将坩埚放进窑子，才终于忍不住开口问："夫人怎么了？"

"没睡好。"温柔沮丧着脸，"亏心事做多了，被恶灵缠身了。"

她说的是实话，昨儿做了噩梦之后她就去逼问疏芳杜温柔做过的恶事，结果不问不知道，一问吓一跳。

这个杜温柔，手上不只有亲姐姐的人命债，还害死过萧惊堂身边的丫鬟，逼死过杜家的姨娘。坏人该做的事，她做了个遍，并且当真是一点儿不无辜，而且身世上还有个大秘密。

温柔很想哭。她虽然不是什么纯洁无辜的小白兔,但至少也是好人家的姑娘,凭什么就遇见这种事了啊?不是她做的坏事,最后可能全得要她来担责,这也太欺负人了!

瞧她说得这么坦荡,裴方物只当她是在说笑,不肯说实话,当即也没追问,只守着她把新一批的琉璃珠子做出来,然后便带她去房间里坐着,送上两盘点心和一个盒子。

"这是什么?"温柔耷拉着脑袋,塞了一块点心在嘴里。

"是你该得的东西,打开看看。"裴方物温和地笑着。

温柔看了他一眼,伸出爪子刨开盒子上的锁。

一股子属于银票的芳香气息扑面而来,瞬间就让人完全精神了!温柔瞪眼,拿出那一大沓东西,往手指上啐了口唾沫星子,仔细数起来:"一……二十九、三十。"

一百两面额的银票,一共三十张!温柔震惊了,呆呆地转头看向裴方物,瞳孔都变成铜钱状的了:"这……我该得的?"

"你的头一盒珠子,一共八颗,今日卖掉了两颗,每颗一千五百两银子。"裴方物失笑,"算是运气不错,遇见了贵人上门,一千五百两银子买走了一颗。店里新上的另一颗,直接被萧家给收走了。萧家二少爷还放话给我,说一有珠子,直接送去萧府就是。"

下巴差点儿掉在地上,温柔浑身打了一个激灵:"你说啥?萧家?"

"正是。"裴方物点头,"看样子他们是想拿去送礼,估计要凑个吉利数,你这一盒珠子,可以赚个盆满钵满。"

原以为一共能卖五千两银子已经是天价了,没想到这一卖就是一万两千两银子!温柔差点儿流口水了,连忙拿帕子捂着嘴,乐得见牙不见眼的:"卖!第一盒全卖给萧惊堂那冤大头,咱们可以暂时不做琉璃珠子了。"

物以稀为贵的道理谁都懂,她不再做这东西,那算上刚出炉的那一盒,世间总共也才两盒,值这个价钱。剩下的那一盒可不能在幸城卖了,要卖就卖远点儿,专挑有钱人家卖。

裴方物颔首,温柔地看着她:"你想不做,那便不做了,这两盒珠子已经够你过上几年的日子了。"

"你别误会啊,我只是说不做琉璃珠子,别的东西还是要做的。"温柔眯起眼,"谁还嫌钱多啊?"

裴方物:"……"

他本还觉得有些可惜,她赚了钱就该回萧家了,不承想……她竟然还有更长远的打算吗？心里微暖，他正想开口，就见温柔伸手拿了两张银票，然后把剩下的都给他了。

"怎么？"

"这是说好的，第一盒的收益都该给你。"温柔认真地看着他，"我拿两百两，算是意思意思，之后萧家给的货款，全归公子处置。"

她当真舍得？那可是一万多两银子啊！裴方物有点儿震惊："夫人可知这一大笔银子能做多少事情？"

"我大概猜得到。"温柔笑了笑，挺直了腰杆，"但是我有赚钱的本事，又何愁赚不回来？公子帮我至此，总该有所答谢。"

裴方物怔怔地看了她半晌，无奈地摇头："你这样大方，若是遇见别人，指不定会吃多大的亏。"

"幸好遇见了你。"温柔俏皮地眨了眨眼，说道，"看在咱们也算一起赚钱的分儿上，公子一定不会出卖我吧？"

面前的人顿了顿，表情严肃起来，伸手指天，认认真真地说道："我裴方物，今生今世，若是出卖夫人，天打雷劈，不得好死！"

温柔有点儿感动，瞬间觉得银票送出去也不那么心疼了。

"不过，这第一盒珠子的收益，夫人自己收着吧。"裴方物放下手来，认真地看着她说道，"夫人没有买卖的路子，在下有，第二盒珠子的收益给在下便是。这些银票，夫人若是不方便存，在下可以帮夫人在钱庄开户，您想什么时候用，直接去取便是。"

有了这话，她和这人的友盟关系算是铁了吧？虽说商人无情，但她觉得裴方物这人人品不差。况且她都这么真诚以待了，人家必定会念着她的好，不会坑她。

"好。"温柔答应了，"那我也就不推辞了，多谢裴公子。"

裴方物微笑，替她将剩下的银票收好，正要叫人进来，外头的小丫鬟叩门进来便有些着急地禀道："公子，大瓷窑那边出事了。"

温柔耳朵一竖，看了看裴方物，低声问："过去看看？"

裴方物凝重地点头，开口道："走吧。"

这看起来应该是大事，但是人家一点儿也没回避她，温柔心里更踏实了，跟着就往外走。

她不是个会轻易相信人的人，再好的关系，难免也有出现分歧甚至反目成仇的时候。她现在做的事要是给别人知道了，下场一定不会好到哪里去。裴方物作为唯一的知情者，她肯定是要跟他搞好关系的，最好能抓住点儿他的把柄在手里。

此事,不怪她有心机。她也是真心交裴方物这个朋友的,只是两个人毕竟是在非同一般的情况下结识的,她怎么也得提前找好退路,免得一朝风云变,手忙脚乱不知所措。

两个人上了马车,一路上裴方物都心情沉重。上次送温柔回去的那个机灵的小丫鬟也在车上。小丫鬟看了看他,又看了看温柔,没说什么话,就乖巧地跪坐着。

他们去的瓷窑是裴家最大的瓷窑。最近大家正为了瓷器大会的事忙碌,不过不知道为什么,现在里头一片安静,只有火炉的声音,别的什么动静都没有。

"东家。"一看见裴方物下车,负责瓷窑的人立马迎了上来,嘴唇都在哆嗦,"刚做好的'八仙过海'……碎了。"

"八仙过海是什么东西?"

温柔还没来得及问出这句话,就见裴方物脸色一白,急匆匆地就往里头走。

那她干脆直接去看看吧。温柔闭了嘴,提着裙子跟了上去。

碧绿的瓷桌上头有八仙过海的釉花,精致绝伦。可惜的是,桌墩碎了,桌面也有了裂痕。

"谁干的?!"裴方物两眼通红地问。

周围的人没敢吭声,负责的老头子战战兢兢地说道:"一直让人小心看管的,谁知道看管的人只是去了个茅厕,回来就……"

"我不是说了一定要寸步不离,寸步不离的吗?!"裴方物低吼,"花费那么多人力、物力,那么多时间,你们以为是闹着玩的吗?!"

这还是温柔第一次见裴方物发火。那张往日温和的脸上线条陡然硬朗起来,他双目灼灼,嘴唇紧抿。虽然这时候说这个有点儿不太合适,不过温柔真的突然发现这人挺好看的,尤其是鼻梁,挺拔笔直,虽然略带鹰钩,却有些儒雅之气,不显阴暗,明朗夺目,不可方物。

"这'八仙过海',是准备卖给谁的吗?"瞧着周围没人敢说话了,温柔回过神来便小声问了一句。

裴方物揉了揉额头,叹息了一声:"这是准备在陶瓷大会上争辉的东西,烧制了两个月,淘汰了不少同样的,才挑出这样一套精品。可是现在,离陶瓷大会只有半个月的时间了。"

他们再做已经来不及,可用其他的东西顶替,那胜算也就不大了。

陶瓷大会历年来都是萧家夺魁，今年裴方物本想拼一把试试看，兴许能从萧惊堂手里把"幸城第一窑"的名头抢下来。

但现在，他这愿望恐怕要落空了。

旁边站着的人大气也不敢出，裴方物暴怒了半晌之后也逐渐平静下来，略显疲惫地揉着额头说道："罢了，拿那套百花图的碗碟去顶着吧，把看守的人解雇，我裴家永不再用。"

"是。"旁人应了一声。

裴方物转头看向温柔，勉强地笑了笑："时候也不早了，在下还是让人先送夫人回去吧。既然暂时可以不做珠子，那夫人便休息两日吧。"

"好。"温柔点头应了，跟着那小丫鬟就往外走。

裴方物站在原地，捏着拳头看着那一地的碎片，甚为不甘。

"夫人虽说是萧家的人，可咱们少爷也真没拿您当外人。"走在路上，前头的丫鬟忍不住回头看了她一眼，低笑道，"让夫人见笑了。"

温柔抿唇，提着裙子低声问："陶瓷大会很重要吗？"

"自然重要。"小丫鬟点头，"算是幸城以及周边小城的大事了，连上京也会有商家带着瓷器赶过来。每年瓷器大会的头筹会给人带来一年的好生意。"

这就跟选秀的噱头一样，拿了第一的瓷窑有个名声，卖东西更好卖。

温柔点头："那以前裴记赢过吗？"

"不曾赢过。"小丫鬟叹息，"裴记做陶瓷都是没什么花样的，只在少爷来了之后才稍微多了些釉色。只是，这点儿变化，哪里比得上萧家往陶瓷上镶宝石来得惹人注目？"

往陶瓷上镶宝石？温柔撇嘴："那还算得上是陶瓷大会吗？直接比谁家的宝石更值钱不就好了？"

"萧家生意独大，陶瓷大会也几乎是他们说了算，少爷想杀出一条生路，实在不容易。"小丫鬟无奈地说道，"夫人若是能开解少爷一二，奴婢感激不尽。"

温柔看了她一眼，突然来了点儿兴趣："你叫什么名字？"

"牵穗。"小丫鬟朝她颔首，"夫人以后有什么吩咐，都可以唤奴婢。"

这丫鬟机灵得紧，又会心疼主子，温柔倒是对她颇有好感，当下便应了，然后继续往外走。

第二章
重回萧家

温柔回到别院,刚坐下没多久,疏芳便皱着眉头过来禀道:"主子,出了点儿事情。"

"什么事情啊?"温柔又紧张起来。

"二少爷拿了去年陶瓷大会的夺魁宝瓶做礼,迎了个平民人家的女儿回来为妾,不日便要办纳妾酒了。"

夺魁宝瓶?温柔愣了愣,眼眸一亮:"长什么样子?"

疏芳严肃地说道:"长相奴婢没看见,不过据说是与二少爷萍水相逢……"

"这都什么跟什么?我问那宝瓶长什么样子,谁关心他的小妾啊!"温柔站起来凑近她,"你见过那夺魁的宝瓶吗?"

错愕了半晌,疏芳才反应过来,长长地叹了一口气,垂下眼眸说道:"见过,八色宝瓶,萧家最好的瓷窑里做出的坯胎,勾了金色的釉花,上头镶嵌着八种颜色的宝石,华美非常。"

果然是商人的眼光,这样的东西听起来就俗,这么俗气的瓶子只能拿去卖钱,都不值得收藏。温柔撇嘴,坐下来就开始沉思。

不过,想着想着,温柔好像终于反应过来萧惊堂要纳妾了,下意识地皱了皱眉。

萧惊堂已经有那么多小妾了,还纳呢?

疏芳打量着她的面色,见她不太舒服,正想宽慰,却听得门口有轻微的响动。

疏芳回头看去,只见萧惊堂不知道什么时候来的,正靠在门框边,眼神愉悦地看着她家痛苦的主子。

疏芳咬了咬牙,扶起温柔就低声说了一句:"二少爷来了。"

这人,专门挑时候来看她的笑话的吧?温柔撇嘴,捶了胸口两下,站起身来朝那人看过去:"您有事吗?"

"想说的事你的丫鬟已经告诉你了。"萧惊堂抬脚走过来,说道,"我要纳妾,母亲出了远门,你似乎得去受一杯茶。"

"不去。"温柔撇嘴,"不乐意去。"

虽然知道她肯定不愿意去,但是萧惊堂没想过这人竟然会这么直截了当地拒绝。

"你好歹也是我的正妻,"顿了顿,他又说道,"按礼也是要去的。"

"按礼?"温柔挑眉,扫了他一眼,哼笑道,"按礼小妾进门要经正室应允,二少爷您按这个礼来了吗?您都不按,那凭什么要我按礼来?"

萧惊堂眯眼,看了她一会儿之后问道:"你想怎么样?"

要不是因为三公子来了,他打算把这喜事做热闹些,那厅堂上压根不会有她的位置,她倒是还蹬鼻子上脸了。

"我就是个在您的屋檐下过活的可怜女子罢了,能怎么样啊?"温柔撇撇嘴,软了下来,眨巴着眼看着他,"您都要纳妾了,真的不打算给我这个正室一点儿补偿吗?"

补偿?萧惊堂睨了她一眼:"除了钱财,我不会给你别的补偿。但是杜家大小姐会缺钱帛之物吗?"

"缺啊!怎么不缺啊!"温柔眼睛都绿了,"你早说给钱,那我就直接答应了!"

屋子里安静了片刻。

脸上的表情先是震惊,而后便成了毫不掩饰的嫌弃,萧惊堂说道:"你这模样,可真是半点儿不称自己的身份。以往你不是最好面子,最拉不下脸来的吗?现在怎么了,你是知道银子的好处了?"

"谁跟钱过去,傻啊?"温柔嘀咕了一句,也不理会他的嘲讽话语,觍着脸笑问,"二少爷打算给我多少钱哪?"

给多少钱倒是个不好说的问题,他若给少了显得他小气,给多了这女人又不值得。萧惊堂垂下眼眸,轻轻抚了抚衣袖:"你说。"

"谈银子的确有些伤感情。"温柔笑眯眯地说道,"不如这样吧,二少爷

· 59 ·

把要给人家做聘礼的那个八宝瓶拿给我把玩半日,之后完璧归赵,我便去规规矩矩地喝了你家小妾的茶,如何?"

八宝瓶?萧惊堂冷笑:"你以为我不知道你打的什么算盘?那东西珍贵,摔碎了你赔也再换不回第二个。"

"你这男人,怎么这么小肚鸡肠的?"温柔撇嘴,"看看而已,谁没事摔你的?二少爷若是实在不放心,现在就让人把东西拿来,我当着你的面看,如何?"

萧惊堂上下扫了她一眼,心里有些不明白。这女人非看那瓶子做什么?不过也无妨,在他面前,她就算想摔,他也接得住。

"管家,去把八宝瓶拿过来,跟秋水那边说一声,晚些再送过去。"

"是。"门外的管家应了一声。

没过半个时辰,瓶子就被送到了温柔面前。

瓶子跟想象中的模样差不多,温柔擦了擦手,认真地拿起来看了看。瓶身十分规则,却也不死板,胎薄透光,上头的宝石更是璀璨夺目。萧家瓷窑应该有个手艺很好的师傅。

这还是去年的东西,就算裴方物的八仙过海没有碎,也不一定比得上。

大会嘛,要的就是噱头,什么华贵什么就能获胜,就这一点来说,裴记的确还没有萧家财大气粗。

"看够了吗?"萧惊堂低声问。

面前的女人没回他,一双眼里满是认真之色,映在宝石中,倒是有些动人。

萧惊堂很少认真看杜温柔的脸,以前偶尔瞧见过,也觉得她长相凶恶,眉目间满是怨气,并不讨喜。

然而这会儿一瞧,他恍然觉得自己的记忆出现了偏差。这女人不是极美,却也还……看得过去,一双眼睛水灵灵的,带得整张脸都鲜活起来,给人感觉挺舒服的。

温柔看够了手里的瓶子,小心翼翼地将其放回管家怀里,抬头正想说话,就对上了萧惊堂一双茫然的眼。

老实说,温柔一向喜欢漂亮东西,看见好看的人底线就容易变低。比如面前这位,要是他长得没那么好看,那就算他在对杜温柔的事情上是没有错的,她也绝对不会给他什么好脸色。

然而老天真是不公平,给了这人万贯家财,还给了他这样一副好皮囊,文可展扇做翩翩公子,武可上马提刀做热血男儿,放在哪里都半点儿不违和。

"你在看什么？"温柔问。

萧惊堂回过神，皱眉别开了脸："我问你看完了没有？"

"看完了，瓶子还你。"温柔满不在乎地耸了耸肩，"你纳妾那天派一辆马车来接我就是，该行什么礼数，也让人提前知会我一声。"

方才还捂着心口一脸痛苦表情的人，现在却这样坦然地答应他要去喜堂了。萧惊堂盯着她看了好一会儿，颔首道："明日我便让人过来教你礼数，有贵客在，你若是出了差错，没有人会好过。"

"知道了。"温柔打了个哈欠，看了一眼外头的天色，"二少爷慢走，我也该去歇着了。"

萧惊堂本就打算走的，一听这话，心里反而不舒坦了，睨了她两眼，不悦地问："你白天都做什么去了，这么累？"

你管我？温柔很想顶回去，然而想想还是忍住了，小声问道："出去逛街不成吗？"

"逛街？"萧惊堂不信。

然而不信也没什么办法，他从来不在意这个人，也就没让人盯着她的动向，以至现在想反唇相讥都没啥把柄。

"罢了。"他闭了闭眼，抬脚便出门，"你好自为之。"

他说得像她做了什么坏事似的！温柔撇嘴。虽然她的确做的是不利于萧家的事，但也是他先不仁自个儿才不义的。她都是为了讨生活，大家要相互理解嘛。

院子里没了响动，温柔顿了顿，转头对疏芳说道："你去把门关上。"

疏芳颔首，乖巧地退了出去，只是关门的时候，还是忍不住看了她一眼。

这个主子，似乎不喜欢跟她在一起。

温柔已经一蹦一跳地到了书桌边，磨了一会儿墨，掰断一根毛笔就开始画图。

裴方物的"八仙过海"都不能夺了萧惊堂去年的彩，那今年百花图的碗碟大概更没戏。好歹如今他们也算是生意合伙人，她能帮就帮他一把吧。

"二少爷。"萧惊堂刚下马车，门房就高兴地迎了上来，低声说道，"裴家公子正在花厅里等您。"

裴方物？萧惊堂微微抿唇，点头应了，跟着走了进去。

"您要的琉璃珠。"裴方物气色不太好,倒也有生意人的样子,微笑着让人把盒子捧上去,将盖子打开,里头只有一颗珠子。

"裴公子辛苦。"萧惊堂看了那珠子一眼,笑了笑,"这东西倒是难寻,在下多方打听,也未曾得知公子从何处采摘而来。"

"若是让您知道了,哪里还有裴某的生意做?"裴方物笑了笑,拱手道,"这珠子在下只有幸寻得八颗,听闻二少爷有兴趣,便亲自登门送货。敢问二少爷,剩下的珠子可全要了?"

萧惊堂颔首:"你手里的加上这颗,一共六颗,可是九千两银子?"

"明码实价,童叟无欺。"裴方物笑了笑,"不过看在与萧家也算有缘的分儿上,倒是可以少算两百两银子。"

"哦?"萧惊堂抬了抬眼,"公子与我萧家,除了上回那批有问题的陶瓷,还有别的什么缘分?"

裴方物不卑不亢,微笑道:"这便要谢谢萧家二少奶奶了,若不是尊夫人,在下身上的脏水也不知何时才能洗清。咱们县太爷的大牢可是瓷实着呢,关得人动弹不得。在下也就一直没机会同二少爷解释——那批有问题的陶瓷,在下查过了,是中间有人作梗,而二少爷这边也不曾验货,照单全收。"

这话意思是说,就算裴方物那边有责任,萧惊堂这边也有验货不严的问题。

萧惊堂轻笑一声,倒是不在意陶瓷的事了,抬眼便问:"公子与内人很熟?"

"萍水相逢,规矩之内,知己之交。"裴方物笑道,"怨不得二少爷生意做得如此之大,有个贤内助也是一件增益不少的事情。"

贤内助?萧惊堂忍不住嗤笑出声:"公子实在是过奖了。"

杜温柔要是能算贤内助,那贤内助可就不是个褒义词了。

裴方物目光复杂地看了他一眼,眼里有些许不满之色,还有些庆幸。这种眼神怎么说呢?就像是嘲笑这位二少爷幸好先前不知道这琉璃珠这么值钱,然后被他裴方物捡了大生意一般。

萧惊堂有点儿不舒服,沉了脸没再说话。裴方物转身让人将剩余的琉璃珠都拿出来,然后把账单给了一旁的管家,便拱手道:"在下告辞。"

萧惊堂"嗯"了一声,坐在椅子上,目送他出门,然后垂眸沉思。

"裴记最近的势头也挺猛。"管家小声说道,"二少爷也实在该留意留意了。"

"你把裴记的相关消息拿来给我看看。"萧惊堂吩咐道。

管家躬身退下，没一会儿就拿了本册子进来，恭敬地递给了他。

作为商人，肯定是会了解同行的底细的，萧家更是将这幸城附近大大小小的商贩都记录在册，包括商贩们的店铺标志和家底，仔细一查都能查到。

裴家的标志是个像同心结的铜钱，因不止一家店铺，也不止做一种生意，裴家的地盘或者东西上面都会刻上这个标志。

萧惊堂仔细看了一会儿，神色突然僵了一下。

他是个记性很好的人，如果没记错的话，几天前他去别院，碰见杜温柔说点了菜，有珍馐斋的丫鬟和马车送她回来，而那马车垂着的帘子上绣的似乎就是这种花纹，包括那丫鬟腰间的配饰，也是同心结似的铜钱，香木刻的。

珍馐斋？！好个珍馐斋，那女人分明就是跟裴方物私会去了，还说是出去点菜？！

被玩弄的愤怒情绪猛冲大脑，萧惊堂"腾"地起身，想直接冲去别院找杜温柔对质。

然而，捉贼拿赃，捉奸也要在床，就算他现在过去，杜温柔也绝对不会承认此事，还会死皮赖脸地继续留在萧家。

萧惊堂深吸一口气，揉了揉额角，咬牙吩咐："让徐婆子连夜去别院，有什么风吹草动，立马派人回来告诉我。"

"是。"被他这模样吓了一跳，管家连忙找人吩咐下去。

但是走到半路，萧管家顿了顿，突然觉得哪里不对劲。

自家少爷竟然当真被二少奶奶气着了？先前就算二少奶奶做事做得再过分，自家少爷生气归生气，也是未曾当真动肝火的。今儿他瞧着……自家少爷倒是有些不同。

难不成二少奶奶当真出墙去了？

"阿嚏！"

一晚上没睡好，第二天早上起来，温柔连连打着喷嚏。

"主子可是病了？"疏芳微微皱眉，"今日还要出门吗？"

"有急事要出去一趟。"温柔吸了吸鼻子，裹了外裳，让她帮自个儿梳着头发，"萧惊堂派来的人还在东面的厢房里，你先拖着她，就说我病了在休息，有什么规矩晚上再学。"

"是。"疏芳应了,替她绾好发髻,插上两根银簪。

值钱的首饰都被拿去换成银子当本钱了,也没剩什么好首饰。疏芳正觉得有些不妥,自家主子就已经起身一溜烟地往后门跑了。

"她学得怎么样?"萧家大宅里,萧惊堂一边用早膳一边问。

管家低声回道:"听闻是病了,还没起身。"

一学规矩她就生病?萧惊堂不悦地撇嘴。他优雅地用完了早膳,然后带着琉璃珠去见三公子。

"今日的天气格外好,"轩辕景心情不错,一看见萧惊堂就更高兴了,"去街上走走吧。"

"好。"萧惊堂应了,随意地将盒子放在旁边的案几上,然后便陪着他往外走去。

"要说繁华,幸城可不比上京差。"走在街道上,裴方物低声同旁边的温柔说道,"不过您来这条街做什么?这边没什么店铺,都是杀鸡卖菜的,仔细些别弄脏了裙子。"

温柔戴着个白纱斗笠,满不在乎地说道:"这种地方才有高人哪,你帮我瞧瞧,哪儿有杀猪的?"

裴方物抬眼往远处看了看,合了扇子:"那边。"

幸城的菜市很热闹,街道的死胡同里就是个杀猪场,卖肉的人为了证明肉新鲜,杀了便出来卖,生意好得很。

街上人挤人,裴方物本想帮身边的人挡一挡人群,谁知侧头一看,温柔一点儿也不在意身份,伸手就扒拉着人群往前挤,一直挤到一个人最多的正在杀猪的巷子口。

瞧着旁边人挤人的模样,裴方物直皱眉,连忙跟过去护在她身后。温柔恍若未觉,一双眼认真地往巷子里扫着,瞧见一个人,立马低呼了一声:"就要这种!"

哪种?裴方物莫名其妙地顺着她的目光看过去,顿了顿,就见那巷子里有杀猪人刚切开猪脚处的皮肉,在往里头吹气。

猪皮是可以单独换钱的,所以百姓杀猪都会先在猪脚处割一条口子,用气体使皮肉分离,这样完整的猪皮卖的价钱高。不过吹气这活儿,可不是一般人能做的,得是气量大的屠户才扛得住。

巷子里在吹气的那个人赤裸着上身,身上的肉结实得很,一口气能吹得案板上的猪明显鼓起来。温柔满意地瞧着,还轻轻拍了拍手。

"夫人寻这种人做什么?"裴方物有些不解,"何况这种粗人,不必您亲自来,派人来寻即可。"

"毕竟是帮咱们做琉璃,关系重大,我自然得亲自来找个靠谱儿的人。"温柔小声说道,"琉璃也能吹,等人合适了,再练上一段时间,能替公子解决一个大难题。"

琉璃也能吹?裴方物有点儿蒙,有些听不明白她说的是什么意思。不过瞧她兴致颇高,他也不好扫兴,干脆就不吭声,等着看她最后要如何。

街上人来人往,闲得没事看热闹的人也不少,拥挤之中,温柔突然听见一个有些熟悉的声音。

"这地方有什么东西好看?"

萧惊堂微微皱眉,看着四周的人群。他不喜欢热闹,更不喜欢被这么多人挤着。

轩辕景倒是自在,低笑道:"反正都来了,你也看看这儿的百姓是怎么买菜的,回去帮我改改给父亲递的文章。"

自古皇子都是瞎掰界的高手,给他一朵花,他都能歌颂皇帝治国有方、百姓安居乐业。给他一个菜市场,他更是能写出三万字赞美四海升平、国泰民安,父皇真是太牛了!

萧惊堂沉默,轻轻叹了一口气,往旁边看了一眼。

一片粗布衣裳里,有两道锦缎身影,与他们一样打眼。

温柔浑身汗毛都竖起来了,下意识地扯着裴方物的衣袖,往他身边靠了靠。

"怎么?"心里微跳,裴方物抿了抿唇,看了身边的人两眼,才抬头往四周看了看,"有什么……"

有什么东西让你紧张成了这样?

后半句话没说出来,裴方物就与萧惊堂四目相对了。

萧惊堂微微皱眉,看了看他,又看了看他身边那娇小的影子,微微眯了眯眼。

裴方物有礼地朝他颔首致意,然后便低头说道:"夫人,咱们先走吧?"

"现在走会不会显得很心虚啊?"温柔紧绷着身子小声说道,"你们这儿的规矩,男人发现自己的夫人同别的男人一起逛街,女人会被浸猪笼吗?"

"不会。"裴方物摇头,"你我之间清清白白,不曾有什么苟且,如何会被浸猪笼?"

这样啊!温柔大大地松了一口气,立马挺直了腰杆,正要说话呢,裴方物就慢吞吞地把后半句话吐出来了:"至多受一受家法。"

温柔:"……"

想起萧家家法落在她背上的那一下,还有些生疼,温柔蔫了,松开裴方物就说道:"那你先走,咱们装作不是一路的人。"

"晚了。"看着对面往他们这边挤过来的人,裴方物叹了一口气。

"真是巧了。"萧惊堂一步步走过来,不知是不是身上气势太强,周围的百姓竟然给他让了一条路。

裴方物下意识地将温柔拉在自己身后挡着,从容地笑了笑:"是很巧,二少爷。"

"不知裴公子何时娶妻了?"萧惊堂站在他们面前,眼神跟刀子似的落在那白色的身影上,"倒是未曾听闻。"

"这不是在下的夫人。"裴方物笑了笑,"还未过门,只能称为心上人。"

温柔紧张得压根没注意裴方物的话,只在心里不停地念"阿弥陀佛",希望萧惊堂不要认出她。

"哦?心上人?"萧惊堂轻笑,"既然这么有缘,大家不如一起去旁边的茶楼上坐坐?"

"不了。"裴方物拱手道,"她有些怕生人,这便要回去了。"

萧惊堂眯眼,站在他们面前没吭声,却也没有要让开的意思。

他虽然不记得杜温柔的身形,但感觉裴方物背后的女人多半就是杜温柔。光天化日之下跟别的男人一起出游,她当真是没有把他放在眼里!

可这也只是他的猜测,毕竟人家戴着斗笠面纱,他倒是不能直接上去掀了人家的斗笠,若是认错了人,那难免会跟裴方物撕破脸。

轩辕景有些错愕,看了看萧惊堂,忍不住跟过来瞧了两眼。

"这是谁?"

轩辕景难得看萧惊堂有这样的表情,难不成萧惊堂喜欢上别人家的媳妇儿了?

"在下裴方物。"裴方物秉着礼多不错的原则朝这人行了个礼,笑道,"今日在这种地方遇见二位的确有趣,不过裴某还有事,二少爷可否让一让?"

萧惊堂沉默。

轩辕景看他一眼便懂了意思，笑着看了那白衣女子一眼，开口道："如今的姑娘出门怎么都包这么严实？戴个面纱就可以了，也免得身形相似，让人认错人。"

温柔咬牙，想着反正破罐子破摔了，干脆就上前一步抱着裴方物的胳膊，撒娇似的摇了摇。

这台阶给得及时，裴方物立马柔声安慰她："别怕，这二位不是什么坏人，也不会强迫你什么，你想回去，我便陪你回去。"

温柔立马点头，依偎在裴方物身边，乖巧地一声不吭。

"身形再相似，这也是裴某的人，"裴方物再抬头，脸上的笑意便少了些，定定地看着萧惊堂说道，"还请二少爷让路。"

裴方物这么理直气壮，两个人这么恩爱缠绵，一瞬间萧惊堂真的以为自己认错了人，都已经将身子侧让开，让他们过去了。

然而，在他们过去之后，他低头就看见了那女子的鞋跟。

各家各物都会有自己的标志，裴家是同心结似的铜钱，萧家则是一只鹰。巧合的是，这女子的鞋跟上没有印铜钱，印的恰好就是一只鹰。

"站住！"

温柔以为过关了，正要松一口气，冷不防就被这雷霆震怒的声音吓得打了一个激灵。

裴方物也顿了顿，回头，尚算镇定地看了萧惊堂一眼："二少爷还有何指教？"

萧惊堂深吸一口气，皮笑肉不笑地走到温柔面前，冷声说道："夫人的鞋挺好看的，是裴家鞋铺新出的吗？"

裴家的未婚妻，自然该穿裴家的东西，毕竟裴记也是有鞋铺的。裴方物正想应是，就感觉胳膊被旁边的女子捏了一把。

察觉到不对劲，裴方物谨慎地回道："在下与这位姑娘相识不久，她穿谁家的鞋子，在下无权置喙。"

他的言下之意是：你萧惊堂也太多管闲事了。

"呵。"萧惊堂冷笑，凑近温柔低声说道，"爱穿谁家鞋子不要紧，可别穿成了萧家女眷才有的特供，让人瞧见了，笑话我萧家该怎么办？"

温柔的冷汗下来了。

她选了一点儿不打眼的白色长裙出门，但是好像忘记了鞋子。

浓浓的压迫感从萧惊堂身上传过来，温柔沉默，想了一会儿反而放松了。这光天化日之下的，萧惊堂还能当面拆穿她不成？萧家的脸面可是比什么都值钱哪！

既然他不能当面拆穿她……那她就跑啊，还愣着干什么？！

说时迟那时快，温柔一手撩起裙子，一手拉过裴方物，拔腿就往人群外头冲！

裴方物被她扯得趔趄了一下，反应过来之后竟然笑了一声，然后便跟着跑得飞快。

轩辕景一脸错愕的表情，还没来得及说话，就见萧惊堂也跟着冲了出去。

"哎，现在的年轻人怎么这么容易冲动呢？"轩辕景嘀咕了一声。他挥手叫了两个护卫来："跟上他们，爷懒得跑了。"

"是！"

热闹的菜市场上瞬间鸡飞狗跳起来，温柔冲得如同攻城的勇士，而后头的萧惊堂就像从容追着猎物的野狼。

两个人拉着跑不快，到了一个路口，温柔就松开裴方物将人往旁边的岔路推去，然后自己继续挤进人群里。

手里一空，裴方物愣怔地看了那抹影子一眼，心里好像也跟着空了。

这傻子，他哪里需要跑？萧惊堂认得他，他跑去哪里都没用，只是她……倒不知要怎么办。

"你给我站住！"被人群挤得烦了，萧惊堂怒喝一声，吓得周围的百姓纷纷让路。

然而前头那影子就跟没听见似的，跑得越发快。

这女人，哪里像闺阁里养着的？她分明是田埂上长大的！萧惊堂咬牙，加快了步子，眼瞧着前头的人慢慢没了力气，心里的怒火倒是越来越重。

她不要脸，他还要呢！这女人竟然在这大街上跑成这样，还是因为跟别的男人出来私会！等把人带回去，他非要休了她不可！

"小心！"

萧惊堂正想着呢，忽然听到头顶上传来一声尖叫声。

夏日将至，不少酒家会锉冰驱热。这二楼的锉冰伙计不见了，冰块一化，插在上头的锉刀直直地就掉了下来！

很不幸，萧惊堂就正好经过这家酒楼，处于锉刀的攻击范围之内。

萧惊堂顿了顿，抬头看了一眼。

以他的功夫，其实是完全可以躲开的，但是他这会儿脑子被气得不太清醒，竟然只是抬头看着，没什么反应。

前头停下来的温柔倒是反应极快,二话没说就回头往萧惊堂身上猛地扑去!

两个人一起跌倒在地,温柔头上的斗笠歪了,白纱刚好将萧惊堂的脸一起罩在斗笠之下。

"当真是你!"看清这女子的五官,萧惊堂怒不可遏,"我看你是真的不想活了!"

温柔额头上的汗水一滴一滴地落下来,砸在他的脸上。温柔嘴唇发白,暗骂了杜温柔一声,然后深吸一口气,抖着嗓子说道:"我救了你,这是第二次了。"

她救了他?萧惊堂冷笑,捏着她的胳膊便起了身,将她整个人带起来站着:"你还是先想想你该用什么样的姿势滚出萧家大门吧。"

不等他这话音落地,旁边就有人尖叫了一声:"血!全是血啊!"

什么血?萧惊堂下意识地往自己身上看了一眼,却感觉手里捏着的女人整个软了下去。

"杜温柔!"他被吓了一跳,连忙扶稳她的腰,却觉得手上湿漉漉的,忍不住便往她的背后看了看。

尖锐的锉刀插在她的后腰处,白色的衣裙上绽开了好大一朵血色的花,鲜血还在一直往裙摆上漫延。

萧惊堂心里一沉,连忙扶着她的身子,一时间不知道该怎么办,有些慌张。可在旁边的人看起来,这人就是一脸冷漠见死不救的模样。

"这个公子忒没良心!"旁边买菜的老婆婆忍不住说道,"方才若不是这个姑娘扑过来,锉刀就要插在你身上哩。瞧这流的血,你还不快送她去看大夫,等着丢命吗?"

被人说了两句,萧惊堂才回过神来,僵硬地抱起杜温柔,寻了马车就往萧家走。

"好痛。"意识还清醒,温柔知道自己的下场不会太好,连忙抓紧一切时间装可怜,眼泪汪汪地拉着萧惊堂的衣袖,"二少爷是不是故意的?知道我一定会去救你,所以你站着不动。"

"我没有。"萧惊堂低声回道。

"嘤嘤,我是不是要死了?"温柔呻吟,"我怎么就管不住自己呢?明知道要丢命,却还是想救你……你分明还想着抓了我论罪!"

心里莫名其妙地刺痛了一下,萧惊堂闭了闭眼,说道:"你先别说话,回府看了大夫再论其他的。"

"我怕现在不说，以后就没机会了。"温柔哭得一把鼻涕一把泪，丢开斗笠，双目直视抱着自己的人，"你是不是很讨厌我，有一万个讨厌我的理由？想马上休了我，再也不想看见我？"

萧惊堂张了张嘴，没能说出个"是"字。

他不是绝情绝义的人，即便杜温柔再惹人厌，可她舍命救他，他也不能在这时候伤人。

"我告诉你啊，杜温柔是爱你爱得走上了邪路。"温柔抹着泪说道，"为了大家都好，最好回去你就给我一封休书，大家好聚好散。"

温柔是认真说这句话的。她真的很想要休书，然而此情此景，这话落在萧惊堂耳里，就成了千般万般委屈，听得他有些心软。

"我不休你。"他低声说道，"你先闭眼休息吧。"

头一次听萧惊堂用这么温柔的声音跟她说话，她忍不住浑身一抖，血流得更汹涌了。

老大，她是诚心诚意要休书的，不是在博同情啊！

后腰上的伤口实在太疼，温柔纵然还有很多话想说，脑子也渐渐混沌起来，昏迷之际，仍不甘心地说了一句："杜温柔什么时候才能不喜欢你了啊？"

萧惊堂抿唇，眼神复杂地看了这人好一会儿，直到马车停了，才回神带她就医。

轩辕景刚好走到萧府门口，就看见萧惊堂抱着那白衣女子回来了。轩辕景正想上去问问怎么回事呢，却见这人表情严肃，跟一阵风似的就卷进去了。

"管家，叫大夫，再派人去别院把疏芳接回来。"

"是。"萧管家也被吓着了，看了一眼自家少爷浑身的血，一点儿没耽误地把西院里备着的大夫全叫过来了。

"难得看你紧张了。"房门从里头被关上，轩辕景看了看站在院子里的萧惊堂，挑眉问，"那是谁？"

"杜温柔。"

"哦，杜……"轩辕景僵了僵，嘴角抽了抽，"杜什么？杜温柔？"

那不是他的正妻吗？她怎么会在街上变成别人的未婚妻了，还带着伤回来？

轩辕景眼神复杂地看了萧惊堂一眼，脑子里已经上演了几场爱恨情仇，最后拍着萧惊堂的肩叹了一口气："就算你再恨她，也不能拿刀捅人哪！"

萧惊堂没有心情说话，有些烦躁地揉了揉眉心，转头就往书房走去。

轩辕景轻笑，看着他的背影说道："你这沉闷的性子，有什么都不与人说，会憋坏自个儿的。"

"不会，三公子不必操心。"萧惊堂头也不回地回道，"您先回去吧，家务事，惊堂自己会处理。"

"好。"轩辕景点头，看着他的背影消失，却没走，而是叫来个丫鬟问："里头的二少奶奶怎么样了？"

丫鬟表情紧张地回道："性命堪忧。"

哦？轩辕景神色微动，低头想了想。

萧惊堂的计划他是知道的。萧惊堂不喜欢这杜家嫡女，希望她自己离开萧家抑或是犯错被休回去，然后与杜家庶女重新联姻。为此萧惊堂可是费了不少周折，因为那杜温柔死也不肯离开，倒也没犯太大的错。

惊堂还是太善良了，其实想撇开一个女人，除了休弃，还有另一种办法——让她死好了。

轩辕景推开房间的门，一点儿也不避讳地跨了进去。旁边的人都知道他的身份，无人敢拦。

大夫已经将锉刀拔了出来，屋子里满满的血腥味儿，丫鬟正手忙脚乱地给温柔包扎伤口，冷不防就听见一句话："你们都放下吧，我身边有丫鬟精通医术，可以帮二少奶奶处理伤口，不留疤痕。"

屋子里的人都愣了愣，相互看了看，一时有些无措。

二少爷不在，他们也不知道该不该听这个人的话。

"还愣着干什么？"轩辕景不笑了，表情陡然严肃起来，"出去。"

众人一惊，连忙都退了出去，屋子里只留了轩辕景和他旁边站着的神色冰冷的丫鬟。

"凤七，你来吧。"轩辕景微笑，"爷不想沾血。"

"是。"名为凤七的丫鬟应了，走到床边看了温柔一眼，便将温柔腰上缠好的绷带解开，手里捏了一个小瓶子，抬手就要把东西往伤口上倒。

"我说，"床上突然响起了个虚弱的声音，"我只是个女子罢了，用得着你们下这么狠的手吗？"

凤七顿了顿，抬眼看了看。

脸色苍白的女子睁开眼，费力地侧头看了他们一眼："好歹我刚才也救了萧惊堂的命，你们就算不念恩，也不至于杀我吧。"

轩辕景有点儿意外，好笑地问："你为何说我们是要杀了你？这药敷了不留疤痕的。"

"胡扯！"温柔硬撑着说道，"这世上可没有瞬间不留疤的药，你们赶走了其他人，解开绷带的方式就不像要重新给我缠上的样子，还敢说不是要杀我？"

不知道是不是受着伤的人比较敏感，温柔就觉得这两个人对她没善意，肯定是来害她的。

轩辕景沉默了一会儿，抬手示意凤七继续。

温柔被吓着了，捂着自己的伤口说道："有什么话不能好好说？手上带着人命，你们晚上会睡不好觉的！"

"你的命在她手上，"轩辕景笑了笑，指了指凤七，"爷可不会睡不好。"

凤七垂眸，脸上什么表情也没有，掰开温柔的手就要继续上药。

"啊——"温柔用尽全身的力气尖叫了一声，"救命啊！"

然而外头的人听见声响也不敢进来，凤七看了她一眼，终究将白色的药粉全撒在了她的伤口上。

完了，完了，温柔有点儿想哭，撇嘴看了那丫鬟一眼："他让你杀你就杀？！罪孽全在你身上，他高枕无忧，你还当真下手！"

凤七垂眸，低声说道："主子高枕无忧便好。"

疯了！温柔哭丧着脸，感觉自己又要昏过去了，连忙拼命喊疏芳。

"救命！"

混沌之中，她好像听见有人说："你不能死。我先顶一会儿，你去歇着。"

顶？这要怎么顶啊？温柔正想问，就感觉身子突然轻飘飘地飞了起来。

床上的杜温柔已经没了呼吸，凤七手有些发抖，却将其背在了身后，一声不吭地回到了轩辕景旁边。

"行了，去知会惊堂一声吧。"轩辕景轻笑，"解决了一个大麻烦，给她也写个节妇表，呈给父皇，立个牌坊什么的。"

"是。"凤七应了，眉头却微微皱了起来。

"怎么？不满意我的处事方式？"轩辕景挑眉。

"奴婢不敢，"凤七垂眸，"只是觉得这女子有些可怜罢了。"

"可怜？"轩辕景抬头看了她一眼，调笑似的问道，"我的小凤七也会心疼人了？"

凤七怔了怔，耳根子微微泛红，看了他两眼，小声回道："奴婢只是觉得主子也许可以换个温和些的方式，她毕竟没什么大错，只是嫁错了……"

"你是觉得我残忍吗？"轩辕景陡然变了脸色，沉了沉眼眸，盯着她问道,"教我要慈悲为怀?"

心尖一颤,凤七立刻跪了下去,膝盖磕在地上发出一声闷响:"奴婢失言。"

她总是这样傻!主子始终是主子,她怎么能因为他和颜悦色了,便以为他好说话?

轩辕景看了她一眼,又扫了扫她的膝盖,眼里透出些懊恼之色,闷声说道:"出去,知会惊堂一声。"

"是。"脸上恢复了一层冰霜,凤七起身便往外走。

萧惊堂正坐在书房里揉着额头。书案上还有一堆东西没处理完,现在他也没心思处理。他脑海里不停地浮现杜温柔的脸,苍白而倔强……

他总觉得哪里不一样了。

"二少爷,"凤七的声音在外头响起,"主子有事让奴婢知会。"

"进来。"

凤七是轩辕景的近侍婢女,与她说话,萧惊堂觉得很省心,因为他们的对话会很简短,并且彼此都能明白对方的意思。

"主子要杀了杜温柔,因为您。"凤七伸手将一个小瓶子放在他面前,"解药,来得及。"

心里一震,萧惊堂起身看着她问:"他为什么选这条路?"

"方便。"

"你为何不下死手?"

"怕您心有他想,与主子生了嫌隙。"

说到底,凤七就是不舍得轩辕景在意的人对他有半点儿意见。

萧惊堂深吸一口气,抬脚就出去找人。

轩辕景坐在院子里的石桌边,也不知道是在跟谁赌气,脸色不大好看。瞧见萧惊堂远远过来,轩辕景也只是眯眼看着他。

"三公子,"萧惊堂走到他跟前,直接开口,"她暂时不能死。"

"为何?"

"她刚刚才救了我的命,就算是惊堂还她一命,请三公子放她一马。"

"你什么时候也变得这么仁慈了?"轩辕景嗤笑一声,拳头微微收拢,"这个时候不趁她病要她的命,以后你想除掉她,更是难上加难。你不想娶你的芙蕖了?"

芙蕖?萧惊堂微哂,倒也没多说,只拱手说道:"一切后果,惊堂自己承担。"

轩辕景轻轻叹了一口气，别开了头："晚了，人都已经没了。"

"来得及。"萧惊堂说道，"凤七没有下死手，三公子肯放过她，那惊堂便去救人了。"

凤七没有下死手？轩辕景又生气了，瞪了萧惊堂的背影半晌，转头就叱问旁边的护卫："凤七呢？让她过来领罚！"

凤七竟然敢阳奉阴违了！谁教她的？她这样做，分明就还是觉得他的决定不妥！她不赞同他的做法！

护卫被吓了一跳，看了自家主子一眼，低声回道："凤七姑娘已经回去领罚了，让主子不用操心。"

轩辕景："……"

他是打算吓唬吓唬她的，谁让她真去受罚了？她那身子骨……

轩辕景匆匆忙忙地起身，带着人就离开了萧家大宅，一路碎碎念地回了别院。

萧惊堂捏着解药塞进了杜温柔的嘴里，瞧着她当真没呼吸了，心还紧了紧。

他是不喜欢这个人没错，但也不至于要人性命。

睡了半天之后，杜温柔渐渐恢复了正常呼吸，面上也有了点儿血色。萧惊堂瞧着，轻轻松了一口气。

这解药还真是厉害，萧惊堂本以为她至少也要在生死线上挣扎一段时间，没想到她竟然直接全好了。更神奇的是，他发现她后腰上的伤口竟然不流血了，也愈合了不少。

难不成这毒被解了之后，竟然变成什么神奇的疗伤药了吗？

萧惊堂心里正嘀咕着呢，床上的人便睁开了眼，眼里满是茫然的目光。

萧惊堂顿了顿，这才发现自己竟然在陪床，当下就起身，皱眉看着她说道："你若是没事，那救了我这恩情，也算是抵消了。"

刚清醒就听见这么一句不要脸的话，温柔没好气地翻了个白眼，虚弱地说道："那下次换二少爷来救我吧，半死不活只要是活着，我就不欠二少爷的人情债。"

萧惊堂："……"

这牙尖嘴利的，她到底是跟谁学的？

"既然醒了，你便跟我解释解释与裴方物的事情。"萧惊堂冷冷地看了她一眼，沉着脸说道，"裴家未婚妻？"

脸上的笑意僵了僵,温柔立马"哎哟"了一声,头往枕头里埋:"我不行了,要晕过去了!"

"别来这一套!"萧惊堂居高临下地看着她,"我一早就说过,你爱如何是你的事,但你若是做出有损萧家颜面的事情,我饶不了你!"

见躲是躲不过去了,温柔撇嘴,小声解释道:"我与那裴公子清清白白,就是偶然遇见了一起在街上逛逛,谁知会遇见你。一遇见不好解释,那我不是只有破罐子破摔了?"

这么一听还是他不对了?萧惊堂眯起眼睛:"你出门,为何院子里的嬷嬷会不知道?"

"她年纪大了,该多休息,我总不能出个门也吵醒她啊,"温柔一脸正直的表情,"所以就没告诉她,自己出来了。"

这话……她说得她好像还当真没做错什么似的。萧惊堂愕然了半晌,皱眉开口道:"往后再让我遇见这样的事,我会直接禀明母亲,给你休书让你回家。你不是喜欢休书吗?倒是可以再犯试试。"

他当她傻吗?温柔撇嘴。杜温柔先前就说了,不能是她先犯错被休弃,否则杜家要吃亏,要休也得是萧惊堂有过错,那她才算是全身而退。

"我知道了。"

后腰还有些疼,温柔也没力气跟他瞎掰扯,闭眼就睡了过去。萧惊堂瞪眼看着她也没什么办法,扫了一眼旁边的书架,干脆取了书来看。

就这么莫名其妙地,温柔算是又回到了萧家大宅里,并且以养伤之名,住在了萧惊堂的院子里。

"我想吃珍馐斋的菜了,"养了两天伤,温柔待不住了,跟旁边的疏芳说,"能出去吃最好。"

疏芳笑着摇头:"主子,您这伤至少得养半个月才能下床。"

半个月?那黄花菜都该凉了好不好?温柔咬牙,还惦记着吹琉璃的事呢,可怜兮兮地看了疏芳一眼:"我这伤口都结痂了,走慢点儿不碍事的。"

"这事得二少爷应允,奴婢不敢做主。"疏芳低声说道,"二少爷一早就吩咐下来,没他的允许,您不能出去。"

这意思就是她还得去求他呗?温柔翻了个白眼,挣扎着慢慢起身,捂着腰走了两步。

疏芳连忙扶住她,皱眉说道:"您这是何苦?好不容易二少爷对您温和了些,您就不能安静地在这院子里待着吗?"

"安静待着是没啥活路的,趁着有力气,咱就得蹦跶蹦跶做点儿事,不然以后说不定就没机会了。"温柔笑了笑,"谁知道下次人家给我下死手是什么时候?!"

疏芳先前一直在别院里,不知道大宅里发生过什么事,闻言也只当她是发牢骚,并没当回事,只是劝道:"您还是小心些吧。"

"我有分寸的。"温柔扶着她的手,便开始像蜗牛似的一步一步往外挪。

陶瓷大会在即,萧惊堂也收到了裴记"八仙过海"被砸碎了的消息,心情不错,正想去萧记的店铺里看看,就见自己房间的门被缓缓推开了。

"二……少……爷……"

喊魂似的声音在门口响起,惊得萧惊堂打了一个哆嗦。他皱眉低斥:"谁?"

先是一只手伸了进来,扒着门框,接着便是个浑身僵硬捂着腰的人挪了进来。来人脸上全是汗,朝他咧嘴一笑就露出一口洁白的牙:"是我。"

杜温柔?

萧惊堂微微错愕,抿了抿唇:"你怎么下床了?"

"我感觉自己已经好了。"温柔擦了擦额头上的汗,说道,"所以来向您申请,让我出去吃个饭。"

"府里的饭食不合胃口?"

"是不太合,"温柔咂嘴道,"我想吃外头的烤猪皮。"

烤……什么?他皱眉,想象了一番她说的东西,满脸都是嫌弃之色:"你怎么会喜欢吃那种东西?"

富贵人家是一概不吃皮啊骨啊还有内脏这类东西的,那些东西连萧家下人都不怎么吃,跟潲水没什么区别。现在杜温柔竟然点名要吃猪皮,萧惊堂很震惊,震惊之余又觉得奇怪。

要是以前,杜温柔怎么可能提这种想法?她可是非贵重食材不吃的。

她到底是装的,还是真的脱胎换骨了?

"您别嫌弃啊,烤猪皮很好吃的。"温柔问道,"要不我给您带两串儿回来?"

萧惊堂张口就想拒绝,但是转念一想,还是忍了,起身说道:"既然你想吃,那我便陪你去吃。"

他要陪她?温柔有点儿受宠若惊:"您亲自陪啊?"

"不然呢?"萧惊堂走到她身边,看了一眼她包得胖了一圈的腰,低声说道,"若是不陪着,指不定你又变成谁家的未婚妻了。"

温柔心里一虚,点了点头:"既然二少爷有空,那咱们……就亲自去烤吧。"

她又想要什么花样?萧惊堂沉默地跟着她出去,一路上都盯着这人看。

温柔就当旁边多了个闪闪发光的探照灯,也没多在意,一躺上马车,就让人去上回去过的那个杀猪的集市。

"老板,猪皮怎么卖?"

温柔还是来到了上回的巷子口。这回她只戴了面纱,一手扶着自己的伤口,一手拉着萧惊堂的手,张大嗓门就问。

杀猪人刚给猪扒了皮,回头老实地笑了笑:"一张猪皮一两银子,您若是要做菜用的猪皮油,那个便宜,二十个铜板一斤。"

"我要一张猪皮、一斤猪皮油。"温柔特意带了铜板在身上,就直接解了钱袋递过去。

萧惊堂看了她一眼,没吭声。

杀猪人在围裙上擦了擦手,才接过钱袋,掂量了两下便说道:"夫人怕是给多了,我先让伙计给您切肉,多余的铜板,小的数了还给您。"

温柔有点儿惊讶:"你看也不看,怎就知多了?"

"毕竟做了这么多年的生意,轻重怎能感觉不出来?"杀猪人"哈哈"大笑,"一两的碎银块在里头,剩下的二十个铜板可没有这么重,夫人怕是给多了四五个。"

眼眸亮了亮,温柔点了点头:"老板真厚道。"

"做生意的,肯定是厚道才能起家。"杀猪人一边数铜板退给她,一边说道,"您买得放心,我也卖得安心,想买了您就再来啊。"

"好。"温柔点头,暗暗将这人的装扮和模样记下。

吹猪皮可不能吹一辈子,但是这人有好的人品,那生意是可以做一辈子的。

肉和猪皮到手后,温柔顺手就将其递给了萧惊堂:"行了,回去吧。"

"嗯。"萧惊堂微微颔首,顺手便接了肉和猪皮过来提着,转身就要走。

等等?身子一僵,二少爷觉得哪里有点儿不对劲,低头看了看自己抱着的油纸包,再看看旁边表情自在的杜温柔,黑了半边脸:"为什么是我拿?"

温柔莫名其妙地看了他一眼,说道:"男子同女子逛街,男子不拿东西,难不成让女子拿?人家腰上还有伤呢!"

萧二少爷不悦地皱眉,倒也没多说,嫌弃地拎着油纸包,慢吞吞地往前走着。

买这点儿东西,其实压根不用他们亲自来的,但是不知道为什么杜温柔好像很高兴，眼睛亮晶晶的，走路都快了点儿。

"伤口……"他顿了顿，"不疼了？"

这才养了几天，她怎么可能就好了？

温柔愣了愣，这才想起来自己还有伤呢，连忙"哎哟"了一声："疼！"

萧惊堂："……"

她还能再假点儿吗？

"是你自己要出来的，那就得自己走回去。"他开口道，"疼死在半路我也不会管你。"

温柔撇了撇嘴，挂在他的胳膊上继续走，小声嘀咕："你又不心疼，那问什么问？多此一举。"

"你说什么？"

"没什么，我觉得二少爷今天的衣裳很好看，"温柔打着哈哈，转移了话题，"绣工不错啊。"

萧惊堂眼神古怪地看了她一眼，说道："这是妙梦绣的。"

杜温柔一向不喜欢阮妙梦。阮妙梦做的东西就更不用说了，见一回杜温柔都是要沉一回脸的，如今却来夸阮妙梦的绣工不错？

"哦，你的姨娘绣的啊。"温柔仔细看了看，小声嘀咕，"那她也不见得多喜欢你。"

"我听得见，你不如说大声点儿。"萧惊堂停下步子，侧头看着她，"又想挑拨什么？"

"不是挑拨，咱们讲道理嘛。"温柔捂着腰，不服气地指了指他袍子上的吉祥花纹，说，"您不觉得这花纹死板得跟丫鬟绣的一样？这完全是为了交工，多一针也不绣。方才您要是不说，我还以为是外头的绣娘做的。"

这也看得出来？萧惊堂一脸茫然的表情，倒也听明白了她话里的贬义："你这人，前一句夸绣工好，后一句又说人家敷衍，不觉得自己脸疼吗？"

"说实话您又不爱听，绣工好也可以敷衍您啊，比如这道纹路，若是当真对您用心，她完全可以多绣几针，花纹会显得更好看。她少绣两针，虽然无伤大雅，但就没那么精细，您看不出来？"

温柔没开玩笑。她的生母可是苏绣的继承人，虽说她不怎么感兴趣，但耳濡目染之下，这点儿鉴赏能力还是有的。

萧惊堂很不高兴，斜睨着她说道："你若实在忌妒，不如也花点儿心思给我绣一套，也比站在这里诋毁人家的东西来得好。"

"行，我不说话了。"温柔耸耸肩，承认道，"我绣不出来，人家厉害一点儿,您好好穿着吧。"

说罢,温柔佯装生气地扶着疏芳的手往前走去。

萧惊堂以为她当真吃醋了,倒是有些意外,站在原地看了她好一会儿,也没追上去,只吩咐了旁边的随从一声,让他们跟着点儿二少奶奶。

他还以为杜温柔完全变了一个人,但现在看来在某些方面她压根没有变。

是他想多了吧。

顾不得腰上的伤,温柔走得很快,一边走一边对疏芳说道:"你替我去裴家报个信,让裴公子去将方才卖给我猪皮的人请到府中好生款待,等我有机会,便去裴府。"

疏芳愣了愣,有些担忧:"主子这是做什么?"

"你别问,后面有人跟着。你快去,我就说你去买东西了。"温柔轻轻推了她一把,说道,"再不走就来不及了。"

"是。"疏芳垂头,提着裙子就挤进了前头的人群里。

后头的随从追上来,就见温柔扶着墙满头冷汗:"快找个车来送我回去,伤口好像裂了。"

众人都惊了惊,也没多问其他的,立马寻来马车将她先送回了府。裴府上下又是请大夫又是包扎,一时间竟也没人问疏芳的去向。

疏芳很顺利地进了裴家,说明自家主子的意思之后,就见那裴公子一点儿也不犹豫地吩咐了下去,按照自家主子的想法去办。

疏芳有点儿意外,忍不住小声问了一句:"公子与我家主子私交很好?"

除了上次天牢相救,两个人私下难不成还有往来?

裴方物微微一笑,展开扇子道:"不算很好,你不必多虑,只是生意上的来往罢了。"

这样啊,疏芳额首,行了礼就打算走,却被叫住了。

"把这个拿回去吧。"裴方物递过来一个食盒,说道,"她让你找借口过来,你也得拿个像样的东西回去解释才是。"

疏芳接过食盒,很好奇,却没敢马上打开,只乖巧地应了,然后便往外走。

香气扑鼻的点心,每一碟都精致得很,诱人地躺在食盒里,看着让人胃口大开。疏芳扫了两眼便盖上了盖子,心里忍不住奇怪。

这东西是提早准备的吗?看起来花了不少心思,裴公子怎么就这么随意地给她拿去交差了?

第三章
你不是杜温柔

萧惊堂回到府里的时候，正好撞见疏芳。

"你家主子呢？"他问了一句，"你手里提的是什么？"

心里一跳，疏芳回过头去，面上倒是十分冷静："回二少爷，我家主子已经在里头了，奴婢受主子吩咐，买了些点心回来。"

"嗯。"萧惊堂没察觉有什么不对，点了点头就往里头走去。

疏芳慢悠悠地跟着他，想着跟丢了也就不同他一路了，结果快到回廊拐角处时，前头的人却突然停了下来。

"你家主子身上可有什么特别的印记？"萧惊堂问。

印记吗？疏芳老老实实地答道："胸口有一颗小红痣。"

萧惊堂颔首，然后便继续往自己的院子的方向走去。

他与其总是胡思乱想，倒不如就直接看看她到底是不是杜温柔。若她不是杜温柔，那可就好玩了；可若她当真是……那只能说这性子变化也太大了。

萧惊堂跨进自己的屋子，看见床上竟然是空的。他愣了愣，叫了管家来问："二少奶奶呢？"

"已经回西院了。"管家恭敬地回道，"听闻伤口又裂了，大夫正在那边瞧着。"

杜温柔回去了？萧惊堂有点儿意外，皱了皱眉。

杜温柔那么喜欢他，有机会在他身边黏着，怎么可能主动离开？

"这里发生过什么事吗？"

管家古怪地看了他一眼，摇头："没有，虽然阮姨娘过来看过一眼，但没与二少奶奶撞上。"

萧惊堂纳闷地沉默半晌，问管家："你觉不觉得二少奶奶哪里不对劲？"

管家愣了愣，捏着胡须想了想，笑道："二少奶奶比以前懂事了不少，虽然有些咋咋呼呼，但也没有无理取闹了，对各位姨娘也温和起来。在府里这两日，就算有人冒犯，也不见二少奶奶有什么反应。"

被冒犯杜温柔也不发火罚人了？萧惊堂错愕，立马便决定去西院看看。

烤肉的香味儿飘满整个院落，温柔躺在院子里的躺椅上，一边吃着疏芳带回来的点心，一边教小丫鬟做烤猪皮。

猪皮烤起来有点儿费事，温柔先指挥丫鬟们将猪皮洗净、刮毛、将猪皮煮熟，然后在火炉上先烤了点儿厨房准备好的羊肉。

温柔闻着羊肉的香味儿就觉得亲切，亲手加了不少调味料上去，然后指挥着她们扇风翻烤。

小丫鬟们有点儿受宠若惊，害怕地看着她，又被这香味儿馋得口水直流，目光都挪不开。

"你不是伤口裂了吗？"

萧惊堂的声音乍然在院子门口响起，正在烤肉的丫鬟被吓得一个没拿稳，一串羊肉"啪嗒"一声掉在了地上。

"奴婢该死！"小丫鬟脸都白了，连忙跪下行礼。

温柔看了萧惊堂一眼，挥了挥爪子算是打招呼，然后便转头看向那小丫鬟："一串肉也值得你死，你也太不值钱了，旁边还有那么多呢，急什么？"

丫鬟愣了愣，身了瑟瑟发抖，看样子还是很害怕。

温柔捂着腰继续说道："你跪着干什么啊？赶紧起来把肉翻一翻，等会儿就能吃了。"

"是。"

虽然二少奶奶的声音还是很凶，但听起来当真没有责怪她的意思，丫鬟连忙起身，继续烤肉。

被无视的萧惊堂眯了眯眼，低声问道："你听不见我说话？"

"嗯？听见了。"温柔打了个哈欠，说道，"裂了的伤口已经包好了，我才回来，发现院子里的丫鬟们一个个面黄肌瘦的，想必是没吃好，所以给她们开小灶呢。"

啥？这是给她们吃的？

烤肉的丫鬟以及旁边站着的几个小丫鬟全傻眼了，齐刷刷地用怪异的目光看向温柔。

"怎么？不可以吗？"温柔莫名其妙地问道，"猪皮煮熟还得拿冰块冻上一会儿才能烤，炉火反正生好了，烤点儿肉有错吗？"

疏芳小声说道："错是没错……但……您以前不这样的。"

杜温柔对下人苛刻也是出了名的，所以除了疏芳，她身边一个亲近的丫鬟都没有。别说烤肉，就是正常的月钱，西院里的丫鬟的都比别的院子里的丫鬟的少。

为此，杜温柔在萧家也更是孤立无援，没个好名声。毕竟连自己身边的人都不喜欢的，能是什么好人？

温柔没来得及回忆这些事情，不过想也能明白杜温柔那性子能得罪多少人，当即便说道："以前我有不好的地方，你们睡一觉且忘记吧。若是忘不掉非记恨我的，那也不怪你们。"

"奴婢不敢。"一院子的丫鬟都跪下来了。

萧惊堂嗤笑一声，看着她说道："你如今段数倒是高，知道装好人了？"

温柔回头看他一眼，也懒得争辩，伸手去旁边的炉子上拎了一串烤得流油的羊肉，挑眉问："您吃吗？"

萧惊堂满眼都是嫌弃之色，正想说这种街边卖的肉串有什么好吃的，结果就见杜温柔直接咬了一口。

她压根就不是诚心诚意要他吃的，就是问一声罢了。

油从肉里流出，肉肥而不腻，香料恰到好处，满嘴香味儿，温柔两三口就把一串烤肉吃掉了，还舔了舔手指："烤得不错，等会儿的猪皮也交给你烤。"

萧惊堂撇嘴，看了一眼旁边锅里捞出来的猪皮，眉头皱得更紧。

虽然煮熟了的猪皮看起来亮晶晶的，好看了许多，但到底是皮，她难不成当真要吃？

温柔把肉都咽了下去，顺手递了两串肉给疏芳，又塞了一串给烤肉的小丫鬟，然后吩咐："把煮好的猪皮放凉，跟冰块裹在一起放一会儿再烤。"

"不是已经熟了吗？"萧惊堂问道，"冻起来做什么？多此一举。"

要不怎么说这些远庖厨的君子都是不懂美味的白痴呢？温柔翻了个白

眼:"猪皮冻一下再烤会更好吃。"

"你如何得知?"眼神一凛,萧惊堂低头看着她,"杜家大小姐难不成还亲自下厨做过菜?"

温柔微微一噎,垂下眼眸,声音顿时哀怨起来:"我高高在上,端着嫡女的架子不放的时候,二少爷不是不喜欢吗?现在我放下了架子,为您洗手做羹汤,您怎么还是不喜欢?"

"为我?"萧惊堂看了一眼她手里空空的竹扦子,面无表情地问。

温柔顺手就把竹扦子往后扔去,然后笑得一脸谄媚,恭恭敬敬地重新拿了一串肉递到他面前:"您尝尝?就一口,保证好吃!"

萧惊堂冷哼,盯了那流油的烤肉串半晌,终于还是接过来,不情不愿地咬了一口。

"不怎么样。"他将一串羊肉吃完,半点儿动容的样子都没有,"不过你若是当真肯老老实实地不惹事,我倒是能省不少心。"

"瞧您说的。"温柔捂着嘴就笑,"我乖得跟什么似的了,您还不满意?"

"马上就是陶瓷大会了。"萧惊堂上下扫了她两眼,不予置评,只说道,"你是要出席的,早些把伤养好才是正经事。"

"说起这伤哪,我倒是听闻外头某个地方有个神医。"温柔笑眯眯地看着他说道,"要不您给批个假,我带人出去寻医,争取早点儿治好伤,也免得耽误您的事。"

这人怎么总是喜欢往外跑?萧惊堂有点儿疑惑:"不能请回来吗?"

"自然是不能的,人家架子大着呢,患者不诚心求医,人家是不医的。"温柔一本正经地说道,"左右您也忙,我就自个儿解决,怎么样?"

目光锐利地看了她半晌,萧惊堂说道:"带着我给你的嬷嬷一并去,随你去哪里都可以。只是,你若让我听见半点儿不妥的风声,那可别怪我。"

"我知道,我知道。"温柔举了举双手,答应道,"我很老实的,您放心。"

反正她只要不再跟人光天化日之下共游,想做其他的事,他是半点儿不关心的。这样想着,萧惊堂便说道:"你跟我进屋。"

进屋?温柔挑眉,也不磨叽,扶着腰就跟着他进去了。

将门关上后,萧惊堂二话不说就将手伸向她的衣襟。

"哎?"温柔被吓了一跳,连忙捂着胸口,"你干吗?"

气氛有点儿僵硬,萧惊堂耳根微红,面无表情地说道:"不是你想的那样。"

不是她想的那样，那他关门脱她的衣服是要做什么？温柔一脸警戒的表情，萧惊堂看得浑身僵硬。

"我只是想看看你的胸口。"他问道，"那里有没有东西？"

废话！温柔怒目横眉道："你的胸口没有东西，我的胸口肯定有东西啊！你跟谁在这儿装二愣子呢，要流氓就要流氓，还非得找个借口？"

萧惊堂："……"

他不擅长对付女人，更不擅长对付这种咋咋呼呼的女人，想算了吧，可红痣得看哪，万一她当真不是杜温柔，那……那还说得过去。

"我似乎是你的丈夫。"想了一会儿，萧二少爷觉得不对劲了，"就算我与你圆房也是天经地义的事，如何算得上是耍流氓？"

温柔顿了顿，想想好像也是，杜温柔是他的正妻来着。

可是她不是啊！杜温柔现在歇菜了，总不能让她跟这人圆房吧？她可是正正经经的黄花大闺女，没兴趣跟这种人配种啊！

"您不是挺讨厌我的吗？"温柔讷讷地说道，又找回了点儿底气，"既然讨厌，那你还碰我，跟禽兽有什么区别？"

萧惊堂气笑了："你这是在拒绝我？杜温柔，你忘记你以前是怎么求我来你的房间的了？"

温柔愣了愣，低头回忆了一下。

杜温柔与他……似乎都没圆房，每次萧夫人说到传宗接代的事情，杜温柔就会回去一顿折腾，色诱、下药什么的方法都试过，萧惊堂就是不为所动。

"既然我以前怎么求您您都不来，现在我不求了，您怎么反而来了？"温柔抬头看他一眼，眼里满是古怪的神色，"您也吃欲擒故纵这一套啊？"

"少废话，"萧惊堂有些恼怒，"你把上衣脱了便是。"

脱上衣？然后她被他像看玩物似的看一眼，他羞辱完了就走？温柔眯起眼，冷笑了一声，扶着腰就靠近了他。

"二少爷是要宠幸我的意思吗？"

温柔吐气如兰，踮起脚贴近他的耳侧，声音陡然缠绵起来："人家的身子，可没那么好看，你看了就得负责的。"

耳后一抖，萧惊堂有些恼怒，伸手抓住她的胳膊，打算直接扒了她的衣裳，却听得一声惨叫："啊——"

"怎么？"萧惊堂下意识地松开手，看了一眼她的腰，"伤口又被扯开了？"

"您这么粗鲁，伤口怎么能不疼嘛。"面前的人娇嗔两声，温柔如水，轻轻推开他就往内室飘去。

萧惊堂愣在原地，恍惚觉得刚刚是不是自己看错了——这摆明了要勾引他的人，怎么可能露出那种嘲讽似的冷笑？

他摇摇头，沉着脸跟进去，没空跟她瞎闹，只想看完红痣就走人。

然而，这香闺内室里，温柔准备了个大礼等着他。

杜温柔是被封建思想裹挟的姑娘，要对男人下药，难免会紧张露出破绽，最后被萧惊堂识破，白得一场羞辱。

然而这事搁在温柔身上就简单多了。她脸不红心不跳，点了熏香就滚进床帐里，抬起大腿伸手一撩："来啊——"

萧惊堂打了个寒战，皱紧眉头，一点儿情调也没有地过去就压住了她乱动的腿，手直接朝那衣襟伸去。

"哎呀讨厌！"温柔抛了个媚眼，伸手勾上了他的脖颈，"二少爷怎么这么急啊？"

他上回的不举之症治好了？

为了不破坏气氛，温柔死命将这句话压了回去，只做娇羞状，一手拉着他的手，一手轻轻在他的脸上滑："就不能温和点儿吗？兴许奴家这衣裳还脱得更快些。"

"要怎么温和？"萧惊堂皱眉。

身子莫名其妙地就被她缠上了，面前这人跟受了伤的蛇精似的，捂着腰也要强行扭那水蛇腰，腿往他的腰上钩，倒叫他动弹不得了。

"女人的衣裳没那么好脱，您起码得让我心甘情愿，不能强人所难不是？"温柔说得头头是道，一爪子就将身上的人按到了床上，捂着腰翻身压上去，巧笑倩兮地说道，"连自己的女人都强迫，岂不是显得您很无能？"

说男人什么都行，她就是不能说他无能。萧惊堂微恼，抬了抬手又不知道该放在哪里，只能板着脸说道："你脱了衣裳就是。"

"你叫我脱我就脱？"温柔翻了个白眼，伸手拍了拍他的脸，"小伙子，追人要有点儿诚意，你上来就让人脱衣裳，谁愿意啊？"

萧惊堂脸上微红，但表情仍绷着。

其实平心而论，萧惊堂这个人不讨人厌，长得好看，有点儿禁欲，现在看起来还有点儿像纯情小男生，被人调戏得手足无措，只能假装凶恶地吓唬人。

可他再能吓唬人，在温柔这种没脸没皮的人面前，也只有被吃定的份儿。

屋子里香气缭绕，萧惊堂被温柔惹得有点儿怒，却发不出火来，狠命瞪着身上这人，瞪着瞪着就开始觉得，其实杜温柔也不赖。

脸上没了那种丧气样子，现在的杜温柔一张脸看起来莫名其妙地美了几分，笑起来有浅浅的梨涡，眼睛亮亮的，像是装了星星。

萧惊堂下意识地想伸手去摸她，手伸到一半才觉得有些不妥，一时有点儿尴尬，立马要收回手来，身上这人却主动把脸凑到了他的掌心上，跟小猫咪似的蹭了蹭。

冰凉的肌肤激得一阵古怪的感觉直传心底，萧惊堂的眼里像是蒙了一层雾，他越发看不清面前的人了，身子倒是滚烫了起来。他摸着人家的脸，一时半会儿还舍不得放开。

"二少爷，喜欢人家吗？"温柔轻轻褪下自己的半片衣襟，笑得妩媚多情，"是不是很想抱抱人家？"

萧惊堂感觉喉咙微紧，张了张嘴也没能说出话来，手掌从她的脸颊上滑到了锁骨上，捏着那小巧的骨架，忍不住轻轻摩挲着。

饶是身体这么诚实，萧二少爷张口也是冷冰冰的一句话："不喜欢，不想抱。"

话音刚落，温柔就觉得腰上一紧，整个人被他按在身上，贴得死紧。

他这还敢说不想抱？温柔往刘海儿上吹了一口气，俯视着身下的人，不急不慌地伸手抚摸他的身子，略带嘲笑地说道："您可真实诚。"

衣衫凌乱起来，萧惊堂意识有些模糊，掌心在杜温柔的身上游走，越来越滚烫。他总觉得有什么想要的东西，一时半会儿却找不到。

看了一眼香炉的方向，再看一眼这有些意乱情迷的人，温柔突然就挣脱了他的怀抱，捂着腰下了床。

床榻上一片混乱，萧惊堂上衣半敞，露出蜜色的肌肤。身上一空，他条件反射地就抓住了她的手腕，"喃喃"了一声："别走。"

别走？温柔浅笑，眯着眼睛看着他说道："二少爷不记得芙蕖了吗？心上人还没找到呢，二少爷竟然对我这个罪魁祸首动情了？"

恍如一盆冷水兜头淋下，萧惊堂瞬间清醒了不少，抬头看了一眼面前的人，又低头看了看自己，眼里瞬间翻涌起滔天怒火。

"杜温柔，你又用了什么手段？！"

温柔甩开他的手退后两步，笑得天真无邪："您上次不也这样对我的吗？我还以为这是对人家表示宠爱的意思，所以对您也表达一下爱慕之意。"

宠爱？萧惊堂冷笑，正要发火，脑子里却涌现出了先前在她的院子里的场景。

他也这样羞辱过她，撕烂她的衣裳，却又抽身嘲讽她……所以她这是在报复吗？

萧惊堂难以置信地看了她一眼，摇头："你不是杜温柔！"

跟红痣不红痣的已经没什么关系了，杜温柔做不出这样的事情，绝对做不出！这人就算跟杜温柔一模一样，也不可能是杜温柔！

那她会是谁？

"我是不是杜温柔很重要吗？"温柔笑了笑，裹紧了衣襟，"只要疏芳认我这个主子，杜家认我这个女儿，那我就是杜温柔没错，不是吗？"

杜温柔这个身份的价值，也仅在于杜家嫡女罢了，杜家人承认她，那就算她不是杜温柔，又有什么关系？

萧惊堂愣怔，盯着她看了半响，还是忍不住问："你到底是谁？"

大好的谈条件的机会，温柔立马就去灭了香炉里对付男人用的催情香，然后老老实实地捂着腰坐在床边说道："二少爷，我觉得咱们可以谈谈。"

他跟一个女人有什么好谈的？萧惊堂正要拒绝，这人却抢在他前头开了口："您很不喜欢杜温柔，想让她主动离开，然后以别的方式与杜家继续保持关系，最好是能找到杜芙蕖，让杜芙蕖取代我，是吗？"

她怎么会知道这些？！萧惊堂神色一凛，皱眉看着她："谁告诉你的？"

"不用谁告诉，看您的态度就知道了。"温柔耸肩道，"这是最好的算盘，您是生意人，肯定会这样打算。"

她猜对了。

萧惊堂拢了衣裳，起身靠坐在床边，看着她问道："你想跟我谈什么？"

"很简单，您不喜欢我，我也不喜欢您哪！"温柔笑眯眯地说道，"既然如此，我当好您的夫人，直到您找到杜芙蕖为止，其间我不会再碍着您一点儿事。但是相应地，您不能再限制我的出入，不能派人跟着我，也不要插手我的任何事情，如何？"

这算什么？萧惊堂听得很是惊疑："你想顶着萧家二少奶奶的头衔做什么？"

"谁稀罕这头衔哪？"温柔撇嘴，"您放心，萧家的颜面我不会拿出去丢,我做的也只是让自己的日子过得更好的事情。你我有夫妻之名,无夫妻之实,那也总不能让我一直为你守着这空院子虚度青春,大家要相互体谅吧?"

屋子里安静了好一会儿,萧惊堂冷笑出声:"你凭什么觉得我会答应你?"

"噫……"温柔表情嫌弃地看着他,"难不成你是那种自己当负心汉,还非让发妻不好过的禽兽?若真是这样,那大家玉石俱焚吧,我保证会将你的整个院子搅得鸡犬不宁,有一只鸡睡了安稳觉我的名字都倒过来写!"

萧惊堂:"……"

这话他还是信的,不管这个人是不是杜温柔,她都有这个本事。

那么,他到底是答应她还是不答应?应下来,自己好像的确没什么损失,但不应……日子好像要难过些。

"要我答应也可以,"商人最会坐地起价,萧惊堂说道,"你救我的恩情就一笔勾销,别再说我欠你什么债。往后你要是被人逮着错处,我也不会救你。"

"成交!"温柔拍了他一巴掌,整个人都放松了下来,"早这样大家都好过嘛,成了,你走吧,等猪皮烤好了,我会让人给你送去两串的。"

先前杜温柔是叫他惊堂,尊称为爷,后来改成二少爷,倒也尊称您。如今这是怎么了?他只不过答应了她一个条件而已,她瞬间就跟他用平称了?

萧惊堂很不爽,可还没办法跟她计较。这牙尖嘴利的女人,一计较起来,肯定又说他小心眼!

罢了罢了,萧惊堂整理好衣裳起身,身上那股子邪火也慢慢散去,有些没力气,心情也不太好,干脆就直接走了。

温柔笑眯眯地目送他出去,心里的小算盘"啪啪"直响。

她算是摸透了,这萧惊堂就是喜欢维护萧家颜面,又爱口是心非,她怼他两句,他还总接不上话。她将这软肋一捏,要跟这人打交道就简单多了。如果有不能解决的事情,那她就调戏他,这人肯定无法招架,瞬间就忘记自己本来要干什么了。

这样想想,温柔倒觉得他挺可爱的。

天渐渐黑了,西院里飘香一片,温柔自掏腰包让厨房买了许多羊肉回来,放在院子里烤给下人吃。一众丫鬟一边惊奇,一边分食。有机灵的小丫鬟,还给与自己交好的小姐妹带了些回去,高兴地说道:"二少奶奶转性了,咱们的好日子来了!"

屋子里一片欣喜之声,也没人注意到角落里有个丫鬟默不作声地出门往别处去了。

"笼络人心吗?"妆台前的阮妙梦气色已经大好,一边取着头上的发钗一边笑道,"咱们的二少奶奶也算是懂事了啊。爷那边如何?"

后头站着的小丫鬟低声回道:"爷半下午就一脸怒气地从西院出来了,对二少奶奶的举动没什么反应,不过听闻二少奶奶正往爷的院子里送吃的东西呢。"

这倒是有趣,阮妙梦"咯咯"笑了两声,一张粉面宛然多情:"只要她懂事了,咱们的日子就好过,其余的,倒是不必理会。"

"是。"丫鬟应了,垂手退了出去。

阮妙梦扫了一眼桌上的头面,拈起一支金簪亲了一口,对着铜镜照了半响,满足地叹了一口气,和衣便枕上那镶金的玉枕,闭眼睡去。

她才不傻,不会去搞院子里那些争宠的戏码,有这些金银珠宝,心里可比有男人还踏实呢。

主院书房里,萧惊堂闻到诱人的烤肉味道,混合着西域的香料,引得人口齿生津,忍不住就放下手里的账本抬头看了看。

"二少爷,"管家端着盘子进来,脸上有些为难,"二少奶奶非让人把这个送来。"

一盘被烤得晶莹剔透的猪皮,爽滑有弹性,再刷上一层香料,丝毫不带他印象里的臭味儿,倒是跟珍馐斋精心制作的烤肉很像。

萧惊堂动了动喉结。

"放着吧。"他说道,"这种东西,也亏她能送来给我。"

管家叹了一口气,瞧了瞧那猪皮,开口道:"主子是不吃这样的东西的,不如老奴帮您吃了,出去就说您受用了,也算对二少奶奶有个交代?"

"我对她需要有什么交代?"萧惊堂不悦地说道,"你放下就是。"

"是。"

萧管家有些舍不得地将盘子放在了书桌上,心想:二少爷不吃也要放着,可真是有些浪费。虽说是猪皮,可这看着也太好吃了……

不过主子的意思,还是不能违背的,萧管家躬身退出,带上了门。可是，等到了该就寝的时辰，他重新推门进来的时候，桌上那一盘烤猪皮竟然没了，只留下香料的痕迹，尚有余香。

"二少爷？"萧管家惊讶地低呼了一声，瞪眼，"这东西您吃了？"

"没有。"萧惊堂看着账本头也不抬，一脸嫌弃表情地说道，"闻着太难受，我倒了。"

倒了？！萧管家皱眉："您何苦倒了呢，给老奴去处置也好，到底是吃食……"

话没说完，眼神挺好的萧管家就看见了自家二少爷嘴角上残留的香料。

二少爷还当真吃了？那可是猪皮啊，下等人吃的东西，就算再香，二少爷也不能一整盘全吃了啊！

萧管家有些震惊，不过知道二少爷一向爱面子，看破也不能当面说破，只能按了按自己的喉咙，把话咽了回去。

"时候不早了，您也该洗漱休息了。"

"管家，我觉得府里的账目有些奇怪。"萧惊堂没理会他的催促，皱眉看着手里的账本，"咱们院子的花销，怎么会比母亲院子里的还多？"

按照分例来算，就算他的院子里姨娘多，也不该有这么多支出。他马上要迎新姨娘，若一直是这么大的开支，虽说不至于吃不消，但到底看着让人心惊。

"您不记得了吗？"管家提醒道，"咱们院子里的账本都是您亲自管着的，每次阮姨娘问您要什么东西，您是一律给的。七零八碎地算起来，一个月的银子也不少。"

阮妙梦？萧惊堂皱眉，仔细看了看那些无头账，好像都是她头上的没错。前几日他还新给了她两副头面，她也没客气，选了最好的材料和匠人，花费不小。

这就有点儿愁人了，他作为男人，不能小气，可阮妙梦一人的开支顶半个院子，那也不是个事。

萧惊堂眯了眯眼，放下了账本，抬头看着管家问道："这种事情，别家是不是都由少奶奶管？"

"是。"管家颔首，看了他一眼，"可您不是觉得二少奶奶私心太重又喜欢苛待下人，所以不让她管吗？"

"现在倒是可以了。"想想那人那么精明的样子，萧惊堂轻哼了一声，"她顶着二少奶奶的头衔，也该做点儿二少奶奶该做的事。给她每月五百两的限额，让她好好打理院子。若是哪里缺了少了，怒了怨了，都交给她去操心。"

管家顿了顿,仔细想想,这倒也没什么不妥的。阮姨娘铺张浪费,二少奶奶那么抠门,说不定还能治上一治。

"老奴明白了,明日便将账本送去西院。"

"嗯。"萧惊堂颔首,终于合上了桌上的东西,起身洗漱,上床休息。

他的房间冰冷古板,一点儿多余的装饰都没有,只有一张红木雕花的架子床,并着一套紫檀木的桌椅。以前萧夫人觉得这不像个房间,总让人送些挂画和摆件来,但最后都被萧惊堂收进了仓库。渐渐地,萧夫人也不再管他了。

萧惊堂这个人就跟这房间差不多,单调乏味,又价值不菲。

躺在这样的地方,以往都是梦见各种各样的账目和生意上的琐事,然而今晚,破天荒地,二少爷做了一场春梦。

梦里的女子有水蛇一样的腰,媚眼如丝,吐着芯子勾着他的身子,娇俏地问:"二少爷可喜欢人家?"

"不喜欢。"他一如既往地这样回答。

女子听着也不恼,依旧笑嘻嘻的,舌尖舔上他的喉结,腿缠上他的腰,惹得他把持不住,当真同她一夜春宵。

醒来的时候外头已经天亮,萧二少爷坐在床上回忆起那女子的脸,脸色难看得很。

"管家!"他喊了一声,"账本给西院送去了吗?"

外头站着的管家端着水盆推门进来,笑道:"送过去了,只是二少奶奶出了门,说是寻医去了,怕是要晚些才能好好交代。"

寻医?萧惊堂点了点头,也不再多问,板着脸起身洗漱完,便去忙自己的事情了。

温柔是一路哼着曲儿到裴府的。虽然坐的是外头的轿子,穿的是普通不打眼的衣裳,但她昨晚睡得不错,今日的气色也是挺好的。

"二少奶奶遇见什么开心事了吗?"裴方物早在花厅里等着,一看见她眼眸就亮了起来,"伤好了?"

"不是什么大伤,好得挺快。"温柔礼貌地朝他笑笑,问,"那屠夫姓甚名谁,公子可清楚了?"

"嗯,人现在就在我府上,姓张,家里排行老五。您若是不嫌,叫他一声张老五即可。"

张老五肺气足,一天吹三头猪,宰杀切割都有技巧,倒不是用的蛮力。这样的人最适合接受培训,然后在琉璃窑上岗。

温柔点头,正想说请他来见,那边裴方物却已经吩咐下去了,完全不用她操心。

旁边的桌上放着新的她没见过的点心,温柔这才想起自己早饭就喝了两口粥,当下也不客气,拿起点心就吃。

眼角余光扫着她,裴方物轻笑,装作没看见,等她吃饱,才让人把盘子撤下去,换成一盏香茗。

"上次回去,二少爷可有为难您?"他问了一句。

温柔耸肩:"我为救他差点儿没命,他还为难我的话那岂不是禽兽?他答应我了,以后我们各过各的,互不插手。"

哪有这样的夫妻?裴方物不笑了,脸上神色有些严肃,张嘴想说什么,又觉得不妥,硬生生地咽了回去。

"夫人别委屈自己就好。"

"我不委屈。"温柔笑了笑,"有钱赚,小日子过得红火,不用伸手问男人要钱花,我就一点儿也不委屈。对了,给您看个东西。"

温柔伸手递了图纸过去,说道:"若是能成功的话,这次的陶瓷大会,公子不如拿这个去试试。"

裴方物愣了愣,接过东西来打开看了看。

线条优美的瓶子,上头不知为何布满了裂纹,下头一个陶瓷底座,花纹倒是别致。

"这是……?"

"碎裂纹的琉璃瓶子。"温柔喝了一口茶,笑了笑,"萧家不是要跟你比谁阔气吗?都拿宝石取胜,你还管什么琉璃、陶瓷?一颗琉璃珠就是一千五百两银子,这世上还有什么东西能比这个'纯天然巨大宝石'雕刻的花瓶更贵?"

"可……"裴方物有点儿震惊,"那是陶瓷大会啊!"

"喏,"温柔伸手指了指,一本正经地说道,"底座就是陶瓷。他们要是不服气,那让萧家把陶瓷上的宝石抠了!"

兵行险着,可是裴方物仔细一想,这倒是比那套碗碟的胜率大。

他想了想,将丫鬟都遣了出去,认真地看着她问:"夫人能做出这种东西来?"

"能,但这边由于材质的问题,瓶身可能偏绿。"温柔说道,"等张老五来了，我与他沟通沟通，签个合同，然后告诉他怎么做。"

她说这是"纯天然巨大宝石"雕刻，其实还是得靠人工。别人都不知道是人工的，那就是天然的，反正这地方除了她，应该也没人会做琉璃了。

裴方物担忧地看了一眼她的腰，说道："若是太累，您也不必非做这东西，左右在下也没抱夺魁的希望。"

温柔瞪眼，难以置信地问道："不抱什么希望你还参加干吗？混个安慰奖？"

"能参与就是好事。"裴方物展开折扇，笑得风度翩翩，"得之为幸，不得为命。"

这么洒脱，那他做什么生意啊？泛舟游历大好河山不好吗？温柔撇嘴，一点儿也不欣赏他。人都在这竞争场里了，说不想争的人，要么是能力不够，要么是不适合这种环境，两者都不会有什么好下场。现在既然成了她的合伙人，他就算想打个酱油，她也非得拉着他拿个大奖不可。

"这事让我来做就好了，"她说道，"公子负责买材料就行。可能会失败很多次，所以需要的东西很多，需要的时间也很长，接下来的一段日子，我天天都会过来。"

别的话倒是随意听着，听见这最后一句，裴方物眉梢微动，伸手摸了摸自己的鼻尖，垂眸笑道："好啊。"

温柔没注意他的表情，还想说点儿什么，外头的人已经来敲门了："公子，张屠夫到了。"

"请进来。"

门"吱呀"一声响，温柔伸长了脖子，就见张老五依旧穿着一身粗布衣，裹着围裙，颇为惶恐地进来问："贵人找小的何事？"

"不必这样拘谨。"裴方物笑道，"这位夫人有发财的生意要同你做。"

张老五愣了愣，飞快地扫了温柔一眼，眉头微皱："小的杀猪这么多年，做的生意虽小，却也本分，不惦记什么发财的生意了，能安稳度日即可。"

"这话就不对了。"温柔笑了笑，"谁还嫌钱多啊？钱多了，日子过得更好。再者，我要找你做的，也绝不是什么杀人越货的生意，都是靠本事吃饭的，就看你能不能挣了。"

张屠夫干笑，眼神有些犹豫："夫人可否说说看？"

"简单。"温柔颔首，"是吹气的活计，不过这次不是往猪皮下头吹，而是往一种特殊的材料里吹。那料了有些结实，要用巧劲才能吹起来，还得你手上配合,拿东西把它捏出个形状来。"

这事听着有点儿复杂,张老五皱了皱眉:"我就是个粗人……能行吗?"

"咱们可以练两天。"温柔说道,"若是可以,以后你吹一个东西出来,我便给你一两银子。做工更巧之后,还可以涨价。"

一两银子吹个东西?!张屠夫愣了愣,惊得脸都涨红了:"怎么会这么贵?一两银子……就吹一个物什?"

"我总归不会骗你,若是骗了,裴家的招牌还在这里呢,随你砸。"温柔豪爽地指了指头挂着的牌匾,"这个总是跑不了的。"

裴家招牌的掌管人无辜地看了她一眼,没吭声。

张老五正在犹豫,温柔扶着腰就起身了,看着他说道:"不过这银子也当真没么好赚,给得多,你付出的东西也多。我没别的要求,除了做好东西之外,你还得答应绝对不对外人提那东西半个字,否则就得将所有的工钱都还给我,再赔偿我一千两银子。"

一千两银子!张老五被吓了一跳,心想自己一辈子都赚不了那么多钱。不过,这夫人说的前提是他给人告密,若是他不告密,那这一千两银子自然也就不用赔了。

屋子里安静了好一会儿,温柔也没催促,安静地看着他。裴方物摇着扇子,眼神轻飘飘地落在对面的女子身上,看着她那精明得跟个商人一般的模样,莫名其妙地觉得有趣。

"可否让我先试一试?"半响之后,张老五开口了,"若是能做好,这活计我便应下,好贴补家用;若是不能……那我也不好坏了夫人的生意。"

"好说。"温柔点头,"咱们现在就可以去试试。"

现在吗?裴方物看了她一眼,微微皱眉:"你的伤……?"

"没大碍了,动得了。"温柔招呼了张老五两声,就跟在自己家似的,大大方方地抬脚往外走去。

裴方物顿了顿,跟着出去,走到门口就看见她熟稔地招呼着牵穗和车夫,然后回头对他说道:"公子就不必去了,我与张屠夫去去就回,您先搜罗搜罗材料。这单子上用丹砂标注的材料有点儿难寻,您尽量找就好,没有也就罢了。"

裴方物接过单子,打开看了看——字体秀气,虽然有很多错别字,但他大致还是能看明白的。

"我知道了。"裴方物轻轻笑了笑,将单子收起来,低声嘱咐,"你小心身子,早去早回。"

"好。"温柔咧嘴,捂着腰扶着牵穗的手就上了马车。

张老五局促了半晌,也跟着上去,规规矩矩地坐着,等帘子落下了,才说道:"嫁了裴东家这样的贵人,夫人怎么还用做生意?"

啥?温柔挑眉:"你是不是误会了点儿什么?他……"

"夫人。"牵穗打断她的话,轻轻捏了捏她的手,"您自己想赚钱,咱们公子是理解的。外人误会也就误会了,公子也不在意。"

这是啥意思?温柔疑惑地转头看了牵穗一眼,想说自己可不是裴方物的媳妇儿啊。上次破罐子破摔,腰上已经多了个洞了,这次还来,那她会不会被腰斩哪?

"夫人,"牵穗附在她的耳边,声音轻若蚊蝇,"没必要跟他解释那么多,说多了反而惹人非议,不如将错就错,也方便。"

"你确定不会再被萧家发现,然后萧惊堂跑来剁了我吗?"温柔嘴唇没动,声音从牙齿缝里挤了出来,"我刚缔结的和平条约,总不能毁在这种小事上。"

"您放心。"牵穗说道,"此事就我们知道,奴婢不说,张屠夫也没机会说,公子若是知道,也决计不会怪罪,所以万无一失。"

裴方物不仅不会怪罪,可能还会帮着打掩护。牵穗是个机灵的丫头,一早就瞧出来了,自家主子对这萧家二少奶奶不简单。

可惜了,两个人注定不能在一起。

倒不是她有什么私心,幸城的人古板得很,一妻不事二夫,改嫁可是要被戳断脊梁骨的事,更别提有夫婿的妇人出来同别的男人一起做生意了。牵穗这样做,当真只是为了萧家二少奶奶好。

"好吧。"温柔也不多纠结了,现在更关心的是琉璃瓶的制作。

因着她要做东西,裴方物将整个小瓷窑都空了出来给她用,里头的材料一应俱全。一到地方,温柔都没来得及歇口气,就带着张老五去了平时做琉璃珠的瓷窑旁边的房间里。

调好原材料,下窑加高温后,温柔拿钢夹将软化的琉璃料夹了出来,插上铁管,套上竹管,再用软布包投,皱着眉说道:"工具没有准备完全,你先吹了试试,能不能吹出一个小泡?"

房间里很热,张老五擦着汗神色惊讶地看看那火红发烫的晶体,小心翼翼地接过管子来,试着用力吹了一下。

琉璃起了个泡,破了。

温柔将琉璃拿回窑子里重新加热一番，也不急，鼓励道："很不错了，不过力道小些，吹慢些，别让这个泡破。"

张老五紧张地点头，又接过管子，小心翼翼地开始吹气。

温柔在旁边拿着剪子瞧着，看气泡出来了，便剪掉多余的琉璃料："很好，你成功了第一步。"

"这是什么东西？"张老五好奇地问，"从来没见过。"

"你可问不得。"温柔笑道，"反正是好东西，来，接着试试转一转，手捏着这个钳子，把这个气泡慢慢吹到碗口大小，试着做个花瓶的形状。"

这事说起来容易，实践起来却很难，毕竟没做过，吹了好几次，铁管烫了又冷却，张老五总算做出个勉强能看的花瓶。

"一、二、三……"温柔掰着手指算着张老五吹成功的次数，笑眯眯地说道，"今儿你一共成功了五次，有一个能看的，就给你五两银子。"

"用不着，用不着！"张老五连连摆手，红着脸拒绝道，"就成功了一个，倒是挺好玩的，不用收钱。"

"你出了力，就得拿工钱。"温柔直接拿了五两银子放在他的手边，认真地说道，"我是诚心诚意要跟你长期合作的，所以你不必跟我客气，该得的东西就要得。吹这个环境艰苦，很热，所以你也得多忍耐，明日还要再来。"

张老五搓了搓手，看着那五两银子，想了半晌终于收进了怀里，然后看着温柔说："跟我做生别的好处没有，就是让人踏实放心，您既然这么大方，那我老五用尽全力也会达到您的要求，并且绝对不会泄露半句。"

"好。"温柔颔首，放心地说道，"我相信你。"

张老五点头，见天色不早，拿了银子就高高兴兴地先回家了。温柔站在瓷窑门口看着他的背影，转头就朝旁边的牵穗说了一句："让人想个办法从他嘴里套套话，看看他的嘴牢实不牢实。"

"夫人想得周全。"牵穗点头，"奴婢这便去找人做，您先回府吧。"

"嗯。"

温柔说是相信，可张老五到底是陌生人，她又不是一上来就对人掏心掏肺的二愣子，怎么也得谨慎些。

"二少奶奶。"

马车刚在萧府后门处停下，温柔还没下车，就听见了萧管家那熟悉的声音："奴才有事与少奶奶说。"

温柔裹了裹披风，看了一眼他手里捧着的账本，只颔了颔首，便径直往里走去。

"我最近有点儿忙。"她说道,"账本之类的东西,我是管不好也没空管的,您要是来跟我说这事,那还是直接回去复命吧。"

谁不会打小算盘哪?她一来就最庆幸杜温柔不管账,管账虽然油水多,可麻烦也多啊,一年赚的钱还不一定有她一颗琉璃珠子卖的钱多,那又是何必呢?

萧管家傻眼了,没想到二少奶奶会是这个态度,连忙跟上去说道:"这账本可是管着后院所有人的吃穿用度,本也该由二少奶奶来办。先前是少爷多虑,以为您没能力……"

"他没错啊。"温柔笑眯眯地回道,"我就是没能力。"

管家:"……"

"好累啊。"温柔动了动胳膊,叹了一口气,看了一眼出来迎接她的疏芳,笑着吩咐道,"快去替你家主子准备泡澡的热水,收拾完就该歇着了。"

"是。"疏芳应了,看了管家一眼,立马就吩咐人烧水。

萧管家被温柔甩在身后,拿着账本张大了嘴,好半天也没想明白。二少奶奶这是怎么了?账本这么关键的东西,送上来了她都不要?

书房里,萧惊堂筹备完纳妾喜宴上的小事,正在出神呢,就见管家推门进来了。

"账本给她了?"

"没有。"萧管家从身后把账本拿出来,神情古怪地说道,"二少奶奶说没能力,不管账。"

嗯?眼神呆了呆,萧惊堂表情茫然地看着他:"为何?"

"奴才也不懂。"萧管家皱眉,"二少奶奶听也不听奴才说话就知道少爷的意思了,并且一口回绝,说不管账,然后直接就走了。"

这又是什么把戏?萧惊堂想不明白。账本等于主母的家门钥匙,他这么大方地给了,她竟然……竟然不要?!

她这是欲擒故纵?

萧惊堂低头想了老半天,不悦地起身:"去她的院子里看看。"

"少爷,"管家犹豫地提醒道,"您最近往少奶奶的院子里去得有些频繁了,其他姨娘倒是许久未见。饶是别的姨娘性子好,也难免怨怼。"

平衡一个院子最重要的就是雨露均沾,这都好几天了,二少爷除了待在书房就是去西院,怎么瞧怎么不对劲。

脚下一顿，萧惊堂皱眉："你不告诉她们我过去了不就好了？"

他不说，其他的姨娘就不知道吗？而且，这位主子以前是不肯踏进西院半步的，现在怎么去得这么积极？他都拦了，竟然还拦不下来！

萧管家抬头看了看四周，总觉得最近府里是不是进了什么不得了的东西，两个主子都开始不正常了。

萧惊堂还是去了西院。为了不让其他姨娘知道，他穿了一身漆黑的斗篷，拉上帽子盖住了头，趁着夜色穿梭在明亮的夜灯回廊里。

没错，这位爷没有走小路，大摇大摆地走在两排夜灯点缀的回廊之中，迎面还遇上了苏姨娘。

"香梨啊。"看着那穿着一身黑斗篷的人招呼也不打地从自己旁边飘过去，苏兰槿揉了揉眼睛，皱眉问，"那个是不是二少爷？"

丫鬟香梨看了一眼斗篷下头黑底绣金的靴子，点了点头："是二少爷没错。二少爷往西院的方向去了。"

他又去西院？苏姨娘皱起了眉头，捏着帕子没吭声，眼里却满是担忧之色。

自以为没人发现的萧二少爷顺利抵达西院，取下斗篷正要推门进去，却见门上挂着一块木牌，上书几个大字——"沐浴中，君子勿扰。"

她在洗澡？萧惊堂皱眉，心想：这人要洗澡这牌子也不该挂在院门口啊，门都不让人进了？

为了证明自己是君子，萧二少爷选择了翻墙。落地的时候他心里忍不住夸了夸自己，真是睿智又懂得变通，等会儿就说没看见院门口的牌子好了。

二少爷想得正好，拍拍手一抬头，傻眼了。

主屋的门上、窗户上挂满了"沐浴中"的牌子，他绕了一圈，发现连后院的窗户上都挂着。

"你这是做什么？"萧惊堂终于没耐心地低吼出声，站在窗前说道，"让丫鬟守着不就好了，浪费这么多木牌？"

正在洗澡的温柔被吓了一跳，皱眉看向发出声音的方向，撇嘴道："丫鬟也有事要忙啊，我泡澡要一个小时，难不成让人干站着？这些木牌哪里是浪费？是为了避免意外发生的必需品哪，总比人误闯进来把我看光来得好吧？"

萧惊堂感觉气不打一处来，说道："我有话问你，你快点儿洗。"

"有什么话不能现在问啊？"温柔说道，"反正疏芳不在，我的院子里

98

其他的丫鬟都在厨房那边吃肉呢。"

因为杜温柔没少亏待那群小可怜,温柔大发慈悲每天晚上都给她们开小灶,不求她们回心转意对她死心塌地,只要她们别积怨太深在背后给她一刀子就成。

萧惊堂哪里被女人这样对待过,当即便沉了脸:"面都见不着,怎么说话?你当我是半夜来偷情的吗?"

还别说,这场景是有点儿像。

温柔哼笑一声,起身披了件衣裳,慢吞吞地打算去给他开窗户。

"快点儿打开!"听着里头没动静,萧惊堂忍不住伸手叩了叩窗弦。

这人赶着去投胎啊?温柔怒了,本想慢慢推开窗户,露个出浴美人的娇羞状,现在也没心情了,压着裙子就飞起一脚,直接将窗户给踹开了!

"嘭!"

飞弹开的窗户撞到了什么东西,发出一声闷响,听得人骨肉跟着疼。

"人呢?"温柔往外看了看,眯起眼,还特意将烛台拿在手上照了照,"我这不是开窗了吗?"

后院地上有一团黑乎乎的东西慢慢爬了起来,装作什么也没发生,十分镇定地走了回来,低声问:"谁教你这样开窗户的?"

"那不是你催得紧吗?我一着急……"萧惊堂的脸出现在烛光里,温柔看了看,老老实实地把后面的话咽了下去。

二少爷英俊非凡的额头上有个红印子,高挺的鼻尖下头,两道嫣红的液体缓缓流下,眼看就要到嘴唇边了。

"您别动!"温柔尖叫了一声,吓得萧惊堂眯了眯眼,当真没动了。

面前这女人从窗口伸出半个身子,扯了自己的衣袖就往他的鼻子下头抹去,然后说道:"流鼻涕了,没事,我给您擦擦。"

鼻涕?怪不得感觉鼻了下头温温热热的……萧惊堂颔首,有些呆愣地拿出自己的手帕抹了抹。

艳红的颜色在烛光下也清晰得很,他看了一会儿,抬头看向杜温柔:"这是鼻涕?"

"变异的鼻涕!"温柔一本正经地说道,"您最近肯定是红色的食物吃多了,导致鼻涕变红……"

温柔编不下去了,在这人动手之前,"哗"的一声跳回了澡盆里,只露出个脑袋,怯怯地看着他说道:"我不是故意的。"

说她什么好?萧惊堂气得喉咙都哽了哽,接着长出了一口气:"你可真有本事,总能让我气得忘记找你本是要说什么事的!"

温柔歪着脑袋想了想,问:"账本?"

"哦,对。"萧惊堂点头,"账本,给你管。"

说罢,他捡起地上的账本就给她扔了进去:"每月来跟我汇报情况。"

"不要!"温柔孬着狗胆起身去拿了账本,朝着窗户就扔了出去,"麻烦,不管!"

"这是你的责任,你竟然敢说麻烦?"萧惊堂怒不可遏,直接将账本又扔了进去,"嫌麻烦就滚出萧家,别做这少奶奶!"

"我不!我就不!"温柔梗着脖子回道,"你以前咋不让我管哪?以前我也是少奶奶啊!现在倒是想让管了,你早干吗去了?"

"你这是跟我赌气?"萧惊堂眯眼,"我愿意让你管是恩赐,不愿意也是你自找的!"

温柔气得朝他泼了一爪子水过去,鼓着嘴说道:"我不要的东西你硬塞给我,多少人抢着要呢!二少爷,您是不是看上我了啊,对我这么好?"

萧惊堂脸色一沉,还不了嘴,又开始板着脸吓唬人。

"喊。"温柔不吃这套,背着身子对他说道,"谁爱管谁管,我还要洗澡,君子自重。"

账本被扔得七零八落,萧惊堂实在弯不下腰去捡,冷着声音说道:"你要是不想管,就自己去跟母亲说,我先走了。"

说罢,萧惊堂直接飞墙离开,气得一路上踩坏不少花花草草。

温柔皱眉,起身去关了窗,回来脱了衣裳继续泡着,小声嘀咕道:"男人是不是都贱得慌哪?要的时候不给,不要的时候偏给?"

贱得慌的二少爷回了自己的院子,一直睡不着,干脆就去了通房丫鬟的屋子里。

整个院子里虽然有很多姨娘,但通房丫鬟就巧言一个。自小萧惊堂的身边便跟着这丫鬟,人事之类,大抵是她教的,所以萧惊堂同别人没话说,倒是能与她说上两句话。

"二少爷怎么了?"难得见他来,巧言还没来得及高兴,就瞧见了他脸上的伤。

"没事,"萧惊堂沉着脸,走到她的屋子里坐下,闷声回道,"撞门上了。"

巧言顿了顿,随即轻笑,拿了药酒过来给他揉,低声说道:"您也该小心些,如今可是管着整个萧家生意的大东家了,撞坏了可怎么是好?"

"我想不明白一件事。"萧惊堂闭上了眼,任由她擦药酒,很是懊恼地开口,"怎么会有女人那样嚣张跋扈?"

"谁啊?"

"除了杜温柔,也不会有别人了。"萧惊堂抿了抿唇,继续说道,"先前杜温柔唯唯诺诺,做事又自私自利,不得我喜欢。现在她就跟变了个人一样,咋咋呼呼又不懂分寸,还是这么惹人讨厌!"

巧言惊讶了,擦药酒的手都顿了顿:"您……是因为二少奶奶在生气?"

"我给她账本,她给我扔了回来,说不管账。"萧惊堂很委屈,"哪有这样的人?"

他还给她账本了?巧言的脸色不太好看,她收了药酒跪坐在他面前,抬头认真地看着他说道:"二少爷,奴婢一早说过,这位二少奶奶不是什么好人,不能安宅也不能宁家,反而会给您招惹不少麻烦,您如何还能把账本给她?"

"她……"萧惊堂皱了皱眉,说道,"你有空该去看看,如今的二少奶奶,跟以前完全不是一个人。"

"再怎么说,她也是杜家人,并且不是您喜欢的。"巧言叹息,"您聪明绝顶,但在生意之外的方面总是让人担心。"

萧惊堂沉默,心里其实是不认可她的话的。他除了会做生意,别的时候也挺聪明的。

"账本的事情,您不如就交给阮姨娘吧。"巧言建议道,"总归她也喜欢钱。"

"这个我自有分寸。"萧惊堂说道,"时候不早了,今晚我便在你这里睡下了。"

巧言大喜,听着后头的话满腔喜悦之情,也就忽略了前头二少爷搪塞自己的话,开开心心地准备沐浴侍寝。

但是,跟以前不同,二少爷今日似乎满腹心事,并没有心思与她缠绵。她送了香躯上去,他也只是顿了顿,然后将她按到了旁边。

"睡吧。"

巧言愕然,心里一阵慌张:自己已经吸引不了二少爷了吗?这可怎么办?

第二天,温柔伸了个懒腰,从舒服的被窝里起来,半眯着眼坐到妆台前说道:"疏芳,快帮我收拾一下,马上要出门。"

"主子,"疏芳皱眉,"今日夫人回府,您也要出去吗?"

嗯?温柔顿了顿,眼睛都睁开了:"夫人回来了?"

"是,先前因为老爷陷在外地的官司里了,夫人赶去搭救,今日下午正好回来。"

那夫人也是下午到了。温柔点头:"那我中午回来用膳就是。"

刚培训了张老五一天,她总不能半途而废。

疏芳从铜镜里看了她一眼,还是忍不住小声提醒:"主子,别的都好说,夫人最忌讳的就是后院里的女人与外界男子过多接触,您可千万小心些。"

温柔点头表示理解,虽然刚来的时候就觉得萧夫人不错,是个靠山,但萧夫人到底是萧惊堂的母亲,不是她的亲娘,喜欢她一是因为她姓杜,二是因为杜温柔深爱萧惊堂。人家当生母的,都希望自己的儿子被深爱,爱屋及乌,也会多疼这媳妇儿两分。

但是,她现在演技有限,实在装不出杜温柔那种爱萧惊堂爱到骨子里的感觉,所以最好也就不犯萧夫人的其他忌讳,别惹事。

总归裴府有吃的,温柔顺手就把萧家的早点赏给下人了,然后裹了斗篷急匆匆地从后门离开。

裴方物不知怎么的,对食物好像要求特别高,府里的早点一样赛一样地精致,而且每次都给她留着,就放在案几上。

吃着水晶烧卖,温柔忍不住就说道:"都是因为您这儿的东西太好吃了,害我都要吃不下萧家的早点了。"

奉承的话,生意场上听得不少了,但不知道为什么,听见她这一句,裴方物格外高兴,眼里满是柔光地说道:"那您可得多吃点儿,旁边还有别的,您也都尝尝。"

温柔点头,接过牵穗递来的茶喝了,又继续吃。

他们是打算去瓷窑继续吹琉璃的,本可以直接去瓷窑,但是温柔就跟习惯了似的,每天早晨都要来这边蹭个早餐,再与张老五一起乘车过去。

没人觉得哪里不对劲,她只要来,裴方物就会准备各种各样的早点——有荤有素,有咸有甜,吃得温柔想把舌头一起吞下去。

"该走了。"温柔依依不舍地看了案几一眼,起身看着裴方物问,"您寻着材料了吗?"

"寻了一部分。"裴方物引着她往外走,"我与您一起去瓷窑看看吧。"

"公子？"牵穗挑眉，"您等会儿还与人有约。"

"那是晌午的事情，过去瓷窑看两眼也不耽误事。"裴方物轻笑一声，说道，"何况我也好奇昨日那东西做成什么样子了。"

昨日成功的一个琉璃罐，温柔锁了在瓷窑某个房间的箱子里。不过说是成功，那外形看起来也是不够精致的，他们还得继续努力。

"方法都教了，今日我也来做一个，你可得看好了。"温柔对张屠夫说了一句，拿起简陋的吹管，尝试着吹气。

屋子里炎热，吸着热气会呛得咳嗽不止，温柔很小心，一边吹一边转动吹管，让下头的琉璃料起泡成形，然后剪料，一点点弄出普通花瓶的形状，最后将其取下来，在瓶口上用铁条按出花瓣一样的纹路。

吹琉璃的活儿太苦了，饶是她一知半解会一些，也不能长期做，所以做这一回，起码得把张屠夫给教会，不然杜温柔这张如花似玉的脸一直在火炉旁边，早晚会变丑。

裴方物站在旁边看着，发现认真起来的女人身上好似有一层奇怪的光，让人觉得钦佩又向往。

琉璃瓶成形了，温柔满头大汗，转头喊了他一声："劳烦公子拿点儿做冰裂陶瓷用的涂料！"

琉璃骤冷则裂，裂纹也是一种极好看的花纹，但要花纹又不要瓶子真裂，就得在外头涂东西。

裴方物听过这种工艺，也知道有人将其用在了陶瓷上，只是用得少，不过涂料倒是能寻到的。听到女人的声音，他立马就拿了过来。

温柔其实是很心虚的，完全是凭借部分经验和瞎蒙在做这个瓶子，心想就算不成功，那也可以继续尝试嘛，反正还有机会。

然而这回老天爷终于眷顾了她一次，温柔待琉璃瓶冷却之后，小心地拿了出来，亮晶晶的裂纹遍布瓶身，触手却光滑平整，颜色微微偏黄绿色，倒真是很像纯天然的宝石。

"这个好看！"裴方物拍了拍手，眼里满是亮光，"可以用。"

温柔也觉得不错，拿在手里打量了半晌，递给张屠夫看了看："就做成这个效果。"

"捏花我倒是也会，就是这东西……烫得叫人害怕。"张老五咽了一口唾沫，低声说道，"软得也不好拿捏，还得再练练。"

有这么一个瓶子做出来了，其实他们就已经不必那么着急了。不过为了让他努力点儿，温柔只是颔首鼓励道："加油！今日的活计也一样算工钱,不过我还有事,就让牵穗陪着你。"

"好。"张老五应了,拿起吹管就准备继续。

温柔调好了许多琉璃原料放在旁边,吩咐他没了就加热剩下的,张老五也应了。

于是温柔就抱着做好的瓶子跟裴方物去了旁边的房间。

放在桌上的瓶子透着光,好看极了,裴方物看了许久,才回神道:"下面的陶瓷底座,我会亲自来做。"

亲自?温柔挑眉:"公子竟然会烤陶瓷?"

"我毕竟是做这个起家的,哪里有不会的道理。"裴方物轻笑,眼里波光潋滟,"这么好看的瓶子,别人做的底座,我瞧不上。"

"裴公子一向是高标准、严要求,"温柔给他竖起大拇指,"那我也就放心了。这东西勉强能糊弄一下人,拿去参加那陶瓷大会吧?"

"是。"裴方物颔首,"再用点儿商人的小手段,足够了。"

商人的小手段?温柔挑眉,好奇地看着他。

裴方物脸上满是温和的笑意,拿扇子轻轻敲了敲琉璃瓶。

第四章
弄巧成拙

有贵人花一万多两银子买了裴记的八颗琉璃珠子的消息不知为何在一夜之间就传遍了大街小巷，众人很好奇那琉璃珠子是什么模样。有幸在裴记玲珑轩看过的人，自然就开始吹嘘那珠子的神奇之处。

"透亮透亮的珠子，不摸都看不着，放在那阳光下，跟水滴一样晶莹剔透！"

"可不是嘛，也不知道裴记哪里寻来的宝，我家珍宝也不少，但我也没瞧见过那样的东西。"

"那些珠子就指甲盖大小，一颗就能卖一千五百两银子，若是再大些，岂不是价值连城？"

"琉璃"一词席卷了整个幸城，成为人们茶余饭后的谈资，就连刚回来的萧夫人也听见了风声，在用膳时就问萧惊堂："那珠子是你买的？"

萧惊堂颔首："三公子要的。"

这么一说，萧夫人倒也理解，只不过还是很好奇："那珠子长什么模样啊？真有那么神奇？"

"三公子说他母亲会喜欢。"萧惊堂抿了抿唇，"若是镶嵌得当，在金冠上头应该别有一番风采。"

贵的东西自然好看，萧夫人也喜欢这种珍稀又得众人追捧的东西，忍不住就问："还有卖的吗？"

温柔差点儿被一口汤呛着，轻咳了两声。

萧惊堂睨了她一眼，皱眉道："如今吃个饭也这么粗鲁了？"

"没有，没有。"温柔放下碗，乖巧地说道，"我只是不小心。"

"做什么对柔儿更凶了？"萧夫人不悦地看着他，"我出去这几日，你没少出府吧？柔儿也没说你什么，你不知感激就算了，还不会对人家温和一些？"

萧惊堂沉默，看了杜温柔一眼，放下了筷子对萧夫人说道："母亲总觉得儿子对她苛刻，不如这样，儿子将这后院的账本都交给她管，母亲觉得如何？"

"当真？！"萧夫人大喜，一手抓过温柔的手，眼睛还半信半疑地盯着萧惊堂，"你愿意把主母的身份还给柔儿了？"

"嗯。"萧惊堂面无表情地点头，"但她要是做不好，当不好主母，那母亲还是把她送回杜家吧。"

有她在，温柔哪有当不好这主母一说？萧夫人笑得眼睛都成了一条缝，正要应下，就听得旁边传来一声低喝："我不干！"

萧夫人愣了愣，转头看了看四周："谁在说话？"

"我。"温柔举了举手，撇嘴道，"这管账的事情，儿媳做不来。"

"胡闹！"萧夫人皱眉，连忙说道，"管账是每个主母必须做的事，你怎么能说做不来？！"

说罢，萧夫人看了萧惊堂一眼，又凑近对温柔小声说道："惊堂本就看你不顺眼了，你若是连主母的事情也不做，他要休你，为娘怎么拦得住？乖孩子别怕，一切都有我帮衬你呢。"

温柔张了张嘴，恼怒地看了萧惊堂一眼。

这人学聪明了啊，知道将账本硬塞给她没用，竟然让萧夫人出面？禽兽！无耻！

萧惊堂依旧面无表情，端起汤来喝，嘴角却可疑地勾了勾。

她们不是总硬塞他不喜欢的东西给他吗？那现在他也让杜温柔尝尝不得不接受不喜欢的东西的痛苦吧。

温柔很快平静下来，乖巧地应了萧夫人一声，心平气和地问了一句："那惊堂纳妾的事宜，也一并交给儿媳操心吗？"

萧惊堂纳妾虽然天经地义，但是说到底是有些不尊重正妻的。萧夫人知道这件事，也没阻拦，心里自然有些愧疚："你若是有精力，那就一并操心了；若是没有，那让惊堂去办也可以。"

"有精力啊。"温柔皮笑肉不笑地看着对面的萧惊堂，"二少爷既然觉得我有能力，那就我来操心好了。"

这话里跟带着冰碴子似的，激得萧惊堂打了一个寒战。他皱眉看了她一眼："你想怎么样？"

"二少爷放心。"温柔扯了扯嘴角，说道，"我一定将您这喜事办得热热闹闹全城皆知。"

他不是爱折腾她吗？他不是非甩锅给她吗？那她非折腾得这一对新人白头到老洞房不了！

萧惊堂感觉背后有点儿发凉，莫名其妙地觉得自己是不是做错决定了……

不过他没有反悔的余地了，杜温柔已经起身从管家手里接了账本，还给了他一个大大的笑容，那种假得要死、充满攻击性的笑容。

萧惊堂："……"

午膳是为了给萧夫人洗尘的，然而温柔被养得口味有点儿刁，没吃两口就放了筷子，只跟萧夫人聊了聊路上的趣事，就拎着账本回了西院。

萧惊堂看了她一眼，跟母亲告了一声罪，直接就跟了出去。

萧夫人摸着下巴看了看他们的背影，扭头问旁边的丫鬟："我不在的时候，这两个人之间发生什么事了吗？"

她院子里的丫鬟虽然不怎么出去，但是大的消息倒是知道的，神色复杂地回道："发生的事情可多了……二少奶奶好像变了个人。"

"柔儿吗？"萧夫人皱眉，"我怎么倒觉得惊堂像是变了个人，突然就爱跟柔儿在一起了似的，这还追出去了……"

仿佛两个人没有隔阂，就是单纯的夫妻一样，夫人走了，丈夫舍不得，还得追出去看看。

舍不得夫人的丈夫一把将夫人推到了墙上，冷着脸问："你什么意思？"

温柔靠墙站着，撇嘴道："什么什么意思？账本不是您非得给我的吗？现在想收回去？"

"我不是说账本。"萧惊堂继续问道，"我纳妾的事，你想做什么？"

"没什么呀。"温柔笑了笑，"母亲既然把事情交给我操心了，那我一定好好操心，给您办得风风光光的。"

"纳妾的排场若是超过了迎娶正室的，那你就是在打自己的脸。"萧惊堂说道，"我只打算设宴招待亲朋，没打算闹得满城皆知。"

"打我自己的脸吗？"温柔摸了摸脸颊，很认真地说道，"我的脸皮挺厚的,不怕被打。"

"你……"萧惊堂挫败了,"我纳的人,都是身份低微没有丝毫来历的,你又何苦把人推上风口浪尖?"

身份低微没有丝毫来历?温柔愣了愣,算是明白了:"敢情整个院子里就我一个是利益联姻,其他的人都是你真心想娶的,是吗?"

萧惊堂选择了沉默,漆黑的眼眸无声地看着她。

"得了,得了,我知道了。"温柔朝他伸手,不耐烦地说道,"给我两千两银子,我给你办纳妾之事。"

"两千两?"眉梢一挑,萧惊堂不悦地问道,"你方才还说知道了,又如何要办两千两银子的喜事?"

两千两银子的排场,就快跟娶她这个正室的差不多了。

"谁说全办喜事用啊?"温柔翻了个白眼,叉着腰看着他,"您自己选吧,两千两银子办一个低调有内容的纳妾礼,还是一个两百两银子全用来买鞭炮弄得全城皆知的高调纳妾礼?"

她的言下之意,两千两银子有一大半是用来收买她的?

萧惊堂气笑了:"你现在怎么张口闭口就是银子?"

"不跟你谈银子,难道谈感情吗?"温柔撇嘴,"你的感情可没银子值钱。"

"你说什么?"对面的男人脸色沉了沉。

"没什么,您快点儿决定吧。"温柔提醒道,"我等会儿还想出去吃饭呢。"

方才她不是已经吃过了吗,还要出去吃?萧惊堂不悦地说道:"普通的纳妾礼,按照萧家的门槛,五百两银子已经绰绰有余,你可别狮子大开口。"

"我不管,就这两个选项。二少爷给的银子没有两千两,那就算给了一千两,我也拿去点鞭炮;"温柔鼓了鼓嘴,"只要给够两千两银子,你的喜事就不会有半点儿不妥之处。"

萧惊堂看了她两眼,嗤笑道:"你那好赌的母亲是不是又缺银子花了,逼得你这样挖我的银子?"

好赌的母亲?温柔愣了愣,低头回忆了一下。

杜温柔的母亲刘氏的确好赌,上回疏芳说杜温柔的私房钱都送回杜家了,也是为刘氏还赌债的。然而杯水车薪,刘氏被逼急的时候还是会问杜温柔要银子,只是最近杜温柔已经许久没收到信件了。

108

"我不缺银子。"回过神来,温柔不怎么愉快地看着面前的人说道,"但我就是要,你给是不给?"

"简直跟山贼没什么两样。"萧惊堂黑了半边脸,哼了一声,"两千两银子给你,若是纳妾礼有半点儿不妥之处,你得加倍还我。"

"您放心,"温柔笑了,拍着胸脯保证道,"包在我身上!"

两千两银子能让她不难过的话,萧惊堂觉得倒也不是很亏。虽然杜温柔现在看起来很正常,但到底是他纳妾,她身为正妻,再洒脱心里也该不舒坦。

二少爷这样想着,火气倒是小了点儿。他看了她手里的账本一眼,别的也没多说,只念叨了两句院子里要控制一下支出,然后就走了。

温柔抱着账本,心想一群女人的脂粉钱能有多大的支出啊,结果打开扫了两眼,差点儿跌坐在地。

"疏芳啊!"温柔指着账本上的字,声音直哆嗦地问,"这是多少银子?我不识字了!"

疏芳愣了愣,连忙扶着她看了一眼账本。

"一万八千五百二十八两六钱。"她小声说道,"今日是月底,这是咱们院子这个月的支出。"

一个月一万八千多两银子的支出,这些人是去吃黄金了吗?!温柔抖了半天才扶着腰站直,看了一眼详细的账目。

还好,萧惊堂买珠子花了一万多两银子,算是大头,其他家具的添置这些正规的用途刨掉,后院姨娘的支出一共是三千两银子。

三千两银子啊!温柔都快吐血了!她辛辛苦苦做一颗琉璃珠才卖一千五百两,这些败家姨娘每个月混吃混穿都得花这么多钱?这相当于三千石大米,能养活多少百姓了啊?

果然是朱门酒肉臭!

温柔深吸一口气,夹着账本就回了西院,坐在主位上敲了敲桌子:"让所有姨娘来我这儿开个会。"

她一直忙着琉璃的事情,没空好好看看萧惊堂这后院,现在也算是个机会。差事总归是落她手上了,那她也不能做得太糟糕。

疏芳应了,连忙吩咐院子里的小丫头们去请人。不知道是不是最近肉吃多了,院子里的丫鬟一个个都精神了起来,事情也做得利落不少,没一会儿就把现有的四个姨娘全请到了西院里。

大厅的气氛瞬间有点儿凝重。

温柔挥手让人给她们一人手边放了盘瓜子，然后跷起二郎腿边嗑边说道："大家随意点儿，我就是找你们聊聊天儿。"

四个妆容不一、各有气质的女人统一选择了沉默。

她们被主母叫来聊天儿，能有什么好事？该听说的事她们都听说了，遇上杜温柔这样的主母，她们只能自认倒霉。

"您有什么吩咐，就直接说吧。"打破寂静的还是阮妙梦。

她算是温柔见过一面的女子，瞧着有点儿亲切，虽说有些过节儿，但也算熟悉。

于是温柔就跟抓着了救命稻草似的，看着她笑道："吩咐不敢当，只是二少爷刚刚把后院的账本给了我，让我缩减后院的开支。"

这话一出，是个人都不是很乐意，吃得好好的肉，平白被人分走一口，换谁也不会高兴。

"你们要是不说话，那我就当你们同意了。"温柔扫了这四个人一眼，微笑道，"即日起每位姨娘月钱五十两银子，包括所有的衣裳、首饰在内，若是二少爷有赏赐，那另说。"

五十两银子其实不少了，玲珑轩的金簪一般也才二十两一支，更何况这些姨娘在府里包吃包住的，钱都花在脂粉、衣裳和首饰上罢了。

但是，她们以前是根本没被规定月钱的，谁的钱不够用了就去账房支取，每人一个月最少也支取了两百两银子，突然这么给她们规定死了，她们自然会反抗。

第一个不高兴的就是阮妙梦，沉着脸就站了起来："一早听闻夫人苛刻，没想到苛刻成了这样。五十两银子，打发叫花子吗？"

这人不知足啊？温柔挑眉，笑眯眯地回答她："五十两银子要是用去打发叫花子，那在我萧家门口等着的叫花子可以从菜市口排到东城门。"

阮妙梦皱眉，不甘心得很。她最喜欢金银珠宝了，每个月都要收集很多的。外头好的店铺的人也知道她，有好的东西就会主动送上门，她要是没钱买，那多丢人哪！

苏兰槿叹了一口气："夫人非要这样定规矩，我们这些当姨娘的也没什么办法，账本是爷给的，想必夫人也做不了主。"

她说得好听，旁边的凌挽眉和慕容音都听明白了——她们在这西院里吵也没用，要吵就该去爷跟前吵。

可是……几个女人心里都明白，她们只是寄人篱下，若还嫌东嫌西，人家去爷跟前告状，也是她们没理。

于是大厅里的人就又沉默了。

温柔感受到浓浓的敌意从面前这四个人身上散发了出来。她已经预料到萧惊堂那边会收到多少抱怨了，想想都觉得开心，嗑着瓜子吐着壳，自在地说道："你们能理解我就最好了，这事就这么定了，月初开始实行。"

四个姨娘起身，没告礼就走了，背影都满是怒气。

温柔打了个寒战，小声嘀咕了一句："这些女人怎么有点儿奇怪，跟我想象中的完全不同……"

"您以为她们是什么样子的？"疏芳问。

温柔比画了一下："小妾嘛，肯定有的脾气暴躁，有的城府深，没事就来抢我的正室之位，然后院子里争斗不停。"

疏芳神情古怪地看了她一眼，说道："主子莫怪，奴婢说句实话，这些姨娘都是各过各的，之间从未有过任何争斗，连争宠的事都很少。只是以前您对她们颇为恼恨，时不时会找她们的麻烦。"

啥？温柔傻眼了："她们不争宠？"

"不争。二少爷每月都有规定的日子去她们的院子里，待到了时候就离开。姨娘们比起争宠，更喜欢买东西，这才是让二少爷头疼的。"

萧惊堂的魅力是有多差啊？这么多他真心娶回来的女人，竟然没一个抢他的？温柔觉得有点儿不对劲。

女人大多有忌妒之心，一个院子里的女人多了，自然就会因为忌妒产生各种各样的矛盾，为什么萧家这后院里这么平静？

这只有一种可能：这些女人都不爱萧惊堂，是被他强娶回来的！

女人在不爱一个人的时候可理智了，不仅温柔贤惠，还体贴不黏人，不矫情，给男人绝对的自由空间。

虽说矫情不是什么好事，尤其过头了还拿爱当掩护的人更是活该被甩，但是女人一丝一毫也不忌妒，那对男人就肯定没感情，想都不用想。

可怜的萧惊堂，长得好看又有钱，还年轻，竟然连这些女人都搞不定？

除了他不举也没有别的理由能解释了！

温柔长叹一声，心想：这倒是能放心些，至少自个儿的清白保住了。不过可怜萧夫人一心想抱孙子，儿子却……唉。

萧惊堂在外头忙碌了一天，回来就闻见了自己院子里的药味儿。

"什么东西？"他皱眉。

萧管家表情为难地回道:"二少奶奶给您送了一桌药膳,说是让您好好享用。"

药膳?

眉头松了松,萧惊堂抿唇继续往里走:"她倒是懂事了。"

难得杜温柔会关心他了。她上一次关心他,已经是大半个月前的事情了吧?

萧惊堂在桌边坐下,夹了一口桌上的药膳,看不清是什么东西,先吃了再说。

"味道还不错。"他吃完了放下筷子,擦着嘴问了一声,"这是什么肉啊?"

萧管家没敢回答,两腿直哆嗦:"您不如去问问二少奶奶?"

"也好。"萧惊堂起身,觉得可能是因为吃饱了,浑身都有力气,走路都觉得热乎,干脆就散步去了西院。

温柔觉得自己真的是萧家的恩人,面前的盒子里装了各种壮阳的药材,明儿还得再给萧惊堂做一桌子药膳,然后去跟萧夫人邀功。

"你又在弄什么?"萧惊堂走到西院门口时已经满头是汗,觉得有点儿不对劲,门也没敢进,"该不会又给我吃了什么奇怪的东西吧?"

"咦?您咋过来了?"看了看他这模样,温柔连忙说道,"您快去姨娘的院子里啊,来我这里做什么?"

姨娘的院子?萧惊堂有点儿茫然:"你什么意思?"

温柔上下扫了他两眼,招呼了疏芳一声,两个人出去一左一右地扶着他就往外架:"没什么意思,就是阮姨娘今儿在我这儿受了点儿委屈,肯定会跟您诉苦。为了让您在她面前抬得起头,我特地准备了那一桌子好菜,今晚您该挺直腰板了!"

他为什么挺不直腰板?萧惊堂有点儿茫然,脑子也有点儿被什么东西冲昏了,想了半天才反应过来:"你……给我吃什么了?"

前头已经是阮姨娘的院子了,温柔"嘿嘿"笑道:"二少爷放心,我怎么说也是您的正妻,家丑绝对会帮您隐瞒着。给您吃的也是最好的虎鞭、羊肾、牛肉、海参,保管您今晚大展雄风!"

萧惊堂:"……"

怪不得他觉得燥热,那一桌子菜,全是壮阳的?萧惊堂气不打一处来,挥手就甩开她,暴怒地低吼:"你胡闹!"

她怎么就胡闹了?温柔撇嘴:"我这是为萧家子嗣着想啊,娘亲就算知道此事，也肯定会夸我的！"

再说了，这院子里的女人都是他的，他想睡哪个睡哪个，她帮他一把，还叫胡闹了？

"成事不足，败事有余！"萧惊堂怒红了眼，冲着她便是一阵咆哮，"我还当你有多好的心，结果你净做这些下流的事情！"

哈？下啥？下流？温柔瞪圆了眼，简直被他吼得莫名其妙，还有点儿委屈："狗咬吕洞宾，那你不举就不举吧！"

好人这么难当，那她就不当了！

她到底为什么觉得他不举？就因为他没有与她圆房？萧惊堂咬牙，伸手就捏住了她的肩膀，声音从牙齿缝里挤了出来："我让你看看我到底举不举！"

充满杀气的声音震得温柔脑袋疼，她下意识地就一把推开了他，认真地说道："我没空陪你看，你还是给阮姨娘看吧。"

温柔说完，合疏芳之力，直接就将萧惊堂推进了旁边阮姨娘的院子里，还合上了院门。

"杜温柔！"萧惊堂的声音已经隐隐含了雷霆怒意，"给你个机会放我出去！"

"你挣扎个啥啊？"温柔梗着脖子吼，"让你宠幸姨娘，又不是让你去死！"

这院子里的姨娘他哪里动得？萧惊堂张了张嘴，又怒又无奈，脑子"嗡嗡"作响，差点儿没站稳。

里头的阮妙梦听见了动静，连忙出来让丫鬟扶着他，皱眉看了一眼院门的方向："这是怎么了？"

"杜氏胡闹，你不必理会。"萧惊堂揉了揉额头，推开丫鬟，深吸一口气，直接从院墙上跃了出去。

温柔拍拍手正要走，冷不防觉得背后一阵杀意涌来，正想躲，腰上就是一紧，滚烫的温度从衣裳外头传来，激得她打了个哆嗦。

"我给过你机会了。"萧惊堂声音冰冷，身子却滚烫，"你自己不听，那就别怪我！"

萧惊堂宁愿翻墙也不就着台阶下了去宠幸姨娘？这人有毒啊？温柔慌了，手脚并用地挣扎起来，喊了一声："疏芳救我！"

"主子……"疏芳紧张地站在旁边，却没什么办法。她怎么救啊？力气也没二少爷大。况且若是二少爷要打主子，她还能去喊一下夫人，可二少爷这模样哪里是要打，分明是……

薄薄的衣衫根本一点儿保护作用都没有，温柔浑身颤抖地感受着贴在自己身后的滚烫躯体，差点儿哭出来："我错了！我错了还不成吗？"

"晚了。"萧惊堂冷笑，低头在她耳侧说道，"你看起来很喜欢强我所难，那不如我也强一回，如何？"

"不如何！"温柔声音都抖了，"二少爷，强迫女人一点儿意思也没有。"

萧惊堂伸手抱起她，叫她更直观地感受自己，勾了勾唇："强迫我也一点儿意思也没有，可你一直在强迫我。"

"我没有！"

"要我一件件数吗？"萧惊堂大步往西院的方向走着，面无表情地说道，"从哪里开始数起？从你嫁给我开始吧？我最先要娶的人不是你，你用杜家强迫我换人，将你迎进门。"

"不是我的锅，我不背！"温柔当真哭了，感觉到这人身上浓浓的侵略性，"哇哇"地就开始号，"那是以前的杜温柔，跟我不一样！"

"以前的跟你不一样，那就说说现在。"眼神一沉，萧惊堂伸手推开了房间的门，抱着她就进了内室，"给我吃壮阳之物，强迫我去宠幸阮妙梦的，是不是你？"

温柔被扔在了床上，还没来得及跑，身子就被压住了。腿间顶着的东西让她打了个寒战，温柔勉强镇定地说道："我是为你好，你的几个姨娘看起来都对你不举之事有意见……"

萧惊堂狠狠地捞起她的腰压向自己，咬牙问："你说谁不举？"

温柔闷哼一声，两只爪子抵着他的胸膛，可怜兮兮地说道："我不举！"

萧惊堂："……"

"你为什么这么怕我碰你？"他冷静了些，突然很认真地问了一句，"按道理来说，我碰你是天经地义的事。"

还天经地义？温柔咬牙，不经大脑地就吼了一句："被你碰了，我以后还怎么嫁人？！"

这句话是没错的，就算是杜温柔的身子，但好歹现在在身子里的灵魂是她，她思想还算比较保守的，跟他睡了，那当真没法嫁人了。

可是这话听在萧惊堂的耳朵里，又是另一种意思了。

"你……"他眼神沉了沉，冷笑道，"还想再嫁出去？"

他的声音比刚才温和多了，音量也小多了，但是不知道为什么，温柔听得更害怕了，哆嗦着解释："你不是想休了我吗？那我以后肯定是要另嫁的啊……"

另嫁？萧惊堂盛怒，捏着她的胳膊像是要把人捏碎。

为他连命也不要的女人，每天气得他要死的女人，想嫁给别人？她拿这副满是他留下的伤痕的身子，去跟别人欢好吗？

心口像被什么东西咬了一下，萧惊堂觉得很难受，开口说的却是："我的东西，就算我不要，也不会完完整整地送给别人！"

温柔震惊地看了他一眼，眼里顿时充满厌恶之色。

你才是东西呢，你全家都是东西！

被她这眼神看得心烦意乱，萧惊堂直接便伸手扯开她的衣襟，闭眼狠狠地在她的锁骨上咬了一口。

温柔痛呼，试图挣扎，结果没挣脱开这人，倒是把腰上的伤弄得生疼。

没用啊，在力量方面，男女永远不可能是平等的。

温柔苦笑了一声，干脆闭上了眼，一动不动地任他在自己身上放肆，但浑身都充满了抵触情绪。

萧惊堂感受到了，也不慌张，细密的吻从她的脖子上一直到了嘴唇上。他硬挤开她的牙关，霸道又凶狠地冲撞了进去。

讲道理，这不知道是不是杜温柔的初吻，但绝对是温柔的初吻，还是一个绵长的吻。

她以前狗胆大的时候吻过萧惊堂，但也只是嘴唇碰嘴唇那么一下，这人如今不知是不是在报复，带着浓浓的情欲，把吻还给了她。

有种奇怪的感觉从心里扩散到四肢，温柔半睁开眼，突然问了萧惊堂一句："二少爷是喜欢我所以才碰我，还是因为生气？"

他经常对人生气，可没有生一个人的气就碰一个人。萧惊堂的眼神早在那个绵长的吻中就变得柔和了，却别扭地没回答她，伸手抚着她的肌肤，让她慢慢放松下来。

温柔皱了皱眉，心里虽然还硌硬，身子却诚实得很，被他的动作惹得招架不住，渐渐就软了，还可耻地哼哼了两声。

"非要改嫁吗？"萧惊堂凑在她耳边轻声问。

温柔哼了一声，已经是意乱情迷。

这人是有多少经验哪？简直是老手中的老手！她这种小菜鸟，压根不是对手！

萧惊堂眼神微动，掐着她的腰，动作一点儿也没犹豫。

"啊!"

站在外头的疏芳听着里头的响动,心里情绪复杂得很。里头那人是她的主子。却也不是她的主子,真正的主子不知去向,这人却有渐渐替代主子的意思。

她该怎么办哪?

屋子里没有点香,壮阳的药膳也不是春药,但萧惊堂莫名其妙地就是把持不住,看着身下这人跟收了爪子的猫咪一样柔软,忍不住就想狠狠地欺负她!

处子之血洒在了被子上,温柔疼得不行,却没那么抵触了,手无力地搭在他的肩上,叫也叫不出声来。

香玉一般的身子任由他蹂躏,温柔的眼里满是迷雾,她看一眼萧惊堂,鬼使神差地还觉得他是不是又长好看了。

商人嘛,丑一点儿不行吗?他若尖嘴猴腮或者肥头大耳的,好歹也让她反抗的意志坚定一点儿。这人偏生剑眉星目,有一张标准的古代美男脸,让她怎么办?

反正这是杜温柔的身子,她还是破罐子破摔吧。人家夫妻做该做的事情,她就当……她就当体验了!

月亮当空,西院里缠绵的声音不停。直到东方露了鱼肚白,萧惊堂才叫了疏芳一声。

"打水。"

疏芳慌张应了,让人抬浴桶准备。萧惊堂躺在床上没动,一双微微泛蓝的眼睛认真地看着身边熟睡的人。

杜温柔睡得很熟,脸上的表情却不是很好看,下巴紧绷着,眉间隐隐有皱纹。

她不高兴?萧惊堂抿唇,伸手将她眉间的褶皱抹平,小声呢喃:"还有吃过了才不认账的道理?"

方才她明明一点儿抵触举动也没有了,他还以为她完全接受他了,谁知道这会儿她却皱起了眉。

她是讨厌他了?二少爷有点儿紧张。他其实一早就冷静下来了,也可以中途停下来的,但她不再挣扎,腿还夹着他的腰……不能全怪他吧?

好吧,就算真的要全怪他,那……那他送礼物的话,这人会不会消消气?

萧惊堂一直是个冷静自持的人,家教甚严,故而做了规矩之外的事,虽然看起来还是表情冷漠什么事都没有，手却捏紧了，心里乱成一团。

下人们往浴桶里倒水的声音大了些，温柔嘤咛一声，半睁开了眼。

萧二少爷被吓了一跳，故作镇定地移开目光，淡淡地说道："你睡吧，等水好了我抱你过去。"

温柔浑身酥软，一点儿说话的欲望都没有，只翻了个身背对着他。

萧惊堂微微一愣，沉了脸："你这是什么意思？"

温柔保持沉默。

凶也不敢太凶，萧惊堂瞪眼看了她的背影半晌，抿着唇没再吭声。等下人弄好洗澡水退出去后，他便伸手将床上的人捞了起来。

她小小的一团，他抱在手里都没什么分量，是肉吃少了吗？二少爷心软了下来，小心翼翼地把怀里的小团子放进浴桶里，然后自己跨进去，板着脸看着她说道："自己洗。"

温柔困得不行，坐在浴桶里，脑袋就跟小鸡啄米似的一下下往水面上栽。萧惊堂错愕，伸出手指抵了一下她的额头，这女人倒也会省力，直接撑在他的指尖上睡了。

萧惊堂嫌弃地将人捞过来放在自己身边，让她的脑袋靠在自己胸前，然后拿了帕子，过了水就往她身上擦。

雪白的肌肤，锁骨分明，只是有些地方留了些细细的疤痕。萧惊堂记得，大概是在狼林那回留下的——他当时可是一点儿没留情，直接将她从马背上扔了下去。

好像就是从那时候开始，杜温柔就不一样了，敢把他绑在树上，敢大大咧咧地躺在他的腿上睡觉，回来还敢跟母亲说要和离。

他一直以为她是欲擒故纵，后来才发现，她是彻头彻尾换了一个人。她说要和离，那就是真的想和离，想离开这萧家大宅，改嫁给其他人。

手指微紧，萧惊堂垂了眼眸，捏了捏她的肩。

杜温柔不舒服地嘀咕了一声，小脑袋在他的胸前蹭了两下，然后继续睡了。萧惊堂回神，伸手将她捞起来，拿大块的丝绸将她整个人裹上，抱回了床上。

天色已经大亮，外头的管家叩门来催："少爷，您该出门了。"

今日还有很多事要做，萧惊堂披衣起身，看了一眼床上的人，总觉得有点儿心虚，想了一会儿还是对外头的人说道："你把那些事都推了吧，我不出去了。"

啥?萧管家有些错愕:"可三公子那边……"

"替我告个罪就是。"

"是。"

屋子里重新安静下来,温柔咂了两下嘴,睡得很熟。

二少爷同二少奶奶终于圆房的消息很快传遍了整个萧家,萧夫人高兴得合不拢嘴,转头就对旁边的丫鬟素手吩咐道:"快去找找那套祖传的羊脂玉首饰,咱们去西院瞧瞧。"

素手应了,正要去呢,一旁的萧管家就开口道:"夫人别忙。二少奶奶一直睡着没醒,少爷门都没出,一直陪着呢,您现在过去也是不妥。"

惊堂一直陪着?!萧夫人觉得今儿的太阳肯定是从西边出来的,"哎"了好几声,高兴得说不出话来。

惊堂终于懂事了是不是?她终于不用每天为萧、杜两家这摇摇欲坠的联姻担心了?

"传令下去,今儿宅子里所有奴仆月钱加一两银子,主子们都得两匹雪绸!"萧夫人缓了半天才又说道,"也吩咐厨房给我加菜,尤其是送去西院的,做得好吃些!"

"是。"众人都大喜,一瞬间萧家就热闹了起来,丫鬟、奴仆脸上都带着喜气。

温柔这一觉硬生生睡到了日上三竿。要不是屋子里的肉香太浓烈,她还不会醒。

温柔茫然地睁开眼,好半天才看清眼前的东西。

萧惊堂躺在她旁边,骨节分明的手指慢吞吞地翻着手里的账本。不知道她睁眼是不是有声音,这人察觉到了,转头就盯着她说道:"醒了?正好该用午膳了。"

身子僵硬得不像是自己的了,手撑着床坐起来,温柔皱眉看了这人半响,脑子里慢慢回忆起昨天晚上的事情,脸色难得看得很。

心里一沉,萧惊堂面无表情地看着她说道:"等会儿吃过饭,你去账房支银子,想买什么自己去买。"

他其实想的是送她些礼物,但是也不知道送什么好,于是说了这么一句话。然而,这话落在温柔的耳朵里,简直就是糟践人。

"留着给你自己当棺材本吧!"温柔愤怒地低吼了一声,越过他就下了床,腿软得差点儿跪在地上。

萧惊堂被她这一句话骂得没回过神,见她要摔,下意识地伸手去扶,结果手还被人狠狠甩开了。

"我自己会走，不劳操心。"温柔拿了旁边的衣裳穿上，一张脸冷得跟冻了十年的冰一样，起身就要离开这屋子，然后才发现这是自个儿的房间。

桌上一大桌子肉菜，全是她爱吃的。折腾了一宿，她当真饿得要走不动路了，想了想，还是在桌边坐了下来，拿起筷子就开吃。

萧惊堂起身，看了她半响，低声问："你这是在恼我？"

岂止是恼，她简直是恨好吧？她顺从是为了不伤着自个儿，不代表那就是她的心意。这人祸害了那么多女人还不算，非拖着她下水？

一想到他那技术不知道是从多少女人身上磨炼出来的，温柔就忍不住干呕。

"你……"萧惊堂很气，瞪着她不知道说什么好。

礼物也不要，一起来就骂他，这女人有没有意识到自己已经彻彻底底是他的人了？只要他不放手，她可是得陪他一辈子的。

"我想安安静静吃个饭，"温柔说道，"您最好别说话，不然边吃边吐真的挺浪费粮食。"

比骂人，十个萧惊堂绑在一起也骂不过她，温柔心里太不爽了，浑身都是刺儿，就想扎死这畜生。

萧惊堂冷笑了一声，淡淡地说道："你讨厌我，那正好，我也挺讨厌你的，那我们就在一起相互折磨，看谁先坚持不下去好了。"

说罢，萧惊堂转身就走。

将一块牛肉咬进嘴里，温柔狠狠地瞪了他的背影一眼。

这个不要脸的浑球！

"主子，"疏芳有些担忧地劝道，"二少爷毕竟是您的夫婿，您这样说话惹恼了他……以后不好过的还是您自己。"

"我怕什么？"温柔想了想自己腰包里的银票，底气十足，"没他养我也能活，我凭什么要忍着他啊？他做了这么可恶的事，还不让我说了？"

可……在这里，女人都是以夫为天，她们又在萧家的屋檐下，得罪了二少爷，真的没问题吗？

温柔不管。反正最差的情况就是她犯错被休，杜家付出代价，但那样她也自由了，立马就能回归自己的生活。退一万步说，就算回不去，那她有那么多银子，也足够自己过上安稳的生活了。

有退路就一点儿也不慌，温柔放心地把桌上的肉吃了大半，然后摸着小肚子就继续睡觉。

萧管家战战兢兢地守在自家少爷旁边，好半天都没敢说话，就瞧着二少爷脸色阴沉地盯着屋子里的某处发呆。

"萧管家，"他低声开口，"夫妻之间，有强迫一说吗？"

萧管家微微一愣，想了想，回道："二少爷，老奴拙见，就算是夫妻之间，有违背对方意愿的行为，也算是强迫。"

"为何？"萧惊堂想不明白，"伺候我，难道不是正妻该做的事吗？"

听也知道这是与二少奶奶之间出了问题，萧管家斟酌着解释道："二少奶奶自嫁来萧家，您就一直未曾将她视为正妻。恕老奴直言，您若是强迫她履行夫人该尽的职责，又未曾给她正妻该有的待遇，那二少奶奶生气也是应当的。"

萧惊堂沉默了，脸色更加恐怖，吓得萧管家连忙补充道："这只是老奴的看法而已。"

"你的看法若是有错，你也不会与你夫人举案齐眉三十年，成为幸城佳话了。"萧二少爷闷声开口，很是懊恼，"可就算是我做错了，那该怎么办？她气起来什么也不接受，说话还很难听。"

萧管家笑了笑："二少爷啊，女人都是很心软的，只要您诚意足，二少奶奶没有不接受的道理。"

关键是自家少爷这张嘴从不说软话呀。少爷再好的心，说出来的话也难免让人不舒服，二少奶奶那样的性子，能接受才怪。

"是吗？"萧惊堂认真想了想，点头，"我知道了。"

知道了就好，萧管家放心地点了点头。

结果下午的时候萧惊堂就亲自带了两箱银子，总计一千两，去了西院。

"干吗？"温柔一脸讥诮表情地看着他，问道，"给抚恤费来了？"

"我亲自来的。"萧惊堂回道。

"哦，谢谢啊。"温柔翻了个白眼，更气了，"我是不是得在门口迎接您一下，再谢谢您觉得我值这么多银子？"

萧惊堂皱眉："你这女人怎么好坏不分软硬不吃？"

"我好坏不分？"温柔炸毛了，"我分得清得很！谁对我好谁对我不好，有眼睛的人都看得出来！"

别的时候她都挺喜欢银子的，但她的口袋里现在不缺银子，更何况这男人强迫了她，还企图拿银子赔罪？

怪不得他那一院子的姨娘都不喜欢他！这人哄人的技术简直是负分！

萧惊堂沉了脸，万分不悦："我现在这样，是对你不好？怕是时间太久，你忘记真正不好是什么样子的了吧？"

"是忘记了。"温柔点头，跟只斗鸡似的看着他，"那萧二少爷让我回忆回忆？"

"好。"萧惊堂点头，深深地看了她一眼，转身就走。

萧管家在旁边瞧得目瞪口呆，看了看大步离开的二少爷，又看了看气鼓鼓的二少奶奶，连忙开口道："少奶奶何必这么大的火气？二少爷今日一直坐立难安想赔罪，您又何必让他下不来台？"

"他那是想赔罪的样子？"温柔瞪眼，"他故意来气我的吧？"

"唉……"管家也不知道怎么说是好，为难地站了一会儿，还是跟着萧惊堂走了。

气了一会儿，温柔冷静了下来，弱弱地问了疏芳一句："他说的真正不好，是什么样子？"

疏芳脸色紧绷，沉默了好一会儿才答道："二少爷以前从不管主子的死活，不来院子，给的月例也与其他姨娘无异，但如今您管着账本……不知道能不能好些。"

能吧？温柔干笑。

然而现实是残酷的，月初正是要发银子的时候，管家那边却传来了消息，后院这个月的月钱，总共只给了两百两银子。

两百两！她答应的每个姨娘的月钱就是五十两银子，四个姨娘就已经是两百两了，那她的呢？

古代女人都是靠男人养活的，所以男人一生气，掐断衣食和月钱，女人一点儿办法都没有。饶是感情再深的夫妻，也总有争吵和摩擦的时候，一争吵，女方离了男方过不下去，那就怎么都落于下风，少不得要忍气吞声。

温柔一来就想着挣钱，便是为了防着这一点，所以拿着这两百两银子，心里也不慌，将院子里的姨娘们又请来了，当着萧管家的面说道："咱们二少爷最近周转不开，缩减了后院的用度，账房这个月总共给了两百两月钱。按照先前答应你们的，每个人五十两，我就不要了。"

她们上回来开会就不是很愉快，几个姨娘的表情本都不是很好看，一听这话，倒是惊讶了："怎么会这样？"

萧管家在旁边，杜温柔怎么也不可能收买了他来说谎，阮妙梦皱眉问了一句："当真？"

"二少奶奶没撒谎。"萧管家老实地说道，"二少爷这个月的确只划给了后院两百两银子。"

众人都愣了愣，苏兰槿看了温柔一眼："那二少奶奶就当真不要了？"

"不要了，"温柔耸了耸肩，"反正在这府里有吃有穿，我也饿不死。"

温柔现在说起话来比以前平易近人了不少，态度也没那么讨人厌了，几个姨娘也不是不通情理的人，当即神色就都缓和了不少。一直没开口的慕容音小声说道："看样子二少奶奶是又得罪二少爷了。"

不然好端端地圆房之后，二少爷怎么会没有对二少奶奶万千恩宠，反倒是更加苛刻了？

"我跟他八字不合。"温柔表情认真地说道，"他看我不顺眼，我也看他不顺眼，所以与各位压根不存在竞争关系。"

"麻将是什么？"阮妙梦好奇地问。

温柔瞪眼："你们这时代还没出现麻将？那你们平时都玩什么？"

凌挽眉听不懂前半句话，不过还是柔声回答："平时咱们都绣花，做做衣裳，抑或是去街上买点儿东西。"

这多枯燥啊！温柔摇头道："你们四个人刚好能凑一桌麻将。麻将是很好玩的牌戏，等我去找人定做一副，回来教你们玩。"

四个姨娘你看看我，我看看你，虽然觉得二少奶奶的态度转变得太快，但也实在想知道麻将是什么东西，于是都颔了颔首。

"行了，领了银子也没别的事情了。"温柔继续说道，"我就继续操心二少爷的纳妾礼了，你们都去玩吧。"

阮妙梦看了她一眼，问："纳妾礼二少奶奶要去？"

"自然是要去的。"温柔笑了笑，"毕竟还要由我操办此事。"

慕容音皱了皱眉："二少奶奶真是变了不少。"

"变了好啊，大家都过得更舒坦。"温柔耸了耸肩，"大家好才是真的好嘛，你们也别把旧仇放在心上了，尤其是妙梦，我再解释一遍，那首饰上的毒真的不是我要下的。"

阮妙梦古怪地看她一眼，点了点头。几个姨娘听着这话，心里都还有疑惑，但也没说出来，只等着出去之后再嘀咕。

送走这四个女人后，已经是午膳的时候了，温柔满心欢喜地坐到桌边，结果就看见了满桌的青菜豆腐。

"这是什么玩意儿？"温柔黑了脸，"先前不还全是肉吗？都不给缓冲一下，直接全素宴了？"

疏芳叹息："您也该知道是这个结果。"

"他就不怕我去跟萧夫人告状?"

疏芳摇摇头,答道:"您先前也是一直吃全素宴,还跟夫人说您爱吃素。"

也就是说,温柔现在去告状也没用,萧惊堂明面上还是为她好。

温柔冷笑,盯着那一桌子青菜豆腐没动筷子,原样让厨房撤了回去。

"您多少吃点儿,"疏芳皱眉,"不吃怎么行?"

"没事,他饿不着我。"温柔起身换了衣裳,说道,"咱们偷偷出去吃就是。别人来问,就让小丫头们说我气得吃不下饭在睡觉,半个时辰咱们就能回来。"

出去吃?她们哪里有银子啊?疏芳正要问,温柔却二话不说捂住了她的嘴,拖着人对小丫鬟交代完,就跟做贼似的往外溜了。

萧惊堂在自己的屋子里用膳,看了旁边的管家好几眼,也没开口问什么。但萧管家毕竟是看着他长大的,知道他的意思,低声回答:"二少奶奶没用午膳,歇着了。"

那女人不吃饭?萧惊堂冷哼:"以前她还知道不饿着自己,现在倒好,会耍脾气了,那就看她能饿多久。"

这个月银子也没有,她还敢不吃饭?心里嘀咕着,二少爷夹了两口菜就放下了筷子,回到书桌后头继续看账,看着看着抬头说了一句:"她要是饿了问厨房要吃的东西,让厨房不许给。"

"是。"管家应了。

一个时辰过去了,二少爷翻着账本,又抬头看了他几眼。

萧管家一本正经地说道:"厨房没给送吃的东西过去。"

当真不给?萧惊堂皱了皱眉,说道:"饿坏了她,母亲岂不是又要对我说教了?让人送点儿饭菜过去。"

"是。"

萧管家正要出去吩咐,二少爷又叫住了他:"加一盘肉菜吧,不然她不肯吃。"

萧管家:

"……"二少爷这到底是折腾二少奶奶,还是折腾自个儿啊?

温柔和疏芳在外头吃了个饱,正摸着肚子躺在院子里晒太阳,冷不防地就见厨房送饭菜过来了。

"二少奶奶……"

厨房的小厮拎着食盒,话还没说出来,温柔便说道:"不吃,拿走!"

小厮愣了愣,打开食盒给她看了看:"二少爷给您加了菜。"

"谁稀罕?!"温柔翻了个白眼,挥手,"拿走,拿走。"

小厮没法子,拎着食盒又去了二少爷的主院,把情况一说,二少爷面无表情地说道:"她不吃就算了,饿死活该,饭菜拿去分给其他人吃。"

说完萧惊堂就继续看书,看起来漠不关心的模样。

既然二少爷这么不关心,那还加什么菜啊?小厮心里直嘀咕,拎着食盒就走了。

晚膳的时候,萧管家在萧惊堂跟前问:"西院那边要给饭菜吗?"

"不给。"萧惊堂一脸冷漠的表情,"她不想吃,那就一直别吃了。"

这置气置的,萧管家直摇头:"您说的不给,那可别再心软了。"

"谁会心软?"萧惊堂嗤笑,"我还会求着她吃东西不成?"

说不求就真不求,西院一连两天没有接受厨房的饭菜,眼瞧着就是纳妾礼了,萧惊堂摔了账本,冷声问:"她饿死了没,还能不能参加了?"

"西院那边没什么消息,"萧管家略微奇怪地答道,"连个大夫也没叫去。"

她该不会当真饿死了吧?萧惊堂心里一慌,急忙跨出了门。

温柔吐着瓜子壳,正回味珍馐斋的水晶肘子呢,房门突然就被人撞开了。有人一身杀气地闯了进来,手里却小心翼翼地端着小碟子。

"二少爷有何指教?"温柔古怪地看他一眼,坐了起来,"来看我的笑话的?"

萧惊堂没理会她的话,径直走到她面前,伸手就把手里的小碟子递了过去。

那是一盘小巧精致的桂花糕,每一块都只有两根手指那么宽,晶莹剔透,还雕着花,香气不浓却很诱人,是杜温柔的娘家所在地的特色糕点。

温柔咽了咽口水,睨了他一眼:"干吗?你不是不给我饭吃吗?"

"你娘派人送来的。"萧惊堂面无表情地说道,"吃下去,我好让人写家书回禀。"

杜温柔的娘亲?温柔愣了愣,伸出爪子接了,打量了许久,才拿起一块放进嘴里。

桂花糕香甜软糯,特别解腻,正适合当饭后的甜点。反正都吃了一块了,温柔干脆就将一碟子桂花糕全吃了,满足地眯了眯眼。

萧二少爷终于松了点儿眉头,看了她两眼,说道:"明日纳妾礼,你若是饿晕在喜堂上,我会很丢脸,所以现在有什么想吃的东西你就直接说,我让厨房的人给你做。"

哟?为了个纳妾礼,他竟然不打算饿着她了?温柔撇嘴,看着他确认道:"我想吃什么,二少爷都让人做?"

"只要能做出来,厨房的人都会满足你。"

"好啊。"温柔哼哼两声,说道,"那我要吃二两肉,珍馐斋的招牌菜那种。"

她这两天去珍馐斋就惦记那二两肉——取自整牛背上最嫩最香的肉,每头牛只取二两,用秘制的香料煮好,再用奇香的野菌来炒,香味儿飘得整个珍馐斋都是。

然而这道菜普通人有钱也吃不到,每月就炒两盘,她上次扒在人家的包间外头可怜巴巴地嗅了半天,出天价人家也不肯卖给她。

看着她这一边说一边擦口水的模样,萧惊堂真是嫌弃极了:"你的要求倒是高!"

那道菜萧家厨房的人可做不出来。

"不给就算了呗。"温柔撇撇嘴,趴在软榻上有气无力地说道,"我还没饿死呢,等过了你的纳妾礼再饿死不迟。"

萧惊堂站了一会儿,一句话没说,直接走了。温柔轻哼了一声,立马恢复了精神,拿出定做好的素玉麻将,就招呼几个姨娘过来玩。

在府里她是没月钱的,所以这麻将还是拿银子让裴方物找人帮忙才做出来的。为了打发时间,温柔十分热情地教会了四个姨娘打麻将,然后坐在她们旁边嗑瓜子,看看这个的牌,再看看那个的,帮忙数番结账。

凌挽眉和慕容音对杜温柔的意见本就不是很大,所以这一来二去的,也就接纳了她,觉得这二少奶奶稀奇古怪的玩意儿真多,挺好玩的。

向阮妙梦和苏兰槿倒还别扭了一阵子,不过瞧着杜温柔那般真诚,又带着她们玩牌,心里的怨怼情绪也就少了些。

于是整个西院就时不时传出些什么"碰""杠""哈哈我和了"之类的叫声,丫鬟们看得新奇,忍不住私底下求疏芳也教教她们。疏芳哪里会,还是问的温柔。温柔也大方,直接写了一本麻将的基本法则,又把麻将的设计图给了她们,让小丫鬟们自己去玩。

姨娘们打玉麻将,丫鬟们自然只能用木头的。不过这玩意儿的确好玩得让人上瘾,所以没多久麻将之风就席卷了整个幸城,不过那是后话了。

现在温柔对内是站稳了脚跟,身上的仇恨值减了不少,要接纳新的姨娘,也就好办了。

纳妾礼这天,温柔换了一身正室该穿的大红金边裙,配着红黑色花纹的褙子,满头珠翠,分外华贵。

萧惊堂应该很忙,面儿也没露。温柔拿人钱财,自然也就替他里里外外地招呼宾客、收礼、安排座位。

"您请。"

温柔已经重复这两个字很多遍,都快机械化了。不过她这回迎的客人没往花园里走,倒是停下来似笑非笑地喊了她一声:"二少奶奶?"

温柔愣了愣,抬眼一看,身子忍不住就僵了一下。

这是先前要杀她的那个人,一身偏青色的雪锦,玉冠束发,笑含深意。他旁边跟着的那个丫鬟依旧面无表情,半垂着头不说不笑。

温柔莫名其妙地有些害怕,脸色发白,也不知道该说什么好。这人为什么要杀她,她尚且不是很明白,但看起来他和萧惊堂的关系真是好——纳妾礼他都来了。温柔看了看后头跟着的家奴手里的贺礼,东西还真是不少。

"三公子。"气氛正僵硬呢,穿着带红色点缀锦绣袍的萧惊堂不知从哪儿蹿了出来,似是不经意地站在温柔前头,看着轩辕景招呼道,"已经来了,怎么不进去坐?"

轩辕景"啧啧"了两声,叹气道:"我这不是怕你还生我的气吗?"

上回那一闹,他和惊堂已经许久没联系了,他只听闻惊堂与这杜氏吵吵闹闹的,却圆房了。

他似乎真的做错了事,还错怪了凤七,不过……道歉哪里是那么容易的?他能说软话,已经是到极限了。

萧惊堂笑了笑,说道:"我没有生气,倒是凤七姑娘的伤,可好了?"

说起这个,轩辕景就沉了脸:"还说呢,这傻丫头片子自己回去领了三十个板子,要不是我回去拦着,她真是自己都得打死自己。养了好多天,现在她才勉强走得了路。"

凤七朝萧惊堂颔了颔首:"多谢二少爷关心,奴婢无碍。"

萧惊堂点了点头,领着他们就往里走,完全当背后的温柔不存在。只是旁边的小厮还是慢了两步,在温柔跟前说道:"二少奶奶,少爷说您不必亲自在这儿领路,可以去里头坐着先吃点儿东西。"

温柔回过神,瞧着那人走远了,才大大地松了一口气,按着心口点头:"好。"

若不是杜温柔替她顶着，她现在也许还昏迷不醒，抑或是直接一命呜呼了。所以以后看见那个人，她真是能躲多远就躲多远吧。

轩辕景倒是没把杜温柔放在心上。萧惊堂能接受她的话，那他也没什么意见，只是……

"你让她来这纳妾礼，确定不会出事？"轩辕景说道，"新来的这位可不能委屈了。"

"我有分寸。"萧惊堂垂眸，"她现在对我纳妾之事看得很开，想必不会为难新人。"

真是这样那就好了，轩辕景撇嘴，看了一眼热闹的内院，倒也没多说，在主桌边坐下了。

萧惊堂看了他一眼，又看了看远处走进来的杜温柔，召了奴仆来，小声吩咐了两句。

于是温柔就被领进了厢房里。

"我一个人在这里吃吗？"温柔好奇地问道，"酒席不都是在院子里？"

引路的小丫鬟笑道："二少爷吩咐的，让您在这儿好生吃，吃够了好去行礼。"

什么意思？萧惊堂怕放她出去她会咬人还是怎么的？温柔不悦地撇嘴，坐下，正想嘀咕呢，就闻见一阵菌香从外头飘了进来。

这香味儿！温柔的眼睛"噌"的一下就亮了，她扭头一看，只见厨房的小厮小心翼翼地拎着食盒进来，恭敬地朝她行礼："二少奶奶，二少爷给您加的菜。"

二两肉！

在这等美食面前，什么仪态都是浮云，温柔口水飞流，看小厮把菜放在桌上了，立马拿起筷子就吃！

香嫩的牛肉，美味的香料，还有珍奇的野菌异香，这道菜简直是人间极品哪，吃得人眼泪都要下来了。温柔尽量细品，想多享受一会儿，奈何一盘牛肉下肚，也就用了一炷香不到的时间。

"主子！"看她有拿起盘子舔的趋势，疏芳连忙喊了一声，皱眉摇了摇头。

就算这房间里只有她们，那也太不雅了。

"他给我一个单独的房间，肯定就是让我自己随意来的意思。"温柔一本正经地端起盘子，"我不能辜负二少爷的美意，更不能浪费美食啊！"

说完，她立马拿米饭裹了汤汁，一股脑地吃了下去。

疏芳："……"

吃完这一盘菜,温柔心情好极了,听见外头喊"行礼"的时候,也就分外配合,擦了嘴点了胭脂,仪态万千地就扶着疏芳的手出去了。

萧夫人已经坐在了主位上,看见她出来,笑着招手:"柔儿,来。"

温柔乖巧地走过去在她旁边的位子坐下,笑道:"娘亲今儿的衣裳真好看。"

夸赞别人是一种很好的习惯,也是基本的交际手段,能让自己和别人都开心的事,她为啥不做呢?

萧夫人果然更乐和了,拉着她就说道:"还是你嘴甜,等会儿行完礼啊,为娘再给你两件宝贝。"

"多谢娘亲。"温柔领首,转头就扫了喜堂一眼。

不少人悄悄打量着她,脸上笑着,眼里看热闹的神色也很明显。温柔突然想起来,在这些人眼里,她可能还是那个忌妒心强、喜欢陷害姨娘的泼妇呢,恐怕就连萧夫人也在担心她发难,所以说要给她赏赐。

可惜她心情实在太好了,完全不会给他们唱他们想看的戏。

"新人该进来见礼了!"有喜娘喊了一声。

萧惊堂慢吞吞地进来坐下,那盖着盖头一身妃色长裙的姑娘也便跟着进来了,在萧夫人面前缓缓跪下。

这姑娘开口后,温柔愣了愣。

"拜见夫人、二少奶奶,给二位请安。"

疏离、冷漠的声音,半点儿感情也没有,观礼的人几乎都顿了顿,萧家的人却像是习惯了一样,没什么特别的反应。

"起来吧,"萧夫人笑眯眯地吩咐道,"来给二少奶奶敬茶。"

"是。"姑娘应了,伸手接了茶给温柔递了过去。

纤纤玉手,肌肤光滑得跟杜温柔没什么两样。温柔顿了顿,笑着把茶杯接过来,装作不经意地摸了人家一把。

触手如玉,这样的姑娘,怎么可能身份卑微?哄鬼吧!

可是,若这姑娘不是身份卑微,萧惊堂怎么会从侧门把人抬进来做姨娘,还不许她把喜事办太大?稍微有点儿身份的人,配一个热闹的纳妾礼,都不是很过分吧?

温柔平静地喝了一口茶,压住心里的疑惑情绪,笑着对她说道:"好好伺候二少爷。"

"是。"这姑娘兴致缺缺,走了这么个过场就像是没力气了一般,扶着旁边的丫鬟的手就退去了后院。

喜堂里这才真正热闹起来，众人各自落座开始用宴，萧夫人也带着温柔走向了主桌。

然而主桌那边坐着轩辕景呢，温柔一看就打了个哆嗦，犹豫着要不要找借口撤退，反正她的肚子已经吃饱了。

"你去后院看看新姨娘，"不等她找到借口，萧惊堂已经开口道，"不必在这里用膳了。"

"惊堂！"萧夫人不高兴了，"柔儿今日这般配合，你怎么还这样？"

不许自己的正妻坐主桌用膳，萧惊堂也太欺负人了！这是纳妾礼，最该安慰的就是正妻，他还干这种没良心的事？

"正好，那我便去看看新来的妹妹。"温柔跟抓着了救命稻草似的，立马说道，"娘亲不用担心，柔儿不饿，这就先去了。"

"哎……"萧夫人内疚得很。看着她提着裙子小跑离开，萧夫人忍不住又瞪了萧惊堂两眼："你干的好事！"

萧二少爷没解释，端起酒杯从容地与旁人共饮。

这纳妾礼说是纳妾，其实他也就是寻个由头让人有机会结识。来的都是他在生意上的朋友，有钱有势的人不少，其中几个关键的人物，三公子还是有必要见一见的。

轩辕景看了他一眼，又看了看杜温柔离开的方向，心里有话，想了想，还是忍着没说。

应该不会有什么大问题的，萧惊堂这个人只是容易心软。

温柔提着裙子就奔到了逍遥轩，看了一眼牌匾上的名字，忍不住吐槽了一句："女儿家住的地方，起的都是什么破名字。"

疏芳跟在后头说道："总比凌姨娘的虎啸阁好。"

想想也是，温柔撇嘴，跨进去瞧了瞧。

这新姨娘姓云，带着三个自己的丫鬟来的萧家，萧家分过来的奴仆都在院子里忙碌。温柔瞧了瞧，上前敲门。

"谁啊？"

屋子里的杜鹃问了一声，就听得外头的人回道："是我，二少奶奶。"

二少奶奶来干什么？云点胭深吸一口气，拿帕子擦了擦眼泪，起身去开门。

"前头酒宴还进行着，我来同你聊聊天儿。"温柔正笑着，抬眼就看见了这姑娘红红的眼眶，"怎么？想家了？"

"让二少奶奶见笑了。"云点胭低声答道,"是有些。"

温柔恍然,拉着她的手进屋坐下,温和地笑道:"来了这儿你就把这儿当自己的家吧。你家里可还有什么人在?"

"父母双亡,只有一个哥哥。"云点胭开口,眼泪又要涌上来,"哥哥在地里干活儿很忙,顾不上我,就将我送来这里给人做姨娘。"

这女子是农家的孩子?温柔神色微动,伸手递了个玉镯子给她:"可怜的孩子,这个算是见面礼吧,你收下。"

"多谢夫人。"云点胭接过玉镯看了看,见成色一般,算不上贵重,便随意地将其放在了枕边。

真正的农家孩子哪里分得清玉的好坏啊?看见玉镯子都该欣喜地戴上才对。温柔垂下眸子,突然觉得很不对劲。

是什么理由让她撒谎呢?

没坐一会儿,云点胭就以身体不舒服为由关了门。

温柔摸着下巴走在路上,问了疏芳一句:"你觉得这院子里的姨娘们对咱们二少爷有感情吗?"

"如何会没有?"疏芳回道,"几个姨娘平日的确不争不抢,可一个月也总有那么几天会偷偷躲在自己的屋子里哭。二少爷往后院里去得少,想来也不是很喜欢她们,几个姨娘也是可怜,嫁来做了妾,还没个好日子过。"

哎?她们会偷偷在房间里哭吗?温柔有点儿诧异了。她们会哭的话,那也不是很无情啊,这萧惊堂跟几个姨娘之间到底是怎么回事?

温柔回到西院,刚要进门,就被里头的场景吓了一跳。

四个姨娘坐在她的花厅里,正兴高采烈地搓着麻将。

温柔看了一眼外头挂着的大红绸子,要不是隐约还有宾客的喧哗声,真的要以为今天只是寻常的一天,这几个女人还能照常打麻将。

"二少奶奶回来了?"慕容音唤了她一声,笑眯眯地过来拉着她说道,"您来替妾身打,妾身今儿可倒霉了,输了好几两银子给她们。"

温柔坐下,看了一眼她的牌面。

都七小对了,她这还叫倒霉?

温柔默不作声地把牌扣上,很老练地摸了一张牌回来,靠在自己的一堆牌上:"自摸,家家满贯。"

"啊?"对面三个姨娘都黑了脸,连忙说道,"不许帮她打了,二少奶奶到旁边来坐着!"

"来我旁边。"凌挽眉连忙拎了凳子。

温柔笑了笑,拉了慕容音过来收银子,然后乖巧地坐下,撑着下巴想事情。

"二少奶奶是不是不高兴?"阮妙梦突然问了她一句。

不高兴?温柔摇头:"没有,只是觉得有点儿奇怪,新来的姨娘好像不怎么愿意嫁给二少爷。"

"嗐,正常。"阮妙梦笑了笑,"等她接受了就好了,咱们这样不是挺好的?每天打打麻将逛逛街,真是神仙也不换的好日子。"

只是她们喜欢的人,怎么也不会来自己身边而已。

温柔抬头,看着她问了一句:"你们不喜欢我,是因为二少爷吗?"

众人都顿了顿,齐刷刷地转过头来用一种怪异的眼神看着她:"二少奶奶不记得您以前怎么对咱们的了?"

"哈哈……"温柔干笑两声,抹了把脸,"好吧,以前的我是让人喜欢不起来,不过咱们院子是不是平静了点儿啊,你们没考虑争抢一下二少爷吗?"

"二筒。"

"我要二筒!"

"我也和二筒!"

"我碰!"

四个女人突然因为一张牌"叽叽喳喳"起来,直接无视了温柔的话。

好吧,温柔算是明白了,萧二少爷在她们眼里可能还比不上一个二筒。

一场牌打到晚膳的时候,凌挽眉打了个哈欠,带着众人起身告辞。不过在走出去的时候,她还是慢了两步,留在后头看着温柔说了一句:"咱们院子里的女人,命运都是由不得自己的,已经这么惨了,女人又何苦还为难女人呢?"

她不争不抢,反正日子也过得下去。

温柔愣怔地看了看她,发现凌挽眉其实长得很好看,五官透出一种优雅气息,但眉宇间也有散不开的凄凉之色。

她背后会有什么故事呢?温柔笑着颔首,目送她远去,正准备转身回屋,却见有人领着厨房的小厮又过来了。

"吃饭。"萧惊堂只吐了这两个字,便拽着她进去大厅坐下。

"你什么毛病啊?"瞧着他温柔就又来气,"不给饭吃的是你,现在逼着我吃的也是你!"

"逼着你吃？"萧惊堂挑眉，伸手拿过小厮手里的食盒打开，"你若是不吃，那便让人去倒了。"

熟悉的香味儿，又是二两肉！温柔瞬间口水决堤，一把抢过食盒，抱着嗅了半天，才疑惑地看了面前这人一眼："你把珍馐斋的厨子绑架回来了？"

萧惊堂冷哼一声，没说话，作势要抢她手里的食盒。

"哎，别，我吃还不成吗？"温柔张嘴就咬他的手，跟护孩子似的护着食盒，愤慨地说道，"天下不知多少人吃不起饭呢，你咋这么浪费？！"

"那你快吃。"萧二少爷面无表情地说道，"若有别的想吃的东西，你也可以再告诉我。"

温柔："……"

可能是听这人怒吼听习惯了，他骤然来一句这样的话，她竟然觉得他有点儿温柔。

世间万物果然要靠对比。

温柔闷不作声地把饭菜吃掉后，抬起头来，就见这人又递了一碟子绿豆糕来。绿豆糕还是两指宽，雕花，香气四溢。

"你以为拿吃的东西就能让我原谅你？"温柔一边往嘴里塞糕点，一边有骨气地说道，"没门！"

萧惊堂嗤笑一声，斜睨着她，满眼都是嘲讽之色，端着碟子的手却没放下，任由她一块块地吃着，直到碟子空了。

"后天是陶瓷大会，"等她把东西都咽下去了，他才开口道，"很重要，关乎萧家在陶瓷方面未来一年的收入，你得好好看点儿。"

关乎萧家未来一年的陶瓷收入？温柔顿了顿，抬头看他一眼，问："一年的陶瓷，大概能收入多少银子啊？"

"你问这个干什么？"萧惊堂皱眉，一脸"傻子才会告诉你"的表情。

"就问问嘛，反正我知道了也没什么关系。"温柔撇嘴，"你要是非这么小气不肯说，那就算了。"

萧惊堂半垂着眼睛睨了睨她，闷声道："去年净收入十二万两银子，今年若是能顺利成为御贡，那便会翻几番。"

十……十二万两银子？！还翻番？！温柔被吓傻了，张大了嘴看着他。

这么大的生意，若是当真被她搅黄了，那萧惊堂会不会再拎着她去一趟狼林啊？

温柔打了个寒战，有点儿怂："我觉得身子不太舒服，能不去那什么大会吗?"

"不行。"萧惊堂拒绝道,"萧家的主母必须出席,这是规矩。"

说是陶瓷大会,其实这也就是他们这群奸商……啊不是,是富商之间暗自较量。每个圈子都有自己的规矩和办事的流程,带着家眷去表示对大会的重视,顺便让自家的女人在衣裳首饰上压别人一头,也是那群男人乐意做的事情,毕竟每个女眷身上穿戴的,都是自家的东西。

温柔苦了脸,眼睛左看右看,就是没胆再看萧惊堂。

虽然萧惊堂肯定不会知道她干了什么"好事",但是吧,她现在还生活在萧家的屋檐下,做了胳膊肘往外拐的事情还要自己在场瞧着,难免心虚。

"你有什么好担心的?"见她一脸迟疑的表情,萧惊堂神色微动,转头去看了看她的妆台上的首饰。

以前的那些头面都被温柔当掉了,后来她挣了钱才重新添置了一些,只是都不算很贵重,平时穿戴倒是无碍,去大会的话……还是寒碜了点儿。

说起来,他总是给后院的其他女人添置首饰,却每次都故意忽略杜温柔,忽略到现在,还真的从未给她买过东西。

想起萧管家的话,萧惊堂抿了抿唇,低声问:"你现在有空吧?"

"啊?"温柔还在心虚,茫然地应了一声,也没听清他问的是什么。

"跟我走。"萧惊堂揽过她的腰,转头就吩咐下人:"准备马车。"

"去哪里啊?"温柔皱眉,不舒服地甩开了他的手。

萧惊堂看她一眼,将自己的手收了回来,淡淡地说道:"琅琳。"

狼林?!温柔脸都白了,立马蹲到地上,又委屈又害怕:"为什么又带我去狼林?我做错什么了?你有证据吗?!"

什么意思?萧二少爷莫名其妙地看着她:"我说的是萧家的琅琳首饰铺子,你以为是什么?"

首饰铺?温柔顿了顿,继而站了起来,凶狠地龇牙:"好好的首饰铺叫什么狼林?!你不知道我害怕那儿是不是?"

心里有种奇怪的酸疼感,萧惊堂垂下眼,沉默了半晌才说道:"那次是你欺负别人在先,怪不得我教训你。"

"行了,行了。"温柔也知道自个儿当时没理,哼哼道,"要去就快去,我还赶着回来睡觉呢。"

这女人,每天的事情是不是除了吃就是睡?萧惊堂摇头,看了一眼她的身子,还没长成猪,也是难得。

萧记的首饰铺开在最繁华的街上,乃是一整栋红砖青瓦楼。下午正是生意好的时候，温柔跟着萧惊堂下车的时候就看见那店铺门口人来人往，珠光宝气的。

"你要给我买首饰啊？"温柔挑眉，"啧啧"了两声，"也是难得，终于肯为我花钱了。"

虽说很多姑娘自立自强，不喜欢花男人的钱，甚至给男人钱花，但是男人吧，骨子里有流淌了几千年的大男子主义思想，养老婆和给老婆花钱都是一种本性。他肯为你花钱，那才是真的喜欢你，就算以后不喜欢了，也舍不得轻易离开，毕竟下了血本。

所以她虽然不喜欢问男人要钱花，但男人主动肯花的时候，那她还是可以接受的。

"你也衬不起多贵的首饰。"

她心情正不错呢，旁边这傻男人就吐了这么一句话出来。

脸色瞬间就沉了下来，温柔侧头看着他问道："你什么意思啊？你是来给我买东西的还是给我添堵的？不想买你就直说啊，我还不想要呢！"

说罢，温柔扭身就想走。

萧惊堂愣了愣，连忙伸手把人拉住，皱眉瞪着她。

"干吗？"温柔不耐烦地说道，"你眼睛好看了不起啊？"

萧二少爷轻哼一声，也不多解释，扯着她就跨进了琅琳首饰铺的大门。

这首饰铺一共三层，一层人多，二层人少，三层就没人了。温柔边上楼边嘀咕："你这人是不是神经病，说我不值钱，又拉我去看最贵的东西？"

"上头的东西不是最贵的，"萧惊堂一本正经地说道，"是最卖不出去的，你随意挑两件，正好称你。"

温柔："……"

她就没见过这么不会说话的男人，他的舌头为什么还没被人拔掉？！

陪同的伙计闷笑两声，带着他们上了第三层楼，然后拿了几个锦缎盒子，逐一打开放在温柔面前。

温柔的鉴赏能力一点儿也不高，只看款式只觉得这些首饰挺单调的，于是闷头看着没吭声。

萧惊堂绷着脸，心里却有点儿打鼓。萧管家说女人都喜欢首饰，可为什么这个人瞧着这些东西，一点儿反应也没？她是觉得这些首饰不够好看吗？

想了想，他开口道："把那个紫檀木的盒子一并拿来。"

"是。"伙计应了，小心翼翼地从带着三把锁的箱柜里拿出一个紫檀木盒子。盒子里头铺着柔软的黄锦，黄锦上头放着一套镶祖母绿的金饰，雕工分外精致，飞凤走花，金冠上还垂着细细的金丝，华丽非常。

温柔看了看，问道："这个应该挺值钱的吧？"

"你觉得为什么值钱？"萧惊堂问了一句。

"因为是金的啊。"温柔理所应当地答道，"颜色很纯正的金，你瞧，比这些亮堂了许多。"

伙计："……"

萧惊堂："……"

他们头一次遇见有人不看祖母绿，倒觉得金子值钱的！萧惊堂被气笑了，摇了摇头，吩咐伙计："给二少奶奶戴戴这值钱的金首饰。"

"是。"伙计应了，小心翼翼地拿起项链，正要给温柔戴上呢，萧惊堂却突然伸手过来，把链子给拿走了。

"还是我来，你下去吧。"

伙计莫名其妙地一脸蒙，但倒是听话，摸着后脑勺就下楼去了。

萧二少爷拧开链扣，认真地将手环过温柔的脖子，然后在她的颈后缓缓地扣起。

温柔皱眉，不舒服地动了动。

这人的动作也太暧昧了，下巴都要蹭到她的脸颊了，他就不能站在她身后扣吗？

"我说——"她忍不住开口，"您这是占我的便宜呢？"

"嗯？"萧惊堂脸上半点儿表情也没有，垂眼嫌弃地扫了扫她，"哪里有便宜可以占？"

萧惊堂神色不慌张，话也说得严肃，当真是在认真系项链，没有别的意思。温柔咽下了想说的话，心想大概当真是自己想多了，这人没吃壮阳药膳的时候正常着呢，怎么可能想吃她的豆腐？！

于是她梗着脖子让他系了一炷香的项链，然后是耳环、手镯和头饰。

"你骗我呢吧？"看了看铜镜里这一套首饰的模样，温柔眯起眼说道，"这哪里会是卖不出去的？我瞧着比楼下的都好。"

岂止是比楼下的好，这一套首饰可是琅琳的镇店宝。

萧惊堂没回答她，瞧着她的头上是满意了，再看看她的衣裳，又开始嫌弃："你是多久没做过新衣裳了？"

温柔低头看了看自己这一身衣裙，耸肩："你不觉得挺好看的吗？料子也挺好的,还是正室该有的红色,花纹也不错。"

"杜家大小姐的眼皮子竟然这么浅,说出去也没人信。"萧惊堂冷笑一声,拖着她就下楼,路上撞见不少小姐、夫人,大家跟看怪物似的看着温柔。

"她们这眼神是什么意思?"温柔皱眉,低头看了看自己,"这衣裳真的很丑?"

倒不是衣裳的问题,萧惊堂哂笑一声,说道:"既然知道,就赶紧去重做一身,今日去绣楼还来得及。"

来得及个鬼啊!温柔皱眉道:"我要是没记错,你们这儿的纯手工刺绣,好的一件衣裳,怎么也得十天半个月才能做好吧?"

萧惊堂嗤笑了一声:"咱们已经没时间了,你还想要刺绣?"

也没人告诉她要提前准备衣裳什么的啊?温柔不高兴地说道:"那还不如回去在衣柜里选一选,至少都有绣花的。"

"你喜欢绣花?"

"不是很喜欢,不过有钱人不都这么穿吗?"

萧惊堂转过头,没作声,等马车到了地方,拉着她便下去了。

"香秀阁。"温柔看了一眼牌匾,再看了看一个人也没有的大堂,挑眉,"这家店铺的生意怎么这么差?"

前面走着的萧惊堂差点儿一个趔趄,回头万分鄙夷地看了她一眼,拎着人就进去了:"你不懂还是别乱说了,乖乖站好。"

她说错了吗?温柔看了一眼大堂,这里的确是一个客人都没有啊!

不过两个人进去之后,旁边出来了两个丫鬟迎接,倒也没让他们在大厅里多留,而是直接将他们带去了后院。

"这也是萧家的店?"温柔一边打量四周,一边问。

虽说这里是卖衣裳的,可这大厅进来后头就是一个有山有水的小别院,瞧着倒是雅致。

"这是萧家的第一间裁缝铺。"萧惊堂面无表情地说道,"刚开始萧家只做丝绸生意,几年前因为一套月华裳,萧家制衣的名声大噪,之后萧家便开了这间裁缝铺,只接百两银子以上的生意。只这一家铺子,每年的收入能抵上整个幸城的裁缝铺的收入。"

温柔:"……"

萧家这简直是商业垄断啊!什么店铺都有,生意还都这么好,别的商家怎么活？萧家裁缝铺只接百两银子以上的生意，那这利润不知道多丰厚，制衣最大的成本，也就是人的手艺而已。

"二少爷，"引着他们到了厢房后，丫鬟笑眯眯地说道，"要谁来做这衣裳？"

"我们赶时间。"萧惊堂说道，"你给她量身子吧。"

丫鬟愣了愣，有些惊讶地看了他一眼，再不确定地看了温柔一眼："您……亲自动手？"

啥？温柔挑眉："二少爷还会做衣裳啊？"

"有几年没做了，"萧惊堂淡淡地回道，"正好练练手。"

他凭什么拿她来练手？！温柔撇嘴："你都说那大会很重要了，就不能换个靠谱儿的裁缝吗？万一搞砸了，丢的还不是你的脸？"

萧惊堂不耐烦地拿起旁边的糕点塞进她嘴里，满脸戾气："你闭嘴，剩下的事情交给我！"

旁边的丫鬟被吓了一跳。

二少爷一向是沉默寡言的，虽然看起来有些凶，但也不至于会这么吼人哪，更何况这位似乎还是二少奶奶，万一把人吼哭了可怎么是好？

然而被吼的女子一点儿也没要哭的迹象，像是已经习惯了，翻了个白眼就"吧唧吧唧"地吃起了点心，任由她给量身子。

"做得不好看，我可不会穿。"咽下第一口点心后，温柔鼓着嘴说了一句。

萧惊堂冷笑，转身出去了一会儿，抱了两匹分外光滑的丝绸回来，搁在旁边的桌上就开始拿尺子量。

丫鬟量好温柔身上的尺寸就写在单子上恭敬地递给了他。萧惊堂接过来扫了一眼，也没多说，手下动作不停，剪子裁开的丝绸断面平整，一翻一覆之间，晃花了温柔的眼。

"这绸子倒是好看。"温柔小声问旁边的丫鬟，"是什么品种的丝绸啊？"

丫鬟小心翼翼地看了认真的二少爷一眼，比了个噤声的手势，拉着她就退出了厢房，十分仔细地将房门合上后，才说道："那是月华绸，有熟人来买的话，一百两银子一尺；若是不相熟的人，铺子里是不卖的。这绸子一年也就能有十匹。"

这么贵？！温柔有点儿震惊："金子做的啊？"

"天蚕丝配以数百人纺织，月余才得一匹。"丫鬟笑道，"您别看着觉得那绸子没什么特别之处，只是光泽瞧着好看，但穿着就知道了，不但舒服，而且不怕被划破。一旦被划破，可以顺着断口将表面的丝都抽了，里头还有巧夺天工的花纹。"

这是个什么设计？温柔皱眉："那还不如买来直接抽了丝，就能看图案了不是？"

"您说笑了。"丫鬟掩唇，"好好的月华绸，做成衣服已经极美了，除非是旧了或者坏了，谁舍得把那好看的绸面扯掉？"

说得似乎有点儿道理，温柔点头，然后突然就意识到了一个问题："你们二少爷，竟然舍得拿这么贵重的料子给我做衣裳？"

"料子哪里有什么稀奇的？"丫鬟摇头，深深地看了她一眼，"您不觉得，二少爷亲自来做，显得更加难能可贵吗？"

以萧惊堂的身份，他完全不必来干这种裁缝的事。温柔知道，他也许是对她有点儿愧疚，所以表达表达诚意。

可这就能抹平他干的禽兽事了不成？温柔皱眉，嘀咕道："他亲自做又如何？心意是到了，手艺可不一定到。"

丫鬟："……"

"你这是什么表情？"温柔看了看这小丫头，有点儿蒙，"我又说错什么了？"

"您不知道吗？"丫鬟表情古怪极了，"咱们这儿的镇店之宝月华裳，就是当年二少爷亲手做的。"

温柔："……"

那么凶恶的人，竟然会做衣裳？！她有点儿震惊，想象了一下萧惊堂拿着针线当裁缝的画面，忍不住打了个寒战。

"你骗我的吧？"

"奴婢不敢。"丫鬟垂头，"二少爷会的东西很多：制衣、雕刻、烧瓷、炒香料。奴婢在萧家做了五年的工了，就没见过二少爷不会的事。所有的萧记店铺里，都一定有一样二少爷做的镇店的东西，咱们这儿是月华裳，琅琳首饰铺是'金凤玉露'，陶瓷店里还有一件稀世的瓷器，都出自二少爷之手。"

温柔不信，心想这丫鬟一定是收了萧惊堂的钱，来给他吹嘘的，肯定是！堂堂江南首富家的二少爷，享福还来不及，怎么可能会这么多东西？！

温柔摇摇头，板着脸说道："行了，你不必说了，咱们找个地方坐下来等他吧。"

"是。"丫鬟颔首,领着她就往前走,走了两步又忍不住停下来说道,"不过奴婢还是想说,您身上这一套首饰,是不是从琅琳首饰铺取出来的啊?"

"不是!"温柔咬牙否认。

"那便好。"丫鬟松了一口气,拍了拍心口,"方才我瞧着就觉得有些像那套'金风玉露',不过那是不会轻易拿出来用的东西,想来也是仿品吧。"

温柔深吸一口气,扯着嘴角问她:"你说的那个'金风玉露',是不是在琅琳首饰铺第三层楼的紫檀木盒子里放着的?"

"在哪儿放着的奴婢不知道,"丫鬟摇头,"不过听闻保管得很严实,有三把锁锁着呢。"

说完,丫鬟又有点儿疑惑地看她一眼:"您怎么这样问?"

"没事,随便说说而已。"温柔面无表情地双目直视前方,"万一哪天有机会,我也好去看看。"

"其他地方有不少仿制的'金风玉露',就连萧家自己的铺面里,也会做几套相似的来卖。"丫鬟解释道,"只是世间再也难寻那般极品的祖母绿,再怎么仿制,也是不一样的。"

怪不得方才萧惊堂的神色那样嘲讽,原来他是笑她不识货,不夸祖母绿值钱,倒是夸黄金贵重!

温柔气得吐了一口浊气,坐到花厅里,一边吃东西一边等着萧惊堂出来。

也不知道这人是什么意思,嘴上那般挤对她,说她不值钱,一转眼给她的又全是最好的东西。他都已经给了这么贵重的东西了,就不能说点儿好听的话让人高兴高兴吗?要是他会说话,今儿她说不定就气消了一半呢?结果他偏生还是嘴贱。

这怪得了谁?她就是还恼他,衣裳做得再好看也恼!

"自己来试试。"

两个时辰之后,温柔已经睡着了,却被人拎了起来,兜头罩上了一件裙子。

这感觉跟被水泼了似的,她一惊,伸手去捞,就捞住了从头上滑下来的月华裙。

"你没见我头上还有头饰吗?"温柔沙哑着嗓子吼道,"这料子被剐坏了我可不赔!"

萧惊堂负手站在她面前,跟俯视蝼蚁似的看着她,嗤笑道:"也要剐得坏才行。"

这种料子好就好在柔软似水而且不易被剐起丝,况且她头上的首饰都是精工制作的,没半点儿尖锐到能钩破丝绸的地方,也就她这个不识货的女人,会这样咋咋呼呼的。

温柔定了定神,拎起手里的裙子看了看。

触手如水,她本以为带夹层的裙子会硬,可这种丝绸摸起来比寻常的丝绸更软更滑。萧惊堂选了嫩黄色料子为裙,绯红色料子为裳,紧窄的腰部上头有百花暗纹的抹胸,花纹精致,剪裁得体,有一种天然的流畅之感,仿若月华照身,光芒流转。

"这就是月华裳?"温柔怔了怔,"月衣我以华裳的意思?"

"你没眼光,倒是还有点儿墨水。"萧惊堂说道,"换上我看看。"

没有女人不喜欢漂亮衣服,温柔瞬间忘记了刚刚气鼓鼓说的再好看也恼人家的话,抱着裙子就去内室换上,再出来的时候,感觉整个花厅都亮了些。

"太美了!"旁边的丫鬟有些激动,"二少爷若是能多做两件,简直是能直接送进宫的好衣裳!"

温柔笑眯眯地转了个圈,眼睛亮晶晶的,觍着脸问萧惊堂:"好看吗?"

萧惊堂面无表情地说道:"人靠衣装。"

"给你个机会重新说一遍,"温柔依旧笑着,牙却咬紧了,"好好夸我一句!"

面前的人沉默了下来,憋了好半天才说道:"挺好看的。"

温柔已经对这个人的语言水平不抱什么希望了,长吐一口气,撇嘴道:"明日就穿这一套衣裳去是吧?行了,回家!"

说完,温柔一甩袖子就往外走。

萧惊堂摸了摸鼻子,跟上去,很是纳闷地问:"穿得这么好看了,你还在气什么?女人难道都是不知足的?"

你才不知足!你全家都不知足!

温柔一脚踏上车辕,回头狠狠地瞪了他一眼:"二少爷,不是我说,您一直不得女人欢心,真的都不反省一下是为什么吗?"

他不得女人欢心?萧惊堂挑眉,看了看温柔,倒是没急着辩驳,而是伸手将她推进马车里,然后坐下来问道:"你觉得我为什么不得人欢心?"

"太不会说话了！"温柔恨得牙痒痒，"女人是喜欢赞美的，赞美你懂不懂？你就不能好好地夸我两句吗？挤对我是有糖吃还是有钱赚哪？"

"我夸你，你就会喜欢我？"萧惊堂挑眉。

"不会。"温柔想也不想就回答。

眼神一黯，下巴紧绷起来，二少爷冷笑道："你这样的女人都不会因为夸奖而喜欢我，那别人就更不可能了，所以夸奖有什么用？"

"能让人与人之间更和谐，和谐你懂吗？"温柔愤怒地说道，"我天天骂你，你是不是会讨厌我？那天天夸你的话就完全不一样了啊！为了大家生活都舒坦，我们就不能互相吹捧一下吗？"

"不要。"萧惊堂冰冷地吐出这两个字，将头扭到了一边，脸色难看得很。

温柔："……"

这人简直幼稚极了！好端端的他是在跟谁赌气呢？

他不说话，那她也不说，两个人脑袋一人扭向一边，都叉着腰鼓着嘴，一路沉默地回到了萧宅。

到门口看见红绸的时候，温柔才想起来，今天是萧惊堂纳妾的日子啊，这人吃完宴席，竟然还陪她出去逛了一下午！

天已经近黄昏，温柔低头看了看自己这一身装扮，想着礼貌性地说声谢谢吧，但一转头就看见萧惊堂那张没表情的死人脸，瞧着就来气，干脆就啥也不说了，径直往府里走去。

萧二少爷站在门口没动，等她进去了，才让人牵了马，晚膳也不用，掉头就去了瓷窑。

今年的陶瓷大会他花足了心思，准备了一件镂空的雕花细瓷瓶。瓶身薄如纸，镂空的雕花更是精美绝伦，加上宝石镶嵌的底座，想必这细瓷瓶也是能惊艳一方的。

本来有些威胁的就是裴记，可萧惊堂听闻他们的瓷窑里出了内鬼，准备的东西已经碎了，想必裴记一时半会儿拿不出更好的东西来，此次大会，他也就十拿九稳了。

想起裴方物，萧惊堂微微皱眉，心里还是有点儿不舒服。

裴方物同杜温柔，真的没什么来往了吗？

第五章
陶瓷大会

陶瓷大会这天，温柔一大早就被人拎了起来。

"好困。"眼睛都没睁开，她撇了撇嘴，抱着旁边的人就开始撒娇，"再让我睡五分钟，就五分钟好不好？"

萧惊堂睨着这挂在自己身上的人，冷哼道："天都要亮了，你昨晚是偷牛去了？"

"怪我吗？"温柔迷迷糊糊地嘟囔，委屈得很，"几个小妮子在我这儿打麻将就算了，还非拉着我看牌！"

为了欢迎云点胭，凌挽眉牵了个头带她一起来打麻将，五个人轮流上，输得多的人就下去看着。偏生看番总是有分歧，她们就吵吵着让温柔数番，害得她子夜才睡，现在天没亮就要起，还让不让人活了？

萧惊堂不耐烦地将人从身上扯下来，伸手就将她按在妆台前示意疏芳给她收拾。疏芳也没含糊，给温柔擦了脸、漱了口便开始上妆。

温柔不管不顾地靠着个东西就睡，等睡得差不多的时候，睁开眼睛一看，铜镜里已经是一个贵气十足的古典美人了。

"去哪儿啊？"温柔打了个哈欠，问道。

"碎星楼。"萧惊堂回道，"今日一整天，都在那里用膳。"

"哦。"温柔就一个要求，"有肉吗？"

瞧她这点儿出息，他真的有点儿担心带她出去丢人了！萧惊堂咬牙，捏着她的腰就往外走："肉多得能噎死你！"

"那我就放心了。"温柔咂了一下嘴，顺从地跟着上了车。

坐在她对面的萧二少爷不停地打量她，眼里满是担忧之色。

"怎么？不好看吗？"温柔挑眉，"可都是你选的。"

"不是不好看，"萧惊堂闭眼，"我是怕你的行为衬不起这一身行头。"

要是她在碎星楼跟八辈子没见过肉似的吃东西，那萧家才真是声名有损。

"哎呀，放心啦，我这个人很有分寸的。"温柔仰了仰下巴，"不就是上流社会装腔作势的聚会吗？我也会装啊！"

说罢，她立马挺直了腰杆，伸手别了别鬓发，然后两手交叠放在膝盖上，仪态万千地笑了笑。

萧惊堂愣了愣，微微皱眉。

这人为什么一会儿一个模样？她真是变成什么样子都可以？

那到底哪个才是她最真实的样子？

车突然停了下来，温柔还有点儿高兴："这么快就到了？"

"你在车上等着。"萧惊堂说了一声，便下了车，没一会儿就拎了一双绣鞋回来，很是随意地扔给她，"换上这个。"

温柔愣了愣，接过那小巧的绣鞋看了看，白缎绣红锦，鞋面上的图案刚好跟她的抹胸上的对应，倒是一套没错。昨儿他们买了衣裳和头面，倒是没注意鞋子。

温柔爽快地在车上换好鞋，心情又好了点儿，看着对面的人问了一句："你肯定没听过灰姑娘跟水晶鞋的故事吧？"

"嗯。"萧惊堂有些疲惫，靠在车厢上闭上了眼睛，"路还长，你可以说来听听。"

看在他当真给她下了血本的分儿上，温柔便耐心十足地说了起来："从前有个小女孩，母亲死了，父亲娶了继母，继母虐待她，常常让她干粗重的活儿，所以大家都叫她灰姑娘……"

温柔是有童心的，没少看迪士尼出品的作品，虽然价值观什么的不一定与迪士尼作品里的一样，但是对王子骑白马来解救自己的少女心还是有的，所以说起这个故事倒是津津有味。

然而她说完一个故事后，马车没停，对面的人也没睁开眼睛。

"睡死了？"温柔不高兴地嘟嘴，嘀咕道，"白讲了。"

"你的意思是，你是灰姑娘吗？"闭着眼睛的萧惊堂淡淡地开口，"我是你的仙女婆婆，给了你一身漂亮裙子和雪锦鞋，你要去见王子？"

说到最后一句，他的声音冷了八度，温柔被他吓得连连摇头："咱们好好说个故事，别自我代入行不行啊？我就是想说这鞋子挺好看，像公主的水晶鞋。"

萧惊堂缓缓睁开眼，看着她说道："门不当户不对，你的王子把灰姑娘娶回去，灰姑娘也不见得能过多好的日子。"

"这只是个童话，给小孩子听的，咱们能不这么俗吗？"温柔直翻白眼，"您可真没浪漫细胞。"

车终于停了，萧惊堂起身下去，越过她的时候低声说道："两个世界的人本就不可能在一起，这是小孩子就该知道的道理。"

温柔微微一愣，忍不住皱眉怼了他一句："你娶的姨娘，不也都与你是两个世界的人？那你为什么还要娶？"

"是她们必须来，不是我要的。"

低低的一句话，声音小得温柔没听清楚，她茫然地看着他的背影，好一会儿才想起来下车，匆忙地跟了上去。

碎星楼是幸城最大的文士集会之地，一般是些文人墨客在这儿谈天说地，然而每年都有那么一天，会被铜臭味儿充满。

今天这里就是充满铜臭味儿的一天。

"萧家二少爷到了！"门口迎接的小厮看见他们格外激动，吆喝了一声，四周的人就通通看了过来。

温柔有点儿紧张，面上却没表现出半点儿，跟着一脸镇定表情的萧惊堂往里头走，然而没走两步，身边就已围满了人。

"二少爷来了，今日这气色倒是不错，想必胜券在握。"

"听闻三皇子今日也大驾光临，不过除了二少爷，别人也不认识啊！二少爷不如给咱们指认指认，也好让咱们别冲撞了。"

一张张笑得满是褶子的脸，看得温柔浑身鸡皮疙瘩都起来了。男人却面无表情，伸手护着她便一直往里头走，完全不理会这些人。

一瞬间温柔觉得这人有张死人脸还是挺有用的，起码能吓退不少不识趣的人。

碎星楼二楼的包间里，轩辕景正同裴方物聊着呢，就听门口的小厮通禀了一句："萧二少到了。"

裴方物顿了顿，捏着茶杯的手紧了紧。

轩辕景倒是高兴，挥手让人开门，看着萧惊堂便说道："等你半天了，快来跟裴记的东家聊聊啊，我问他半晌琉璃珠的来处，他都不肯告诉我。"

这话说是打趣，却已经带着薄怒之意，听得温柔身子僵了僵。

又是这个人！这个想杀她的人怎么阴魂不散的，哪儿都能碰见？

"三皇子急什么呢？"萧惊堂微笑，半拖半抱地带着温柔落座，然后说道，"每家的生意都有不能说的话，您也不必强人所难。娘娘要的珠子，不是已经齐了吗？"

温柔坐在裴方物对面，飞快地抬眼看了看他。

这几日他们一直没接头，她现在再一看，裴方物不知为何消瘦了不少。

难不成是那陶瓷底座出了什么问题，所以他急得瘦了？

这样的分析很有道理，温柔顿时就紧张了起来，一紧张就没注意萧惊堂的话，以至半响之后才反应过来。

三皇子是在叫谁？！

"虽说珠子齐了，但我也就问问而已。"轩辕景轻笑，"那么贵的东西，总不能不知道来处，万一把鱼目错当成珍珠可怎么是好？"

温柔心里一沉，看了这人一眼，轻轻拉了拉旁边的萧惊堂的衣袖。

"这个人，是三皇子？"

萧惊堂侧头，在她耳边低声说道："是，但你不用怕，我还在。"

轩辕景想弄死杜温柔是因为他，现在他不允许，轩辕景也就不会动手。

然而在温柔心里，萧惊堂也不一定就靠谱儿啊，谁知道他会不会一个冲动就对她下手？所以听了这话，她也只是点了点头，然后便起身说道："我去重新梳妆，你们先用。"

轩辕景挑眉，轻笑了一声："二少奶奶怎么好像很怕我？"

废话，谁看见要杀自己的人不会害怕吗？温柔咧了咧嘴，提着裙子就开门出去了。

没有什么比自己的仇人是皇子这种事情更可怕了，对方有足够的权势能捏死自己，而她只能在狭小的空间里慌乱逃窜，然后等着被捏死。

这可怎么是好啊？她能不能先下手为强，把这人毒死再说？

"二少奶奶。"

歹心刚起，就被背后冰冷的声音给吓没了，温柔扶着墙转头，就见三皇子身边那丫鬟跟了出来，表情分外平静地看着她。

"你……想干什么？"脑子里浮现出许多暗处谋杀的画面，温柔脸都白了。

"少奶奶不必这样害怕。"面前的丫鬟低声说道，"奴婢凤七，只是来给您引路的。"

引路？温柔拼命摇头："不用了！"

她才不信呢！

凤七有点儿无语，盯着她看了许久才开口道："主子若当真想杀您，您现在也不会活着。既然主子没有当真要杀，您就不必耿耿于怀了。"

什么还不是当真要杀？！温柔咬牙："要不是我体质……比较特殊，早就活不下来了。"

"不会的。"凤七摇头，"那不是致命的毒药，三天之内都能解，而解药也一直在奴婢身上备着，随时能救您。"

这样说来，她还得谢谢他们了？温柔心里冷笑，这些有权势的人一言不合就要杀人，她没死还得感恩人家手下留情。

不过已经身处这样的环境里，以她目前的力量她也的确反抗不了什么，心里再气，也只能点头："我知道了。"

凤七看了她两眼，微微皱眉："您若非要记恨，那便记恨奴婢吧，是奴婢动的手，与我家主子没什么关系。"

啥？温柔顿了顿，抬头看了她一眼："你这丫头，脑子是不是有问题啊？命令是你家主子下的，你当时还劝过他，结果他不听。你当我不记得了？"

"您是萧家的二少奶奶，"凤七淡淡地说道，"会一直与我家主子有来往的，恨不得他，也做不得什么对他不利的事。不过杀身之仇难解，奴婢是想让您有个可以恨的人。"

温柔听明白了，这丫鬟的意思就是让她不要对三皇子起歹心，要恨就冲眼前之人去。

"你是他的丫鬟，还是他的女人？"温柔突然问了这么一句。

凤七愣了愣，苦笑着低头："奴婢只是下人，如何能高攀主子？二少奶奶多虑了。"

"那你就是喜欢他吧。"温柔肯定地说道，"没哪个女人会傻到为上司做这些事情，除非心里有人家。"

凤七脸色一僵，缓缓抬头看了她一眼。

"被我说中了？"温柔哼哼两声，"你这样的傻姑娘我见得多了，我还是得劝你一句，多心疼点儿自个儿……"

"砰！"

话还没说完，她面前的人就直接给她跪下了，膝盖就跟铁打的似的，砸在地上也不嫌疼。

温柔被吓得哆嗦了一下，连忙蹲下来看着她："你干啥？"

"二少奶奶要什么都可以，"凤七脸色苍白，"但求您不要将此事告诉主子。"

这个丫鬟至于这么大的反应吗？温柔很不理解："这世上喜欢主子的丫鬟多了去了，你在害怕什么？"

凤七坚定地摇头，重复了一遍："请别告诉主子。"

这丫头真是跟块铁似的，又冷又硬！温柔瞧了她半晌，伸手把人拉起来，说道："要我不说也可以，那以后你家主子再想对我动手，你给我留条活路成不成？"

凤七只说道："主子不会再对您动手了。"

"我不管，这世上没有绝对的事情。"温柔撇嘴，"你答应我再说。"

"好。"凤七点头。

"成交，我也会守口如瓶的。"温柔拍了拍她的肩膀，大大地松了一口气。她能保住小命，那其他的事就好说了。

碎星楼楼上的人来来往往，温柔如厕后，就跟着凤七一起回了厢房。

刚推开厢房的门，温柔就感觉里头的气氛有点儿凝重。

"我回来了。"她小声说了一句，规规矩矩地坐回了萧惊堂身边。

屋子里没人说话，三个男人都将目光落在了她身上，神色各异。

发生啥事了？温柔紧张起来，看看萧惊堂，又看看裴方物，低声问："我脸上有东西？"

"没有，二少奶奶今天的行头很好看。"裴方物垂眸，嘴角勾着，眼中却没多少笑意，"看来二少爷终于知道心疼正妻了。"

萧惊堂板着脸没吭声，轩辕景却笑道："瞧裴公子这话说的，若是不知道的人听了去，还以为你与这二少奶奶有什么交情。不过……说起来也未必一点儿交情都没有吧？听闻上次裴公子出狱，连带着就将二少奶奶一起搭救了？"

"女儿家，怎好一直待在牢狱里。"裴方物笑道，"有缘结识，自然就顺手搭救了。听闻那次二少奶奶的牢狱之灾，还是二少爷亲自给的。"

他的言下之意是：我与你老婆有交情，那也是你给的机会。

萧惊堂冷笑了一声，站起来说道："说这些也没什么意思，还是等着去展厅里放东西吧。"

一桌子的菜还没动，他怎么就有要走的意思了？温柔伸手，扯着他的衣袖就小声问："你不吃东坡肘子了吗？"

萧惊堂："……"

肘子肘子，这女人的脑袋里除了吃的东西还有什么？二少爷很生气，虽然从开始到现在杜温柔也没怎么与裴方物交流过，但二少爷就是生气。

不过，萧惊堂瞪了她两眼，还是坐了下来，黑着脸拿起筷子给她夹了一箸东坡肘子。

三皇子看得惊奇，差点儿被呛着："惊堂？"

就几天没见而已，两个人也就圆了个房而已，夫妻感情就这么好了？

"殿下不必惊讶，"萧惊堂面无表情地说道，"我只是怕她在这儿失礼。"

以杜温柔现在的性子，他负气离开，这女人绝对坐在桌上动也不动，还要继续吃东西，那他还是留下来好了，也不至于让人看笑话。

温柔表情无辜地看了看群众的反应，笑嘻嘻地吃着肘子，完全当听不见他们的话。

"看来二少爷对此次夺魁很有信心。"裴方物问道，"您又得了什么珍奇的宝石吗？"

"说珍奇，哪里有宝石比得上裴记的琉璃珠？"萧惊堂淡淡地说道，"若是裴公子用了，那此次的胜负还不一定。"

"我没有多余的琉璃珠了，"裴方物道，"此话并非虚言。"

他只是有个琉璃瓶而已。

"嗯。"萧惊堂心里放松了不少，"裴记若是愿意相让，让萧记的陶瓷得以进皇宫，萧某会很感激的。"

他说是感激，这话却分明是炫耀的意思。纳贡的单子下来了，上头就有陶瓷，萧家若能在这陶瓷大会上夺魁，那萧记陶瓷成为贡品也就是十拿九稳的事情了。

裴方物笑而不语，侧头看了温柔一眼。

温柔也正好抬头，瞧他看着自己，便用眼神问：没问题吧？

没问题，裴方物轻轻颔首，做出来的东西已经万无一失。

那就好！温柔松了一口气，瞬间觉得肘子都更香了。

萧惊堂不瞎，两个人当着他的面眉来眼去，也是当真没把他当回事。

"哎？"胳膊突然被人扯起来，温柔愣了愣，嘴角的酱汁都还没擦，"我还没吃完呢。"

"出来与我聊聊。"

萧惊堂哪里还会给她吃东西的机会，拎着人就出门去了。

轩辕景轻笑了一声，看着裴方物道："还君明珠双泪垂，恨不相逢未嫁时。"

"三皇子多虑了。"裴方物垂眸,"在下对二少奶奶并无什么非分之想。"

"但愿吧。"轩辕景眯起眼道,"毕竟我还没见过有人能从惊堂的手上抢走东西的。"

外头的温柔打了个喷嚏,怯生生地看着面前的人。

"你先前一直出门,其实都是与裴方物在一起,是吗?"面前的男人很冷静地问了这句话。

他问这种问题是不是当她傻啊?她要回答是,那不是自己跟自己过不去吗?

温柔脸不红心不跳地就摇头:"没有。"

"世上没有不透风的墙。"萧惊堂威胁道,"若是以后你让我发现了蛛丝马迹,杜温柔,你绝对会万劫不复。"

吓唬人谁不会啊?可他手里现在就是半点儿证据也没有不是吗?温柔撇嘴,没好气地说道:"与其在这儿说这些,二少爷不如好好关心关心自家的瓷器,万一当真让人抢了魁首,岂不是要气上一年?"

"你觉得他能赢过我?"萧惊堂冷笑,"他家的瓷窑还没那个本事。"

人就是不能太自负,不然被打脸的时候会非常疼。看着他,温柔摇头,眼里满是惋惜之色。

她摆出这个表情是什么意思?萧惊堂皱眉,还没来得及问,就听得碎星楼上响起三声钟响。

陶瓷大会开始了。

短暂地用过午膳后,各个厢房和下面大厅里的人都站了起来,纷纷往三楼的展示回廊上走。

萧惊堂抿唇,松开杜温柔,叫了管家一声:"准备东西。"

"是。"

温柔好奇地到栏杆边上伸头看去,就见下面的人都准备了盒子,有的盒子大有的盒子小,最大的还是用杆子抬着的。每个人脸上都布满了紧张的神色,就跟嫁女儿似的。

"你不是很有把握夺魁吗?"她回头问了萧惊堂一句,"这些人既然已经输定了,还这么认真干什么?"

萧惊堂睨她一眼,回道:"你以为陶瓷大会就只出个魁首?能来参加的都是陶瓷生意上有头有脸之人,除了魁首,与别的竞争对手一决高下也是极为重要的。陶瓷大会的名次会贴在他们的店铺牌匾上,这直接关乎生意,怎么能不认真？"

温柔明白了，这也就相当于一个行业的认证大会，以后人家做生意就能说什么全国百强之类的，提高自己的商品地位，也能盈利更多。

"走吧！"瞧着人上去得差不多了，萧惊堂喊了她一声。

温柔领首，端着身子学着旁边其他贵妇的模样，很是稳重地抬脚上楼。

然后，她就差点儿被裙角给绊个狗吃屎。

"你能不能小心点儿？"萧惊堂伸手捏着她的腰，把人给扶正了，恨铁不成钢地在她耳边说道，"非得给我丢人？"

温柔是有点儿不好意思的，没习惯这么长的裙子，可忍不住就狡辩道："我考你的反应能力呢，反正你反应这么快，我从楼上掉下去你都接得住。"

旁边的人冷哼了一声，捏着她的腰的手也不松了，就这么掐着她上楼。

三楼一整层都被打通了，形成一个正方形的回廊，回廊里头有不少摆台。从门口进去，温柔就看见不少台子上已经放上了各种各样的陶瓷物件，三三两两的人正围在摆台边小声嘀咕着。

被放在这里的都是自家瓷窑用最好的手艺做出来的东西，不少东西温柔瞧着也想要，她恨不得往袖子里塞两个带走。

"你在想什么？"像是察觉到了她的想法似的，萧惊堂眯了眯眼，手上用力，"别打歪主意。"

"什么叫歪主意，人家欣赏欣赏东西也不成吗？！"温柔娇嗔，"你看那边那个薄胎的小瓷瓶，多可爱啊！"

那个瓷瓶拿来喝水一定很爽。

后半句话没说出来，她怕萧惊堂又嫌弃她没眼光。不过那么小的瓶子，也只能用来喝水了啊。

萧惊堂顺着她的目光看了一眼，冷笑道："你要是喜欢这种东西，萧记陶瓷铺子的仓库里多的是。"

"可以给我几个吗？"温柔眼睛都亮了。

她身为萧家二少奶奶，问他要什么不可以，就要这么几个破瓶子？萧惊堂皱眉，忍不住开始反省自己对她是不是真的很差劲，以至杜温柔都不敢奢求点儿什么。

"你想要，回去我让人给你。"

一听这话，温柔拍了拍手，抬头看了萧惊堂一眼："二少爷最近越来越有人情味儿了！"

萧惊堂微微一顿，别开头，很是不屑地说道："用得着你夸？"

温柔已经习惯他这样了，耸了耸肩就当没听见，反正得了东西，她的心情很好。

但是没一会儿，这人竟然又扭过头来，问道："你不觉得大一点儿的青花瓷花瓶更好看？那个仓库里也有。"

温柔："……"

为什么她突然觉得萧二少爷身上有一种诡异的萌感？她看着他那张严肃的脸，虽然好看，也不觉得可爱，可莫名其妙地，突然有点儿想拍拍他的头，把他当小朋友一样夸奖两声，不知道这人会不会脸红啊？

"萧二少爷到了！"前头有个膀大腰圆的人喊了一声，四周就安静了不少。

萧惊堂礼貌地颔首，终于松开了她，从萧管家手里接过一个大锦盒，伸手递给那人："木掌柜辛苦。"

被叫木掌柜的人"哈哈"一笑，下巴都叠了两层，接过盒子小心翼翼地放在最高的摆台上，眯着眼睛说道："每年能欣赏一番绝品，实在算不得什么辛苦。听闻萧家已经会做最薄的瓷器了，不知这回带来的，可又是一件新的镇店之宝？"

"镇店不敢当，萧某唯尽力尔。"萧惊堂颔首，"今年的陶瓷大会群英荟萃，萧家真是倍感压力。"

萧二少爷睁着眼睛说瞎话，方才明明还大言不惭地说别人赢不了呢。温柔心里直吐槽，却还是站在萧惊堂身后笑得大方得体。

"二少爷谦虚了。"木掌柜看他一眼，又看了看他身后的人，眼睛一亮，"这位可是萧家二少奶奶？"

敢情这人都没见过她啊？温柔笑了笑，上前微微屈膝："见过木掌柜。"

"好，好，夫人多礼了。"木掌柜瞧了瞧她的头面和衣裳，眼里满是亮光，"方才就听见有人议论说瞧见了'金风玉露'和月华裳，我还当他们在瞎说。这一套衣饰装扮在二少奶奶身上，当真是相得益彰。"

瞧瞧人家多会说话啊！温柔笑得可开心了："多谢夸奖。"

萧惊堂哼了哼，倒是没多说什么。他给她这头面和衣裳，完全是因为杜温柔这人现在糟糕透了，撑不住场面，只能靠衣裳和首饰挽回些气势罢了。

展台上陆陆续续放满了东西，裴方物与牟穗一同上前，将盒子放在了萧惊堂左边不远处的台子上。

热热闹闹的回廊彻底安静下来，木掌柜清了清嗓子，笑着开口："欢迎各位来到碎星楼,一年一度的陶瓷大会现在开始。还是老规矩,大家先走走场子,把觉得好的东西都记一记,奇物共赏。至于去年的魁首——萧记,他们带来的宝物,咱们就放到最后揭晓。"

旁边有人敲了敲铜锣,有穿着统一的藏青色衣裳的十几个老头子便一起走动起来,众人都随他们一起,从进门处的第一个展台看起。

"你为啥不去?"温柔提着裙子正想走呢,却见身边的人没有要动的意思。

"前头的东西没什么好看的,"萧惊堂说道,"你要看就等着看这边的。"

温柔撇嘴:"你见得多了不觉得稀奇,可我还见得少呢,过去看看不成吗?"

"待着别动。"萧惊堂皱眉。

她一身月华裳,挤到人群里去像什么话!

这男人又吼她!温柔黑了脸,不高兴地扭头,然后就看见对面的裴方物正目光柔和地看着她。

裴方物低声说道:"二少奶奶若是想看,可以走在他们前头,先将东西都看了,也不会让人挤着。"

好主意啊!温柔笑着点头,提起裙子就想走,结果腰就被熟悉的手掌给掐住了。

"不准去。"萧惊堂眼神有点儿凉,"我让你好好待着。"

温柔:"……"

这眼神比平时都狠,她被吓着了,撇撇嘴不再挣扎,乖巧地靠着他站着。

对面的裴方物收了扇子,抬眼看着萧惊堂开口道:"曾经在下很仰慕萧二少爷。"

"是吗?"萧惊堂冷笑。

"是啊。"温柔点头小声附和道,"我在牢房里遇见裴公子的时候,他一开口就是夸你,说你做生意可厉害了!"

腰上一紧,温柔"嗷"了一声,就听见萧惊堂在她耳边说道:"你不说话,没人当你是哑巴!"

温柔伸手捏着自己的嘴,假意缝了两下,眨了眨眼,讨好地笑了笑。大哥,有话好好说啊,咱先别掐了,我腰上的伤还没好利索呢!

萧惊堂哼了一声,转头看向裴方物:"裴公子想说什么?"

"在下想说,在下本以为这一辈子也没可能比得过二少爷,"裴方物看了温柔一眼，勾唇道，"可如今看来未必。二少爷手段了得，其他方面，也不见得有多过人。"

这人是阴阳怪气地来给杜温柔抱不平？萧惊堂嗤笑，双眼平静地看着裴方物："裴家就只有这点儿口舌上的本事？"

"在下不才，"裴方物道，"可有的宝贝，在下总是比二少爷先发现。今日不如打个赌，若是二少爷手里的宝贝比在下的珍奇，在下便将东城的两个瓷窑双手奉上，如何？"

此话一出，还留在这展厅里的人纷纷看了过来，低呼不已。

萧惊堂愣了愣，眯了眯眼："若是我输了呢？"

"若是您输了，"裴方物合了扇子，几步走过来，靠近萧惊堂一些，低声说道，"不如就松开二少奶奶如何？她看起来很不高兴。"

这声音很小，只有萧惊堂和温柔听见了。温柔干笑，很想打个圆场，但是已经晚了。

浓浓的杀意从萧惊堂身上散发出来，罩得人动弹不得。

裴方物这行为完全属于挑拨人家夫妻感情。这么大的赌注，他要的只是萧惊堂松开温柔的腰，是个男人都忍不了。

萧惊堂一把攥起了裴方物的衣襟。

温柔有点儿傻眼，扯了扯萧二少爷的衣袖："这不是个高级聚会吗？你动手会不会不太好？"

更何况，裴方物看起来那么弱不禁风，被打死了怎么办？

萧惊堂完全没理会她，攥紧裴方物的衣襟，低声警告道："把你的歪心思都收起来，我对她再不好，也没有你可以插手的地方。"

"若当真没有，二少爷这么生气是为何？"裴方物一点儿也不慌，饶是被人这么抓着，一身如兰气质也是半分不减，"瞧着倒是很紧张的样子。"

"紧张？"萧惊堂冷笑，"就算不是人，只是个东西，只要在我的手里，旁人想染指，我也会砍了他的手！"

"好生霸道。"裴方物勾唇，转眼看向旁边的温柔："你瞧，你在他心里，也就只同东西一样而已。"

温柔抽了抽嘴角，看了他两眼："你平日不是这么冲动的人，今天怎么一直说胡话？二少爷不拿我当人，不是全幸城人都知道的事吗？你这会儿跟他起了冲突，是要我难堪？"

裴方物愣了愣，想了想，垂眸苦笑："倒是我冲动了。"

几日不见，他们就已经圆了房，那消息传得铺天盖地，自然也传到了裴府里。本来人家夫妻之间的事他管不着，可每每听人谈起她便笑，他就觉得很不舒坦。

　　她过门一年两个人才圆房，还任由她被幸城的人耻笑，这样的夫家，当真是不要也罢。

　　可是，杜温柔不在乎啊，还是这样站在萧惊堂身边。就算萧惊堂说的话这么伤人，她也没什么反应，反而觉得是他裴方物在给她难堪。

　　恨不相逢未嫁时，他怎么能不恨呢？他分明恨得很了，却没什么办法。

　　"哎，有话好好说。"木掌柜终于来和稀泥了，上前按着萧惊堂的肩膀，语重心长地说道，"这儿的宝贝可不少，打起来砸碎了也不好给人交代。那边的人看得差不多了正要来呢，二少爷不如消消气，万事都好说话嘛。"

　　萧惊堂一点点地松开手指，睨着裴方物，轻轻拍了拍他的衣襟。

　　"既然你这么喜欢与萧某作对，那萧某便奉陪。"他说道，"无论裴公子想如何，萧某一定陪到底。"

　　这话从别人嘴里说出来，可能只算是叫板一类的狠话，但在场的人都明白，萧惊堂不是冲动妄为之人。他开了口，就表示萧家以后会全面与裴家为敌，挤得裴家没有丝毫生存的地方。

　　温柔皱了眉。这样的场面，她说什么都不太合适，不过裴方物的确是没顾虑，这么一闹腾，萧惊堂就算不为她，也得为萧家的面子而怼死裴方物。

　　这可真愁人，她好不容易找到的商业合作伙伴，怎么就一头撞上南墙了？

　　周围都是一片议论声，裴方物却没慌，退后两步笑了笑，回到自己的展台边，不再说话，看起来信心十足。

　　鉴宝的人已经回到了这一片展区，在场的人纷纷装作什么也没发生的样子，开始到各自的展台前去介绍。萧惊堂重新捏着温柔的腰，捏得要多紧有多紧。

　　"讲道理，男人之间的斗争，你发泄在我身上，这很不公平。"温柔皱眉，"要惹你的是他，又不是我，你掐我干什么？"

　　"你若没给他什么好处，他会在今日跟我说这样的话？"萧惊堂脸色很难看，"大会之上，我不会同你算账，但等你回去之后，怕是得与我好生交代。你的'未婚夫'，当真了不得。"

　　温柔："……"

　　她怎么有种会被新账旧账一起算的感觉？她现在跑还来得及吗？

来不及了,萧惊堂捏着她,半点儿也没有要松开的意思,她想跑也跑不掉。

"前头的宝物一共三十件,"穿着青衣的老者中有人说了一句,"挑出三件可观的,剩下的就是这上头的两件了。"

众人都看向上头裴记和萧记的展台。

"萧家是去年的魁首,裴记是今年的新秀,两家的陶瓷都算是我朝佼佼者。"木掌柜说道,"就先看裴记的吧。"

"在下可否提议先看萧记的?"裴方物摇着扇子笑道,"我怕先看裴记的,后头的吃亏些。"

好大的口气!众人都愣了愣,齐刷刷地看向萧惊堂。

萧家二少爷脸上一点儿表情也没有,嘴也不张,话也不说,直接就将罩着东西的盒子给掀开了。

薄如纸的小花瓶,瓶身微微泛黄,就像是放久了的宣纸。阳光从外头照进来,镂空的花纹在旁边投下了极好看的阴影。

"这是……纸做的?"木掌柜有点儿难以置信,小心翼翼地拿起小花瓶来掂量了一下,眼睛陡然亮了,"不是,是陶瓷!"

怎么会有这么薄的陶瓷?!一群青衣老者围过来观看,裴方物瞧了一眼,心里也是微惊。

当世早已兴起薄胎陶瓷,谁家的陶瓷工艺好,看谁做出来的陶瓷轻薄就知道了。裴方物见过的最好的薄胎陶瓷,也是要对着阳光看,才能感觉微微透黄光,可萧惊堂带来的这个,单单放在这里,就让人觉得如纸做的一般薄。

好厉害的手艺!

萧家有的不只是手艺,还有财力,而财力便体现在那底座上——八色宝石,金边镶嵌,美妙绝伦。

"好!"一直在隔断里头坐着没吭声的轩辕景终于开口了,"这样的瓶子,实在难得!"

众人听闻三皇子来了陶瓷大会,却没人瞧见,此时发现旁边有隔断,里头还有人——在场的都是机灵的商人,瞬间明白了这人的身份,纷纷跪下,无声地行礼。

木掌柜跟着跪下,心里也明白三皇子在这时候开口,多半是为萧家撑腰。三皇子都觉得萧家的东西难得,那就算裴记的东西再好,也不可能夺魁了。

"都起来吧。"轩辕景微笑,"快把这瓶子包起来,别再因为哪儿打起来就摔碎了。"

"是。"萧惊堂应了,平静地起身,示意管家把盒子盖上。

温柔心里有点儿打鼓。论工艺的话,她那琉璃瓶子顶多算看得过去,怎么跟萧惊堂的这个瓶子比?眼瞧着裴方物跟萧惊堂已经较上劲了,若是今儿裴家还输了,下场是不是更惨?

温柔忍不住就有点儿担忧地看了对面一眼。

裴方物刚好在看她,目光对上,倒是微微一愣,接着眉宇便舒展了不少。

她这是在担心他吗?

裴方物勾了勾唇,原先还有些忐忑,现在也算镇定下来了,在一片恭维萧惊堂的声音之中泰然自若,眼含笑意。

"木掌柜,裴记的盒子还没掀开呢。"萧惊堂开了口,看向对面的裴方物,"看裴公子这般自信,倒不好叫他久等。"

众人这才反应过来还有一个盒子没开,纷纷笑道:"是啊,是啊,还有裴记的。"

但萧家这瓶子已经得了个大彩头,别的东西还能有什么看头?众人嘴上喊得热闹,目光却都没从萧惊堂身上移开。

裴方物也不急,见木掌柜看过来了,便将自己旁边的盒子揭开。

外头的阳光在透明的琉璃瓶子的折射下,刚好晃在萧惊堂的眼上。

"这是什么?"木掌柜惊得大步走了过去,众人这才回神,纷纷扭头看向那边。

晶莹剔透的瓶身,瓶口呈一瓣瓣的形状,是众人都没见过的材质。下头的底座是偏青色的陶瓷,上头有浮雕白鹤啄鱼,鹤的喙穿过荷叶的茎叼起水里的鱼,也是镂空的手艺,且更加有情趣。

懂行的人看工艺就看那底座,不太懂的、看热闹的人都在看那琉璃瓶,"啧啧"称奇。

旁人不认识琉璃,萧惊堂却认识,脸色顿时有些难看:"你不是说,没有这东西了吗?"

"在下说的是没有琉璃珠。"裴方物笑道,"这是整块的琉璃雕刻而成的瓶子,比起琉璃珠,自然价值更高。"

木掌柜被吓得眼睛都瞪圆了:"这就是先前几颗珠子就卖出了天价的那种宝石?你给雕成瓶子了?"

那这瓶子得卖多少钱哪？

裴方物笑而不语，看向温柔。

温柔有点儿心虚，虽然加上那底座，这瓶子更好看了，可要是在现代，这也就是个五元两件店里的普通货色，在这儿被他们当成珍宝……虽然她是挺开心的，但难免有点儿罪恶感。

裴方物如果真赢了萧惊堂，萧惊堂会不会暴走啊？说实话，萧惊堂那瓶子的确是很难得，要是被当成古董保存下去，几千年后绝对也是不可多得的艺术瑰宝。

拿人家没见过的琉璃抢人家的艺术品的风头，温柔怎么都觉得愧疚。毕竟她这一身东西，还都是萧惊堂送的呢。

一群老者纷纷围过去细看那瓶子，温柔拉了拉萧惊堂的衣袖，低声问道："咱们输了会怎么样啊？"

萧惊堂侧头看她一眼，冷笑着，没回答。

杜温柔到底是女人家，太过单纯。

隔断里头的轩辕景没说话，瞧着那琉璃瓶子，眼睛却亮得很。不过就算心里再有想法，他也不会开口，这陶瓷大会就是萧记陶瓷成为贡品的踏脚石而已，出了别的好东西，那也只能成为陪衬。

至于这陪衬品的去向……他倒是可以和人好生商量商量。

"今年的陶瓷大会倒是有趣，出了两件绝世佳品。"看完那琉璃品和青瓷底座后，木掌柜笑了，"不过最后到底谁夺魁，还是让老者们决定吧。"

十几位青衣老者相互看了看，为首的人走上前说道："裴记那瓶子举世无双，实在难得，可咱们陶瓷大会，看的是各家做陶瓷的手艺。论手艺，裴记的浮雕手艺也不俗，荷叶茎细长，经过烧制也没变形破碎，也是花了不少心思。只是，萧记的薄胎瓶无论是在薄胎还是雕刻方面都更胜一筹，咱们都觉得，这魁首还是当属萧家。"

此话一出，现场响起一片恭喜声，温柔虽然有点儿失落，却不是很意外。萧惊堂这手艺她也觉得佩服，萧家夺魁倒是实至名归。

但是在场的其他人心里就不这么想了，这两样东西不管怎么看也是平分秋色：论财力，这琉璃瓶子能甩那宝石底座一条街；论工艺，萧惊堂到底年轻，勉强能与裴家这老匠人的手艺一较高下，却也不能说甩了人家一条街。这么一比较，裴家的瓶子优势还大些。

可最后的魁首只能是萧家。他们都是在商场里混的，对这背后有什么交易，多少也能猜着点儿。

"恭喜萧二少爷了。"隔断里的三皇子终于站了起来,拍着手说道,"萧记老字号的瓷器果然名不虚传,这等工艺,的确当得上御贡的名头。"

萧记陶瓷还不是御贡,但他这么一说,萧惊堂直接便半跪着拱手:"多谢殿下抬爱。"

"哈哈,免礼,免礼。"轩辕景笑道,"既然结果已经出来了,那你萧家也该好生请大家吃顿饭,喝点儿酒,是不是啊?"

皇子开口要的饭,那不吃白不吃啊!众人都齐齐应和,一时也没人再看裴记的那瓶子。

这是意料之中的事情,裴方物盖上了盒子,抱起来就走。

"裴少爷,"萧惊堂淡淡地开口喊住他,"这就要走了?"

"不然呢?"裴方物回头,微微一笑,"这瓶子有贵人订了要给人做贺礼,在下还要赶忙送去。"

瓶子已经被人订了?!轩辕景愣了愣,皱眉看着他:"敢问裴公子卖了多少价钱?"

"这个倒是不能说。"裴方物笑道,"价值连城,来人也舍得,买了要给家里的老父亲做生辰贺礼,说是让在下保密,在下也要守好做商人的本分。"

这世上有几个人买得起这样的东西给人做礼物?轩辕景皱眉,仔细想了想,脸色顿时难看起来。

裴方物转身要走,轩辕景连忙开口道:"公子留步,这样的好东西,慌忙贱卖怕是不妥,我倒是想与公子再聊聊。"

三皇子竟然想要裴家的瓶子?众人都是心里一跳,看向裴方物,后者却没什么反应,只说道:"已经成交了,对方付清了所有款项,这已经不是裴某的东西,三皇子再想要的话,恐怕只能硬抢了。"

这话简直是不给三皇子颜面,在场的人心里一慌,木掌柜也连忙打圆场:"哎呀,三皇子怎么可能抢这东西?!裴少爷怕是输了比赛心情不好,殿下可别见怪。"

能一次性把钱给清,还能让裴方物当着自己的面都这么底气十足的人,还能有谁?

轩辕景笑了笑,手轻轻地叩着旁边的台子,看着木掌柜道:"我今日若当真想抢,可该怎么是好?"

趁着现在裴方物尚且没将买家说出来,轩辕景觉得自己直接砸了这东西再赔罪,也不是来不及。

温柔愣了愣，看了看那边孤立无援的裴方物，忍不住开口道："殿下不必如此吧？这事说出去殿下岂不是有恃强凌弱的嫌疑？"

"哦？"轩辕景转头看了她一眼，笑了，"二少奶奶这是在帮裴公子说话吗？"

"没有，没有。"温柔连忙摆手，干笑道，"我只是说实话，大家有道理讲道理对不对？若是裴公子的宝物在这陶瓷大会上被抢了，那以后谁还敢带着宝贝来参加陶瓷大会啊？大家再有稀奇的宝贝还不都留着，再也不在这儿分享了？久而久之，这大会还有什么意思？"

在场的妇道人家不少，却没一个开口说话的，都是来当花瓶的。然而萧家这二少奶奶开口了，说的话还不少："再说了，夺魁的是萧家的瓷器，您不拿萧家的，倒是想抢这第二名的裴家的花瓶，可让我的相公怎么想啊？"

萧惊堂正捏着拳头等着发难，转眼却见旁边的女人依偎了过来，一双眼睛深情款款地看着他说道："相公辛辛苦苦做出来的花瓶，哪里能被这样冷落？"

敢情她这不是在替裴方物说话，反而成了为他鸣不平了？萧惊堂眯起眼，接着她靠过来的身子，倒是没说话。

轩辕景有些尴尬。他已经猜到了裴方物的买家，也知道那人要买这瓶子做什么，必须得拦下。可是被杜氏这么一说，再加上他今日没带几个护卫，要硬拦裴方物还真是既不妥又不可能。

"我开玩笑的。"沉默了半响，他笑道，"裴记的瓶子虽然珍贵，到底也不如萧家的，毕竟萧记陶瓷才是魁首。裴公子既然赶着做生意，那咱们也不耽误了。"

"告辞。"裴方物领首，抱着盒子就下了楼。

轩辕景捏着拳头，下巴紧绷，不悦得很。

温柔见状，瞬间觉得心里舒坦了点儿，笑眯眯地问："既然大会结束了，那咱们能去用膳了吗？"

这么凝重的气氛下，众人看三皇子不悦，都没敢再提吃饭的事，她倒好，这么高兴地就问出来了。

轩辕景眼神凌厉地扫过去，却见萧惊堂不耐烦地将她拉到了身后，低声训斥："你脑子里除了吃就没别的事了？"

温柔撇嘴："我这不是为你高兴吗？你赢了啊。"

他是赢了，可被裴方物这么一搅和，却也跟没赢没什么两样。

159

"在没得到我的允许之前,你别开口说话,"他威胁道,"多说一句,今晚没肉吃。"

温柔愣了愣,脸顿时垮了。这人这话说得她像狗似的,一晚上没肉吃就能威胁到她?!

"汪!"温柔不满地龇牙,闭上了嘴。

萧惊堂嫌弃地看了她一眼,转头对轩辕景说道:"既然大会结束了,殿下还是移步吧,这地方也不宜久留。"

"好。"轩辕景应了一声,带着凤七便径直离开。

众人纷纷低头行礼,木掌柜也是心惊肉跳的,一路送三皇子出了碎星楼,连连告罪。

"主子。"凤七接了不少信件和小礼,皱眉看着他。

"全扔了。"轩辕景不耐烦地摆了摆手,翻身上马:"惊堂,找个地方喝酒。"

"是。"萧惊堂看了温柔一眼,示意她上车。

我也要去?温柔瞪眼。

你不去,还想背着我再见一见"未婚夫"?萧惊堂满眼嘲讽之色。

行吧,温柔拉着凤七就往马车上走。

"二少奶奶?"凤七有点儿错愕,跟着踏上车了才反应过来,连忙摇头,"奴婢不能与主子同坐的。"

这有什么?!温柔不解地看着她。她记得在裴家,牵穗也总是跟她一起乘车啊。

"宫里规矩严,不比外面。"凤七难得地朝她笑了笑,解释道,"奴婢步行跟得上。"

"你有那解释的工夫,自己跳下去就行了!"轩辕景低吼道,"磨磨叽叽的,你是不是当真想坐车?"

凤七抖了抖,立马下了马车,恭敬地站在车辕旁边。

温柔皱眉,看了轩辕景一眼。这男人真的好生讨厌,半点儿不把女人当人不成?况且凤七一心向着他,什么锅都替他背,一句抱怨的话都没有,他就不能温柔点儿?

这男人果然很变态!

马车走得不快,但也不慢,旁边的人要小跑才追得上。温柔掀开旁边的小窗帘,看着外头小跑着的凤七,很认真地问了一句:"你没有考虑过换个主子吗?"

这话一出，凤七一个趔趄就摔在了地上，发出"砰"的一声响。

前头骑马的两个人停了下来，轩辕景回头，扫了一眼就黑了脸："你又怎么了？"

"奴婢该死，"凤七连忙爬起来，面无表情地回道，"大意了。"

这声音听着就知道摔得不轻，可轩辕景也没问，看她站起来了，就继续策马前行。

"没人性原来是被他传染的。"温柔有点儿生气。她伸出脑袋就朝前头喊了一句："您就不能让她上车吗？膝盖肯定摔破了！"

"我的丫鬟，用不着二少奶奶操心。"轩辕景头也不回，"你先操心操心自己吧。"

萧惊堂回头看了温柔一眼，很是严肃地指了指她的嘴巴。

温柔不服气，这没人权的社会，话都不让人说了？

温柔看一眼凤七，有点儿无奈，趴在车窗边碎碎念："这奴性都是在封闭的环境里才培养得出来，你要是多出来看看江湖，尝尝男女平等的滋味儿，就不会这样一点儿也不反抗了。"

凤七没吭声，低着头走得很快。温柔自己念得也无聊，缩回身子，打了个哈欠就闭上眼休息了。

到地方后，凤七喊了她一声，然而温柔已经睡着了。萧惊堂掀开车帘，就见温柔在车里蜷成一团，还发出轻微的鼾声。

"这怎么办？"凤七小声问道，"叫醒她吗？"

"哪里用叫？"萧惊堂伸手就把人抱了出来，跟着轩辕景往小院里走去，"等闻见香味儿，她自然就醒了。"

他话里满是鄙夷之意，可看着这动作，凤七忍不住轻声说道："二少爷变了。"

二少爷终于开始喜欢杜温柔了吗？

"你想多了。"萧惊堂冷笑，"这种跟别的男人不清不楚的女人，我会喜欢？也就是怕等会儿殿下再因为她磨叽而发火罢了。"

他说是这样说，可凤七瞧着，二少爷的眼神都忍不住柔和起来。

这样的二少爷多温柔啊！以前凤七总以为他同自家主子一样是个残暴的人，没想到却有对女人这么宠溺的时候，更何况今天的萧二少奶奶实在是引起了不小的争端。

萧、裴两家从今日起对立，罪魁祸首却在人家怀里睡得直吧唧嘴。

161

第六章
平静生活

"你到底想做什么?"进了小院,轩辕景有点儿恼怒地看着萧惊堂怀里的人,"这女人净惹麻烦,不能直接收拾了吗?"

"她也没惹什么麻烦,"萧惊堂淡淡地说道,"是裴方物不知好歹。"

"她要是什么都不做,人家至于那么不知好歹吗?"轩辕景气得拍了拍桌子,"这你都能忍?"

萧惊堂顿了顿,抬头看着他:"殿下手里有证据吗?"

"什么证据?"

"她做了什么的证据。"萧惊堂道,"若是有,惊堂就直接把她休了。"

有个鬼,他又不关心这个女人,怎么可能派眼线去收集证据?

"若是没有,那谁也拿她没办法。"萧惊堂垂眸道,"这人虽然贪吃又不懂事,可跟了我的时候,还是处子之身。"

萧惊堂今天真的是被气坏了,也有怀疑她的时候,可仔细一想就知道不对劲了。从圆房到现在,杜温柔几乎都在他的眼皮子底下,的确什么事也没有做,那之前做的……再过分也没有越矩。

倒不是多相信她,只是他总不能踩了裴方物的陷阱,当真与她闹不和。让自己的对手开心的事,他从来不会做。

他宁可相信她只是与那人有什么相同的利益,所以两个人才会有来往。

"我倒是没想过,你也有脾气这么好的时候。"轩辕景冷哼一声,也懒得跟他争辩了,扭头就朝凤七吩咐道:"去拿酒来。"

"是。"夙七颔首,步履有些僵硬地跨出了门。

轩辕景瞧见了,只皱了皱眉,却也没喊住她。

"殿下方才为何想要那瓶子?"瞧着温柔还在熟睡,萧惊堂问了一声。

"还能因为什么?"轩辕景想起这事就烦躁,"马上就是父皇的寿诞了,他那瓶子不用想也知道是大哥买了去。大哥买那种瓶子,我再送瓷瓶,岂不是又得被压一头?"

大皇子虽说与轩辕景关系不错,可暗地里也没少跟他较劲。这回大哥抢在他前头弄到了琉璃瓶,他手里已经没有别的东西可以媲美,他当然会生气。

虽说萧家的工艺好,可陶瓷就是陶瓷,怎么也不会比琉璃贵重。

萧惊堂抿唇,神色有点儿严肃。皇帝的寿诞自然与陶瓷大会不同,比的都是新奇,没有人会仔细看工艺。裴方物若当真做了大皇子的生意,那方才那么足的底气,倒是解释得通了。

"到现在我也没查出他在哪儿找的那种叫琉璃的东西。"轩辕景不开心得很,"若是让我找到了,非将这裴家付之一炬不可!"

裴家能做的生意,萧家都能做,而且会比他们做得更好。独独琉璃这东西,萧家没有,全捏在裴方物的手里头。

也就是说,那琉璃现在还成了裴方物救命的东西。

温柔被吵醒了,却没敢睁眼,听见这话,心里越发坚定地要帮裴方物造琉璃了。一是因为这东西真的很赚钱,二就是因为她没权没势的,只能用这样的法子来给三皇子添堵。更何况裴方物也算是被她拖下水的,她怎么也不可能见死不救,也不知道张老五学吹琉璃学得怎么样了。

"醒了就睁开眼睛。"萧惊堂低低地说了一句。

她被发现了?身子一僵,温柔缓缓睁开眼皮,朝着他咧了咧嘴:"人家刚醒,您就这么凶,也不怕吓着人家。"

"别贫嘴。"萧惊堂将她放在一边的椅子上,板着脸道,"裴家的琉璃,你是不是知道点儿什么?"

心里一跳,温柔连连摇头:"我怎么会知道什么?!我一个妇道人家,这么端庄贤淑的……"

"呵呵。"萧惊堂对她不要脸的自我评价回以冷笑。

温柔咽了一口唾沫,低头看着自己的手指:"要是知道点儿什么,我还能不告诉您吗?"

以杜温柔以前的性子来说,她的确会告诉他,可现在呢?萧惊堂不悦地说道:"裴家以前并没有售卖过琉璃,裴家的人也没有去什么特殊的地方取货,恰好就是你与他结识之后,裴记开始贩卖琉璃珠,我该认为这是个巧合吗?"

"这肯定是个巧合啊。"温柔无辜地眨眼,"难不成您以为我是什么妖怪,哭一滴眼泪能变成一颗琉璃珠?有这种能力,那我宁愿一辈子陪着您,天天哭,天天得琉璃。"

这话是什么意思?萧二少爷很不满。他最近可让她再哭过?分明是她气得人三魂都要出窍了,他都没说什么,她还委屈?

"没想到二少奶奶也是个城府极深之人。"二人对面的轩辕景淡淡地开口道,"惊堂不善言辞,不代表就傻。你这样装模作样的,当真以为瞒得过他吗?"

不知道为什么,三皇子一说话,温柔就觉得心虚。大概是因为这个人城府比谁都深,看起来喜怒无常又恐怖,没萧惊堂那么好对付,所以她总觉得被人家看穿了。

可温柔转念一想,根本不可能啊,造琉璃的事就那么几个人知道,而且那几个人绝对都会守口如瓶,三皇子和萧惊堂若是当真知道,哪里还会这么心平气和地让她坐在这里说话?他们肯定是诈她的!

心里踏实了点儿,温柔抬眼,略微愤怒地看着轩辕景说道:"我何处又装模作样了?三皇子似乎总爱与我过不去,既然看我这么不顺眼,那何不直接替惊堂写封休书休了我?"

"他的休书,我自然无权代写。"

"您也知道您不能代写休书,"温柔假笑了两声,"那伸手管人家的家务事做什么?"

"温柔。"萧惊堂低斥了一声。

这倒是二少爷破天荒头一回叫她的名字,温柔顿了顿,声音顿时弱了下去:"我性子直,有什么就说什么了。"

"二少奶奶哪里是性子直?"轩辕景皮笑肉不笑地说道,"我瞧着,是有些胆大包天,若不是惊堂护着你,你怕是要连累杜家一起遭殃。"

哦,皇族真是了不起,一言不合就牵连人家全家。

鼻子里喷了喷气,温柔低着头没敢再吭声,心想:等老娘有一日飞黄腾达,非把这厮的脑袋按在马桶里让他冷静冷静不可!

至于现在……她还是暂且尿着吧。

凤七拿了酒来,闻着就是极品佳酿,温柔不敢碰,轩辕景直接就同萧惊堂喝了起来。

"你去做点儿烤肉，"萧惊堂一边应付三皇子，一边低声对她说道，"也算是赔个罪。"

烤肉？这个好弄啊！温柔回道："萧家厨房里还冻着不少猪皮呢，我让人送过来？"

萧惊堂皱眉，正想说话，却被轩辕景扯了过去。

"惊堂你说，这世上的烦心事怎么这么多呢？"几口酒下肚，三皇子已经有些不清醒了，索性敞开心扉大声说道，"本宫宫里养了好久的兰草死了，新看上的女人也跟别人跑了，想买个瓶子还被人抢走了！老天是不是在跟本宫过不去？"

他是挺倒霉的，不过多半是自找的！温柔撇嘴，提着裙子就出门去吩咐人把萧家厨房里准备着的冻猪皮送来，顺便再弄来点儿羊肉。

"奴婢来帮您吧。"凤七开口道，"这么多食材，您一个人弄不了。"

温柔正想推辞呢，可一想，人家宫里的人规矩多，对食品安全要求也严，还是让人看着吧，免得三皇子那种丧心病狂的人一不小心噎着了也要找她算账。

"你帮我抹一下调料，"温柔递给她一条羊腿，"抹均匀一点儿，就这个盒子里的。"

凤七是个少话能干的姑娘，可是闻着香料的味道，也忍不住多问了一句："这是谁调的？好香。"

"我。"温柔举手，"我院子里的丫鬟都馋，每十天给她们调一下香料，再给二两银子让她们买肉回来烤，就能让她们高高兴兴地给我干活儿。"

"奴婢给主子干活儿，不是天经地义的事吗？"凤七有点儿惊讶，"贵府还给烤肉？"

"这算是福利，福利好了，她们的心自然更向着我。"温柔解释道。

凤七皱眉："贵府的丫鬟会被宠坏的。"

"不会。"温柔摇头道，"我以前可凶了，经常克扣她们的月钱，不给肉吃，以致她们敢怒不敢言，背后没少给我惹麻烦。现在好了，我给她们好的待遇，她们放下芥蒂重新接受我这个主子，大家各取所需，和和气气的，不是挺好？"

温柔伸手将木炭堆在院子里的石桌上，又拿了青瓦在四周搭成一个小方灶，最后点了火把铁丝网放上去，看了屋子的方向一眼，对凤七说道："你要不要去把他们都请出来？边烤肉边喝酒也是一种享受。"

凤七皱眉："主子不会来的，这烟熏火燎的，还是做好了给送进去吧。"

差点儿忘记人家是皇家子弟了，温柔撇嘴，点了点头，开始烤猪皮和五花肉，在旁边又弄了个火堆，架起羊腿来烤。

孜然不是平民常用的调料，幸好温柔有钱，收了些回来，磨成粉撒在肉上，香味儿能飘出去好远。

凤七的肚子"咕"地叫了一声。

温柔听见了，诧异地回头看了她一眼："你没吃饭吗？"

她哪里来的时间吃饭！凤七摇头，一大早就在伺候主子穿戴，然后就陪着主子去碎星楼，之后过来这边，中途一点儿休息的时间也没有。

"可怜的孩子，先拿着这个吃。"温柔递给她一盘烤好的肉，"很好吃的，你尝尝，要是觉得腻了，就配上白菜叶子，生的那种。"

凤七伸手接过肉，有点儿犹豫地回头看了一眼。

"别担心，你的主子指不定已经醉成什么样子了，"温柔催促道，"你赶紧吃。"

凤七抿了抿唇，拿起筷子夹起烤肉，三两下就全塞进了嘴里。她的动作快狠准，温柔都没回过神，她已经跟没事人一样放下了盘子。

"会消化不良吧？"温柔忍不住说道，"我这么认真烤的，你好歹也认真尝尝味道。"

"抱歉，"凤七愧疚地说道，"奴婢有些慌张了。"

吃个饭难不成三皇子也不准啊？温柔皱眉，瞧着这姑娘眉清目秀的，长得一点儿也不赖，低头想了想，提议道："要不然你也来给萧惊堂当姨娘吧？就没人敢这么虐待你了。"

凤七愣了愣，诧异地看了她一眼："二少奶奶竟会这样说？"

大家不都说她善妒吗？她还主动给萧二少爷找姨娘？

"看你实在太可怜了。"温柔撇嘴，"你爹娘都该心疼了，好端端的姑娘，怎么送去宫里给这种变态折腾？"

"肉烤好了吗？"

背后突然有声音传来，温柔被吓得差点儿没拿稳筷子，回头一看，醉醺醺的两个人顺着香味儿已经走了过来。萧惊堂还算清醒，轩辕景却是眼睛都睁不开了。

"主子。"凤七连忙站起来去扶轩辕景。

轩辕景往她身上一挂，笑嘻嘻地就在她的唇上亲了一口："小宝贝儿，今儿爷可真高兴！"

温柔:"……"

这人喝醉了耍流氓?

萧惊堂好像见怪不怪,一点儿也不惊讶,只看着温柔说道:"烤好了给三公子尝尝。"

这种禽兽还给他吃肉,怎么不给他吃屎?!看着他挂在凤七身上那副流氓样子,温柔直摇头,嫌弃地夹了两块猪皮递过去。

"什么东西?脏兮兮的。"轩辕景撇嘴,不太乐意地说道,"不吃!"

"主子,奴婢看着二少奶奶烤的,不脏,味道也不错。"凤七低声劝道,"您要不要尝一口?空腹喝酒也伤身。"

轩辕景眯眼,看了杜温柔两眼,不情不愿地张开了嘴。凤七小心翼翼地夹了猪皮给他,有些忐忑地瞧着。

"味道还不错,是什么东西?"轩辕景举起酒壶往自己嘴里灌了口酒。

"是猪……""皮"字还没说出来,嘴巴就被人捂住了,温柔眨眼,鼻息间满是这人一身的酒香。

"猪肉吧。"萧惊堂脸不红心不跳地说道,"特制的,与寻常的肉不太一样。"

"这样啊,再来一盘。"三皇子跌跌撞撞地在石桌边坐下,眯眼看着桌上说,"这儿怎么着火了?"

"烤肉用的。"温柔拿开萧惊堂的手,翻了个白眼解释,"您将旁边的生肉放上去,再刷点儿小碟子里的调料上去,翻一翻,多刷两遍烤熟了就能吃了。"

杜温柔竟然教三皇子自己烤肉?萧惊堂皱眉,低声道:"你活得不耐烦了?"

"有的东西就是要自己动手才好吃啊。"温柔回道,"反正现在他醉得连猪皮和猪肉都分不清楚了,你管那么多?"

萧惊堂低笑一声:"我是让你给他赔罪,好让他放你一马,不是让你来坑人的。"

"大家有道理讲道理啊。"温柔鼓了鼓嘴,"这种自助烤肉别的地方没有的,我让他体验一下百姓自己烤肉的乐趣,他回去说不定还能写个烤肉赋什么的。这样也叫坑人?"

"别狡辩,"萧惊堂皱眉,"惹恼了他对你没什么好处。"

"哎?"温柔挑眉,捏着筷子撑着下巴朝他眨了眨眼,"二少爷这是关心人家呢?"

萧惊堂冷哼一声，甩甩袖子就去了轩辕景身边，整个背影都流露出大写的嫌弃意味。

这人真是经不起调戏。

温柔给羊腿翻了个面，也回到桌边去看了看。

三皇子正在认真地刷调料，一脸好奇宝宝的模样问凤七："这是猪肉吗？"

"回主子，是羊肉。"

"那这个呢？"

"是白菜，二少奶奶说包着肉吃可以解腻。"

"生吃？"高贵的皇族又皱起眉头来了，"我又不是兔子。"

这怎么跟妈哄孩子似的？温柔摇头，在萧惊堂旁边坐下来，拿起筷子就夹了片白菜叶子，又夹了一块烤熟的肉，放在旁边的酱料里裹了裹，包进白菜叶子里卷好递了过去。

"相公，来，张嘴。"

萧惊堂的内心是拒绝生吃白菜的，毕竟他也不是兔子，可是给杜温柔三个胆子她也不敢往他嘴里塞难吃的东西吧？这样想着，二少爷还是张了嘴。

白菜新鲜香脆，咬上一口，里面烤肉的油和调料的香味儿就在口里弥漫开来。烤肉的油有点儿腻，裹了酱料却能跟白菜很好地融合，清脆爽口，又有肉香，没两口就下了肚，他只能在舌尖上回味。

"好吃吗？"三皇子斜着眼睛问他。

萧惊堂沉默了半晌，老实地点头。

"那我也尝尝。"轩辕景点了点头。他抬着下巴指了指快熟的五花肉："凤七，那个。"

"是。"凤七抿唇，学着温柔的样子用白菜卷了烤肉，给三皇子喂进嘴里。

眉头松开了，高贵的皇族被这食物哄得很高兴，喝了一口酒咽下去，觉得浑身都舒坦，说道："再来一个。"

温柔看他一眼，问："殿下，自己烤的肉是不是吃起来更香？"

"一般吧。"轩辕景咀嚼着烤肉，哼了一声，道，"面前的这些都是本宫自己烤的，倒是比你们烤的看起来好看。"

废话，那是因为肉还没熟。

温柔笑了笑："您自己烤的肉也要您自己包才行。女人给包第一个，是她对您的爱慕，可要一直无休止地包下去，自己都没的吃，那没人能坚持下来。"

若是平时，轩辕景听着这种教训自己的话，定然要发火的。可他现在已经喝得不清醒了，吃舒服了火气就小，闻言也只是还嘴道："女人难道不是天生来给男人做饭的吗？"

温柔咬牙，没忍住就黑了脸，说："你妈天生就是来给男人做饭的？你以后生个女儿出来也是送出去帮人家做饭的？"

轩辕景愣了愣，目光有些呆滞地看了凤七一眼："那不能，要做也只能给我做。"

"你了不起喽，"温柔冷笑，"脸大如盆，活该感情不顺，女人跟别人跑了！"

"温柔。"萧惊堂皱眉，试图阻止她继续说下去。

这话说得有点儿过了，虽然三皇子现在喝醉了不会跟她计较，但万一酒醒了还记得这些话怎么办？

"正常的时候不让说，现在还不让说吗？"温柔咬了一口羊肉，伸了三个手指在轩辕景面前晃："这是几？"

"二。"轩辕景认真地看了一会儿，笑嘻嘻地回答。

萧惊堂："……"

"你看吧，难得他变傻了，咱们不如就有啥说啥。"温柔收回了手。她继续对着轩辕景说道："你不把别人当人看，别人也不会把你当人看。大不了就是你位高权重别人得罪不起，所以围着你，可身边又有多少人会真心待你？若是你一朝失意，怕是一个想拉你一把的朋友都没有。

"而女人当中，傻子虽然多，也鲜少有傻一辈子的。你把人家当做饭的，人家也就把你当个给米的。有一天你给不起米了，那人家要走，你也没有半点儿道理留人家。你呀，到时候还不是只能怨天尤人，说老天爷不公平，说人家薄情？"

萧惊堂看了她一眼，又看了看全程傻笑的三皇子，抿了抿唇，低声反驳道："他倒还没有那样差劲。"

"已经很差劲了。"温柔皱眉，"你们知道什么样的人最蠢吗？就是对外人很客气、很有礼貌，对自己身边亲近的人却苛刻又任性的人。你们面前这个人就是。"

凤七呆了一瞬，茫然地看了她一眼："二少奶奶……是在替奴婢鸣不平吗？"

"不然呢？"温柔翻了个白眼，"我跟你不熟，也没办法对付这位贵族，所以不能站出来给你说什么话。不过现在他醉得不省人事了，我也就不憋着了。"

沉默良久，凤七突然笑了笑，没说谢谢，也没责备，就是朝她笑了笑，一张脸舒展开来，美丽动人。

温柔嘴里的肉差点儿掉下来，她震惊地看着凤七："你笑起来这么好看，做什么总板着脸？"

"主子说我笑起来很难看。"凤七垂下眼眸，说道，"再说，也没什么好笑的。"

温柔简直要心酸哭了，这根本是对女人无情的欺压啊！

"二少爷，"她转头看向旁边尚且清醒的人，问，"咱们能把凤七带回家吗？我养！"

萧惊堂愣了愣，皱眉道："三公子不会放人。"

"我看他也不是很喜欢凤七啊，说不定还是上辈子有仇的那种。"温柔道，"你们这么好的关系，你也不能把凤七救出来吗？"

萧惊堂坚定地摇头道："此事你可以放弃了。"

杜温柔想带走谁都尚有一丝可能，但凤七不行。轩辕景虽然对凤七不是很温柔，但绝对不可能放她离开。那么寂寞的深宫里，要是连凤七也没有，轩辕景一定活不下去。

温柔泄气地起身去取羊腿，嘀咕道："占着茅坑不拉屎，好好的姑娘就这么一直被糟践……"

"你说话我都听得见。"萧惊堂面无表情地说道，"吃东西的时候，你能别说那么恶心的话吗？"

温柔撇撇嘴，端了羊腿回来，看了一眼昏昏欲睡的三皇子："他好像吃不了了，凤七，咱们吃吧。"

凤七愣了愣，刚要开口，温柔就打断她："别说什么规矩不规矩的了，你的'规矩'已经醉死了。"

凤七勾了勾嘴角，终于点了头，小心翼翼地将轩辕景扶回屋子里，然后出来，痛快地跟他们吃了一顿。

"你倒是厉害。"萧惊堂看了看凤七，眯起眼盯着温柔说道，"我从未见过她这么放得开的样子。"

"跟什么人做什么事，"温柔撇嘴道，"跟你们这种一板一眼的男人在一起，小姑娘自然战战兢兢，但跟我这种和蔼可亲的小仙女在一起，那就自然轻松放得开了。"

她净会夸自己,萧惊堂摇头,自己烤了肉,抹了调料,用白菜卷着吃,说:"手艺不错,以后你就算不当萧家少奶奶,也能开个烤肉铺子。"

喉咙噎了噎,夙七抬头看了萧惊堂一眼。

这两个人的关系不是缓和了吗?二少爷突然说这样的话,多伤人心哪!

然而二少爷对面的二少奶奶完全没有失落之色,反而得意扬扬地附和道:"那是,现在免费给你们做,不收钱,可感激着我吧。"

夙七:"……"

她本以为是二少爷一人变得奇怪了,没想到这二少奶奶更加奇怪,仿佛一点儿也不在意二少爷了一样,任由他说什么,再也伤不了这二少奶奶分毫。

真羡慕,这样的心境,她什么时候才能有?

吃饱喝足之后,萧惊堂与温柔便告辞回府了。时候已经不早,天边都有了晚霞。

温柔摸着肚子趴在车窗边看着,突然说道:"时间过得挺快的。"

不知不觉,一个月都要过去了。

萧惊堂看了她一眼,嗤笑道:"你这种混吃等死的人,自然觉得日子好过。"

而他,还得替轩辕景头疼贺礼的事情。

轩辕景可以一醉了之,可他必须得想出办法来应对。大树下头好乘凉,大树要倒,他也必须扶住这重量。

"您年纪轻轻的,这么操心容易老。"温柔劝道,"年轻的时候就该敢爱敢恨,活得潇洒一点儿。现在你就活成小老头儿了,那以后老了过重复的日子,不会很无聊吗?"

"敢爱敢恨?"萧惊堂慢慢地念了一下这四个字,嗤笑,"跟你一样吗?"

"我怎么了?"温柔叉腰道,"我现在也就是被破规矩管着,要是没那么多条条框框,我早自由了!不过,您当真不生我的气吗?"

生气?萧惊堂轻嗤:"我一早就发现了,与你在一起,肚量得大点儿,不然早晚被气死。"

"可是,有男人当着你的面表示对我有意思呀。"温柔眨眼,"你也不生气？"

提起这茬儿萧二少爷就沉了脸："我生他的气，并且没打算让他好过。"

嗯？温柔有点儿意外，伸手指了指自己："那我呢？"

"你怎么了？"

"你不会迁怒我吗？"

迁怒？萧惊堂冷笑："这种事情，没用的男人才会迁怒女人。你没做出格的事，出格的是他，那我自然会找他算账。"

这人三观竟然还挺正确的？温柔有点儿惊讶，忍不住夸了他一句："你真是不错。"

以前她遇见过一个男人，那是个手段很高的花花公子。那男的也不向那个女孩子表白，去跟她的男朋友说自己喜欢她，把她一顿猛夸，接着也不用做什么，那对情侣自然就会产生隔阂，然后吵架，最后分手。

这样的手段很无耻，也真的挺有用，尤其是在那种不自信以及不够相信自己的女朋友的男人身上，一试一个准。男人们都会想，自己的女朋友是做了什么才会让人这么喜欢，疑心一起，两个人就没法儿好好在一起了。

没想到萧惊堂这种人，看事情竟然如此通透，不过大概也跟他绝对自信和霸道有关系吧。

被夸得莫名其妙，萧惊堂忍不住皱眉道："送你衣裳你不夸我，送你首饰也不夸我，这一句话又是怎么来的？"

"没怎么，"温柔回过神来，说道，"本来因为你强迫我的事情，我对你这个人有很大偏见，不过这会儿倒是减少了点儿。"

提起那事，萧惊堂别开了头，手微微收紧："减少了点儿，还是怪我？杜温柔，这在别人家根本就不是错。"

"这在别人家不是错，在我这儿就是。"温柔皱眉，"你会不会尊重人？哪怕是自己的夫人，你也该尊重一下人家的意愿吧？"

不善言辞的萧惊堂选择了低头、沉默。与其跟她吵到最后把人惹恼了与他不死不休，那他还不如现在先让一步。从做生意的角度来说，他这样一点儿也不亏。

看他不说话了，温柔就消了点儿气，哼哼道："大家平等和谐地交流，未来还是很美好的，你看你答应给我两千两银子，纳妾礼是不是一点儿事没有地就过去了？"

萧惊堂只管点头。

"好吧，看在你态度这么好的分儿上，"温柔又说道，"今晚给你安排新来的姨娘侍寝怎么样?"

"随你。"萧惊堂回道,"你若是安排好了,我过去就是。"

知道他搞定不了那些姨娘,温柔拍了拍胸脯:"包在我身上!"

马车很快回到了萧家门口,两个人下车后,温柔提着裙子就往后院冲,萧惊堂在后头看着,摇了摇头。

她真是越来越没规矩了。

"云姨娘!"温柔边喊着边冲进人家的院子,吓得正在吃饭的小姑娘筷子都掉了。

云点胭脸色苍白地抬眼看向她:"二少奶奶?"

"别紧张,是好事。"温柔笑眯眯地说道,"晚上二少爷来你这院子里。"

没有想象中的喜悦表情,温柔发现面前的人脸色更白了。云点胭像是想到了什么事情,眼泪"哗哗"地就开始往下掉。

"怎么了?"温柔有点儿慌,"你不愿意吗?"

"没有,"云点胭摇了摇头,擦着眼泪说道,"妾身很高兴,就是想起些旧事,太难过了。"

能让女人难过得掉眼泪的,还能是什么样的旧事啊?温柔抿唇,叹了一口气,坐在她旁边拉着她的手安慰道:"已经进了萧家的大门,过去的事情咱们就不去想了,可好?"

"嗯。"云点胭点头,然而也只是嘴上应着,眼泪分明流得更凶了。

温柔有点儿蒙,看了她一会儿,总觉得自己有点儿逼良为娼的意思,干脆挥手让一群丫鬟都下去,关上门来问她。

"你是不是有放不下的心上人?"

云点胭愣了愣,有些戒备地看了她一眼。

"放心,我不会说出去的。"温柔举起手发誓,"我若是在别人面前多言半句,天打雷劈,不得好死。"

一听这话,云点胭微微放松了些,擦着眼泪哽咽道:"心上人自然是有的,他把我送来这里,也是为我好,只是我实在觉得难受。我将一颗心都给了他,他竟然舍得……"

温柔一怔,下意识地就问了一句:"你的心上人还活着吗?"

"活着,"云点胭抽泣道,"他活得要多风光有多风光。"

"那他就是个畜生哪!"温柔皱眉,"他活得那么好,还把你送给了别的男人?!"

云点胭欲言又止,最后还是只能"嘤嘤"地哭。

温柔这人吧,别的都好,就是不喜欢看人哭,更何况云点胭一张脸娇娇弱弱梨花带雨的,看着当真让人心疼。

于是她就试探性地问:"要不我替你推了,就说你身子不舒服,让二少爷先别过来了?"

"来总是要来的……"云点胭摇头,"不必推辞。"

可她这心都是别人的,身体给萧惊堂,也实在不像话啊!温柔皱眉,却也不好再劝,只能让疏芳给云点胭送了些好吃的点心,又给了一支玉簪抚慰抚慰。

不过温柔瞧云点胭这模样,也只是伤心,不曾有即将失身给别人的悲痛欲绝。

温柔纳闷地回到西院,刚跨进院门,就听见了里头的麻将声。

"二少奶奶回来了。"外头坐着的丫鬟们纷纷起身,阮妙梦身边的桃嬷走在最前头,笑眯眯地说道,"主子们最近天天来打牌,怕叨扰了您,所以让奴婢们都备了点儿礼,劳烦疏芳姐姐拿着一起进去。"

大大小小的盒子看得温柔分外欣慰,她说道:"孺子可教。"

说罢,温柔亲自抱了礼物放进自己的寝屋,然后来到花厅看她们。

"呀,二少奶奶这是什么衣裳?"慕容音是对着门口坐的,一抬头就瞧见了温柔,当即便扔了牌跑上来道,"好生华丽!"

其他几个姨娘也不打牌了,转头将温柔从头到脚打量了个遍,纷纷点头:"好看!"

"二少爷总算是愿意给二少奶奶买东西了。"

这话说得一点儿也没有姨娘该有的忌妒之心,倒像很欣慰似的。温柔失笑,忍不住就说道:"这院子可真是奇怪,少奶奶不像少奶奶,姨娘也不像姨娘。"

"咱们怎么不像姨娘了?"凌挽眉掩唇笑道,"咱们见着您都起来乖乖行礼了,您可别怪咱们不懂规矩。"

"你们若是像姨娘,怎么会天天这么清闲地打麻将?"温柔找了椅子坐下,笑道,"你们都不关心关心今晚二少爷在哪个院子歇吗?"

"还能是哪个院子?"阮妙梦轻笑,"新来的姨娘还没圆房呢,猜都不用猜。"

"也是。"温柔转而说道,"不过我方才从云姨娘的院子里过来,她哭得正伤心呢。"

几个姨娘相视一笑,跟有什么默契似的,齐齐对她说道:"过了今晚就好了。"

　　大家都是过来人哪！温柔皱眉，心想萧惊堂也真是可怜，这么一大屋子的女人，没一个真的喜欢他。

　　"牌也打得差不多了，东西也送了，咱们几个就告退吧。"阮妙梦道，"二少奶奶累了一天，也该好生休息休息了。"

　　"是啊。"凌挽眉点头，"那妾身就告退了。"

　　"告退。"

　　温柔颔首，看着这群人一溜烟地没了踪影，忍不住捶了捶自个儿的腰，疲惫地回房间里趴着了。

　　"主子，"疏芳清点了礼物，禀道，"一共五件东西，摆件都暂时收进库房了，首饰放在妆台上，还有一盒安眠香，您用还是不用？"

　　"随便。"温柔对这些东西一点儿兴趣都没有，挥手之后便问，"疏芳，院子里有姨娘怀过身子吗？"

　　疏芳顿了顿，摇头："没有，四个姨娘这么久了一直无所出，倒是二少爷身边的通房丫鬟怀过　次，可惜不知道为何，流掉了。"

　　也算是有人怀过，可以排除萧惊堂有问题的嫌疑。

　　那问题还是在这些姨娘的身上。

　　"对了主子，"疏芳小心地看了四周一眼，汇报道，"裴府那边来了裴公子的口信，说是东西卖了大价钱，有了可靠的买家，您可以继续做，也可以好生过日子。"

　　裴方物还是一如既往地善解人意，然而想起陶瓷会上发生的事情，温柔笑不出来，只认真地看着疏芳吩咐道："明日找个机会，让我跟裴公子见一面。"

　　"是。"

　　温柔对裴方物没什么感觉，想来段轰轰烈烈的出墙之恋都不行。

　　既然不行，那她还是别耽误人家了，清清楚楚、明明白白地说清楚自己的想法，然后该合作合作，该散伙散伙。

　　打定主意后，温柔也没心思想别的事，卸了头上的东西，换了衣裳就睡觉了。

　　第二天一早，萧惊堂出门了。温柔跟疏芳再三确定他会晚上才回来之后，立马偷偷溜出了门。

　　不过温柔刚出后门，就看见门口不止一辆马车，顿时有点儿心虚，连忙上车让车夫快走，以免碰上什么人来府上拜访，并没想过人家拜访为什么不走正门。

温柔跟裴方物约的是一间不起眼的小茶馆,茶馆有后院,后院里有小房间,最适合做些见不得光的事。

然而温柔当真没想做什么事,看见裴方物的第一句话就是:"我有话想跟你说。"

裴方物看了看她严肃的表情,心里沉得厉害,脸上却还是微笑着,伸手把桌上的小甜点推了过去:"吃完再说。"

正好没吃早膳,温柔也不客气,吃完之后,抹了抹嘴,看着他说道:"这里的点心跟你家的差不多好吃。"

因为这点心就是他从家里带过来的。

裴方物抿唇,忍不住苦笑了一声。

面前这女子对他真是没有半点儿多余的感情——若是有,她早该发现他家的点心永远是对着她的胃口做的,也该知道他每次都喜欢看着她吃东西,眼睛都不会转一下。

"裴公子,"温柔吃了人家的东西,态度还是缓和了些,"有些话,我想说在前头。"

"若是因为陶瓷大会上的事情,夫人就不必多说了。"强迫自己扯着嘴角,扯久了倒是自然了些,裴方物低声说道,"在下在大会上所言,只是为了激怒萧惊堂,让他与我争吵,就好名正言顺地与萧家对立了。"

啥?温柔眨了眨眼:"你的意思是,事情跟我没啥关系,还是因为利益?"

"事情怎么会与夫人有什么关系?"裴方物轻笑,"在下又不是禽兽。夫人已有夫君,在下又怎么会有什么非分之想?"

那还是她自作多情了?温柔尴尬地笑了两声,又觉得有点儿不确定,看了这人两眼,重复地问了一句:"你当真不喜欢我?"

"嗯,"裴方物闭眼,笑着回答,"当真一点儿也不喜欢。"

"那就好,咱们的生意还能顺利地进行下去。"温柔松了一口气,"不是我非往自己脸上贴金哪,主要是公子的言行实在容易让人误会。"

"我对所有人都这样,"裴方物道,"夫人不必介怀。"

他的表情看起来还挺诚恳的,温柔咂舌,还是信了,点头道:"好吧,你我之间也不用尴尬了,来说说那琉璃瓶的事情——你卖给谁了?"

裴方物缓缓睁开了眼,压低声音答道:"萧家有三皇子撑腰,一般的买家根本拼不过他。不过正好,我大哥与上头的人有些交情,领着我将这瓶子献了上去。那位主子大方，开价三万八千两银子，我没全拿，只拿了八千两回来，算给你的辛苦钱。"

上头？能与三皇子抗衡的人？温柔干笑："该不会也是位皇子吧？"

裴方物深深地看了她一眼，没说话，默认了。

温柔笑不出来了："裴公子，你是选边站了吗？"

"我没有别的选择。"裴方物无奈地说道，"以我裴家一家之力，没有办法与萧家抗衡。"

"不是，问题是你为什么非跟萧家抗衡哪？"温柔弄不明白，"你好好做自己的生意，不是比走这条路好得多吗？"

"匹夫无罪，怀璧其罪。"温柔面前的人平静地说道，"只要裴家有萧家手里没有的东西，萧家早晚会对我们下手。与其坐以待毙，我不如另辟蹊径，找一条虽然险却能走得更快的路。"

他这是说给温柔听的，真正的原因，无非是他不想永远待在萧惊堂的阴影之下。萧家有皇家的势力庇护，他若不站队，始终不会有压过萧惊堂的那一天。

温柔选择了沉默。

自古以来最恐怖的事情是什么呢？战争，更加恐怖的战争是什么呢？夺嫡之战。

一旦谁选边站，这里头多少明争暗斗，得死多少人？最后能成功等到自己的主子登顶，还不会因为功高震主被宰了的，又能有多少人？这是一条不归路，萧惊堂踏上去了就算了，裴方物也跟着踏？

"你在害怕吗？"察觉到她的不安，裴方物笑了笑，"不用担心，无论如何，你都会是最安全的。"

"哪里安全了？"温柔声音都有点儿哆嗦了，"你跟萧惊堂一人站一边，我在中间，随时可能摔死。"

裴方物摇头："二少奶奶不如换个角度想，我与二少爷一人在一边，而二少爷不知您是站在我这边的，这样一来，不管哪边赢，您都会安然无恙。"

这是他为她考虑的后路。

温柔皱眉看了他一眼，内心斗争了良久，终于叹了一口气："我不管，这些话我就当没听过，我是来给你看新的商品图样的。"

"好。"裴方物颔首，看着她从袖子里拿出图纸来，心里也算是松了一口气。

他没看走眼,哪怕继续与他合作,随时有被萧家发现的危险,杜氏也没有弃他于不顾的打算。

来的时候裴方物其实就想过,他现在手里最大的筹码也不过就是杜氏的琉璃,杜氏是萧家的人,如今萧二少爷又对她不错——女人嘛,心一软,说不定就中断与他来往了,将琉璃转投给萧家。如此一来,他就会处于十分危险的境地,甚至直接被萧家逼上绝路。

然而温柔没有这么做。

眼前的女子一本正经地指着图纸上的灯罩,对他解释道:"这个比吹琉璃简单,做片整的琉璃,弯曲成圆筒,就是灯罩。其他材质的灯罩再薄再透也会挡着烛光,这个不会,它是透明的,会把所有的光线都放出来。屋子里点一盏灯,比得上人家点六盏。

"宣传话语我都给你想好了——裴记琉璃灯,一盏更比六盏强!"

裴方物微微一愣,看了看图纸上的东西,皱眉道:"琉璃做的灯盏,几户人家买得起?"

"我昨儿就想过这个问题了。"温柔说道,"琉璃的生意,总不能只做几次就不做了,但做得太多又太廉价,所以,裴公子不妨用这种琉璃灯罩竞争一下御贡的机会。

"需要工艺的,就是奢侈品琉璃,咱们明码标价,绝不卖便宜了。但这种日常用的琉璃,咱们可以大量生产,价格不用太贵,只做上流人士的生意,如何?"

珍贵的东西总是要做成品牌的,她可以设计很多琉璃制品,培养很多匠人生产,这样赚钱能更多更快。若是有人发现琉璃的秘密,那也没什么关系,材料怎么调配只有她知道,就算别人无意间做出来了,她也能做质量更好、透明度更高的琉璃来与之竞争。

"可是,"裴方物低笑,"先前我们说这是天然的宝石,还以天价卖给了萧家那么多珠子,如今一转头就大量出货,萧二少爷会不会想不开砸我的店?"

"哎,东西是他买的,价钱是他开的,也算不得咱们欺诈。"温柔耸肩,胳膊肘往外拐地道,"况且现在你们已经撕破脸了,还有什么好怕的?!倒是那个琉璃瓶子,张老五学吹琉璃也要很久才能学会,咱们一年之内不要做琉璃瓶,让那瓶子保值吧,不然买家生了你的气,那可不好办了。"

"夫人想得周到。"裴方物沉吟了片刻,眼睛微亮,"以琉璃的优势争取御贡的机会的确可行,如今世人眼里琉璃都是天价,等将这个灯做出来,我免费送上头的主子几盏,再求他铺路,他必定也会答应。"

没人买得起琉璃灯盏,那这天下就一个人能用,若是当真能将其送到皇帝跟前,他又怎么还会畏惧萧家?

"那就这么定了。"温柔拍了拍手,"你把图纸拿回去找熟练的陶瓷工人,琉璃料我会找时间去调好下窑。"

"辛苦夫人。"裴方物顿了顿,看了看外头的天色,"您……要在这儿用午膳吗?"

"不必。"温柔起身系好斗篷,"这地方也不能久留,公子先离开吧,我稍后自行回府。"

"好。"裴方物垂下眼眸,微笑道,"夫人有什么需要,只管让人去裴府知会,我一直都在。"

"嗯嗯。"温柔毕竟做贼心虚,也没心情多听他的话,挥手就让他快走。

这地方偏僻是偏僻,人倒是也不少,裴方物走了,温柔趴在门缝上看了一会儿,算着他该走得很远了,才打开门准备离开。

"听闻爷纳了新妾,"女子的声音由远及近,像是有女人从走廊那头走了过来,边走边说道,"还没来得及送个贺礼。"

好生熟悉的声音!温柔被吓了一跳,连忙将门合上,继续趴在门缝上往外看。

凌挽眉穿着跟她一样的斗篷,帽子已经摘了下来,露出了那张清丽脱俗的脸。可与她在府里看见的凌氏不同,这会儿的凌氏神色似嘲非嘲,显得凌厉了些。

而她的身边站着一个男人,一个不是萧惊堂的男人。

"好不容易见面,你非要一来就说这个吗?"那男人低笑着开口,"我心里有谁,你还不清楚?"

好家伙,这是什么情况?!温柔有点儿傻眼,揉了揉眼皮,使劲去看那男人的脸。

男人一身装束低调普通,那张脸却像是三月里泛开的桃花,顾盼生情,满怀风流。她没见过这张脸,这不是萧家里头的人,不过看那气度,身份想来不低。

"以前清楚,"凌挽眉丝毫没被他的笑容打动,抿了抿唇,道,"现在渐渐不清楚了。"

男子顿了顿,脸上笑容不减,问:"你这是什么意思?"

"不是要同你吵架,只是觉得有些累了。"凌挽眉垂头,淡淡地说道,

"你有你的如花美眷，有你自己的抱负，我只能成为你的累赘。既然如此，咱们不如就分开吧。"

啥？

屋子里的温柔比外面那男人可震惊多了，凌挽眉看起来是个挺本分的姑娘啊，怎么会……怎么会一直与别的男人在一起？

并且看起来，这不是他们第一次私会了，两个人应该是来往很久了，而且感情不浅。

"你这人，为何总这么任性？"回过神来的男人不高兴了，皱眉道，"我是为你好，才让你留在萧家。"

"多谢。"凌挽眉颔首，"我更喜欢江湖。"

这是求私奔不成就要分手的情节吗？温柔咋舌，忍不住摇头。怪不得凌挽眉对萧惊堂没什么兴趣，心里一早就有其他男人了，这可真是……给萧惊堂送了一顶漂亮的"绿帽子"。

"我不喜欢任性的女人。"外头的男人不耐烦了，"你若非要这样，那你走便是。"

说罢，男人直接扭身离开了。

凌挽眉还站在原地，脸色有些苍白，眼里也慢慢涌出了眼泪。

这人被甩了啊？温柔看得直摇头。

那男人一看就不靠谱儿，虽然萧惊堂又凶又不讲道理，但是怎么看也比这种男人好吧？

凌挽眉当真是伤心了，先前还只是掉眼泪，可慢慢地越哭声音就越大，整个人都蹲在了地上，看得温柔心里阵阵发紧。

"来，擦擦。"

旁边有手帕递过来，凌挽眉下意识地接过擤了擤鼻涕，还说了一句："谢谢。"

可擤完鼻涕之后她就觉得不对劲了，诧异地扭头看去，二少奶奶正满脸同情之色地蹲在她身边，低声劝道："想开点儿，男人嘛，也就这么回事。"

凌挽眉："……"

看着她瞪大的眼睛，温柔耸肩："别害怕，我不会告诉二少爷的，我和他不熟。"

比起萧惊堂，她可能跟这几个天天来她的院子里打麻将的姑娘更熟悉，虽然交流不是很多，但是大概也能了解点儿大家的性子。凌挽眉是所有人当中最冷静的一个，和清一色、一条龙的时候都能淡定地不露声色。

这么娴静的姑娘，温柔一度以为她是因为看不上萧惊堂那一身戾气，所以不喜欢他，没想到……

"二少奶奶怎么会……？"凌挽眉看了一眼她身上和自己一样的斗篷，再看了看这小院子，不担心杜温柔告状，倒是更震惊地看着她，"您……也……？"

也？她也什么？温柔脑子没转过来，直到看见凌挽眉眼里复杂的神色，才想起来解释，"我是出来喝茶的。"

这解释还不如不解释，她们这种身份的人，怎么会没事来这种偏僻无名的小茶馆里喝茶？

对上凌挽眉更加怪异的目光，温柔叹了一口气："虽然我是清白的，但也实在不好解释，你就当咱们同病相怜吧，有心思跟我聊聊吗？我看你也没别的可以倾诉的对象。"

这倒是真的，若这事传出去给别人知道了，不管怎么说也是萧家的丑事。凌挽眉站了起来，眼眶依旧红着，看了温柔两眼，点头："咱们进去说吧。"

"好。"温柔颔首。

萧惊堂正在与轩辕景商议到底该用什么东西当贺礼，就听得奴仆进来小声禀道："二少爷，少奶奶出门去了小茶馆。"

从上回他与杜温柔在菜市口撞上开始，萧惊堂就在她身边安插了眼线，让人随时汇报她的行踪。这不，他才刚出门不久，她就又溜了。

"怎么？"看了看萧惊堂不太轻松的神色，轩辕景问，"有急事？"

"嗯。"萧惊堂起身拱手道，"我先去看看，三公子且休息吧。"

"好。"知道他的急事一定不是小事，轩辕景也没留人。

萧惊堂出门也没坐车，直接策马往他们说的小茶馆奔去。

凌挽眉已经将故事说了一半。

"我原以为遇见他是我的幸运，也以为自己能成为他的最后一个女人，可惜……还是我想太多了。这世上的猫，哪有不爱吃鱼的？既然有各种各样的鱼，他又怎么肯永远只吃我这一条？"

温柔听得咋舌。简单来说凌挽眉的男人就是个花花公子，见一个爱一个的那种，与凌挽眉相遇之后老实了不少，凌挽眉就觉得是自己收服他了。谁知那男人抱负远大，将她送给了萧惊堂，如今却又娶了一房小妾，与小妾恩爱缠绵。

"渣男！"温柔恨得牙痒痒，"你怎么会相信这种男人的话啊？！真正爱你的人，怎么可能将你送给别人做姨娘？！"

"在萧家做姨娘倒是没什么不好。"凌挽眉抿唇苦笑，"有吃有穿，还有麻将打，日子也不算无聊。"

可是她要给萧惊堂那种禽兽侍寝啊！一个男人怎么会忍得下自己的女人与别人有染？就算那男人以后事业有成可以回来娶她了，挽眉又还能在人家的心里占多重的地位？

这话温柔没忍心说，只能拍着大腿叹气："遇人不淑，实在是遇人不淑。你还是考虑一下咱们二少爷吧，反正都已经嫁给他了，不如试着接受一下。"

凌挽眉苦笑："我用尽心神去爱了一个人后，哪里还有勇气和精力再去爱别人？！"

"唉，休息一段时间就好了。"温柔安慰她，"其实咱们二少爷也不差，长得人模人样的，武功好，也会赚钱，虽然性格很差劲，可至少你跟着他生活无忧啊。"

"说得这么好，那您为何不喜欢二少爷了？"凌挽眉擦了眼泪抬头看她一眼，抿了抿唇，道，"妾身一直很好奇，先前您爱二少爷爱得那般偏激，几乎疯狂，为什么一夕之间又像是一点儿也不喜欢了，甚至还……？"

她还跟她们一样来这种地方。

"说来话长……"温柔耸肩，"简单来说，那个深爱萧惊堂的杜温柔已经被他自己折磨死了，剩下的这个我，实在看不上那样霸道、不会说话、不讲道理的人。"

准备推开门的手顿了顿，萧惊堂眯了眯眼。

屋子里响起一声闷笑声，凌挽眉低声说道："介绍给妾身的时候就夸得那样好，落在您自己身上，您怎么就开始嫌弃了？"

"没办法，"温柔耸肩，"三观差别太大的人在一起是不会幸福的，等我赚够了钱，再考虑怎么离开这里。"

"也对，"凌挽眉点头，"没有什么是银子不能买到的东西。"

两个女人聊得起劲了，直接从这个话题跳到了最近的首饰价钱上。萧惊堂在门口站了一会儿，收回了手，转身就往外走。

"房间里只有凌姨娘跟二少奶奶。"奴仆低声禀道，"可是二少爷，您来都来了，不如把她们都带回去。"

"不必。"一张脸寒如深冬时节放在门外的铁桶，萧惊堂冷冷地说道，"带得回人，也带不回心。"

奴仆愣了愣，没再多言，出门上马，却见二少爷甩了马鞭就策马狂奔而去。

萧惊堂以为自己对杜温柔真的已经很好了。真的，他没有对哪个女人用过这么多的心思，说是愧疚也好，补偿也罢，他真的不欠杜温柔什么东西。

然而这女人一点儿也没有领他的情，还是一如既往地想离开，真是可笑。当初他那般让她走她不走，现在却怎么也留不住。

既然留不住，那他就不留了吧。这个人也没什么特别的地方，他也不稀罕。

马蹄飞驰，绕了半个幸城，他总算是冷静了下来。他回到萧家门口的时候，管家正在台阶上等他。

"二少爷，"管家手里捏着一封信，脸色有些为难，"杜家来的信。"

杜家来的信，不会是别人的，只会是杜温柔的亲娘，杜家的主母写的。

说来也有意思，这位杜夫人十分好赌，每次欠了债就让杜温柔去还。杜温柔以前求助于他，他也就扣了她的月钱，再添上一点儿，每月给杜夫人送去。饶是让自己的女儿这么难堪了，这位杜夫人也没有悔改的意思，每月要的银子甚至越来越多。

"此事我不再过问，"萧惊堂回道，"信直接交给二少奶奶便是。"

管家愣了愣，有点儿意外："直接给二少奶奶吗？"

"嗯。"萧惊堂下了马就往府里走，"从今日起，二少奶奶的行踪不必向我禀告，西院整个院子里无论出什么状况，都不必来跟我说。"

二少爷这是要彻底冷落二少奶奶？萧管家被吓了一跳，跟在他身后劝道："先前不是还好好的吗？您吩咐给二少奶奶买的东西刚刚才拿回来，怎么就……？"

"是我傻。"萧二少爷打断他的话，冷笑了一声，"本以为既然她是我的女人，那就多多少少疼着她、让着她些，然而人家根本不当回事，那我何必还对她留什么余地？"

说罢，萧惊堂甩了袖子就往自己的院子里走去。

萧管家有点儿反应不过来，站在原地没跟上去。等他想明白自家少爷这话是什么意思之后，身后已经传来了二少奶奶的声音。

温柔拉着凌挽眉回来，看着站在路中间的管家，心情甚好地问："您在这儿站着干吗呢？"

身子一僵，萧管家回头给她行了个礼："二少奶奶刚从外头回来？"

"是啊，跟挽眉出去买了点儿东西。"温柔扬了扬手里的盒子，笑道，"您怎么脸色不太好？"

"啊……老奴没事。"萧管家咳嗽了两声，试探性地问，"您在外头碰见二少爷了吗？"

萧惊堂？温柔摇头："没有啊，他回来了吗？"

"回来了，在院子里。"

"那就行。"温柔也不在意，笑嘻嘻地就说道，"那我跟挽眉去吃晚饭了。"

"二少奶奶、凌姨娘慢走。"萧管家躬身，低头看着两人的裙摆扫过去，心里更纳闷了。

他原以为是二少奶奶在外头与二少爷吵架了，所以二少爷才那般生气，可这样看起来，二少奶奶好像什么也不知道啊！

"主子。"

刚在凌挽眉的院子里坐下，温柔还没来得及拿买的东西出来看，就见疏芳脸色为难地过来说道："有家书。"

"终于有家书了？"温柔还挺高兴，从有些褶皱的信封中抽出一张单薄的纸，眯着眼睛往信封里看了看，确定没其他东西了，才展开那信纸看。

"救急，下个月若难还五千两白银，为娘地位难保，恐会牵连两家。"

啥？温柔翻来覆去地把这张信纸看了看，上头当真就这么一句话，而且丝毫没有什么努力加餐之类的关切话语，就简单直接的意思——要五千两白银。

五千两银子啊？！温柔的下巴都差点儿掉地上！这是诈骗信吧？这一定是诈骗信，她不能信！

温柔伸手把信给撕了，把碎屑还给疏芳："拿去扔了。"

"主子，"疏芳被吓着了，"这是夫人的亲笔信哪，扔了？"

亲笔信？温柔摇头："肯定是谁模仿了你家夫人的笔迹，她怎么可能要那么多银子？杜温柔的月钱才几十两银子！"

凌挽眉在旁边坐着，有些迟疑地开口道："二少奶奶对挽眉推心置腹，有件事挽眉还一直没说。"

"怎么？"

"先前您与咱们为难的时候，兰槿气不过，偷看过杜家的家书。"凌挽眉继续说道，"也就是从那时候起，大家都商量好还是忍着些，二少奶奶也不容易。"

也就是说，这样的书信，杜家经常送来？温柔傻眼了："不是骗我的？"

她旁边的疏芳叹了一口气。

"但是……这没道理啊。"温柔有点儿蒙，看着被她撕碎的信说道，"我根本拿不出那么多钱，她怎么还会问我要？"

因为刘氏被逼急了，根本想不到其他办法了，才会这样。疏芳叹气："主子不如求求二少爷吧。以往这种信，二少爷都是直接拦下的，今日也许是银子数量太大……二少爷生气了。"

求萧惊堂？温柔愣了愣："他会帮我给不成？"

"银子一向都是二少爷给的。"疏芳小声说道，"夫人大概也是知道二少爷有银子，所以才敢开这么大的口。"

温柔："……"

杜温柔不得萧惊堂喜欢真的一点儿也不奇怪。自己三观不正就算了，这个娘亲也好不到哪里去，居然伸手向女儿的婆家要银子。就算萧家再有钱，也不该养她啊，这不是拉低杜温柔在萧家的地位吗？

"她自己欠的债，让她自己去还吧。"温柔抿了抿唇，说道，"二少爷也不欠她的。"

这么说起来，萧惊堂其实还算是尽了女婿的职责，每个月还帮丈母娘还债，再摊上杜温柔那么一个爱折腾的正妻，以及这一院子不爱他的姨娘……

温柔想想都觉得他很惨。

温柔感叹了一会儿，突发奇想："挽眉，咱们给二少爷准备一顿晚饭好了。"

"为何？"凌挽眉不解，"那一向都是厨房的人准备的。"

"因为二少爷实在太惨了！"温柔解释道，"咱们在这儿吃他的、喝他的，偶尔也该表示表示，安慰一下他受伤的心灵，也增加相处的和谐度，怎么样？"

反正闲着也没事干，凌挽眉垂眸："好，听二少奶奶的。"

忙点儿好，一忙起来，她就不会想那些乱七八糟的事情了。

说干就干，温柔拎着裙子就去了厨房。

正是要用午膳的时间，厨房里鸡飞狗跳的，掌勺的大厨凶恶地朝人吼着:"还不快点儿加火?!"

这一声吼得后头的凌挽眉激灵了一下,温柔皱眉,看了看那大厨,逮了个伙计小声问:"你们这儿的掌勺的人都这么凶?"

伙计一看是二少奶奶,连忙小声告状:"这是二少爷从珍馐斋请回来的大厨,没人敢得罪,脾气差得很,动辄这么骂咱们!"

这人是从珍馐斋请回来的?温柔愣了愣,心里一动,干笑了两声,问:"他的拿手菜,是不是二两肉啊?"

"正是。"奴仆不满地撇嘴道,"他也就会那一道菜,二少爷却跟供菩萨似的供着他,让咱们都顺着他别把人惹急了。"

温柔:"……"

"大概是二少爷特别喜欢吃这道菜吧。"凌挽眉倒觉得没什么,"花大价钱把人请回来,自然得供着,你们多担待。"

奴仆叹息,也觉得没办法,端着手里的菜篮子朝她们行了个礼,便继续去井边洗菜了。

凌挽眉扭头,正准备喊二少奶奶一起进厨房,却见她整个人跟傻了似的,表情复杂,眼神深沉。

"怎么?"凌挽眉好奇地碰了碰她的胳膊,问,"您还好吗?"

"没事,"温柔长长地吐了一口气,笑道,"就是觉得二少爷这个人还挺别扭的。"

"您才发现不成?"凌挽眉轻笑了一声,"比起青城,二少爷不善言辞,连哄女人都不会,哪怕做的是好事,说出的话也显得没什么感情。"

话音一落,意识到自己提了不该提的名字,凌挽眉顿了顿,看了温柔一眼。

然而二少奶奶正在想事情,根本没注意她说的是谁,只"喃喃"道:"这样一说,我还莫名其妙地欠了他不少人情?"

她也就是随口一说想吃二两肉,他就直接把人家的大厨带回来了,这得花多少银子啊?而且他还一声不吭,都没跟她邀功一下。

凌挽眉茫然地眨眼:"您在说什么?"

"我是说……"温柔回过神,正想解释,就听得厨房里传来一声暴喝——

"菜都切不好,你打什么下手?!"

然后厨房里就响起"啪"的一声瓷碎响声,有丫鬟"哇"的一声哭了出来。里头一阵鸡飞狗跳,连凌挽眉都忍不住摇了摇头:"有些过分了。"

温柔皱眉，忍不住朝里头吼了一声："你这家伙是做菜来了还是当大爷来了？"

混乱的厨房顿时安静了下来，众人都转头看向门口，就见二少奶奶一脸怒气地冲了进来，对着大厨就骂："人家给你打下手又不是给你当孙子，你好声好气地说话能死？！"

李大厨是个胖胖的大汉，一个身子能顶温柔两个，乍一被吼，还有些没回过神来，等反应过来的时候，脸忍不住就红了："你……你是谁？"

"你管我是谁？"温柔双手叉腰，跟炸毛的小松鼠似的，龇牙就吼，"讲道理还看身份的？"

那自然是看的：她若是身份比他高，说的道理他听；身份若是比他低，谁要跟她讲道理？！李大厨撇嘴，看了一眼温柔身上的衣裳的布料，气焰小了些："他们做不好活儿，还不让人说了吗？"

"你说归说，这么凶吓唬谁呢？"温柔眯起眼，"他们都是你的帮手，不是你的下人，哪怕地位低点儿，你也得靠他们帮忙才能做好菜。让人对你都没好印象，这对你有好处还是怎么的？"

"哈？"第一次听见这种话，李大厨有点儿不服气，"这里帮我的人，我不满意就让他们滚蛋，为什么还要讨好他们？他们讨不讨厌我，跟我又没什么关系。"

上司就是这么狂。他是给人饭吃的，又不是求他们给他饭吃，凭什么还要和颜悦色的？！

温柔深吸一口气，看了一眼周围的人，说道："你们继续和他一起做菜，这半边灶头让给我。挽眉，来帮我。"

凌挽眉已经看傻了，没想到闺阁之中长大的二少奶奶竟然会有这样的侠义心肠，倒是很像江湖上路见不平一声吼的女侠。

"挽眉？"

"啊，来了。"凌挽眉回过神，挽起袖子过去，有些不好意思地说道，"二少奶奶，我只会切菜。"

"那正好，你就帮我切菜。"温柔朝她笑了笑，转头又招呼旁边几个站着的丫鬟过来："去帮我杀条桂花鱼，去鱼鳞，去内脏。"

被点名的丫鬟有些慌张，应了就往外跑。

"二少奶奶这是要做什么？"旁边的奴仆小声问道，"各院的午膳李大厨已经在做了。"

"我知道。"温柔抬眼，有些挑衅地看了李大厨一眼，"给二少爷院子里的菜,咱们一人做两样就是。"

她这是跟他叫板?李大厨"哈"的一声就笑了出来,说:"这位主子,不是李某自夸,做厨子十二年,我做的菜都比您吃的米还多,您跟我较什么劲?"

"拿点儿糯米给我,"温柔不再理会这人,低声对旁边的小厮吩咐道,"再拿点儿腊肠和熏肉。"

"是。"小厮应了,麻利地就将东西取来了。

李大厨见状,有些尴尬地冷哼了一声,嘀咕道:"真是有钱吃饱了撑的。"

她要做那就做呗,他也不怕,拉了小厮过来继续切菜,嚷嚷道:"关乎你们的饭碗的事情,别再偷懒了!要是连主子都比不过,要你们这些下人也没用!"

"是。"

小厮和丫鬟心里都不舒坦,做起活儿来虽说没什么错漏,却也不怎么尽心,气氛一片死沉。

温柔哼着小曲儿,看了看丫鬟们拿回来的鱼,笑道:"做得不错,但是这个鱼鳞还能再刮干净点儿,最好一片也不要留,不然会影响口感。"

小丫鬟有点儿紧张:"奴婢再去清理一遍!"

"不用慌张,菜要慢慢做,做仔细点儿就好了。哎,你这一条就刮得很好,按照这个来。"温柔挑了另外一条鱼看了看,笑道,"做得很好。"

小丫鬟脸上一红,顿时轻松了些,高兴地将那鱼仔细看了看,抱着其他的鱼就继续去刮。

李大厨在旁边有一下没一下地看着,直哼哼:"做这些有什么用?"

他这边切好了菜,也准备好了调料,下锅就是两道好菜,而她那边慢吞吞的,刚把糯米蒸好。

腊肉的香味儿混在糯米甜甜的味道里,一打开蒸笼就飘了出来,厨房里的人都忍不住轻吸了一口气。

腊肠青豆糯米饭,闻着都让人食欲大开。温柔将桂花鱼切开裹上调料炸了,然后捞起来,将糯米饭夹在鱼腹里,拿竹条儿裹了,再淋上一层酱汁,就是第一道菜。

李大厨做的都是肉菜,温柔瞧着,便又简单地炒了一道糖醋白菜。她为了养活自己,练了一手不错的厨艺。

凌挽眉的刀工真的不错,她把白菜帮子都去了,只留了柔软的菜叶。

温柔炒出来的一盘白菜酸甜开胃,口感极佳,很好下饭。

"走了。"温柔对凌挽眉道。她端起两盘菜,又朝刚刚帮忙的几个人笑了笑:"你们都干得很不错呢。"

人都喜欢听夸奖话,在辛劳之后被赞扬,更是会让人产生幸福感和归属感。丫鬟和小厮都感激地朝二少奶奶点头,虽然他们也不知道感激二少奶奶什么,但就是觉得心里高兴。

李大厨有点儿没趣,一样端了菜送去二少爷的院子里,他旁边的丫鬟脸上连一丝笑容都没有。

不过管她笑不笑呢,他做的菜好吃就成了。

为了公平,他们都是让丫鬟把菜送进去的,温柔就陪李大厨在外头站着。

萧惊堂犹自生着气,气了这么久,也不见有人来问他一句,瞬间就更气了。

"主子,"萧管家进来,赔着笑说道,"午膳来了。"

吃什么午膳,他气都气饱了!萧惊堂冷哼,正想拒绝,却闻到一阵酸甜香味儿,分外诱人。

"午膳是什么菜?"

"有二两肉、东坡肘子、糯米腊肉桂花鱼和糖醋白菜。"管家回道,"那桂花鱼您定然没吃过,要不要尝尝?"

方才还不觉得饿,这会儿好像是真饿了,萧惊堂抿了抿唇,点头道:"拿进来吧。"

他本以为请回来的厨子只会做那几道菜,没想到今日还有新鲜的菜色,而且开胃又美味。萧二少爷拿起筷子,直接将桂花鱼里的糯米都吃了,又夹了点儿糖醋白菜。

萧二少爷不吃还好,一吃更饿了,干脆就盛了饭,把菜吃了个精光。

温柔没让人通传,很是耐心地等着。李大厨本来还觉得有点儿不悦,可看这位主子也没有趾高气扬的样子,也不是非要看他出丑,就是一种认真在劝诫他的态度,当下脸色也好看了点儿。

"二位久等。"萧管家出来了。他笑眯眯地看着温柔说道:"二少爷难得多吃了一碗饭,说今日的菜色不错,很新鲜,让赏一赏厨房的人。"

李大厨愣了愣:"新鲜?"

这是夸谁的?

这话自然是夸温柔的,毕竟李大厨每天都是做那么几道菜,已经担不起"新鲜"二字了。但是温柔也没想着跟这厨子结仇，顺口就给了人家一个台阶下："二两肉里的夜菌子是挺新鲜的。"

丫鬟将剩菜收拾了出来，李大厨扫了一眼，他的两盘菜还剩不少，这位主子做的菜倒是一点儿也没剩，当下气焰就小了，扯了扯嘴角，也没吭声。

温柔看了看他，开口道："你方才说他们讨不讨厌你，与你没什么关系，你大可以让他们滚蛋。其实这话是错的。"

"怎么说？"李大厨讷讷道，"我是个粗人，不会什么大道理。"

"即使是粗人，为人处世的技巧也该有。"温柔道，"你可以凶他们，他们也不敢还嘴，可心里有怨气，就不会尽心尽力地给你干活儿。这样你还更气，不如换个法子，温柔一点儿，多鼓励他们，没事给点儿小恩小惠，这样他们做事仔细又让人省心，你也不用再费心去找别的人来帮你，不是吗？"

李大厨皱眉："那些人，你对他们好了，他们反而会偷懒，一个个都不是什么好骨头。"

"赏罚分明，法外容情。"温柔耸肩，"人都是有奴性的，做得不好自然要被惩罚，只是这个惩罚一定不能是你去骂人——既得罪人又没什么实际的作用，不如直接扣月钱，扣少一点儿意思意思，比你吼人还有用。

"若是一个月扣太多了，那人态度也还端正，你还可以用点儿肉啊菜啊的补偿他一点儿，这样人家也会感激你。"

李大厨挠了挠头，忍不住嘀咕："这么麻烦？"

"等你明白了其中的利弊关系，就不觉得麻烦了。"温柔又说道，"我也不是让你非听我的，就是提个建议，毕竟厨房里还有女儿家，你总那么凶，她们的工作环境也太艰难了。"

旁边一直在垂头想事情的凌挽眉终于抬头看了温柔一眼。

二少奶奶的身上似乎有一种男儿气概，她对女子都格外照顾，让人觉得站在她身边，比靠着男人还踏实。她分明是弱不禁风的一个人，怎么就让人很想往她背后躲呢？像是她能挡住狂风骤雨一样。

"小的明白了。"李大厨还有点儿不服气，但说也说不过，干脆就应下来，慢慢改吧。

温柔满意地点头，拍手道："行了，那我们就进去看看二少爷，你回去吧。"

"是。"

温柔转头看向凌挽眉："走吧。"

"您先进去吧，妾身有些头疼，"凌挽眉拒绝道，"先回去睡一觉。"

凌挽眉这样还是对萧惊堂没兴趣啊！温柔叹息，也没法儿强求，只好说道："你这身子好像有点儿弱了，等会儿我再让人给你炖点儿补品。你回去好好休息，啥也别想，想聊天儿就来找我。"

"好。"凌挽眉感激地看了她一眼，拎着裙子走了。

把这个人安慰妥了，厨房的事也算小小地处理了，温柔松了一口气，终于推开了萧惊堂的房门。

"二少爷吃好了？"

书桌后头的人正在查账，闻声也没抬头，语气分外僵硬："你来干什么？"

"您刚才吃的菜可是我做的，"温柔像摇着尾巴乞求主人原谅的小狗，跑到人家的桌边，笑嘻嘻地邀功道，"这不是来讨个赏吗？"

"你做的？"二少爷冷笑，"你以为我会信？"

"哎，刚刚的糯米腊肉桂花鱼和糖醋白菜，这儿可没别人能做。"温柔说道，"我是那种贪功的人吗？肯定是有功我才会来邀啊！"

"是吗？"萧惊堂合上账本，眼神凉凉地看了她一眼，"你如此讨好我，是为了你娘亲的事？"

倒不只是为这个，温柔挠头道："你似乎帮了我不少忙，背后也做了不少对我好的事情，我就是想谢谢你。"

"免了，"萧惊堂道，"我只是一个强迫你的无耻的人。"

她怎么感觉今儿这人跟仙人球似的？

温柔一脸蒙，看了他两眼，踮起脚就往他的书桌上坐："关于强迫这件事，咱们也最好敞开了说清楚，不然以后都尴尬。

"男欢女爱吧，是双方的事情，只要没怀孕，就不存在哪方吃亏一点儿的问题。我生气不是觉得吃亏了或者怎么样，而是觉得你这个人很不尊重别人的意愿，采用了强迫的手段……当然，过程也不是很痛苦，鉴于你之后态度一直很好，而且对我进行了补偿，我这个人很大度，决定把这件事抹了，咱们都当没有发生。"

没有发生？萧二少爷看了她一眼，似笑非笑道："你还是完璧之身吗？还能再嫁个好人家吗？"

啥？温柔挑眉："完璧之身没了，我就一定嫁不到好人家了？"

"自然。"萧惊堂有些刻薄地说道，"好的人家，不会接纳你这样的残花败柳。"

温柔翻了个白眼，心里倒也不是很介意，耸肩道："嫁不了好人家我就自己过呗。人的生活方式有一万种，我还找不到适合自己的？"

她还真想得开。萧惊堂点头："随你。"

"好，那这件事就说开了，咱们也就没什么尴尬的事情了吧？"温柔看了看他，"您看起来怎么还是一副对我很不爽的样子？"

"你收到家书了？"二少爷不答反问，"找到解决的办法了吗？"

"这事我就自己来办，不用二少爷操心了。"温柔说道，"给不起我就不给了。"

不给？萧惊堂微微一愣，皱眉："你不是一向最孝顺你娘亲？"

"孝顺是一回事，这种事也惯着她，那就是愚孝。"温柔解释道，"赌博是不值得提倡的，就算她怪我，我也不会把银子给她。"

"那也随你。"萧惊堂不耐烦地道，"既然不是来找我帮忙的，该说的也说了，你便走吧。"

赶人？温柔撇嘴，跳下桌子就往外走，心想今天的萧惊堂吃的肯定不是桂花鱼，而是炸药，怎么这么难相处？！

第七章
旧　账

"二少奶奶。"温柔刚出房门，门口的管家就躬身禀道，"夫人让您过去一趟。"

萧夫人吗？温柔颔首，也没啥压力，蹦蹦跳跳地就过去了。

结果主位上坐着的人表情很严肃，目光很是复杂地看着她开口："柔儿，听闻杜家又来家书了？"

怎么一封家书，搞得萧家上上下下都知道了？温柔点了点头，等着萧夫人接下来的话。

虽然一直对温柔很好，可萧夫人毕竟是萧家的人，怎么也会为萧家考虑。所以犹豫片刻之后，她拉着温柔的手说道："你是个好孩子，可咱们那亲家母……还是不管为好。以前你总说那好歹是你的生母，可我瞧着，她也没把你当女儿看。"

温柔笑了笑，乖巧地应道："娘亲放心，柔儿这次没打算搭理她。"

"那就好。"萧夫人眉头微松，叹息道，"咱们家不缺钱，可总给人当冤大头使也不是事……听闻你娘亲欠了很多赌债，已经被杜家老爷知道了，眼下瞧着，她怕是地位难保。"

富人家里总是有正室姬妾的，杜温柔一直说她是嫡女，虽然好像有不少蹊跷，但按照规矩来说，她的生母肯定就是正室。地位难保……也就是说她的生母要被贬位了吧？

那她会受么牵连吗？

温柔正疑惑呢，萧夫人就给她解惑了："虽说你已经嫁过来做了惊堂的正妻，可若是你的生母被贬，萧、杜两家的联姻，怕就要靠别人来维持了。"

好家伙，怪不得书信里说会影响到两家联姻，这种利益婚姻自然是要得宠的人才稳得住，生母被贬，她也就不算嫡女了，自然不能再做萧惊堂的正妻。

那问题是不是就解决了？正好让她走，她也算把杜温柔的任务给完成了？

"不过你放心，"萧夫人拉着她的手拍了拍，很是慈祥地说道，"娘亲绝对不会让惊堂委屈了你，还是会让他好好对你的。"

温柔："……"

意思就是，她要被打成姨娘，还不能离开萧家？！

"娘亲！"温柔激动地站了起来，一本正经地说道，"我性子刚烈，做不得正妻，不如就直接让我离开萧家吧！"

她才不要当姨娘啊！

然而这话落在萧夫人耳朵里，听着又是另外的意思了——温柔竟然用离开萧家来威胁人，也不想舍弃正室的位置！

萧夫人脸色微沉，微微不悦地说道："为娘一直觉得你是个很懂事的孩子。"

她还不够懂事吗？温柔有点儿傻眼："萧、杜两家的联姻有别人来维持，二少爷又很不喜欢我，我还留在这里做什么？不是走了更好吗？"

"你已经嫁给惊堂了，没犯什么过错，哪里有遣你出去的道理？"萧夫人板起了脸，"这事传出去不是让人觉得我们萧家无情无义？"

本来萧家也没多少情义啊，就跟做生意似的，杜温柔得是嫡女才能当正妻，不是就得变成姨娘，完全就跟物品一样被人搬上搬下的，按照价值摆放在合适的地方。

虽然杜温柔这个人有些可恨，但这么一看，到底还是可怜。

"我没有别的要求，"顿了顿，温柔继续说道，"只求娘亲能看在疼爱了我一场的分儿上，再疼爱我一回。"

萧夫人眼神复杂起来，定定地看了她好一会儿，态度也变了些："你先回去歇着吧。"

她到底不是萧夫人亲生的女儿，一言不合萧夫人就变了脸。温柔起身，倒也没说什么，老老实实地行了礼，慢慢地退了出去。

虽说天下的好婆婆不少，但是把媳妇儿当亲闺女疼的实在也不多，别人家过来的孩子，哪里有自家孩子重要？平时没事的时候面子上也都过得去，一旦有根本的利益冲突了，萧夫人当然还是站在自家孩子这边想问题。

"主子，"走在路上，温柔后头的疏芳低声开口，"您要不去跟人借点儿银子，把钱先给夫人吧。"

"为什么？"温柔撇嘴，"这就是个无底洞，银子填不满的，知道填不满我还去填？！我又不是精卫。"

"可是……"疏芳很担忧，"您不怕夫人上门来跟您闹吗？"

那人还能来跟她闹？温柔也觉得稀奇了："我上辈子欠她的？她爱闹就闹吧！"

疏芳愣怔，想再劝劝，自家主子却已经甩袖往前走了。

温柔不是没钱，但是看着这情况就不想给。赌博就像一个大泥潭，人一旦陷进去，想赢，就得努力往里头砸钱，向上挣扎，可是越挣扎往下掉得越厉害，旁边的人去拉，也得一块儿被拖下去。

她痛恨赌博，并且绝对不会为杜温柔的娘亲买单，自己爱赌就自己去还钱！

然而，事情好像没有她想的那么简单。

平静地过了两天，风暴来临了。

"主子！"疏芳一大清早就冲进了屋里，着急地将她唤醒，"夫人来萧家了！"

"什么夫人哪？"肚子不舒服得厉害，温柔翻了个身，疲惫地说道，"先让我睡会儿。"

疏芳实在着急得很，在床边跺脚道："不管如何您也得快起来啊，夫人马上就到了，下人拦也拦不住！"

头痛欲裂，温柔暴躁地坐起来，皱眉看着她："到底谁来了？"

"您的生母刘氏。"被她这模样吓了一跳，疏芳终于平静些，皱眉道，"主子怎么会这般憔悴？这两日似乎气色也不太好。"

"谁知道呢？"温柔起来穿了衣裳，打着哈欠道，"院子里死气沉沉的，萧惊堂不来，几个姨娘也不来打麻将了，树倒猢狲散？"

"也怪不得她们，"疏芳叹息，"听闻各个院子里都有事。"

凌挽眉这几日心情不好她知道，其他的姨娘能有什么事？

温柔来不及多问，院子门口已经有些喧哗之声。她匆忙绾好头发，刚拉开门，就见一个一身锦缎、头发凌乱的妇人朝她扑了过来。

"你这没良心的！没良心的东西！"刘氏扑上来抓着她就打，眼里充血，几近疯狂地吼道，"我辛辛苦苦把你养大，让你嫁这个好人家，你就这么没用，银子也拿不出来？"

一巴掌又一巴掌地打在温柔的背上，温柔瞬间就炸了，伸手把人推开，愤怒地吼道："你谁啊？"

刘氏愣了愣，眼珠子都呆滞了一下，然后更加激动地扑了过来："我让你看看我是谁！我是你亲娘！"

杜夫人？温柔心里真是有一种想骂人的感觉。都是大户人家的夫人，这刘氏怎么跟疯婆子一样一点儿脸面也不要？！

温柔连忙伸手挡住她的攻击，咬牙道："有话不能好好说吗？您这么激动做什么？"

"你父亲都要休了我了，叫我怎么不激动？！"刘氏咆哮，"让你给银子就这么难？！就五千两银子而已，等有了本钱把钱都赢回来，我还是杜家的夫人，你也还是萧家的二少奶奶！"

温柔深吸一口气，实在忍不住，用以前学的小擒拿手，将刘氏的双手拧在身后，然后膝盖压在她的腿上，将她整个人按跪在地。

"给你银子你能赢回来？"温柔冷笑，"输得更多吧。"

"我能赢回来的，就差一点儿本钱翻身！"刘氏尖叫了两声，大喊，"你放开我，放开我！不然你也别想在萧家逍遥下去了！"

穷凶极恶，不分亲疏，丧心病狂，温柔觉得这种赌徒简直担得起世上一切负面的评价！瞧瞧刘氏这个样子，哪里还像个人？！她竟然还真的跑到萧家来闹！

不过事情真的是闹大了，刘氏嗓门又尖又亮，引得不少人在西院门口站着看热闹。

"怎么回事？"萧惊堂终于来了，看了看里头的场面，眉头紧皱。

刘氏一看见他，眼睛就放光，连忙喊道："女婿救我！这个贱蹄子连亲妈也不认了，你快救我！"

"闹成这样像什么话？！"萧惊堂低叱一声。他看着温柔说道："放开她，怎么说她也是你的生母。"

温柔皱了皱眉，松了手。可这一松，她脸上"啪"地就挨了一巴掌。

"没良心的东西，连自己的生母都敢动手！"一巴掌不够，刘氏还要再打，手高高扬起，却被萧惊堂拦了下来。

"别打人，"二少爷神色不太好看，板着脸看了刘氏一眼，"有话说话。"

"瞧瞧，这感情不是挺好的吗？也会拿不出钱？"刘氏笑了，收回手看着萧惊堂说道，"我不想打人。你们给我银子，我就回去了。"

这人真是个奇葩啊！温柔冷笑："银子拿去给乞丐也不给你！"

"你说什么？"刘氏顿时沉了脸，目光冰冷地看向她，"你以为当着二少奶奶就高枕无忧了，连娘亲都不放在眼里了？杜温柔，你可别忘记杜芙蕖是怎么死的！"

此话一出，院子里顿时安静下来。

萧惊堂愣怔了片刻，诧异地看了看温柔，又看向刘氏："你说谁死了？"

"还能有谁？"刘氏冷笑，"杜芙蕖呀，不是跟二少爷很熟吗？二少爷还一直想娶她来着，可惜她人不见了。"

完了，刘氏要翻旧账了。

虽然这不是温柔的锅，但鉴于自己现在就是杜温柔，温柔还是紧张地看了萧惊堂一眼。

二少爷脸色有点儿苍白，目光阴鸷地看着刘氏，声音陡然变得严肃："你再说一遍，她是不见了，还是死了？"

"到底不见了还是死了，就看你们肯不肯给钱了。"刘氏早已经不要脸面了，往旁边地上一蹲，一副无赖模样地看着他说道："这银子是你给还是二少奶奶给？她给我就不说话了，你给的话，想知道什么我就告诉你！"

"好。"萧惊堂颔首，"你说，说完我就让人把银子给你。"

刘氏顿了顿，还是看了温柔一眼，斜着眼睛问："你当真不给？"

"不给。"饶是知道自己的下场不会太好，温柔还是挺直了背，硬气地说道，"你爱怎么说就怎么说。"

"那就别怪我不念母女情分，是你逼我到绝路的。"刘氏抹了抹头发，轻哼了一声，也不管在场有多少人，扭头就对萧惊堂说道，"你一直派人在找的杜芙蕖已经死了，被你的二少奶奶亲自派人弄死的，尸体被丢去了乱葬岗，坟包都没留下来一个。"

眼里掀起了惊天巨浪，萧惊堂慢慢扭头看向杜温柔。

他这眼神跟刀子没什么两样，直直地刺过来，让她想躲都没地方躲。温柔额头上出了冷汗，手悄悄扶着背后的门框，勉强回视着他。

"她说的是真的？"

"不是。"温柔矢口否认。

的确不是啊，她没有杀杜芙蕖，而杜温柔……杜温柔已经很久没出现了，这锅不能给她来背吧？"

"哈哈，你还敢否认？"刘氏笑了，"毒药是你让人去下的，尸体可是我找人去扔的，你现在不承认？"

这真的是生母？这人说是和她有挖祖坟之仇的仇人她都信！温柔满眼恶心地看了刘氏一眼，问她："你是不是知道自己不会有好下场，所以要拉着我一起下地狱？"

"你不是不肯帮我吗？"刘氏笑嘻嘻地说道，"不肯帮，那你也别想好过！二少爷给银子吧，给了我就走。"

"你还想要银子？"温柔气极反笑，指着萧惊堂说道，"这人是全幸城最聪明的商人，你帮着我杀了他的心上人，你猜他会不会给你银子？"

笑意僵在了脸上，刘氏呆愣地看了萧惊堂一眼："不会吧？二少爷刚刚明明答应了……"

"他立字据了吗？光答应有什么用？"温柔冷笑，"就这种智商，你还敢去赌钱！"

刘氏："……"

浑身像是结了冰霜一般，萧惊堂半晌才找回自己的声音，略微沙哑地喊了一声："萧管家，报官！"

"是。"萧管家应声离去。

刘氏慌了，连忙喊道："你说话不算话，怎么还报官？"

"你们这是蓄意杀人，"萧惊堂道，"该交给衙门。"

"哎，别！"刘氏慌了，这才明白不是闹腾得银子的问题，根本就是自己往死路上撞了！

刘氏一把将萧管家的袖子拉住，回头看着萧惊堂道："二少爷，咱们萧、杜两家可是联姻关系！一报官，不但丢我杜家的人，也丢你们萧家的人哪！"

"你还知道丢人？"温柔觉得有点儿神奇，反正现在是逃不掉了，干脆轻松些，看着这刘氏打趣道，"知道丢人，还跑到萧家来跟我玉石俱焚，我还以为你是抱着必死的决心来的。"

刘氏有点儿傻眼。她就是个从小被娇惯坏了的人，不学无术，什么也不懂，只知道哭闹就能得到自己想要的东西，所以才跑来吵闹。

但是刘氏没想到会是这么个结果啊！杜温柔怎么变得这样不计后果了？杜温柔那么喜欢萧惊堂，现在却宁愿萧惊堂知道自己是杀人凶手，也不给她银子。

闹成这样，这能怪她吗？吵得上头了，谁也不会考虑太多事啊……

萧惊堂心里翻江倒海，面上却慢慢地变得平静，一张脸上什么情绪也看不出来，只说道："萧、杜两家的联姻，需要重新考虑，我会派人去请杜家老爷过来，详细商议。"

疏芳白了脸，刘氏更是慌张，连忙说道："银子我不要了，我还有事，能先回去了吗？"

"回去？"萧惊堂笑了笑，眼里一点儿温度都没有，"这里挺舒服的，您还是住下来吧。来人，请杜夫人去厢房。"

"是。"旁边的家丁应了，直接上前架起刘氏，往闲置的厢房里带。

萧惊堂回头看了身后一脸轻松表情的女人一眼，冷声命令道："把杜氏关去柴房，不许给任何吃喝的东西，不许她与任何人见面。"

该来的事还是得来，温柔叹了一口气，笑道："正好最近觉得屋子里闷，就当去透透气了。"

"把窗户都给她锁上，"萧二少爷补充道，"门窗都不许开。"

温柔："……"

这仇恨值是当真高，她都不反抗了，萧惊堂还这么对她？

不过没办法，她遇见杜温柔一个猪队友就算了，还遇见了刘氏这种极品。两个猪队友足以将温柔送进万劫不复的深渊，她喊冤也没人听。

于是温柔以一种平和的心态褪去了华服和首饰，穿上粗布衣裳，坐在柴房里哼起了曲儿。

"唉，这可真是世事无常。先前还说二少奶奶变好了，可你看，知人知面不知心，她竟然还杀人。"

"可不是吗？萧、杜两家的这联姻关系怕是要彻底崩塌，天要变喽！"

"二少奶奶也奇怪，竟然不哭不闹的，还一直哼曲儿。"

"大概是疯了。"

府里的议论声就没断过，萧惊堂坐在书房里，没有看账本，只看着窗外发呆。

"主子，"萧管家进来禀告，"已经派人去请杜家老爷了，也让人在找杜家二小姐的……尸骨。"

萧惊堂没说话，嘴唇微微泛白，有些无助地看了他一眼。

管家瞬间就有些不好受了，低声安慰他："您看开些，人死不能复生，杜二小姐……大概是与您无缘。"

"杀人偿命吗？"萧二少爷嗓音低哑地开口问，"如果交到官府的话，她是不是要赔命？"

管家微微一愣，有些诧异地看了他一眼，然后点头："自古以来，都是杀人偿命。"

萧惊堂又不说话了，看着外头阴暗的天气，眼里也没有半点儿亮光。

云点胭和阮妙梦那几个姨娘在一起打麻将，可打着打着，几个人都走神了。云点胭多摸了牌，对面三家包括坐在旁边的凌挽眉都没什么反应。

"你们怎么了？"云点胭小心翼翼地开口问了一句，眨了眨眼，"都在想什么？"

"还能想什么啊？"慕容音叹气，"好端端的，二少奶奶怎么就又卷到这种事情里去了？"

"谁说不是呢？"阮妙梦心情也有点儿复杂，"以她原来的性子，她的确会做出杀人夺夫的事，但现在都改了，却……"

"我也觉得现在这个二少奶奶挺好的。"苏兰槿小声附和道，"昨儿我病了，她也正好要吃药，结果药方里的茯苓就剩了一点儿——二少奶奶二话没说就让给了我，自己让丫鬟出府去买，还给我带了点儿补品回来。"

"是啊。"凌挽眉垂眸，"她也让我好好照顾身子，没事还让厨房给我做点儿药膳。"

听着这些话，云点胭想了想，说道："她的确是挺好的，可是以前欠的债，早晚也得还……只可惜我还没来得及送礼给她呢，上次你们四个是不是每人都送了东西过去？我那时候正伤心，还没赶得及，现在也不知道还有没有机会了。"

嗯？阮妙梦愣了愣，看向云点胭："你说什么？上次你没跟我们一起送东西？"

"是啊。"云点胭回道，"那时候哪里有送礼的心情？"

"怎么？哪里不对劲吗？"凌挽眉问。

阮妙梦掐着手指头数了数："奇怪了，点胭要是没送东西，那为什么送去二少奶奶的院子里的，会有五个盒子啊？咱们四个送的礼，不是一人一个盒子吗？"

"送礼又不嫌多，你现在想那个做什么？"慕容音皱眉，"当务之急，是二少奶奶这事该怎么办？二少爷若是当真把人送去官府，那可就捞不回人了。"

"咱们能有什么办法？还不是干着急。"阮妙梦撇嘴，"谁有本事去二少爷跟前说情哪？"

在座的五个女人身份多多少少有些尴尬，干脆就都保持沉默，还是继续打麻将吧。

萧家的下人都很听萧惊堂的话，当真连门窗都关得紧紧的。温柔坐着坐着就觉得不太舒服，于是靠着柴火堆闭目养神。

屋漏偏逢连夜雨啊，这种时候她还生病，就真的是倒大霉了。

已经是晚饭时间，可是一个来给她送饭的人都没有。本来觉得没什么，可温柔这人就经不起饿，一饿就觉得委屈，越饿越委屈。

她这是做错什么了啊？为什么她会混得这么惨？她有本事也有渠道可以致富，结果却被这身体的原主人拖累得性命不保，真是又气又无奈。

"喂！"天黑的时候，温柔勉强起身去敲了敲门，"有人给口饭吃吗？我真的很饿！"

外面一点儿声音都没有，以柴房为半径，方圆十米之内都是一片寂静。

肚子"咕咕"叫了一声，温柔撇了撇嘴，眼泪"哗"地就下来了。她蹲在地上越哭越伤心，头还昏昏沉沉的，不太舒服，整个人感觉就像在蒸笼里被蒸着，又闷又难受。

门锁"咔嗒"响了一声。

温柔愣了愣，连忙抹了眼泪抬起头，就听见有个熟悉的声音小声说道："二少奶奶，您看看那窗户从里头能打开吗？"

这是牵穗的声音！温柔连忙起身去看了看窗户，发现还真是从里头扣上的，解开窗闩就能将窗户打开。

外头没别的动静，温柔小心翼翼地推开窗户，就看见牵穗穿着萧家下人的衣裳，手里拎着一个食盒。

"萧家闹翻天了。"一看见她，牵穗连忙把食盒递了过去，然后吐着舌头说道，"您怕是要委屈几日，二少爷吩咐不让人给你吃的东西。"

萧惊堂这是想饿死她？温柔苦笑，心想：也算是"天道好轮回"吧，杜温柔曾经把杜芙蕖关在柴房里饿过几天，只是，杜温柔不见了，这报应全落在她身上了。

"你怎么会……？"温柔接过食盒，打开就先吞了第一层上头的两块糕点，眨巴着眼睛看着她，满脸疑惑之色。

牵穗机灵，也知道她奇怪什么，左右看了看便笑道："我家公子说我吃的东西多，浪费粮食，所以赶我出来啦。这幸城就萧家下人的工钱最高，所以我应征进来当个粗使丫鬟。"

牵穗摆明是在开玩笑，不过温柔想也知道，这丫头聪明，放到萧家来当个卧底什么的，倒也挺合适的。只是就这么巧，恰好牵穗能赶上她落难，还来给她送吃的东西。

"谢谢你了。"勉强填饱了肚子，温柔又开始觉得头晕，扶着额头道，"我先睡会儿，你也快走吧，别被人发现了。"

柴房里什么东西都没有，连被子也不给，她怎么睡？牵穗笑不出来了，眼里满是心疼之色："要不奴婢再给您找床被子来？"

"会被发现的，罢了，这边趴着就能睡。"温柔摇头，"你别折腾了，藏好，仔细别被萧惊堂发现。"

牵穗点头，又忍不住说了一句："您要是真的被萧家休弃，不如也考虑考虑我家公子，他人很好的。"

裴方物？温柔笑了："他么好的人，哪里适合当备胎，娶个正经的黄花大闺女才好。"

温柔说罢，就合上了窗户。

牵穗在外头呆站了一会儿，叹了一口气，终于蹑手蹑脚地离开了。

她会被萧家休弃吗？这个答案是肯定的，她身上有人命债，怎么也不可能再在这儿做二少奶奶了。

想想在萧家的日子其实也不长，一开始温柔就是抱着要离开的心思的，所以当真走了，也顶多是舍不得几个姨娘。至于萧惊堂，杜温柔欠他的，她不欠。他们有过一次身体接触而已，就当初夜体验了，他不放在心上，她也不会太介意。

只是离开之后，她前头的路可能有点儿难走……牵穗的建议很好，但是她绝对不能采纳，到时候再说吧。

想着想着，温柔就靠在柴火堆上睡着了，头昏昏沉沉的，就睡得很熟，以至门被人打开的时候，她的眼皮都没动一下。

刘氏当着那么多人的面大闹了一场，萧惊堂就算想把事情压下来，也是不可能压得住的，忙碌了这么久，也只是暂时封住了下人的嘴。之后事情会怎么发展，谁都难说。

他是很生气的，气杜温柔心肠歹毒，也气自己竟然会被这种心肠歹毒的人迷了眼，差点儿就要接纳她了。

结果这美人皮一被掀开，里头依旧是漆黑肮脏的东西。

面前的人像是哭过了，眼皮有些红，趴在并不平整的柴火堆上熟睡，脸颊上也微微泛起红晕，嘴唇发白，他一看就知道她是病了。

心神一动，萧惊堂走过去轻轻碰了碰她的额头。

她没有发高热，但脸色就是诡异得不正常，是哭得狠了才这样，还是得了别的怪病？

不对，她生没生病，与他有何干？！察觉到自己的目光太过柔和，萧惊堂板起了脸，狠狠一拳头砸在旁边的地上。

于是温柔就被吓醒了，睁开一双兔子眼，很是茫然地看着他。

"你还有心情睡觉？！"二少爷暴怒，"杀人犯不怕做噩梦吗？"

萧惊堂还这么大火气，看来是真的很喜欢杜芙蕖。温柔撇嘴，小声说道："这儿什么都没有，你不让我睡觉，那让我干什么？"

"所以你是一点儿愧疚之意都没有？"萧惊堂眯起眼，"你告诉我，什么样的女人会恶毒到杀害自己的亲妹妹？"

"可能是心理变态吧。"温柔想了想，很认真地回答他，"在竞争过程中选择了不正当的手段，并且罔顾血肉亲情，杀人夺位，实在令人发指。"

也不知道杜温柔有没有好好反省过。

见她就跟在说别人一样，萧惊堂冷笑，伸手就扒开她的衣襟，看着她的胸口的红痣，声音仿佛来自地狱："你还想装到什么时候，杜温柔？"

她不是别人，就是杜温柔本人。即便性子大变，那也是杜温柔，过去做过的一切事情，都该由她来品尝后果，如今，却像个无辜的受害者，企图靠装傻来逃避责任，真是无耻。

温柔叹息，挥开他的手将自己的衣襟合上，耸肩道："我真没有什么好说的，要怎么样都随你。"

都随他？萧惊堂冷笑，眼里有莫名其妙的恼怒之色："杜芙蕖真的是你杀的？"

这让她怎么回答？说是吧，她也太冤枉了；说不是吧，人家只会觉得她在狡辩。

于是温柔选择了沉默。

"我怎么会傻到来问你？"萧惊堂垂下眼眸，嗤笑一声，嘲讽地勾起嘴角，脸色阴鸷，"你承不承认已经不重要了，等杜家老爷来了，我会正式同你和离，然后把你交给衙门处置。"

终于要和离了，温柔点头，看了看面前的人，倒也不觉得很高兴，想了想，说道："其实你这样的人，若不是有三妻四妾，再相处一段时间，我可能会喜欢上你。"

萧惊堂顿了顿。

温柔说的是实话,毕竟萧惊堂长得好看,有些观念还跟她挺合的,床上也挺和谐,要是相处的时间能再多点儿,让她解开心结,那说不定他们还真成了。

可惜他们已经没有机会了。

"被你这样的女人喜欢上,真不是什么好事。"沉默半晌之后,二少爷低声开口,"不喜欢就不喜欢吧。"

"嗯。"温柔点了点头,问,"所以二少爷这会儿来这里,是想陪我聊天儿吗?"

"不是!"萧惊堂回过神,皱眉,"我想问杜芙蕖被你们埋在了哪里,刘氏几近疯狂,现在根本不肯好好说话。"

杜芙蕖的葬身之地?温柔认真找了找杜温柔的记忆,发现还真没有。

"我不知道。若是知道,我一定选择告诉你。"温柔耸肩,"毕竟那样一来你还能少恨我一点儿。"

少恨?萧惊堂将手放在她身侧的柴火上,慢慢收拢手指,眼里满是恨意:"你觉得杀妻之仇,恨该怎么少?"

杀妻?杜芙蕖没过门,也被他当作妻,而杜温柔这个在萧家待了一年多的女人,在人家眼里依旧什么也不是。真是各自有因果。

温柔想得通,然而不知道是不是杜温柔有些苏醒了,她的心脏一阵紧缩,疼得温柔的嘴唇更白了点儿。

"那就恨吧。"温柔点了点头,"我无话可说。"

好一个无话可说!萧惊堂站起来,拍了拍衣裳:"既然你不肯说,那就继续饿着吧,什么时候想说了,什么时候让人转达给我。"

温柔疲惫地靠在旁边的柴火上,半眯着眼目送他出去,没再吭声。

门口的奴仆见二少爷出来了,连忙锁上了门,跟着往外走去。

"二少爷放心,奴才都安排好了,厨房那边的人不会送吃的东西过来,水的话……可要给?"

"不给。"萧惊堂烦躁地挥手,"你先下去,我自己走一会儿。"

"是。"

察觉到二少爷的心情更差了,四周的家奴都纷纷退散,留他一人在萧家大宅里慢慢地走着。

这宅子其实一直死气沉沉的,几个姨娘与他不亲近,母亲也总有自己的事情要忙,他一个人吃饭、看账本、睡觉,也早就习惯了。但是不知道为什么,今日他觉得四周格外空旷,没人咋咋呼呼,也没人再烤肉让肉香飘满半个萧宅。

没什么不好的,恶毒的女人就该有她的报应,他不觉得可惜。

"小荷,你做什么去?"

厨房里的丫鬟刚准备去打水,就看见小荷怀里揣了几个包子,急匆匆地就要往外走。

"啊,我没事,去散散步。"小荷应着,提着裙子就去了柴房的方向。

厨房里的丫鬟追出来看了两眼,皱眉道:"这不知死活的丫头,这节骨眼上还敢给二少奶奶送吃的东西!"

嘀咕了两句,她倒也没去拦,转身想回厨房,却感觉有穿着锦衣的男人从旁边一晃而过。

"二少爷?"丫鬟下意识地喊了一声,面前却已经没人了。丫鬟愣了愣,随即摇头。

肯定是她看花眼了,要是二少爷在,小荷肯定就被叫住了。

温柔蹲在柴房里,正在感叹时运不济、命途多舛,结果没一会儿,窗户外头就来了不少人。

"二少奶奶,这是奴婢省下来的包子,您先垫着点儿肚子。"先前在厨房里帮她刮鱼鳞的小丫鬟来了,怯生生地说道,"虽然不是什么好东西,但也比没有好,奴婢偷着来的,没人看见。"

温柔有点儿感动,没想到这丫头会在这时候来帮自己一把,当即便接过包子咬了一口:"多谢。"

"主子哪里用跟奴婢说谢谢。"小荷连忙摆手,"您快歇着吧,奴婢先走了。"

"好。"

自古真朋友只能看雪中送炭的,不能看锦上添花的。吃着猪肉白菜馅的包子,温柔还是觉得有点儿欣慰,在这儿待了这么久,也不算白待。

"二少奶奶。"

几个包子刚下肚,窗户又被人敲响了,温柔愣了愣,连忙去将其打开,就看见阮妙梦身边的桃嬷跟做贼似的抱着被子,一看她开了窗户便将被子塞了进来,着急地说道:"我家主子吩咐给您送来的,您保重。"

桃嬷说罢就蹿得没了人影。

温柔错愕,抱着软绵绵的被子,心里暖得很。

可是让她没想到的是,不只阮妙梦,苏兰槿也让丫鬟送了铺在地上的席子和棉被，慕容音送了烛台跟水，云点胭就送了她这两日在吃的药，到最后，凌挽眉还亲自来了。

"咱们几个想了很久……"她站在窗边看着温柔，叹息道，"过去谁对谁错咱们不想论，您也会有自己该得的果，只是最近这段日子，大家都承蒙您照顾，所以您落难，咱们虽然救不得，也该来帮您一二。"

温柔撇了撇嘴，眼眶有点儿红："你们可真讲义气，我就是教你们打了麻将而已。"

凌挽眉笑了笑，摇头道："与二少奶奶相处，让人觉得很舒服。您会为别人着想，也会护着咱们。点胭身子不好，您就让大夫给开补药调养；妙梦喜欢在银子上斤斤计较，您也不同她争，每次都没让她吃亏；兰槿有些害羞，说话很小声，常常被人忽略，您每次都能在大家七嘴八舌的时候轻轻问她一句她说的是什么；音儿耿直，常常吃下人的亏，您一句话没说就给她换了不少老实靠谱儿的婢女，还说是管家安排的。

"人与人相处看缘分，也看人，咱们都能感觉到您同以前不一样，也不觉得现在的您会杀人。您对咱们的好，咱们自然都记得，并且会回报您。"

温柔咋舌。凌挽眉说的事情很多她已经快不记得了，也许就是随口的一声吩咐，让管家或者下人去做的，结果却被她们这么认真地记住了。

这真是一群可爱的女人。

温柔眼神柔软如水，笑道："有你们这么对我，我死了也没什么遗憾的了。"

这分明该是男人对女人说的情话，从她嘴里说出来，倒让凌挽眉觉得心里一动，脸还有些红："二少奶奶不紧张吗？还有心情开玩笑。"

她现在的处境很糟糕，一旦杜家老爷决定放弃她，那她真的会堕入地狱。

"我紧张，但是也没什么办法，"温柔耸肩，"最差也就是给杜芙蕖偿命了，不是吗？"

凌挽眉叹息："那当真是您以前做的错事吗？"

"说来话长。"温柔懒得解释，干脆转移了话题，"不过你知道萧惊堂和杜芙蕖的事情吗？"

她也就是随便问问，没想到凌挽眉当真点了点头："知道，他们认识的时候，我刚进府，还有些不安分，每次爱跟着二少爷出门，见着杜家二小姐很多次。"

温柔来了点儿兴趣，趴在窗边问："那位二小姐是什么样的人？"

凌挽眉看了她一眼，表情又古怪起来，问道："二少奶奶不是她的亲姐姐吗？"

二少奶奶竟然问她这种问题？

温柔干笑两声，摇头："我们不太熟，不怎么来往的。"

家族大了也难免这样，凌挽眉不疑有他，想了想，说道："她是个很温和开朗的姑娘，二少爷似乎很喜欢她，两个人来往也频繁，一起去了不少地方。"

那杜温柔就真的是第三者插足还强行上位了。温柔叹气："我可真是不冤枉。"

凌挽眉抿了抿唇，又说道："二少爷这个人霸道但是不任性，很多时候也通人情，就是外表看起来冷漠了些，您若是有冤屈，不如同他再说说？"

"免了。"温柔耸肩，"杀妻之仇真的不共戴天，我受着。"

真正的绝望不是被人冤枉了要死，而是明明知道自己是被冤枉的，却完全没法解释。温柔已经想通了，走一步看一步吧。

夜色已经深了，温柔与凌挽眉聊了一会儿便让她回去了。关窗的时候，温柔看了一眼空荡荡的院子，心想：真是奇怪，这人关她禁闭，竟然也没让人来守着。

幸城的流言传播速度很快，萧家二少奶奶杀人夺位的消息没两日就变成了百姓茶余饭后的谈资。裴方物走在街上，也能听见人们的议论声。

"听闻杜家老爷羞得不肯来，结果还是没办法，硬着头皮来了。嗐，我要是有杜氏那样的女儿，肯定打死，免得给我丢人。"

"可不是吗？杀自己亲妹妹的事情也做得出来，这样的女人就该被烧死。"

脚步一顿，裴方物看了看说话的人，其中一人正好看过来，眼神与他一对上，立马就闭了嘴。

"公子，"旁边的侍女余鲤低声禀道，"牵穗那边传来消息，说二少奶奶有府里众人相帮，暂时还不算太难过。"

可今日杜家老爷到了，那情况就另说了。

裴方物脸色不太好看，站在原地想了一会儿，低声吩咐道："你让牵穗准备着，实在扛不住，就带杜夫人出来，我想办法送她走。"

"是。"余鲤应了。

207

温柔睡得正好的时候被人从被窝里拽了出来，萧惊堂站在门口看着她身上身下的被子，脸色难看地问道："谁送来的？我不是说过不许任何人与她说话吗？"

院子里的人都没吭声。这边又没人守着，谁知道是谁送的东西？！

众人都有些战战兢兢，然而二少爷似乎也没打算在这件事上多纠缠，象征性地沉着脸问了几声之后，便挥手让人把温柔带去大堂。

府里的气氛比先前更紧张了，温柔也听见了风声，知道杜家的老大来了，所以格外老实，一点儿没挣扎，去了大堂就直接跪下，闭上眼睛一声不吭。

杜振良是杜温柔的父亲，也是杜家一句话说了算的人。他肩上扛着家族的担子，为人自然很是严肃，刚正不阿，分外不讲情面。为了杜家，饶是知道杜芙蕖先心许萧惊堂，他还是硬将杜温柔嫁了过来。

他看重的倒不是杜温柔，也只是她身上嫡女的身份。

然而现在，刘氏丢人丢到了萧家，杜温柔更是丢尽了杜家祖宗十八代的脸，杜振良很生气，气得一看见杜温柔，直接扯了家奴手里的木棍，一棍子打在了她的背上！

"砰"的一声响，温柔感觉自己的五脏六腑都快裂了似的，疼得说不出话来，好悬没一口血喷出来。

这当爹的也真下得去手啊！

萧夫人和萧惊堂就坐在旁边，还有萧家的不少亲戚也在围观，众人都还没反应过来，直接就看到了这么一幕。

"杜老爷，"萧惊堂沉了脸，看着地上好半天没爬起来的人，拳头微微捏紧，"您是想直接灭了口，好不给我萧家交代了吗？"

"家教不严，养出这么个东西，老夫愧疚！"杜振良咬牙道，"不如打死了，也算给你萧家一个交代！"

萧夫人看得心疼，到底是疼了这么久的儿媳，还是低声劝道："您已经没了一个女儿，总不至于连这个也不要了。是非对错，总也要给柔儿一个说话的机会。"

"是啊，爹。"旁边一个男子开口了，"芙蕖就这么莫名其妙地不见了，活不见人死不见尸，好歹让她招供，到底把芙蕖送去了哪里。"

这个人的声音温柔没听过，不过杜温柔的记忆里有，这是杜家的庶子杜怀祖，杜芙蕖的弟弟，对杜温柔深恶痛绝，出门经商有一年多了，现在可能是刚回来，就赶着来找她算账了。

208

这个问题也是萧惊堂关心的,不过看着地上那人的模样,怕是痛得说不出话了,于是他开口道:"我已经问过,她说不知道。"

"她说你就信?"杜怀祖皱眉,"萧兄,一年多不见,你怎么变得这么轻信于人了?"

萧惊堂皱眉:"非我轻信,我饿了她三天也不见她开口说一句,若是她当真知道,说出来对她有益无害。"

"你怎知是有益无害?"杜怀祖冷哼,"万一我那二姐聪明,从她的魔爪下逃生了,她自然是不肯说出来的。要是我二姐回来了,她算个什么东西?!"

府里的姨娘都在后头站着,闻言都皱了皱眉。

杜家可真是风水轮流转了,庶子都敢这么跟嫡女叫板。然而,凌挽眉更担心的是杜温柔那身子,这么一棍子打下去,人还不被打坏了?这几日二少奶奶本就病着……

温柔缓了好久的气,终于从地上爬了起来,满头是汗,咬牙切齿地说道:"真没人性,下手这么重。"

"你说什么?!"杜振良本就生气,一听她开口就骂人,当下又提起了棍子,"孽障!"

棍子高扬,却没能打下去,杜振良顿了顿,转头看了一眼抓着他手里的木棍的人。

"我请二位来,不是只打骂人的。"萧惊堂面无表情地说道,"二位不如想想,要怎么处置此事。"

杜怀祖不乐意地问道:"边打边处置不行吗?她都敢出言不逊顶撞父亲了,还不许父亲教训?"

萧惊堂没再说话,只伸手扯了杜振良手里的木棍,扔去了院子外头。

"怎么?"杜怀祖上下打量了他几眼,皱眉道,"难不成只一年的时间,萧二少爷就忘记当初允诺过的要娶我二姐过门的话,转而对这个杀人犯动心了?"

"我没有。"萧惊堂不耐烦地坐下,"只是没被处置之前,她还是我萧家的二少奶奶,没有让人活生生打死在这里的道理。"

谢谢啊,温柔是感激他的,毕竟她的身子是真的经不起打了。她前面还说了,只能看他一眼。

清凌凌的眼眸,不带哀求之色,只有些痛苦,带着谢意看向他,半点儿别的意思都没有。此刻的她像是即使被狂风骤雨打得七零八落,还不忘送给撑伞路过的人一缕香气的花。

顿了顿,萧惊堂更烦躁了。

杜怀祖冷哼一声,眯起眼睛看着自家父亲说道:"这也没什么好处置的了,咱家理亏,让人写了休书,再把大姐送进衙门就是了。至于二姐,咱们再派人找,实在找不到,就让四妹来萧家吧。"

杜振良也是这么想的,所以闻言点头,看向萧惊堂道:"温柔不中用,也做错了事,不配为萧家正妻。刘氏好赌成性,偷用家财,也不堪为杜家妻。今日当着两家人的面,老夫休了刘氏,二少爷也大可休了温柔,之后再迎杜家其他嫡女过门。届时我杜家会赔上千金的彩礼,算是谢罪,如何?"

萧惊堂没吭声,抬起眼皮又看了杜温柔一眼。

她除了骂那一句话,没有再说什么,应该是心虚默认了,也知道自己罪有应得吧。以前她那么伶牙俐齿说得他无法反驳,如今却跪在这里,任由这些人把她的生路全部封死。

若没有良知,她哪里会这么老实?可若有,她又怎么会做出杀人的事?

心里乱成一团,萧二少爷冷声开口道:"当真把杜温柔送去衙门,恐怕会伤了杜家的颜面,杜伯父可有更好的法子?"

法子肯定是有的,就看萧家的态度了。萧家不肯轻饶,那杜温柔的下场肯定就惨;萧家若是好说话,那他自然也有法子把这事盖过去。

"二少爷觉得怎么合适啊?"杜怀祖挑眉道,"不如这人就交给二少爷来处置。您说想怎么办,咱们就怎么办!"

肚子一阵绞痛,温柔脸色更加苍白,然而垂着头,根本没人看见她的异样。

"杜氏令我痛失至爱,岂是一死就能弥补的?"萧惊堂也没看温柔,只皱眉对杜振良说道,"若是伯父舍得,不如就让杜氏留在我萧府,以丫鬟的身份给我萧家做牛做马,一生一世不得解脱,如何?"

此话一出,众人皆惊。

杜温柔是何等骄傲的女子,最看重颜面和地位,让她离开萧家出去为奴为婢都好,这萧二少爷竟偏偏要她留在萧家。昔日的少奶奶,如今的丫鬟,这样的落差和颜面尽失的境地,不如让杜温柔死了更痛快。

杜家两个人对这个提议倒是没有太大的意见,杜怀祖只试探着打趣了一句:"这对杜氏的惩罚是有了,可天天让她在二少爷眼皮子底下晃悠,不是让二少爷更难受吗?"

萧夫人皱眉看了这杜怀祖一眼,微微不悦,却也没什么办法,只说道:"萧家这么大,也不是每个丫鬟都能见着二少爷的,亲家公子多虑了。"

"如此,那我也没什么话说了。"杜怀祖耸肩道,"只是从今往后我杜家要和这蛇蝎毒妇划清界限,休书一写,父亲也会立即与她断绝父女关系。她再做出什么坏事,那可就不该咱们负责了。"

萧夫人点头,心里其实也没底。以柔儿的性子,她会不会受打击太大,做出什么对惊堂不利的事来?可是,她看惊堂态度这么坚决,眼下情况又一团乱,还是等事后再与他重新商议为好。

于是她就低头去看地上的杜温柔。

不看还好,萧夫人一看就被吓了一跳:"柔儿?"

温柔捂着肚子,几乎已经趴在了地上,脸色发白,头发也被汗水湿透,贴在脸上,像极了刚从水里被捞出来的浮尸。

众人都被萧夫人这一声惊得看过去,萧惊堂顿了顿,皱眉道:"你又在耍什么花样?"

"我玩大麻花呢。"温柔咬牙切齿地开口,喘着粗气哽咽道,"能不能先给我请个大夫?再拖下去我就真的会直接疼死了。"

这么严重?旁边的凌挽眉站不住了,几步过来蹲下,看了看温柔的气色,皱眉道:"这几日二少奶奶一直不舒服,药也没断过,自然不是装病,只是这会儿看起来更加严重了。二少爷,请个大夫吧。"

云点胭也点头:"二少奶奶在吃药这事妾身是知道的,说是小病,也拖了好几天了,难免恶化。"

没想到有人会站出来帮她说话,萧惊堂和萧夫人都有点儿惊讶,愣了半响准备让人叫大夫的时候,外头的丫鬟直接就把请来了半天的大夫推了进来。

"二少奶奶是腹痛?"大夫把了把脉,脸色有点儿难看,"劳烦把人移到床上去,请一位姨娘来帮着老夫看看。"

见大夫都这么认真,杜振良等人也没什么好说的,全看萧惊堂安排。

萧惊堂皱眉:"先听大夫的,治好了人再说。"

"是。"

五个姨娘上来,七手八脚地把杜温柔往最近的房间里扶。温柔冷汗涔涔,难得还有心情开玩笑:"我是不是今天吃包子吃太多了?"

"二少奶奶!"云点胭眼睛都红了,看着她那薄薄的衣裳下高高肿起的背，急得跺脚，"他们都快打死你了！怎么会是包子的问题？！"

"怪我不经打。"温柔撇嘴，小声说道，"不过那老家伙的力气真是大，他简直没打算给我留命。"

这语气活泼得很，声音却不大，温柔已经疼得没什么力气了。几个姨娘扶着她，听得想笑，鼻子却又忍不住发酸。

大堂里，萧惊堂很自然地起身就想跟过去，却被杜怀祖叫住了。

"我说二少爷，"杜怀祖嬉皮笑脸地说道，"您先前不是很讨厌杜温柔吗？如今对她怎么好像仁慈了许多？换作以前，她要是犯这么大的错，您就该直接置她于死地了，哈哈。"

语气是在开玩笑，他说的话却怎么都有点儿责问的意思。

萧惊堂终于正眼看了看他，问了一句："你是谁？"

脸上的笑意僵了僵，杜怀祖有些尴尬地回道："二少爷不记得我了？我是芙蕖的弟弟，先前你们在一起的时候，我跟你们一起游过一次湖。"

就游玩过一次而已，这人怎么上来就像是跟他熟悉得很似的？萧惊堂没吭声，眼神疏离，浑身都散发着一种明显的抵触情绪。

"怀祖马上就是我杜家的嫡子了。"看二少爷有些不买账的意思，杜振良还是开口道，"他的母亲许氏马上会被转正。"

他的言下之意是，杜怀祖很可能是杜家以后的继承人。

"恭喜了。"脸上还是没什么表情，萧惊堂说道，"既然事情已经交代清楚，那烦请杜伯父在这两份契约上签字，之后在下自当将伯父亲自送回寒江城。"

"好。"

虽说年纪比萧惊堂大，地位也比萧惊堂高，但是不知怎么的，杜振良在萧惊堂面前就是拿不出长辈的威严，就像是平辈交流那样，也没敢指出萧惊堂的无礼之处。

大概是有些顾忌三皇子吧，杜振良才不想承认自己不如萧惊堂这毛头小子。

契约拿上来了，是萧惊堂让人现写的，一份是杜温柔的卖身契，一份是休书。卖身契与杜振良没什么关系，他也懒得多看，饶是觉得上头写的赎身十万两银子有些多，也并没有提出异议，耿直地就签了字，按了手印。

至于休书，那就更没什么好看的了，他签了字还要给人赔个不是："让萧夫人和二少爷劳神了，我的四女儿马上就会过门，婚事简繁也由亲家母来定。"

萧夫人点头应了,客套地招呼杜振良父子在府上住下,然而杜家人哪里有脸住,推辞了就急匆匆地回了客栈。

"唉。"萧夫人叹了一口气,看了看自己的儿子,问,"你当真要留下柔儿?"

"当真。"萧惊堂回道,"母亲若是害怕,儿子会将她留在我的院子里,不会让她出去祸害人。"

"为娘还不就是担心你?"萧夫人微嗔,"你倒好,竟然还把人留在跟前。"

"儿子看着她才能更好地折腾她,不是吗?"萧惊堂面无表情地说道,"儿子会派人继续找芙蕖,在找到之前,与杜家的婚事母亲不妨拖一拖。"

萧夫人点头应了,还想再说什么,却见外头急匆匆地跑进来一个丫鬟,到跟前就"扑通"一声跪了下去。

"夫人、二少爷,大夫说二少奶奶似乎是流产了!"

什么?!萧夫人"噌"地就站了起来,皱眉低吼:"说清楚,什么叫流产了?"

"大夫……大夫说二少奶奶的症状的确是流产,只是怀上不过半月,没有任何妊娠反应,也就没人察觉,诊脉也不容易诊出来,所以……"

怎么会这样?!萧夫人白了脸,有些无力地靠在椅背上"喃喃":"我盼了这么久的孙子,怎么会突然来了,又突然没了?惊堂……你怎么也没考虑柔儿有可能有身孕?刚刚亲家公那一下打得……"

一阵风从面前吹过去,她的话音还没落地,她面前的儿子就已经没了影子。

房间里,温柔捂着小腹皱着眉直哼哼,下身垫着的白布已经又红了一片。

"二少奶奶不会有事吧?"慕容音低声问道,"看起来好可怕。"

旁边的大夫直皱眉头:"这样早流产,若是出血三到五天,与月事的血量差不多,那排出死胎就会无碍。可若是血流得多了、久了……那就麻烦了。"

在场的姑娘脸都有点儿红,可更多的是担心。

凌挽眉眼睛都红了,捏着拳头说道:"这一打就打掉一条人命!"

这还是二少爷的亲骨肉。

"已经没了吗?"有人冷声问。

213

众人一僵,纷纷回头,就见萧惊堂面无表情地站在门口,很是冷漠地说道:"若当真没了,那就算了。"

算了?凌挽眉黑了脸,按捺不住地道:"刚才还说杜家老爷无情,没想到二少爷也这样冷血,真是不是一家人不进一家门!"

"挽眉!"阮妙梦低呼一声,扯了扯她的衣袖。

"不用担心我。"凌挽眉轻笑,"反正我在这儿也留不久了,有话不妨直说。二少爷,不管二少奶奶做错了什么,她肚子里的孩子是无辜的,您自己的骨肉没了,您能不能稍微伤心一下,哪怕不是为了二少奶奶呢?

"你们打也打了,休也休了,二少奶奶现在死活还未知,您就非赶在这个时候再来捅她一刀?"

萧惊堂沉默,脸上一点儿波澜也没有,却站在这儿任由凌挽眉说,也没还嘴,仿佛人家说的不是他,他也只是个来看热闹的人,里头的女人与他无关。

凌挽眉当真生气了,正要再骂,却听得屋子里传来了二少奶奶的哭声。

"好疼啊!"温柔当真是疼哭了,这种绵延不断的疼不至于撕心裂肺,却一直让人无法解脱,再不怕疼的人,也得被折腾疯了。

手动了动,在几个姨娘围过去之前,萧惊堂先走到了床边,低头看着床上的人。

一点儿平时的神采都没有,温柔脸上满是泪水和汗水,五官都皱到了一起,脸色惨白得像碰一下就会破的纸一样。

二少爷抿了抿唇,开口道:"这也算是她的报应了。"

萧惊堂嘴上这么说,垂在身侧的手却捏得泛白。

温柔没睁眼,倒也听得见四周的声音,闻言冷笑一声,沙哑着嗓子说道:"可不就是报应吗?遇上你这种禽兽,嫁进来自讨苦吃,怀了孩子还被硬生生打没了,这可不就是杜温柔的报应吗?再喜欢你,她自己就该去死!"

温柔"噼里啪啦"一顿乱骂,反而觉得疼痛轻了些,大概是光顾着想该怎么骂人了,没再留意肚子有多疼。

屋子里的人都愣了愣。凌挽眉本来也想骂二少爷禽兽来着,可被温柔把话全骂了。凌挽眉倒是冷静了下来,看了看萧惊堂,有些担心。

杜氏这么骂他,他该不会一气之下直接把杜氏扔出去吧?

旁边的大夫都在考虑要不要先给床上这人扎两针,好让她别再激怒二少爷了。但出乎意料的是,萧惊堂没生气,一张脸上依旧没什么表情,反而在床边坐下看着她问道:"这么恨我?"

"我岂止是恨你!"温柔眼泪"哗哗"地掉,"别让我有机会活过来,你最好现在就弄死我,不然我非得让你给我肚子里的孩子偿命!"

她就是一个被无辜牵扯进来的局外人!不是她的身子,不是她的丈夫,可怎么她偏偏就有了孩子,孩子还这么莫名其妙地就没了?!

孩子是无辜的啊!虽然不是她乐意接受的,可孩子既然都到她的肚子里了,怎么说走就走?

眼里晦暗不明,萧惊堂淡淡地说道:"就凭这副要死不活的样子,你还能活过来?"

"我一定会比你晚死!"温柔咬牙切齿地哭道,"我要亲眼看着你倾家荡产、身败名裂、断子绝孙!"

好狠的话,凌挽眉听得都忍不住唤了她一声:"温柔。"

"那也要你有那个命。"床边的二少爷依旧不恼不怒,慢条斯理地说道,"看你这疼得要死的样子,估计你活不过今晚。"

"我死了也会变成鬼扰得你家宅不宁!"眼睛都气红了,温柔伸手就掐着他放在旁边的手,一点儿没省力气,使出吃奶的劲狠掐着!

"二少爷,"看着他被掐得隐隐泛出血痕的手,大夫惊喊了一声,"您要不先走吧?"

萧惊堂没动,任由温柔掐着自己,低头看着她的脸。

她生他的气,脸上倒是有了点儿血色,力气也大,看来死不了,只是眼睛哭得又红又肿,里头清凌凌的光也消失得无影无踪,转而被愤怒和痛楚之色填满。

他下意识地伸手就将她贴在脸上的鬓发拨至耳后,露出一张被汗水浸湿的脸。

阮妙梦怔了怔,讶异地看了他一眼。凌挽眉也不吭声了,后退两步,转身去吩咐丫鬟准备补品。

萧二少爷就一直坐在床边,有一搭没一搭地激怒温柔,然后听她骂上自己半响,再掐上自己半响。

"怎么,没力气了?"感觉掐自己的力道小了很多,萧惊堂顿了顿,皱眉看着温柔,"就这点儿出息?"

"我要是还有力气,会去挖你家祖坟。"温柔有气无力地骂了最后一句,垂下手,陷入了昏迷之中。

"大夫!"神色一紧,萧惊堂连忙将旁边的大夫抓过来,皱眉问,"她是不是死了？"

大夫摇头，翻看了一下她的眼皮，回道："是太累昏睡过去了，得给她喂点儿东西。"

"药房里还有人参。"旁边的萧管家连忙问道，"老奴去拿？"

"她已经不是二少奶奶了，"萧惊堂面无表情地起身，说道，"没有给丫鬟吃人参的道理。"

那难不成就有让丫鬟掐主子的手掐得出血的道理了？萧管家颇不能理解地看了他的手一眼，也没敢反驳。

"去把扔在后院里的废参拿来给她吃，"二少爷吩咐道，"拿两根就是。"

扔在后院里的……废参？

听到这话的人都难免觉得二少爷刻薄，就算杜温柔不是二少奶奶了，好歹流的是他的孩子，他竟然一般的人参都不给，只给废参。

萧管家和巧言却知道，二少爷的后院里晾着的哪里是什么废参哪！那分明是药性极好的参王，都没敢晾在别处，特地放在二少爷眼皮子底下的，还让人看守着。

二少爷不给二少奶奶吃一般的人参，倒舍得给参王，这是什么想法？

巧言笑了笑，善解人意地应道："奴婢去拿吧，顺便再宰一只瘦弱的鸡崽子，给温柔炖个汤。"

"嗯。"萧惊堂颔首道，"你去吧。"

阮妙梦翻了个白眼，小声说道："我再喜欢银子也没像他这么抠门啊！"

"无妨。"慕容音低声道，"咱们几个出银子给二少奶奶……不对，是给温柔做点儿好东西吃。"

"嗯。"几个姨娘嘀咕着各自的分工，留云点胭在这儿守着，其余的人回去拿银子的拿银子，拿东西的拿东西。

温柔躺的房间是下人的厢房，云点胭小声问了萧惊堂一句："二少爷，妾身能把温柔带回逍遥阁吗？免得打扰了巧言姑娘休息。"

"不必。"萧惊堂道，"我的院子里有柴房，收拾收拾她就能住。"

"可……她这血要流好几天，柴房那么脏，她会生病的。"云点胭皱眉，"女儿家一生病，可能就是一辈子的病根。"

"关我什么事？"萧惊堂冷笑，"她害死了人，人家也是一辈子都毁在她的手上了。"

云点胭愣了愣，看了萧惊堂一眼，打了个哆嗦，抿着唇不再说话。

216

于是温柔当真被移去了思狂院的柴房，只是这里的柴房很干净，旁边的柴火堆已经用白布盖了起来，地上也铺了毯子，架子床带着帷帐，半点儿灰尘也没有。

"萧家人还算有点儿人性。"凌挽眉带着人将温柔放进去，叹息道，"只是她以后的日子到底该怎么过？"

她还能怎么过？拿命过！

温柔在一片混沌意识中挣扎，仿佛又看见了杜温柔。

杜温柔张牙舞爪地朝她扑了过来，掐着她的脖子，眼睛血红，吼道："你害死我了！你害死我了！"

"你……放手！"温柔一脚将她踹开，简直气不打一处来，"抢我的台词还恶人先告状！你告诉我到底是我害你还是你害我？做人要讲道理，我帮你到现在也是不容易了，本来过得好好的，却被你扯进泥潭，你还有脸掐我？"

杜温柔死死地盯着她，摇头："不是我的错，不是！"

"你敢说杜芙蕖不是你杀的？"温柔冷哼，"为了抢男人，都敢背上人命债了，你也不怕杜芙蕖的冤魂来找你算账？"

杜温柔微微一愣，垂了眼眸："她从来没有来找过我，我也在等，可她不来，那就不是我的错……说不定是她自己想死呢。"

温柔："……"

她还能对这人说什么？

杀了人没冤魂缠身就觉得自己没错，杜温柔这简直是神逻辑！她怎么就这么倒霉要完成这种人的心愿？

温柔突然有一种放弃的冲动。

"温柔？！"床上的人陡然变得虚弱，身下的血也突然绽开了一朵巨大的花，凌挽眉被吓得尖叫一声，连忙去找大夫。

萧惊堂就在隔壁，闻言便直接跑了过来，看见这场面，皱眉低喝："怎么回事？"

"大夫说血流得正常，温柔就会没事，"旁边的慕容音低声回道，"但若血流得多了，恐怕……有性命之忧。"

眼神黯了黯，萧惊堂走到床边低喊了一声："杜温柔！"

正与温柔掐成一团的杜温柔听见了喊声，微微一愣。

温柔就趁这个时候，一把将她推到了旁边一个巨大的坑里。

温柔也不知道这里为什么有个坑，反正直觉告诉她，杜温柔下去了就很难上来。

刚从被下毒和重伤中恢复的杜温柔虚弱得很,对身体的控制没有以前那样厉害,也打不过温柔,所以掉进坑里也没办法,只能咆哮:"这是我的身子,你凭什么对我动手?!"

"你反省一下再出来吧。"温柔撇嘴,"做了坏事还不知道错,不知道改,这是你的身子又怎么了?只要这身体还与我的性命相连,我就不会任由你这种人继续惹麻烦。"

"我错在哪里了?"杜温柔忍不住大喊,"谁都是为了自己在活,我做的一切事情也是为了自己,有什么不对吗?"

"人是群居动物,"温柔步子没停,说道,"在人群里过日子,你就不能只为自己而活。不替别人考虑,甚至做危及其他人性命的事,你就活该被群起而攻之。自私是人性,但你不能任由它生长,变成你恶心的个性——那样没人会喜欢你,你也没资格要求别人喜欢你。"

杜温柔皱眉,看不见温柔的影子了,却还能听见虚空之外有萧惊堂的声音不停地传来。

"杜温柔!杜温柔!"

"你叫魂还是怎么的?"身子一沉,温柔半睁开眼,有气无力地说道,"死了都能被叫活。"

萧惊堂:"……"

温柔扫了他难看的脸色一眼,不耐烦地问道:"你怎么又在这儿?很闲?"

第八章
被迫卖身

睁开眼就看见这个人,温柔心里气闷,他长得再好看也没用。

萧惊堂冷笑:"我叫回了你的魂,你不谢谢我,还张口骂人,真是不知好歹。"

温柔也没多余的力气跟他拌嘴,翻身就想继续睡,谁知道床边这人一点儿也不温柔地直接就把她给拎了起来,靠在后面立起的枕头上。

"吃了饭再睡。"

关他什么事啊?温柔惨白着脸瞪着他:"想装好人还是怎么的?"

"你有什么本事让我来装这个好人?"萧二少爷蔑视地递了休书和卖身契给她,"你父亲允了的,给你的休书,顺便将你卖身给了我萧家,以后你一辈子就在这里还债吧。"

卖身?温柔愣了愣,扯过他手里的东西看了看,脸色更白了。

"凭什么他可以卖了我?!"温柔气急败坏地撕了卖身契,咬牙道,"我的人生自然该由我自己做主!"

"还想撕吗?"萧惊堂平静地问了她一句,又从身后拿了十几份卖身契出来,"原件已经被送去衙门备案了,这些你可以随便撕。"

温柔:"……"

她怎么忘记了?这里卖女儿的事情多了去了,父亲签的卖身契,拿去衙门也是作数的。

温柔拿过一份卖身契仔细看了看,深吸一口气:"我怎么不知道自己这么值钱？十万两银子！"

饶是萧家这么富裕的人家，也不可能一下子就拿出十万两银子来。更何况她现在身上有伤又流产，根本没多余的精力去挣钱。

这摆明是把她坑在这里了。

"你该感谢我觉得你这么值钱。"萧惊堂起身，冷漠地拍了拍袍子，对旁边目瞪口呆的丫鬟吩咐道："照顾好她。她养好了身体，以后才能还债。"

"是。"

温柔气笑了，险些把旁边放着的饭菜给打翻。

"冷静点儿，"凌挽眉伸手来压住她，"别跟自己过不去，你现在很虚弱。"

饭菜都是猪肝一类增血益气的，温柔咬牙，端起碗和了菜就大口大口地吞饭。

身体是革命的本钱，任何时候她都不应该跟自己的身体过不去，不然老了还多病，多难受啊？

差点儿噎着，温柔又咽了一口汤下去，用尽浑身的力气狼吞虎咽地吃了一大碗饭。

旁边的慕容音瞧着，眼泪都快下来了："您别这么急……"

"我不急，没事，"温柔放下筷子，抹了抹嘴，"日子还长着呢。"

屋子里血腥味儿浓重，气氛更是压抑，几个姨娘待不住，纷纷找了借口出去透气，只有凌挽眉依旧坐在床边看着她。

"有话要说吗？"温柔问她。

凌挽眉笑了笑："我打算走了，你现在也不再是萧家的二少奶奶，有没有跟我一起走的打算？"

"走？"温柔微微一愣，"你能走去哪里？"

"江湖之大，去哪里都可以。"凌挽眉回道，"我本来是为了等一个人才会在这院子里待着，现在不想等了，所以随时可以离开。"

想起先前凌挽眉说的那些话，温柔大概也能明白，于是毫不犹豫地点头："你要是能带我走，我便走。"

"好。"凌挽眉颔首，"我去安排。"

这里实在没有什么好留恋的了，温柔等了五天，那人也没有要来跟她服软的意思。

想想也是，堂堂萧家二少爷，风流满天下的公子哥，少了她一个女人，还有千万个女人，又怎么会拉下脸来求她？到底是她自作多情了。

凌挽眉回去收拾了细软，安排好外头的接应，正要松口气，却听得身边的丫鬟宛蝶在外头禀道："主子，二少爷来了。"

凌挽眉被吓了一跳，连忙将所有的包袱都塞进了床底，然后抬头看着走进来的人。

萧惊堂每月也就来她的院子里一次，走个过场而已，两个人也不曾说过太多的话，毕竟不管她说什么，这位少爷都不会有反应。

但出乎意料的是，今儿二少爷竟然主动开口了："有件事想请你帮忙。"

瞳孔微微放大，凌挽眉诧异地看着他，听着他说的话，更是下巴都快要落在地上了。

温柔的身子在大夫的精心调理之下，终于没有再出现危险的征兆。只是她连续五天躺在床上，小腹时不时绞痛，血流不止，也不是什么轻松的过程。

躺着没事做的时候，温柔就只能睡觉，可一睡觉，就会梦见一个小小的孩子"咯咯"笑着朝她挥手。

别走啊！温柔急了，连忙要去追，可脚下一空，突然就悬挂在了悬崖上。

"你下地狱去吧！"站在悬崖边上的萧惊堂冷着脸，抬脚就踩向了她的手。

"啊！"温柔惊醒，慌张地往四周看了看。

疏芳红着眼睛拿着一套衣裳站在床边，屋子里没有其他人。

温柔松了一口气，跌回枕头上，看着疏芳问："怎么了？"

"二少爷吩咐，您身子一好，就要开始干活儿。"疏芳万分心疼地看着她，"刚刚就有人把丫鬟的衣裳送来了。"

这才过去几天哪？血刚流完，她的身子稍微恢复了一点儿，萧惊堂就让她去干活儿？温柔"啧啧"了两声："算他狠。来，衣裳给我。"

"可……"疏芳看了看手里的粗布衣裳，眼睛又红了，"现在可有不少人等着看您的笑话呢。这衣裳一穿……奴婢真担心您会受不了。"

"落差是肯定有的。"温柔起身，从她手里将衣裳拿了，慢慢地更衣，"可是有什么办法？已经到这个地步了，日子不是还得过吗？二少奶奶也好，丫鬟也罢，各有各的过法。"

大不了就是以前那些看不惯朴温柔的人，现在有了报复的机会而已。

"你起身了？"

温柔刚跨出屋门，迎面就遇上了巧言。她朝温柔温和地笑了笑，然后说道："辛苦你了，今日厨房那边有些忙碌，二少爷让咱们过去帮一帮。"

"好。"温柔朝她颔首，慢慢地就往厨房走去。

巧言在后头，认真地看了她好一会儿，转了方向就去了萧惊堂的屋子。

萧惊堂还在看账，只是最近没休息好，脸色比平日差了些。

巧言放了碗药汤在他的桌上，笑道："您也该好好睡一觉了。"

"嗯。"萧惊堂端起药汤，刚想喝，又顿住了，"咱们府里的药材，是有专门的人在管吗？"

巧言愣了愣，笑道："您怎么突然问这个？"

"大夫同我说，杜温柔怀孕的时间很短，光是杜伯父打那一下，不一定能打掉。更何况她是从之前开始就身子不舒服，一直在吃药，所以我在想，是不是哪里出了问题……"

笑意淡了下去，巧言抿了抿唇，问道："您还一直在想这件事？"

"到底是我的骨肉，"萧惊堂说道，"想也是应当的。"

脸上的神色似哀似怨，巧言压低了声音说："奴婢很久以前也有过您的骨肉，可没了就没了，也不见您多问一句。"

萧惊堂皱眉，看了她一眼："通房丫鬟不留子嗣是萧家的规矩，你擅自留了，已经是罪过。"

"那杜氏现在连通房丫鬟都算不得呢，"唇边勾起讥诮的笑意，巧言道，"您也关心得过了头。"

"你想说什么？"萧惊堂有些不耐烦，"我心情不是很好，若是有话，你可以直说。"

巧言摇摇头，叹息："奴婢没什么好说的，二少爷保重就是。"

说罢，巧言扭头就出门了。

萧惊堂继续低头看账，打算等看完桌上的账本，就去看看旁边柴房里的人。

然而温柔已经在厨房里站着了。她面前的，是从珍馐斋特聘的李大厨。

"哟，这不是做得一手好菜的那位主子吗？"最近府里的消息满天飞，李大厨自然知道温柔是谁，可就是揣着手笑眯眯地问道，"怎么？当真要来厨房做事了？"

"奴婢是来帮忙的，"温柔笑道，"听闻厨房今日忙不过来。"

看了四周井然有序的众人一眼，李大厨哼笑："是挺忙的，菜就交给你洗了。"

已经是夏日的天气，井水虽然凉，但也不算刺骨。洗菜这活儿不累，但对温柔来说，就是个酷刑。

"我有别的选择吗？"她问。

李大厨笑着摇头："我可不是会鼓励下人的二少奶奶，该你做的事，就得你做，做不好我就会骂你，甚至打你，才不管你曾经是哪里的主子。"

温柔深吸一口气，心想：这人果然还是死性不改。

她伸手拖了旁边的菜筐子，认命地往井边走去。

"二少奶奶，"有小丫鬟怯生生地跟上来，看了看身后，小声说道，"您刚刚流产，不能碰冷水的，奴婢来帮您。"

来人是小荷。温柔愣了愣，忍不住笑了："你这丫头可真是热心肠。我又没给你什么大恩惠，你怎么会这样帮我？"

小荷愣了愣，有些紧张地道："奴婢不图什么的，就是觉得二少奶奶人好……"

她胆小惯了，经常把事情搞砸。虽然平日里是被李大厨骂得最多的那个，但是那天帮二少奶奶刮鱼鳞，她突然觉得……自己好像也不是那么差劲，还是能做好活儿的。

所以她下意识地就有点儿想靠近二少奶奶。

"我已经不是二少奶奶了，你们新的二少奶奶还没过门，"温柔笑了笑，拍了拍她的肩膀，"不过谢谢你，这恩情记下了。"

小荷有点儿惶恐，抱了菜篮子就跑，跑到井边战战兢兢地开始洗菜。

温柔跟着过去，蹲在她身边看着她的动作，突然问："你知道怎么才容易被人赏识吗？"

小荷愣了愣，讷讷地摇头："不知道。"

"比如洗菜，"温柔指了指小荷洗完就放进竹筐里的空心菜，"你洗的时候，顺手就可以把老了的茎去掉，再把叶子连着嫩茎一起掐下来，这样洗得更干净，也给切菜的人省了不少工夫。"

"这……"看了看手里的菜，小荷低声问道，"不会很麻烦吗？"

"走上坡路是会费力一些，"温柔笑道，"如果你想省事走下坡路，那我也不强求。"

人还是要往高处走的，小荷咬牙，听了温柔的话，把空心菜洗好，也顺便把别的蔬菜都洗了挑好，去掉的老茎单独放在一个篮子里，然后一并提去厨房门口。

李大厨已经在里头做菜了，厨房的管事赵嬷嬷接过她洗的菜，诧异地看了一眼，笑道："你这丫头倒是仔细。"

　　被夸奖了？小荷一喜，脸上都忍不住泛红，飞快地跑回了温柔身边，小声说道："嬷嬷夸我了！"

　　"同样是洗菜，你比别人做得仔细，她自然会夸你。"温柔认真地说道，"不过这得坚持，印象是要慢慢深入人心的，一旦有了升迁的机会，上头的人就会想到你比别人更仔细，自然就会顺手提拔你一把。"

　　是这样啊！小荷点头，认真地回道："奴婢以后再也不偷懒了！"

　　温柔笑着捏了捏她的脸，正想起身，肚子却又是一疼，接着身下就是一热。

　　恶露还没排干净，时不时就来袭击一下，幸好她已经垫了草木灰的袋子在里头，不然衣裳可就要难看了。

　　"哎，那边那个！"

　　温柔正想回去休息一下，就听到背后冷不防响起一个声音——

　　"你俩闲着，来帮忙搬东西。"

　　温柔顿了顿，回头看了看，那奴仆指着的恰好是小荷和她。

　　"我肚子疼，"温柔试探性地问，"可以让别人先去吗？"

　　奴仆顿了顿，豆子大小的眼睛轻蔑地看了看她："咱们这儿可没有肚子疼能躲过去的活儿，少啰唆，再偷懒晚上可没饭吃！"

　　小荷被吓了一跳，下意识地就拉着温柔起身往外走，可走到一半又想起她的身子，颇为为难地看了她一眼："您……"

　　"你叫我温柔就成。"温柔长叹了一口气，耸肩道，"你别想着怎么帮我了，帮不了的。"

　　这么多活儿，小荷总不能一直帮她。

　　萧惊堂看完账本去柴房的时候，里头已经空无一人了。

　　心里一沉，他皱眉看向管家，问："人去哪儿了？"

　　"在后门，"萧管家疑惑地看了他一眼，回道，"今儿是杜氏该做工的时候了。"

　　做工？萧惊堂顿了顿，这才想起，杜温柔已经是个丫鬟了。既然是丫鬟，那她肯定是要做工的，可是……

　　"她现在那样的身子去做工，会短命吧？"萧惊堂问道，"为了赶这么半个月，让她死早了少给我干几年的活儿，这笔亏本买卖是你们谁想的？"

说罢,他也懒得听答案了,径直就往后门走去。

萧家进了很多猪肉和蔬菜,府上人口太多,每天的消耗是巨大的,所以要搬运进府的东西自然不少。温柔跟着小荷,上前接了一筐蔬菜,差点儿没被压趴在地上。

"二……温柔,您还好吗?"小荷着急地看着她,然而自己身上的东西也不轻,根本帮不了什么忙。

"没事。"温柔淡定地站了起来,将菜筐放在地上拽着往前走,"先回去再说。"

"哎!"旁边有管事的人看见她这行为,眉头直皱,"你这样拖是不行的,筐底的菜会烂,而且全是灰,谁吃啊?"

温柔深吸一口气,咬了咬牙,还是将菜筐扛了起来。

一筐菜重得跟座山似的,杜温柔这身子可没做过重活儿,而且腹部还疼,她根本使不上什么力气,走一步都觉得艰难无比。

然而她没吭声,自己的身份在这儿放着,有万分恼怒情绪也只能压在心里,先把活儿干完。

萧惊堂站在拐角处看着,淡淡地开口问:"谁给她分配的活儿?"

萧管家一脸茫然的表情:"不是您说要给杜氏些重活儿吗?"

这话是萧惊堂亲口说的没错——就在前几天送杜家人回去的时候,他在马上说的。

他说:"我不会放过杜温柔的。萧管家,回去有什么重活儿,都全交给她做,若是她不做,就别给饭吃,饿死了就当偿命了。"

回想起这两句话,萧惊堂深深地看了萧管家一眼。他这眼神里有责备,还有懊恼,翻译出来的话就是:我说你就当真?

萧管家很无辜。他当时也没怎么注意自家少爷的表情哪,听了吩咐就做,谁知道又不让做了!

温柔艰难地走着,眼瞧着厨房快到了,脚下却磕绊了一下,整个人就往前摔了下去。

"小心!"旁边有人叫了一声,接着就有人上来接住了她背着的菜筐,另一个人扶住了她的身子。

"疏芳?"温柔累得气喘吁吁,莫名其妙地看着她,"你不是被分配去别的院子了吗?来这儿做什么?"

"牵穗说您在受难,咱们一起过来帮您。"疏芳皱眉,"怎么给您分配这么重的活儿?"

接住菜筐的牵穗撇嘴道:"还能为什么?没人性呗。"

温柔失笑,拍了拍心口,道:"就算他们没人性,这人间也是有真情、有真爱的,你瞧,你们不是来帮我了吗?"

"嗯,趁着现在没人,咱们快走。"牵穗道,"把这菜筐子放在厨房里,您就先找地方躲着休息。"

"好。"温柔点头,提着裙子就跟着开溜。

小荷咋舌,回头看了几眼。

她们也算幸运吧,平时这边肯定有监工的人站着的,今日却不知大家是偷懒了还是去干什么了,一个人都没有。

三个姑娘躲回柴房里,蹲在角落里喘气,温柔顺手就摸了几两碎银子出来:"谁能去换点儿肉回来?我好饿。"

"我。"牵穗举手,不过眼珠子一转,又笑道,"这几两银子能买来厨房的三盘肉菜,也能换成珍馐斋的一桌美味,您选哪一样?"

废话,肯定选后者啊,她又不傻!温柔果断地做了决定,于是疏芳就被留在了房间里放风,牵穗带着温柔,一路七拐八拐地走到一扇侧门处,给了看门的人一两碎银,便成功地带着温柔出了府门。

"这么简单就能出来?!"温柔瞪眼,"那我干吗还留在里头?"

牵穗愣了愣,失笑:"您以为离开萧宅就自由了吗?"

"不然呢?"温柔问道,"不都是这样演的吗?女人逃出大门就能飞向广阔无垠的新天地!"

"除非您永远隐居山林,不与世人打交道、不经商、不从仕、不登记婚嫁,活在这个国家的法度之外。"牵穗说道,"不然您的户籍在萧家,逃出去算是逃奴,一旦被抓回来,按律可以处死刑。"

温柔:"……"

也就是说她若一走了之还更不自由,只能当个黑户?那电视剧里那些隐姓埋名、远走高飞的人算是怎么回事啊?欺骗观众?

"不过您若真想离开,奴婢倒是有个法子。"牵穗眨了眨眼,看着她笑道,"凭您一个人,就算攒够了赎身的银子,也打不起官司。萧家大业大,直接诬陷您的银子是偷的,您也没什么办法。但若是您跟了我家公子就不一样了,他可以替您赎身,顺利地带您走。"

裴方物?温柔轻笑:"你这小丫头,果然没安什么正经心思。"

"这怎么能算是不正经呢?"牵穗撇嘴,"您现在已经不是萧家二少奶奶了,休书也已经拿到手了,再续一段姻缘,不是情理之中的事情吗?况且我家公子能救您出水火，也能给您下半生的依靠，您为什么不愿意呢？"

温柔笑了笑，一边往前走一边摇头："我不喜欢靠别人讨生活。我有本事，自己能赚钱，那就等赚够了钱自己走。让你家公子赎我，我又不喜欢他，岂不是欠了人情没法儿还？更何况，我这个人名声不好，裴方物还要做生意的，当真赎了我，反而会被我拖累。"

牵穗愣了，侧头看了她好几眼："都身处这种糟糕的境地了，您不想着出去，反而担心救您的人被拖累？"

"这不是正常的反应吗？"温柔耸肩道，"好比我掉进泥潭里了，旁边有人要救我，我总得考虑他是能把我拉上去，两个人安然无恙，还是会被我一起扯下来，两个人双双溺亡吧？"

"不。"牵穗摇头，"大多数人在快死的时候，会尽力求生，根本不会管别人救不救得了他。先前幸城有人溺水，落水的人就死勒着救他的人不放，结果两个人一个都没能上来。"

温柔一怔，然后笑道："别人怎么样我管不着，但是为了让我落水的时候有人敢救，我还是会努力考虑救我的人的处境的。所以你别再提你家公子啦，咱们生意归生意，感情归感情。"

"唉，真的不让提吗？"牵穗有些沮丧，看了看前头。

她们已经走到珍馐斋的后门了，有人在那里等着，一身素衣，乌发低束，手里捏着玉骨扇，却没打开。

温柔愣了愣，恍然大悟："我刚才就在想二两银子怎么能在这里吃一大桌子菜，原来是这么个法子。"

牵穗吐了吐舌，拉着她走过去，唤了一声："公子，客人到了。"

像是站了很久很久，久得睫毛上都起了雾，裴方物抬头，看着面前的人，眼里的神色分外复杂。

"出事这么多天了，我一直在想你什么时候会让牵穗来找我。"他嗓子沙哑地说道，"然而我等到现在，也不见你有半句话传来。"

温柔微微一愣，干笑道："抱歉。"

虽然没觉得有什么好抱歉的，但是看着他这模样，她还是安慰性地服了软。

"你是不需要我吗？"目光扫过她身上的衣裳，裴方物皱眉，"还是即便你遭受这样的屈辱，依旧选择留在萧惊堂身边？"

温柔算是知道这人为什么要来后门了，若是站在珍馐斋的正门前说这些，明儿就该有谣言说她红杏出墙，与裴家二公子不清不白了。

"咱们有话进去说吧，"她说道，"反正也还早，可以慢慢说。"

裴方物深吸一口气，垂眸道："是我太急了，走吧。"

他侧开身子让她们进去，自己跟在后头，目不转睛地看着温柔的背影。

也只有在这种时候，他才可以这么一直看她，不用怕对上她那双纯净的眼睛，心里空落得难受。

二楼的厢房里已经有一桌子的菜等着了，色香味俱全，重要的是还都挺补身子的。

温柔意思意思客气地让裴方物先动筷子，见他没什么反应，干脆就自己先吃了。

"裴公子若是怪我不求助于你，那我实在没什么好说的。"她边吃边说道，"若你是我的亲人，或者是爱人，我开个口不难，但咱们只是朋友，这忙太大了，我不敢让你帮。"

咱们只是朋友。

瞧瞧，这话多一针见血。

裴方物苦笑："是我太激动了，本就怪不得你，你也吃了不少的苦头。"

"嗯，公子若是当真想帮我，倒也可以，咱们来谈谈条件。"吞了嘴里的肉，温柔开口道，"我会继续研究更高品质的琉璃，与您继续合作。等攒够赎身的银子，我便用琉璃的配方，换您将我从萧家赎出来。"

琉璃的配方？！

裴方物失笑："你可真是半点儿没让我吃亏。"

老实说他也很好奇到底怎么搭配那些原料才能烧出琉璃，可是学着她的模样尝试过几次都失败了，也就不想深究了，反正只有她知道，那就当成她垄断的本钱。

谁知道她竟然说，要把配方给他。也就是说，即便她以后有了其他的想法，他自己也能继续生产琉璃，风险小了很多。并且，赎身的钱她自己出，他只需要想办法帮她与萧家对簿公堂，不让她受权势欺压。

这笔买卖，无论她跟谁提，别人都会答应的。

其实她就算现在让他把她赎出来，他也会想也不想就点头，然而她并没有这么做。也就是说，她压根没打算欠他半分人情。

胸口有些闷，他很想问问她，他到底是哪里不好，然而张开嘴，说的却是："你尝尝这个鸽子汤。"

"嗯。"知道他肯定会答应这个条件，温柔也就笑眯眯地继续吃东西了。

萧惊堂今日没出门，有应酬都推了，没事就四处闲逛。萧管家跟在他身后，其实也知道他在找什么。可见他死活不肯开口问，萧管家也就干脆装作不懂，低头跟着就是。

绕过了厨房，去了后院，去了花园，也去凌姨娘的院子里看了看，萧二少爷沉不住气了，终于问："她人呢？"

"谁？"管家一脸茫然的表情，"凌姨娘吗？"

萧惊堂狠狠地瞪了萧管家一眼，咬牙道："我让你们把人看紧点儿，现在杜氏不见了，若是直接逃出府，谁来把这十万两给赔上？"

心里一跳，萧管家连忙低头："老奴马上派人去找。"

萧家对人进出的管制也算森严，就算有人偷溜出去，萧管家也能知道点儿去向。

温柔还在认真地吃东西。她没再只挑好吃的下嘴了，而是仔细地选了对补身最有利的菜，哪怕有点儿苦，也乖乖地咽了下去，很是让人省心。

裴方物一直没动筷子，就安静地看着她，目光深沉。

"公子，"算了算时辰，牵穗开口道，"您是不是该回了？"

"嗯。"裴方物回过神来，应了一声，却没起身，而是问温柔："你什么时候再来瓷窑？那位主子已经答应铺路，但原料已经用尽，没有你，谁也调不出来。"

"再给我点儿时间。"温柔抿了抿唇，道，"最近被看得有点儿紧，倒是能抽空研究一下原料提纯，等时机成熟，我便去找你。"

"好。"裴方物点点头，正想走，却听得楼下传来一阵响动。

"二少爷，用膳吗？"店小二殷勤地引着萧惊堂上楼，"咱们珍馐斋又有了新菜色，保管让您满意。"

萧惊堂颔首算是听见了，却没回答，径直上楼，挨个儿推开厢房门查看。

"您……这是找什么？"掌柜的也被惊动了，连忙过来赔笑，"要找什么人，咱们这儿都知道，二少爷可冷静点儿。"

"有没有穿着萧家丫鬟衣裳的人过来？"萧惊堂冷着脸问道，"一个，或者两个。"

"有！"掌柜的连忙引路道，"在这边。"

萧惊堂顿了顿，像是松了一口气，可松气之后脸色更加难看，跟着掌柜的过去，一脚就踹开了房门。

温柔叼着个鸡腿，茫然地看着他。旁边的牵穗像是被吓了一跳，连忙就在地上跪下了:"二少爷!"

萧惊堂扫了一眼厢房,见就她们两个人,哼笑一声,看着温柔道:"你胆子倒是挺大,敢私逃!"

温柔眨了眨眼,吐了鸡骨头,笑道:"没有私逃,要逃也不会留在幸城里,只是贵府的饭菜实在难吃,奴婢出来打打牙祭罢了。"

萧惊堂看了看桌上的菜色,倒是既丰富又补身子,抿了抿唇,神色却依旧不太好看:"我允你出府了吗?"

"没有。"温柔皮笑肉不笑地说道,"谁知道偷溜出来一会儿罢了,二少爷竟然会亲自来找咱们这两个丫鬟。"

这是不是太兴师动众了?

萧二少爷嗤笑:"别的丫鬟也就罢了,你可是身上还有人命债的人,若是逃了,我怎么同地下的亡灵交代?"

地下的亡灵,这词用得,不知道的人还以为杜温柔杀了一个村子的人呢。温柔撇嘴,咽了最后一口肉,站起来屈膝道:"奴婢知错。"

她是一副顺从的态度,可又让人觉得心里硌硬。萧惊堂睨着她,淡淡地说道:"你一句知错就免罪的话,那萧家的家法岂不是放着看的?"

"奴婢也认罚,"温柔耸肩道,"您爱怎么罚怎么罚。"

厢房外头不少人在看热闹,窃窃私语,指指点点。

萧惊堂背脊微僵,沉了脸,道:"按家规是三十棍责,你回去领了就是。"

"好。"温柔颔首,也不抵抗,只问,"能给奴婢一炷香的时间先让我回屋去写封遗书吗?"

三十棍下去,就算是个壮汉也得去半条命,更何况是她这样刚刚流产、弱不禁风的女子。萧家二少爷对杜温柔,当真是半点儿情面也不留。

门口的人耳语着,看着温柔的眼神多多少少有点儿幸灾乐祸。

"随你写。"萧惊堂甩下三个字,转身就走。后头跟着的家奴上来,直接将温柔和牵穗押下了楼。

"怎么办?!"牵穗脸都白了,看着温柔小声问道,"您哪里挨得起三十棍?"

"车到山前必有路。"温柔回道,"回去再说。"

她在萧家现在是孤立无援,到了这个份儿上,萧夫人是决计不会帮她的,所有的灾难,都得她自己躲。

幸好她也想好了点儿退路。

柴房的架子床下头垫着棕垫，温柔一进屋子，就把牵穗和疏芳都拉到了床边，翻出棕垫来比画道："剪下来这么大一块，圆的最好。"

两个丫头都在担心她要受的家法，一听这话，还有点儿回不过神来，问道："您剪这个做什么？"

"快别问了，只有这点儿时间。"温柔扯了被子里的棉絮出来，又拿来一件单衣和针线准备着。

牵穗懂了她的意思，虽然觉得可能会被发现，但现在也没别的办法了，只能帮着她剪棕垫。

软的棉絮在下头，厚厚的棕垫在上头，温柔很快缝了个护垫出来，直接绑在了屁股上。

"主子……"疏芳神色复杂地说道，"这样趴下去，棕垫会现形的。"

"他难道还看着我挨完打啊？"温柔撇嘴，塞了碎银子在她手里，又道，"等会儿你去贿赂贿赂用家法的人就好了。"

"奴婢明白。"疏芳接过银子，轻轻松了一口气，觉得自家主子这回说不定能逃过一劫。

然而等她们到院子里的时候，等着温柔的真的是萧惊堂。

他坐在院子里的椅子上，冷冷地看着她过来，嗤笑道："竟然没逃。"

温柔抿了抿唇："逃也没地儿逃啊，要是能逃，奴婢还用站在这儿吗？"

有机会她就逃？萧惊堂眯了眯眼，还想开口，这人已经转过了头，径直去院子中间的长凳旁边站着了。

"虽然这打该挨，但是奴婢很好奇，"温柔没回头，问了他一句，"您是得有多喜欢我，才会亲自抓我回来，又亲自监督他们打完我？"

喜欢？萧惊堂笑出了声，微微捏紧拳头："你怕是疯了、傻了、脑子不清楚了吧？我这是厌你至深，你却当成喜欢。"

"太深的厌恶，跟喜欢也没啥区别。"温柔"嘻嘻"笑了两声，"二少爷厌恶我，就得想着我、念着我，心情因我起伏，说不定梦里都在想怎么报复我。如此一来，奴婢在您心里的位置，岂不是堪比心上人吗？"

喉头微动，萧惊堂垂下眼眸，沉默了半晌才开口道："你再颠倒黑白，就加十个板子。"

这人说不过就打人？温柔轻哼一声，趴在了长凳上，轻声说道："你有本事就打死我吧，让我去找我刚没了的孩子。"

她故意用哀怨又愤怒的腔调说的这话，为的是分散一下萧惊堂的注意力。

然而萧二少爷不傻，抬眼就看见了她屁股上鼓得跟高山一样的一坨东西。

"你以为这点儿把戏能瞒过我？"萧惊堂嗤笑，"取出来。"

"取什么？"温柔装作听不懂的样子，"奴婢身上什么东西也没有啊。"

"你以为我瞎了？"萧惊堂伸手指了指她的臀部，不耐烦地说道，"这不是垫了东西？"

温柔费力地转头看了自己的后头一眼，表情诚恳地说道："说出来您可能不信，这是奴婢的屁股知道要挨打，提前被吓肿了，现在打上去，奴婢会更疼。"

她当谁傻呢？！萧惊堂心里失笑，想着整个萧家定然是找不出第二个这么荒谬的丫鬟了！

然而他面上依旧一点儿波澜也没有，盯着她看了一会儿，挥手对旁边的家奴道："动手吧。"

他还真信了？这下轮到温柔傻眼了，眼神怪异地扫了扫萧惊堂，然后老实地趴着等挨打。

动手的两个家奴都拿着不粗不细的棍子，高高扬起的时候，温柔心里还是有点儿害怕的，就算屁股上垫了东西，那应该还是会疼的，被打得重了说不定会落下内伤。

然而那棍子起得很高，落下来力道却极轻，就跟轻轻碰了她一下似的，她一点儿痛觉都没有。温柔心里奇怪极了，但还是下意识地配合着痛呼："啊！"

萧惊堂端着水杯的手顿了顿，随即他皱眉看了两个家奴一眼。

家奴是无辜的啊！他们当真没用力，谁知道这人会叫得这么厉害，不知道的人还以为把她的腿给打断了呢！

"啊！"温柔继续叫着，声音又惨又尖，听得外头等着的疏芳眼泪直掉。

萧惊堂眯眼看了她一会儿，看出了端倪，冷哼了一声，随她去叫。

"可真是狠哪。"旁边其他看热闹的家奴都忍不住小声议论道，"都把人往死里打了，看来这杜氏的确是废了。"

巧言也在外头站着，听着动静，脸上倒是没什么表情，站了一会儿转身想走，却见几个姨娘急匆匆地赶过来了。

"怎么会又打上了？！"慕容音提着裙子就要往里头冲，结果却被萧管家伸手拦住了。

"二少爷吩咐过,谁也不能进去求情。"管家道,"请各位姨娘担待。"

连求情都不让?慕容音跺脚:"温柔又犯什么错了,至于用家法吗?"

话音刚落,里头又传来"啊"的一声惨叫声。

几个姨娘都抖了抖,越发想冲进去看,偏偏萧管家堵在门口,就是一步不让。

"几位主子何苦在这时候冲撞二少爷?"巧言看了她们几眼,微笑着开口,"丫鬟犯错,自然是该罚的。"

"该罚也不能这么狠哪。"听着这一声声的惨叫声,阮妙梦都打了个寒战,皱眉道,"温柔不就是溜出去了一会儿吗?上次巧言姑娘不也从侧门出去过?若说该罚,你是不是也该进去一起挨打?"

巧言愣了愣,微微意外地看了阮妙梦一眼。

她怎么知道?

这几位姨娘以前分明都是同杜温柔过不去的,现在却一个个赶着来护她,就连二少爷也对她疼惜起来。这杜温柔是用了什么妖术不成?

为了置身事外,巧言选择了闭嘴退到边上。阮妙梦等人趁机就开始找萧管家说情。

然而里头的处罚一直在继续,温柔数着板子落下来的次数,配合着叫声越来越小,越来越虚弱,挨最后一下的时候,大叫了一声:"不——"

温柔将手高高扬起,伸向萧惊堂的方向,怨恨又痛苦地看了他一眼,然后缓缓闭上了眼,手也猛地垂落,在空中晃了晃,一点儿生气也不再有的样子。

萧二少爷的嘴角抽了抽。

要不是亲眼瞧着,他都要觉得这杜温柔是被活生生打死了!

"抬进屋子里去,要死我也会看着她彻底断气。"他冷冷地开口道,"把外面的人给我拦住了,谁也不许进来。"

"是。"受罚的人没啥大事,动手的家奴却都是汗流浃背,听了吩咐,简直是以最快的速度扔了棍子,然后转身就跑。

温柔被抬进了屋里,门一关,面前就只剩下萧惊堂一个人了。

装也没啥好装的了,她睁开眼,神色古怪地看着他:"打我给谁看呢?"

"给想看的人看,"她面前的人淡淡地说道,"不过你下次若是还敢私自出府,我会让人真打,并且不会给你垫东西的机会。"

温柔是想恨这个人的——她没有做错事，却先被他侵犯，后被他休弃，孩子也没了，还被贬为丫鬟。

然而她是讲道理的。萧惊堂并没做错什么，再加上今日又饶了她这一回，她突然觉得自己对他恨不起来，顶多只是不喜欢。

可能她是被杜温柔的身子给影响了吧。

温柔翻了个身，叹了一口气："你要是不恨我的话，能不能放我走？"

萧惊堂微微一愣，皱眉反问："谁说我不恨你？"

"你要是恨我，抓着这么好的机会，怎么会不打得我半死不活？"温柔翻了个白眼，"爱一个人装不出来，恨一个人同样装不出来。我现在已经不是杜家的嫡女，也不是你的正妻了，若非说要给杜家一个交代的话，你不如现在出去宣布我被打死了，然后抬我出去放生吧？"

这想法很不错，然而萧惊堂直接站起来就往外走，边走边说："你别想了，不可能的。"

为什么啊？！温柔皱眉，撑着身子坐起来，朝着他的背影就说道："我做不好丫鬟，也只会给贵府添麻烦。"

"你添再多的麻烦，我也应付得了。"将轻飘飘的一句话甩下来后，二少爷关上了门。

温柔："……"

这人这么自信？他是高估了他自己的能力，还是在低估她的能力？

如果说做正事她的能力是八分，那她搞破坏的能力就是八十分！萧惊堂这是不见棺材不落泪！

等二少爷离开了主院，外头等着的焦急的几个人才冲进房间看人。

温柔躺在床上一动不动。

"主子！"眼泪瞬间就下来了，疏芳扑跪在床边道，"您别扔下奴婢一个人哪！要走带奴婢一起走！"

几个姨娘都是鼻子一酸，差点儿跟着哭出声。

然而床上那人动了动，迷迷糊糊地睁眼看了看她们。

"看到都是自己人，我睡觉呢，没事。"温柔打了个哈欠，安慰道，"你们别紧张，家法被我躲过去了。"

疏芳愣怔地看了她一眼，又看了看放在旁边的完好无损的护垫，傻眼了。

这人怎么会逃过的？二少爷亲自守着呢，她的银子都没找到机会递出去！

"果然是吉人自有天相。"慕容音大大地松了一口气，拍着心口道，"这下没事了。不过倒是享了福，您可以借着养伤的名头，再休息上一段日子。"

这倒也是！温柔眼睛亮了亮，连忙勾手把牵穗招过来，低声吩咐道："好机会，我正好研究点儿东西，你帮我寻一些干净的小瓶子和小碗来吧。"

知道她要做什么，牵穗点头就去了。几个姨娘各自又带了点儿东西来接济她，温柔虽然不缺银子，不过从阮妙梦手里收到五两银子的时候，还是很感动，认真地说道："我以后有钱了会加倍还你的。"

阮妙梦"咯咯"笑起来，掩唇道："其实我就是知道你会这样说，所以搁你身上攒利息呢。"

"利息绝对不会少。"温柔没开玩笑，目光认真地在她们身上扫了一圈，承诺道，"你们的恩情，我会好好记着，一定会涌泉相报。"

她们倒不是盼着她报答，只是心地都善良，所以来帮她一把罢了。不过听她这么说，她们每人心里都觉得舒坦。

是个人都喜欢知恩图报的人，若是她们帮了她她不感恩反而觉得理所当然，那也不会有人想帮她第二次。

温柔知道这一点，所以哪怕只是小恩小惠她也一定会记着，哪怕没机会报答，嘴也该甜些，有礼又真诚。

坐着聊了一会儿天儿后，其他几个姨娘就先回去了，凌挽眉没走，坐在床边皱眉看着温柔。

"怎么了？"温柔眨眼问，"你是准备好要走了吗？"

"不是，"凌挽眉摇了摇头，低声说道，"遇见了些问题，所以……"

先前也听牵穗说过要走没那么简单，所以温柔倒也不是很着急，只看了看她，小声问："那男人还找过你吗？"

屋子里就剩了她们两个人，凌挽眉也不避讳，大方地点了点头："找了，却不是来道歉的，他很平静地让我在这里再留上些日子，之后再让我走。"

对方还让凌挽眉走？温柔连连摇头："果然是个负心汉，你怎么会喜欢上这样的男人？"

"命运就是这么无常，有什么办法？"凌挽眉似乎是看开了，眉宇间的哀怨之色都淡了，剩下的都是冰封一样的漠然，"感情深的时候以为可以白头到老，一朝感情淡了，还不是说什么都没用。"

温柔看她有倾诉的欲望，干脆就开口道："反正也无聊，你再仔细说说那个人吧。"

那个人吗？凌挽眉垂眸，手还是忍不住微微收拢。犹豫片刻之后，她便开始给温柔说故事。

他们从相识到相知再到分离，其实也就两年的时间。木青城从来没个正经，也总说让她不必把他的话当真，风流倜傥，吊儿郎当，实在不是良人。

然而她就这么傻，跟了他，别的实话都不信，就信了他那一句心悦她。

心悦她！多动听的话啊，饶是他说完之后就嘻嘻哈哈地走了不当回事，她却脸红心跳了许久许久。

他送她来萧府的时候，她问了他一句："你既心悦我，怎么会舍得？"

他笑着回答："没什么舍不得的，我只有这条路能走。"

顿了顿，他又道："傻丫头，都说了我说的话不能信，你怎么还把这话当真？"

她的心凉了一半，到现在也没能暖回来。虽然在萧府她与二少爷只是假意同房，但这种屈辱感，还是让她开始恨木青城，以致他后来每次与她私会，两个人都会争吵几句。

争吵到现在，她累了，他大概也累了，所以他们给了彼此一个结局。

她再不甘，再遗憾，也只能到此为止。

"男人都是三妻四妾的吧？"温柔皱眉，"尤其是这种高门大户出身的人，实在不懂得专一和忠贞的可贵性。你说的这人既然这么无情，那不要也罢。等你能走之后，去找个更好的。"

"好。"凌挽眉深吸一口气，站起身，看着她道，"看男人得擦亮眼睛，别因为他对你好一点儿就觉得可靠，未来的变数实在太多了。"

"我知道。"温柔握拳，"我不会这么傻的！"

她活命已经很困难了，怎么可能还有闲心谈恋爱？！

想起萧惊堂对自己说的话，凌挽眉深深地看了她一眼，轻轻叹息，颔首离开了。

温柔总觉得她有什么话没说完，挑了挑眉，却也不好叫住她问，只能眼睁睁地看着她打开门，消失在深深的宅院里。

挨了一顿"打"，温柔有了一段清闲日子，就在主院的柴房里捣鼓琉璃料。

原材料杂质实在太多，她的提纯工具又过于简单，所以饶是她没日没夜地做了好几天，最后得到的纯碱也只有一小块。

"这是什么啊？"蹲在旁边看着的牵穗惊讶极了，"为什么烤着烤着就变白了？"

"解释起来很麻烦。"温柔"叮叮当当"地摆弄着工具，低声回道，"你就当我在洗东西好了。"

牵穗似懂非懂地点头，递了个小罐子给她。温柔将纯碱密封放好，正准备起身去拿旁边的蒸馏水继续，就听得院子里有男子的声音响起。

"我不觉得我有错。"

这声音有些熟悉，温柔好像在哪里听过。

"你若是没错，人家要走，我也拦不住。"这个声音是萧惊堂的，带着平时没有的轻松惬意感，"到时候你若是后悔，江湖之大，我也没本事给你找回来。"

温柔眨了眨眼，有点儿好奇，提着裙摆就蹑手蹑脚地去墙边偷看。

萧惊堂和一个男子坐在石桌旁，像是在喝茶。那男子腰极窄，一袭梅花锦袍，温柔怎么看都觉得眼熟。

啊，木青城！温柔拍了一下脑门，想起来了，这不就是凌挽眉的那位吗？

他竟然和萧惊堂坐在一起喝茶？！

温柔差点儿被自己的口水呛到，忍不住猛地咳嗽起来。

"鬼鬼祟祟地做什么？"萧惊堂沉了脸，道，"有客人在，还不快些退下！"

"啊，是。"温柔被吓了一跳，转身就想跑。

"站住！"木青城扫了一眼萧惊堂突变的脸色，挑了挑眉，眼里多了点儿玩味之色，轻笑道，"我就喜欢看你府上的丫鬟，你怎么还让人走？"

"这不是你能看的丫鬟，"萧惊堂不悦地抿了抿唇，"看多了也是麻烦。"

哦？还有他不能看的丫鬟？木青城不服气了，起身就去将那后头藏着的人给拉了出来。

"木青城！"萧惊堂皱眉道，"你还有没有点儿规矩？"

"你还不知道我？"木青城微微一笑，说道，"我从来没什么规矩的！二少爷，您若是再生气，我就更好奇这丫鬟是谁了。"

萧惊堂顿了顿，眯起眼，正想再说什么，温柔却已经"啪"一巴掌打在了木青城拉着她的手上。

清脆的一声响，惊得木青城松了手。

"你……"木青城上下打量了她两眼，又气又笑，"敢打我？哪个院子里的？"

"回公子，"温柔翻了个白眼，似笑非笑道，"凌姨娘院子里的。"

身子一僵，木青城看了看她，眼神变化复杂，最后恢复正常，回到石凳上坐下，状似轻松地问道："你家主子让你来的？"

她什么时候变成凌挽眉院子里的了？萧惊堂一脸莫名其妙的表情，却没拆穿温柔，就听得这丫头很是认真地说道："我家主子让奴婢来给二少爷送补药的，但是奴婢手笨，路上把补药打翻了，回去怕主子责怪，就只能先来二少爷跟前请罪了。"

木青城愣了愣，眯眼看了看萧惊堂："送补药？"

萧二少爷看了温柔一眼，保持沉默。

温柔笑眯眯地点头："就是补药，主子说二少爷最近颇为辛苦，愁眉不展的，让她有些担心。不过别的也没什么好做的，主子就只能送点儿补药给二少爷补身子。"

凌挽眉担心萧惊堂？木青城轻笑了一声，看着旁边这人说道："她倒是有心哪！"

以前凌挽眉同他在一起的时候，也没给他送过哪怕一次补药，每天一声不吭地待在房间里，非要他过去，才肯同他说说话。现在倒好，来到萧家，她还会为别人炖补药了？

怪不得她说等不下去了，敢情是喜欢上了别人。

木青城笑着笑着，脸色就难看了起来，盯着萧惊堂，等着他回答。

萧二少爷此刻很是茫然。他不知道杜温柔为什么要这么说，只能硬着头皮说道："我不知道她最近在做什么。"

言下之意，就是他更不知道凌挽眉为什么会给他送补品了啊。

然而木青城没听进去，冷笑了一声，起身就要走。

可脚刚跨出去，他又忍不住停了下来，看着温柔问："你家主子最近过得还好？"

"挺好的，"温柔笑着点头，"主子偶尔念叨两句什么不等了之类的话，伤心一小会儿，别的一切如常。奴婢虽然不知主子在伤心什么，但看她一天比一天淡然，想必没多久她也能完全走出来。"

凌挽眉走出来了，就是完全放下了。

拳头微微收紧，一张妖娆的脸在紧绷的时候有些可怕，木青城瞪了她一会儿，挥袖就往外走。

"你知道你在干什么吗？"温柔背后的萧惊堂淡淡地问了一声。

温柔耸肩："撮合人哪。"

撮合？萧惊堂不能理解地冷笑出声："你这叫撮合的话，那什么才叫拆散？"

"你不懂。"温柔嫌弃地摆了摆手，"男人就是这样子，你跟他好好说话，耐心劝他，都不如用点儿小技巧来得有效。这位公子一看就是花花心思多收不住，觉得世间有千万棵大树，不能在一棵上头吊死。那就给凌姨娘留点儿尊严啊，他不爱，她也能放手，是不是？谁也不卑微。

"但我不是说了吗？凌姨娘还在伤心，只是也快恢复了，算是给他最后一个台阶下。他当真要放弃凌姨娘，那两个人就好聚好散；若不想放弃，那就得主动去挽回。"

仔细想想，好像挺有道理的，萧惊堂颔首，然后想着想着就觉得哪里不对劲了。

她怎么会知道凌姨娘和木青城的事情？！

萧惊堂震惊地起身，一把就将温柔拉进了房间里，关上门抵着她，脸色分外凝重地问道："你从哪里听说的这件事？"

目光看向他的头顶，温柔叹息道："是凌姨娘告诉我的。"

竟然就这么说给这个人听，凌挽眉是当真准备离开了吧？萧惊堂微恼，眼神阴狠地看着温柔道："你若是敢往外说一个字，我会要了你的命！"

萧惊堂怎么就喜欢动不动威胁人？温柔皱眉："奴婢能理解二少爷的心情，但既然有求于人，咱能不能态度好点儿？比如给我涨个工钱，我保证就不会说出去了啊。"

"工钱和命，你难道还会选择工钱不要命？"萧惊堂嗤笑，"要达到自己的目的，我肯定是挑对手最软的地方捏。"

奸诈的商人哪！温柔伸手推开他，没好气地道："为了凌姨娘，我也不会说出去的，二少爷放心。"

她跟凌挽眉的关系挺好？萧惊堂有点儿意外，正想问问，就见她一直盯着他看。

萧惊堂眯了眯眼："你在看什么？"

"奴婢只是觉得奇怪而已。"温柔回道，"您说您除了说话不讨人喜欢，也没别的地方不好啊，为什么咱们院子里的姨娘宁愿出墙也不愿意安生地跟您待在一起？"

她们那根本不是出墙，萧惊堂想解释，却根本没办法说出真相，只能说道："这不该你好奇，你做好你的丫鬟就是。"

"哦。"温柔点头，转身就想开门出去。

萧惊堂盯着她的背影看了看，突然开口道："等你养好'伤'，就来我身边做贴身丫鬟，很多麻烦的事情会交给你。"

贴身丫鬟？温柔挑眉，回头看了他一眼："你不是有个叫巧言的丫鬟，一直贴身跟着吗？"

"这是吩咐，你只用遵从，不用问原因。"萧惊堂不耐烦地摆了摆手，一把将她推出去，然后就关上了门。

温柔蹲在门口眯着眼睛思考人生，想了半晌还是觉得不对劲。萧惊堂看样子是一早就知道了凌姨娘和木青城的事情，难不成一直忍着？那木青城到底是什么人？

木府的马车离开了萧宅，然而在外头打了个转，又回到了萧家的院墙外头。

脸色铁青的木青城翻进了虎啸阁。

凌挽眉正在妆台前坐着，看着台子上的碧玺簪子发呆。身后冷不防有风吹进来，她下意识地便起身闪到一边："谁？！"

有人从阴暗处走出来，双眸平静地看着她："是我。"

凌挽眉微微一愣，张了张嘴，没能说出话来，只飞快地将房门给关上了，然后垂眸问："木少爷有事？"

"没什么事。"木青城扫了一眼干干净净的房间，喉咙有点儿紧，"东西都收拾了？"

"也没什么好收拾的，随时都能走。"听到他的话，凌挽眉心里最后一点儿火焰也熄灭了。她淡淡地说道："只是答应了二少爷一点儿事，所以要缓上几日再走。"

"答应他，你就缓上几日走……"木青城靠近她两步，低头不解地问，"那为什么答应了我等我来接你，你却一直这么生气？"

这能一样吗？凌挽眉气极反笑，伸手抵着他的胸口："别过来了，我怕我忍不住动手揍你。"

"那你揍好了，"木青城道，"反正我现在浑身上下没一处不疼。"

他最擅长说这种蜜里调油、柔情万分的话，惹得人心绪起伏，稍微不注意，就会信了他的话，觉得他是深爱自己的。

然而吃过亏的凌挽眉不会了。哪怕女子天生耳根子软，也始终会长大，跨过用耳朵感受爱情的阶段，用更冷静的目光看待站在自己面前的男人。

于是想也没想，她直接一拳打了过去，将木青城打得倒退几步，在屋子中间站定。

她还真下得去手了。木青城笑了出来，捂着胸口，笑得弯下了腰："你这女人，怎么这么难搞？"

"太容易让人得到手的人或物，都不会被好好珍惜。"凌挽眉道，"遇见的是好男人尚算幸运，但我不幸遇见了你，哭都没地方哭。

"所幸现在我也算是明白了。你的话我一开始就不该相信，现在不信也来得及。木少爷，咱们一别两宽，各生欢喜吧。反正您也从未将我放在心上，那我也不必自以为站得高，结果摔下来这么痛。"

凌挽眉转身打开了房门："木少爷请。"

木青城还是头一回遇见这么尴尬的事情，失笑地揉着眉心道："我若是不想走呢？"

不想走？凌挽眉颔首："那我就先告辞了。"

说罢，凌挽眉毫不犹豫地就跨出了门。

外头有家奴，木青城根本不敢跟出去，只能瞪着她的背影，张了张嘴，连声音都不能出。

温柔正在院子里晒太阳呢，就看见凌挽眉来了。凌挽眉眼眶微红，看见她就一把搂住了她的腰，将头埋在她的肩上，闷闷地说道："找不到人抱，只能来找你了。"

这温香软玉抱满怀的，温柔自然乐意得很，摸着她的头发问："怎么了？那人去找你了？"

"嗯。"凌挽眉答道，"他终于来说软话了，但我拒绝了他，跑过来了。"

"干得漂亮！"温柔直拍手称赞，"女人就该有点儿骨气，要哭找闺密哭，咱的肩膀宽厚着呢！"

凌挽眉捏了捏她这没二两肉的肩，抬起头叹了一口气："突然不知道该怎么辨别男人说话的真假了，以后别人说什么，我怕是都不敢再信。"

"挺好的啊。"温柔说道，"女人的耳朵最容易被讨好，当你的耳朵都变得难缠起来，那你也不会轻易被男人骗了不是？我妈从小就告诉我，看男人得看实际行动，不能听他说话，尤其是每天甜言蜜语跟你构建美好生活蓝图，却什么都不做的人，最不靠谱儿了。"

凌挽眉苦笑一声，点头："是啊，我怎么没早点儿认识你，不然也不至于这么难过了。"

"命运嘛，没办法的。"温柔拍了拍她的手，左右看了看，见四周没人，连忙小声问了一句，"说起来，木青城到底是谁啊？"

凌挽眉微微一愣，有些诧异地看她一眼："你……不知道木家吗？"

温柔摇头道："我原来那么没脑子，心里就只有一个萧家，哪里还知道什么木家？"

她再没脑子也不可能不知道木家啊！凌挽眉深吸一口气，捏着她的手道："木家就是当朝木丞相家，本是前朝穆丞相的后裔，先皇不弃继续任命其为丞相，令其世袭，只让他们改为'木'姓，意为抛却过去，全心效力新朝。木青城是木家三代单传，如今唯一的木家少爷。"

啥？温柔傻眼了，愣怔地看了凌挽眉半晌之后，开口道："也就是说，木青城是将来的丞相……"温柔感觉喉咙有点儿干，深呼吸了两下，抓着凌挽眉的手问，"我刚刚顶撞他了，不会有什么事吧？"

"你见着他了？"

"嗯，刚刚他在这院子里。"

"那也没事。"凌挽眉看了主屋的方向一眼，抿了抿唇，道，"你是二少爷的人，他再怎么着也不会动你的。"

萧二少爷这么牛？温柔有点儿意外："萧家再有钱，也不能跟朝廷对着干吧？"

凌挽眉张了张嘴，又觉得解释起来麻烦，叹息道："不管怎么说，二少爷都会保着你的，你在这萧家完全可以吃喝到老。"

"谁稀罕啊！"温柔撇了撇嘴，道，"我会想办法离开的。"

萧惊堂不是非要让她当贴身丫鬟吗？好啊，那她就贴给他看。

温柔握拳，对未来充满了信心。

凌挽眉眼神柔和地看着她，点了点头："我会尽量帮你的。"

知道她是好心，温柔也就受了她这份恩，不过想着凌挽眉只是个弱女子，也就没把这句话太当一回事。

第二天，温柔正式做了贴身丫鬟，换了一身嫩黄色齐胸襦裙，梳了双环髻，早早地就去伺候萧惊堂起身。

萧惊堂睡觉很规矩，以什么姿势入睡的，就会以什么姿势醒过来，枕头和被子都不会乱。温柔惊叹地看着他，然后上前低低地唤了一声："二少爷？"

床上的人一点儿动静也没有。

温柔深吸一口气，提高了点儿音量："二少爷？"

床上的人还是睡得跟死了一样。

温柔没有别的办法了，拎了拎裙子，在床前站定，前后摆动了一下双手，跟着膝盖稍微弯曲，做出跳高的姿势，然后数了"一、二、三"，"砰"的一下整个人就跳起来狠狠砸在了萧惊堂的身上！

梦里似乎突然有陨石掉下来，将自己砸进了地下，萧二少爷惊醒了，睁开满是血丝的双眼，就见杜温柔恭恭敬敬地站在床前，看着他道："您该起身了。"

身上莫名其妙地有点儿疼痛之感，萧惊堂坐起来，揉了揉自己的小腹："刚刚发生什么了？"

"什么也没发生啊！"温柔一脸无辜的样子，"奴婢听管家的吩咐，来叫您起床，您可真好叫，奴婢只喊了一声您就醒了。"

是吗？萧惊堂疑惑地看了她两眼，颔首，起身让她侍奉自己更衣。

这复杂的服饰，温柔自然是没什么穿戴经验的，系了带子拉好衣襟，结果这白月蜀锦袍还是跟汤面似的挂在他身上，一点儿也不妥帖。

二少爷眼里满满的都是嫌弃之色："养你到底有什么用？"

温柔干笑了两声，道："要不还是换巧言进来吧，奴婢瞧着她也在外头等着呢。"

"不必。"萧惊堂自己动手整理了一番，"往后看见她，离远点儿。"

谁？巧言吗？温柔挑眉："为什么？"

"不为什么。"他只说道，"她是我的第一个女人，容易同你起冲突。"

大户人家的少爷，会有母亲亲自挑选的通房丫鬟来教导人事，解决生理需求。温柔以前无意间翻阅过相关的书籍，觉得这些通房丫鬟很可怜，因为出身低贱，不会有什么好的名分，更不会生育子嗣，一生就荒废在下人的厢房里。

然而，巧言和她为啥会起冲突？

"二少爷是觉得我会迫害她吗？"温柔挑眉，"争宠？"

萧惊堂看了她一眼，也懒得解释，就点了点头。

温柔朝天翻了个巨大的白眼，"呵呵"笑了两声："您可真是刚出炉的肉包子。"

"你说什么？"

"没什么，奴婢夸二少爷皮肤白。"温柔递了帕子给他擦脸，又端水给他洗漱，伺候起人来也挺像那么回事的。重要的是，萧惊堂一直打量着她，然而她从头到尾都没有一丝不适应的样子，连端着脏水出去倒都很自然。

这个女人，到底在想什么？她又到底能做到什么地步？

出去倒水的时候，温柔扫了一眼门口。

那个叫巧言的丫鬟还在，下颌紧绷，脸色不太好看，手里端着一盆水，一直没有放下。

这人臂力真好。

"巧言姑娘，老奴已经说了很多遍。"萧管家站在她旁边，无奈地说道，"您等着也没什么用，喏，少爷已经洗漱完了。"

"我做错什么了？"巧言终于开口，眼眶微红，"为什么他突然就不让我伺候了？"

萧管家叹息："少爷的心思，咱们这些做下人的哪里能懂？"

巧言转头，目光陡然跟温柔的撞上，不避不闪，定定地看着温柔。

温柔被看得有点儿莫名其妙，倒了脏水便走回来，看着她道："别记恨我啊，我可没用什么手段上位，决定是二少爷下的，你要怪也得怪他。"

"你真厉害。"巧言微微一笑，没生气，反倒夸了她一句，然后端着水就走了。

温柔："……"

虽说是夸奖吧，但这话怎么听着就这么让人不舒坦呢？

温柔打了个寒战，耸了耸肩，望了望高高的院墙，想着这段时间反正是出不去了，干脆让人把琉璃的配方和提取的纯碱送给裴方物吧，让他先做着，不然等她就太浪费时间了。

结果温柔在忙完准备让牵穗出府的时候，却出了点儿问题。

"上头有吩咐，"看门的人这回没这么好说话了，睨着牵穗道，"你不能出府，要出去就去跟主子告假，从正门出去。"

牵穗有点儿傻眼，心想可能是因为自己出府的次数太多了，所以惹人怀疑，被限制了。

于是她就禀明温柔，让疏芳去。可是没想到，疏芳也被拦住了。

"什么意思啊？"看着旁边照常出入的其他丫鬟，牵穗不高兴了，"就针对我们不成？"

看门的人轻笑了一声，扫了她们两眼，也没多吭声。牵穗和疏芳都有点儿愤然，却也没什么法子，只能回去找温柔，把情况说了一遍。

"咱们哪儿得罪他们了？"温柔很纳闷。

可是想想也没有啊，她最近一直在挨打受苦受难，哪儿来的机会去得罪人?

"罢了,翻墙出去吧。"温柔耸了耸肩,道,"半夜找一处人少的院墙,牵穗翻出去就能把东西送了,也好解决这事。"

虽然这样有点儿冒险,可眼下她也没别的法子了,只能这样做。

然而,令温柔没想到的是,针对她们的不只看守侧门的人,接下来的几日,她们的饭菜都很差,一看就是残羹剩饭,送去清洗的衣裳也半晌没有拿回来,她们一问才知道堆着一直没给洗。再次遇见些挤对自己的丫鬟时,温柔再迟钝也该发觉问题了。

是有人在背后故意跟她过不去。

可是,这院子里的姨娘都与她交好,萧惊堂也不会闲到在这些小事上动手脚,那又是谁跟她有这么大的仇?

"这是二少爷明日要穿的衣裳。"一旁的巧言温和地对温柔道,"二少爷夸你做事仔细,所以你拿去洗一下,再香薰,挂着备用吧。"

温柔回过神来,看了巧言一眼,突然脑子里有光一闪,直接就开口问:"巧言,你讨厌我吗?"

没想到她会这么直接,巧言愣了愣,一时竟然不知道该怎么接话,沉默了片刻才笑道:"我为什么要讨厌你?你别想太多了。"

"没有吗?"温柔干笑两声,说道,"我这个人不爱跟女人自相残杀的,你对我有什么意见一定记得提,有话都放在台面上来说比较好。"

嘴角有些僵硬,巧言颔首:"我知道。"

知道是知道,巧言却没打算当真跟她放在台面上说,转身径直就离开了。

温柔耸肩,想着虽然从利益层面来说自己和巧言存在冲突,但看巧言平时都笑得很和善,应该不会心太狠吧,顶多是身边的人为她抱不平,为难了自己一番。

于是温柔就没再想了,将萧惊堂的袍子抱去后院的水井旁边,打了水拿了皂角,开始认真地洗衣裳。

马上是年中结账的时候,萧二少爷忙得饭都来不及吃,对完账就开始思索明日的宴会上,有哪些人的关系可以动用。

萧惊堂正想着呢,就见杜温柔哼着调子进来了。她一边把袖子放下,一边道:"二少爷,奴婢洗完了。"

"洗什么洗完了?"萧惊堂一脸莫名其妙的表情。

"衣裳啊,巧言给的,说您明儿要穿来着。"温柔回道,"奴婢洗了晾在了后院里。"

"你怎么洗的？"萧惊堂有种不好的预感，站了起来。

还能怎么洗？温柔答道："用水和皂角……"

话没说完，面前的人就大步走了出去，温柔愣了愣，心跟着沉了下去，连忙提着裙子跟上。

皱巴巴的丝绸袍子在风中轻舞，一条条纹路就跟萧惊堂眉宇间的"川"字一样深。

"我都说了，让你别靠近她。"沉默了半晌之后，二少爷很是疲惫地说道，"你听不懂我说话吗？"

温柔抿了抿唇，小声问："这玩意儿这么洗会皱？"

"上好的冰蚕丝绸，你这样洗不但会皱，而且会变形，没法儿再穿了。"萧惊堂有些烦躁，却又知道不是她的错，捂了捂脸，嗓子都嘶哑了，"冰蚕丝是一位朋友送的，我明日有重要的事，穿这个去见他最为妥帖，你倒好……"

他没有大发雷霆，倒是这样轻声埋怨，让温柔心里有点儿过意不去。她知道会耽误他的大事，连忙道："我来想办法。"

她能有什么办法？萧惊堂不抱希望地摇头道："我会穿其他的衣裳，你歇着吧。以后洗衣裳这样的事情，你还是交给别人来做。"

萧二少爷说完就走了。

温柔有点儿憋屈。这明摆着是让人给下了套，可她刚刚在想事情，也没想到丝绸会皱的问题，当真还就遂了巧言的意。

这种套路让人很不爽啊！

看了看架子上晾着的衣裳，温柔抿唇，直接来到萧惊堂的房间里，正色道："我需要点儿东西，府里若是没有，就要出去买。"

"什么东西？"

"烙铁，大块的，还有经得起烫的油布。"

"你要这些东西做什么？"萧惊堂皱眉，"你就不能消停点儿？"

"您想要那袍子复原，就快让人把这些东西找来，"温柔摆手道，"别啰唆，也别多问。要是把东西找来了我弄不好那袍子，我自尽在你面前！"

话说得有点儿重，萧惊堂皱眉，看了她两眼，挥手就让人去寻她要的东西。

滚烫的烙铁，吓得人都退避三舍。温柔用油布和几层普通的布将它包好，试着温度差不多了，便将架子上七成干的袍子取下来，平放在垫了一层布的桌上，喷上点儿清水，再用湿布盖住，然后捏着包着的烙铁，一下下地将褶皱都熨平。

这是她以前学到的小技巧，专门用来处理丝绸面料起皱的问题，所以她很有信心能把这玩意儿给恢复原样。

然而旁边的萧二少爷完全是以一种看傻子的眼神在看她："你已经把衣裳洗坏了，还想烫坏？"

"在出结果之前，你不要急着下定论，"温柔劝道，"万一被打脸，会很疼的。"

虽然不知道"打脸"是什么意思，但是萧惊堂还是聪明地选择了闭嘴。

面前的女子额头上慢慢有了汗水，大热的天握着这么滚烫的东西，想也知道不好受。不过她倒是没像平时那样咋呼，鬓发从旁边垂下来，却也没挡住她认真的眼神，手上一下一下、轻柔地将包着的烙铁压在布上移动，倒是有点儿敢作敢当的意思。

半个时辰之后，温柔将熨好的袍子抖了抖，展开给他看："怎么样？是不是好好的了？"

光滑的丝绸，看起来比先前更加平整，一个褶子都没有了。二少爷缓缓颔首，目光从她的手上扫过，淡淡地道："算你将功抵过了。"

"好。"温柔小心地将袍子挂到屏风上，"奴婢既然已经没有过错了，那可以告巧言蓄意陷害了吗？"

萧惊堂顿了顿，挑眉看她："你想怎么样？"

她想怎么样？被这语气给恶心了一下，温柔眯着眼看了看眼前这人，说道："奴婢只是个下人，想在主子这儿求公平是不可能的，倒是奴婢唐突了。毕竟巧言是您的通房丫鬟，您自个儿护着吧。"

说罢，温柔扭头就走了。

二少爷愣在原地，不明白他就是询问她的意见而已，怎么就把人给惹恼了……

萧管家进来的时候，就看见自家主子正盯着屏风上的衣裳发呆。

"少爷，该用膳了。"

萧惊堂没回头，就开口问了他一句话："管家，你觉得女人莫名其妙地生气是为什么？"

萧管家微微一愣，笑道："女儿家心思都是很细腻的，男人若不仔细些，一句话说不对了，惹了人生气还不自知，也是常有之事。"

"可我不觉得自己哪里说错了。"萧惊堂皱了皱眉，觉得有点儿莫名其妙地说,"好好地说着话,人就生气走了。"

刚刚出门的有谁?萧管家一想就明白了,笑道:"那就只有两种可能,一是少爷说的话太不在乎她的感受,二是少爷偏着别人说话,惹人吃醋了。"

萧惊堂:"……"

其实管家是瞎蒙的,毕竟就从这位少爷跟那位姑娘的性子来分析,就只有这两种可能。但不知道为什么,听了他的话之后,他面前的主子回过头来,眼睛亮得像北极星似的。

"少爷?"萧管家被吓了一跳。

"没事。"萧惊堂抿了抿唇,说道,"该用晚膳了吧?可我还要看账本,让温柔送点儿吃的东西来。"

"是。"萧管家躬身应了,去找温柔传达了主子的意思,就看面前这姑娘冷笑了一声后转身往小厨房走去。

这一声冷笑实在有点儿吓人,为了防止她在食物里下毒,萧管家便跟着去了厨房。于是接下来的半个时辰里,他就目瞪口呆地看着温柔以一种诡异的表情切菜下锅、炸肉、炸酱。

"二少爷有点儿忙,所以您怕是得去侍饭。"萧管家迟疑地道,"您要给少爷喂饭菜才行。"

他的言下之意是:你可千万别下毒啊!

"谁有空去喂他?"温柔翻了个白眼,拒绝道,"我给他做的东西,他一只手就能吃。"

管家愕然,就见她从旁边的蒸笼里拿出了圆圆的大馒头,横着切开,刷了一层刚做好的酱,放上一小片生的白菜,又放上刚炒好的小菜,再放白菜,再刷酱,中间夹炸好的肉,上头同样放小菜和白菜,然后刷酱。

"这……做晚膳,会不会太简陋了些?"管家有些迟疑。

温柔哼笑道:"他那么忙碌的人,没个正经时间吃饭,又想吃一桌子大餐,哪里有那么好的事情?!这两日送去的晚膳不都是没怎么动就被端出来了吗?还不如给他吃这个,管饱。"

"但是……"

少爷怕是不一定会吃吧?

温柔没多解释,做了三个汉堡放在大盘子里,给萧惊堂端了过去。

萧惊堂认真地看着账本,哪怕温柔走到他身边了,也没察觉。

"张嘴。"有人道。

萧惊堂顺从地将嘴张开，就感觉有个巨大的馒头被塞了进来。萧惊堂皱眉，终于将目光从账本上移开，瞪向敢往他嘴里塞馒头的人。

"咬。"温柔面无表情地道。

你说咬就咬？！萧惊堂有点儿生气，可不知怎的下意识地就听她的话咬了一口。

香酥流油的肉、清脆爽口的生白菜、鲜香的三色小菜，再配上风味独特的辣酱，瞬间攻占了他的味蕾。

二少爷眨了眨眼，看了看温柔手上拿着的东西。

馒头被他咬了一口，侧面的馅他全部能看见了，还挺有层次的。

"包子？"将嘴里的东西咽下去之后，他问了一句。

你才包子呢，土包子！温柔撇嘴道："这东西很适合您这样加班忙碌的人，饿了伸手拿一个来咬就可以了。奴婢搭配的馅料是木耳、竹笋和萝卜的三鲜小炒，以及炸牛肉和辣酱，营养尚算均衡。您要是吃腻了，还能换馅料。"

"好。"萧惊堂点头，继续就着她递过来的馒头咬了一口，然后继续看账。

温柔忍不住瞪他："二少爷没听明白奴婢说的话？"

"嗯？"

"这个您可以自己拿着吃。"她咬牙道，"不耽误您看账。"

萧惊堂摇了摇头："累得慌，你拿着吧。"

温柔："……"

拿个馒头他就能累着？他怎么不去死呢？！瞧着他这优哉游哉的模样，她眯起了眼，满怀恶意地道："可是奴婢刚刚去了茅厕，还没洗手。"

咀嚼的动作顿了顿，萧惊堂变了脸色，万分惊恐地看了她一眼。

心里总算舒坦了点儿，温柔笑眯眯地道："而且茅厕里好像没纸了，奴婢刚刚……"

"闭嘴！"萧惊堂低喝一声，扔了账本就起身，抓过这人不盈一握的腰，直接吻上了她的唇。

温柔愣了愣，傻眼了，反应了一会儿才皱眉，满脸嫌弃地道："你干吗？"

"你恶心我，我自然不会让你置身事外。"萧惊堂放开她的唇，舔了舔自己的唇瓣，"要恶心大家一起吧。"

这人幼稚不幼稚啊？温柔翻了个白眼，拿起汉堡就自己咬了一口，边吃边说道:"您嫌恶心,那奴婢就自己吃了。您继续忙吧。"

说罢,温柔径直出了门,头都没回一下,只留两个汉堡在盘子里无辜地躺着。

萧惊堂瞪着她的背影半响,还是坐了下来,左手翻着账本,右手拿起汉堡,继续边吃边看。

温柔有点儿气闷,虽然不知道在气闷什么,但心情就是很不好。回到屋子里看见疏芳,温柔忍不住问:"你说萧惊堂这种既不会说话,又赏罚不分明的人,怎么会没被人阴死还成为赫赫有名的商人的?"

疏芳莫名其妙地看她一眼,回道:"很正常啊,萧家家大业大,有本钱,也有渠道,二少爷要做生意,自然易如反掌。"

他还是靠了祖荫是吧?温柔撇嘴,心想可能当时装方物吹过头了,导致她还觉得萧惊堂很厉害。这样的人,压根就是个黑白不分的浑蛋!

"温柔姑娘。"

温柔刚准备骂出口呢,外头就响起了萧管家的声音。温柔顿了顿,险险地咽了一口口水,打开门问:"有事吗?"

"二少爷吩咐,明日出府赴宴,由你陪着。"萧管家笑道,"这是新做的衣裳,你明日穿了就是。"

衣裳用的崭新的布料,可惜还是下人穿的款式。温柔看了看,笑着接过,应了一声:"好。"

管家放心地走了。

温柔关上门,转身就朝空气骂道:"浑蛋,应酬还带上我,老娘又不是陪酒的。"

疏芳眼神怪异地看了看她,开口道:"主子,您以前总是缠着二少爷,让他带您一起出去赴宴的,只是二少爷总是不带。"

如今倒好,主子变成了丫鬟,反而能跟着出去了。

"出去有什么好?……"话没说完,温柔想起来了,当初萧惊堂是死活不承认杜温柔的主母地位的,杜温柔自然想作为正室跟他一起出席应酬。但是现在情况不一样了啊,她出去反而是找羞辱的。

幸好杜温柔现在没啥控制力了,不然这会儿心脏得纠结死。

温柔叹了一口气,把衣裳扔到旁边,躺到床上,道:"不管那么多了,疏芳,你也好生去休息吧,明儿再说。"

"是。"疏芳领首,温柔地替主子掖好被子,便起身离开了。

夜色里的萧宅寂静下来，萧惊堂屋子里的灯也熄了，只是，有不怕死的，竟然偷偷打开房门，想溜进去。

"什么人？"萧惊堂反应极快，将一把匕首横在了来人的脖子上。

巧言被吓得脸都白了，连忙道："是奴婢！"

萧惊堂眉心微皱，收回了手，借着月色看着她问道："怎么了？"

"奴婢……睡不着，想来同少爷一起睡。"

"我明日还有事，"萧惊堂道，"你回自己的房间里待着吧。"

巧言没动，咬唇犹豫了好一会儿才道："主子是不是不喜欢奴婢了？"

萧惊堂没吭声，重新躺回了床上，睡在靠床边的位置。

巧言几步跟过去，说道："奴婢一早就想过主子会有厌烦奴婢的这一天，只是没想到来得这么快。杜氏比奴婢更美丽动人，可……主子就能忘记奴婢这么多年的陪伴吗？"

"你想如何？"萧惊堂终于开口，语气带着十足的不耐烦之意，"有话不妨直说。"

巧言被这凌厉的语气吓了一跳，眼泪"唰唰"地就落了下来，说道："您……以前从未对奴婢这样凶。"

"你以前也没这么多害人的心思。"床上的人冷冷地道，"避开你是我仁慈，不是我无情，这样说你能听明白吗？"

巧言身子微僵，缓缓摇头："不明白。"

"不要再为难杜氏，她没碍着你什么。"萧惊堂半睁着眼看着床边这人说道，"你若是能恢复之前无争和无害的状态，我会继续像之前那样信任你，留你在身边。但你若继续执迷不悟，巧言，别忘记当初你是怎么被母亲选中送来我房里的，那不是个意外。"

巧言脸色一白，难以置信地看了床上的人一眼。

当初的事情……二少爷怎么可能会知道？！

屋里安静下来，萧惊堂像是说完就睡着了，再也没开过口。巧言慢慢地挪步离开房间，跌坐在外头的地上，许久都没回过神来。

她是怎么被选中送来当二少爷的通房丫鬟的？其实最开始萧夫人选中的人不是她，是跟她住在一个屋子里的翠海，然而在翠海被送去给二少爷侍寝的当天，她给翠海下了点儿药，临时顶替翠海去了。本来她用的是迷药，但是量可能太大了，翠海大病一场，醒来就傻了，跟五岁小孩无异。

于是没有人知道她做的事情，她也就顺利地留在了二少爷的院子里。

然而，萧惊堂既然那样说了，证明他从一开始就是知情的。

怎么可能？怎么会呢？要是当真知道，他如何还会与她在一起这么久？

巧言越想脸色越难看，跌跌撞撞地回到屋子里，立马叫醒了自己屋子里睡着的丫鬟，低声道："帮我出去办件事。"

第二天清晨，温柔打着哈欠去伺候萧惊堂更衣时，萧二少爷上下打量了她几眼，点头道："你今日这样就刚好。"

还刚好呢，这衣裳的带子差点儿没将她给勒死！好端端的裙子，里头的衣带竟然有十几条，扎得结结实实的，保管让人扯都扯不下来。

虽然她也吐槽这儿的衣服松松垮垮的，女子出门在外万一有点儿意外就尴尬了，可也不至于跟绑粽子似的吧。

"一会儿跟在我身边，别人问什么你就微笑，不用回答。"上了马车后，萧惊堂还在嘱咐，"不管听见什么，不用你说话，你也不必把我说的放在心上。"

这听着怎么像是要去参加什么厉害的忽悠大会似的？温柔皱眉，问了他一句："很复杂的宴会？"

"不，很简单。"萧惊堂解释道，"这样的宴会经常会有。你第一次去，为了不让你丢人，所以我才说这样多。"

笑话！她这么机灵可爱的小仙女，会丢人？

这家酒肆很大，里头已经有不少人了。萧惊堂刚进去就被人围住了，几个中年人笑着道："好久不见了二少爷，贵人回京好几日了，也不见你有空出来跟咱们聚一聚，可是要忘记咱们这些难兄难弟了？"

萧惊堂看了他们一眼，领首："不曾忘记。"

"哈哈，没忘就进来喝酒，来，就等你一个人了。"

店里大多是萧惊堂该喊叔叔的人，却簇拥着一个年轻人进去，场面怎么看怎么奇怪。温柔赶紧提着裙子跟进去。

亮堂的房间里四面都有桌子，主位上坐着的人一身绿锦，一看见人进来就笑："惊堂来得倒是准时，一刻不早，一刻不晚。"

萧惊堂微微领首，朝那人拱手道："七哥，久违了。"

被称为七哥的人是江连波，最喜欢做的事情就是买卖房屋楼阁，只因他家底丰厚，关系遍布四处，所以众人都尊称他一声七哥。

江连波对这些商人没什么好感，但对萧惊堂却是颇为喜欢的。因着对方是年轻后辈，嘴上没什么花样，做事却分外踏实，所以先前来幸城的时候,他送过萧惊堂珍贵的冰蚕绸缎。

目光落在萧惊堂的衣裳上,江连波心里一动,笑着起身拍了拍他的肩膀,道:"你是个好孩子,来,坐。"

江连波就喜欢这种懂事的人,给过他多少恩惠,他都记得,并且会回报。瞧着这衣裳,江连波不禁想起去年来幸城差点儿吃官司被萧惊堂所救的事情,态度自然就更亲和了一些。

众人寒暄了一番,温柔就在后头站着。萧惊堂在生意场上也不怎么说话,但看得出来,存在感极强,哪怕半天不说一句话,旁边那个"七哥"也总会侧过头来问他的意思。

哪有人这样谈生意的?温柔忍不住吐槽,人家生意人都是舌灿莲花,他倒好,就像一口巨大的闷钟,戳在这儿沉默极了。

"听闻二少爷想买七哥手下的皓月湾。"席间有人开口道,"那可是个好地方哪,咱们这儿不少人想要呢。"

皓月湾在幸城北面的运河边上,风景怡人,修有一排店铺,做往来之人的生意,常常赚得盆满钵满。所以那地界,江连波一般是只出租,不售卖的。但是应着萧惊堂的邀约,今日江连波还是来了。

可就算是来了,江连波也没有要轻易将皓月湾出手的意思。

"皓月湾是七哥的心头肉,在下如何会让七哥割爱?"萧惊堂平静地喝着酒,说道,"只是打算租上一阵子罢了。"

租?

此话一出,对面的孙掌柜就不高兴了。皓月湾目前是他租着的地方,萧惊堂若是开这个口,那他的生意该怎么做?

"二少爷三思啊。"孙掌柜劝道,"那地界虽然好,生意却未必好做,您有那么多通达的路子,何苦来抢在下这一碗粥?"

"哎,瞧孙掌柜这话说的。"旁边的人笑了,"皓月湾的生意还不好做?听闻七哥可是用最便宜的租金租给你的,你怎么能这么伤七哥的颜面?"

"就是。"有人附和,"咱们在座的哪个不愿意用双倍的价钱租皓月湾?可七哥看在与你的交情上,愣是没给,孙掌柜可不能得了便宜又卖乖啊。"

这些人你一言我一语,说得孙掌柜下不来台面。孙掌柜打量了江连波一眼,吞吞吐吐道:"是我说得不妥了,皓月湾的生意的确是好做的,托七哥的福了。"

"哦?"萧惊堂淡淡地问了一句,"一个月能有多少毛利?"

这种问题,能在这大庭广众之下问?孙掌柜有些恼。他可是江连波家三姨娘的舅舅，毕竟是一家人，就算占了江连波的便宜，也不会放在明面上说。可这个萧家二少爷，怎么今儿就像是要跟他作对似的？

更可气的是，这儿的其他人竟然也不说话了，就看着他等答案。

"也……就两千多两银子吧。"孙掌柜瞎报了一个数字，光听着都让人觉得荒唐。

那种地界，一个月一千两的银子租了几十个店面，竟然才盈利两千两，就连温柔都听得直摇头，瞎扯淡呢。

萧惊堂后院里的花销一个月都有上万两，孙掌柜搁这儿说一个月才赚两千两，有本事把身上的金链子、玉扳指摘了再装穷！

然而萧惊堂闻言竟然没质疑，点了点头就朝江连波说道："一个月两千余两银子，这样算来皓月湾也就值五十万两，我可以一次性付清，七哥可愿意卖我这个面子，将皓月湾转让给我？"

此言一出，众人哗然。虽然五十万两银子可能已经是在座很多人加起来才有的家产，但皓月湾那种地方，要当真五十万两卖了，那可是真亏。

更令人惊奇的是，江连波竟然没觉得萧惊堂在占他的便宜，而是认真地看着对方，仿佛在思考。

孙掌柜慌了，连忙说道："五十万两也太便宜了啊！简直算是白菜价了，怎么能卖？"

关键是，卖了他去哪儿做生意？如今幸城寸土寸金，哪里还有比皓月湾更好、更便宜的地界？

"哦？"一听孙掌柜的话，萧惊堂回头看了他一眼，"若是孙掌柜出得起更高的价钱，那萧某愿意相让。"

笑话！在场的除了萧惊堂，还有谁出得起这种价钱？孙掌柜涨红了脸，看着江连波道："大侄子，你可不能就这么卖了。"

江连波皱了皱眉头，看了他一眼，开口道："惊堂于我有恩，这个价格卖给他，我倒是不觉得亏。"

当真按照孙掌柜交的租金来算，萧惊堂给的价格已经够租四十年了，更何况是一次性给清，哪个更划算自然不用说。

孙掌柜愣了愣，脸色随即就难看起来："好歹是一家人，你当真要做得这么绝？"

这话他是对江连波说的。江连波自然也沉了脸，只是顾念孙掌柜是长辈，没直接吭声。

萧惊堂放下酒杯，看了看江连波，又看了看孙掌柜，陡然沉了脸，说道:"怎么?我买个铺子而已,也招人恨了?"

孙掌柜闻言被吓了一跳,连忙摆手:"不是,我这话不是冲二少爷说的。"

"那是冲谁说的?七哥?"萧惊堂冷笑,"七哥与我做生意,孙掌柜非出来说七哥的不是。好好的交易让你搅黄了,你可该拿什么与我交代?"

在座的商人都是笑面虎,脸上总也少不了笑容,只有萧惊堂,不说则已,一开口便自带三分怒气,镇得人不敢妄言。他要是弱些还好说,可偏生是独霸一方的萧家二少爷,也没人敢跟他较劲。

于是孙掌柜只能忍了忍,笑道:"二少爷的生意,我自然是不能搅和的。可皓月湾现在是在下在租赁,二少爷也不能砸了在下的饭碗哪。"

"租赁有合约。"萧惊堂说道,"据我所知,合约下个月刚好到期。"

也就是说,合约一到期,他买皓月湾就更加是情理之中的事情了。

孙掌柜慌了,连连看向江连波,可后者皱着眉,虽然是一脸犹豫的表情,可到底没站出来帮他说什么话。

温柔算是看明白了。自古生意人最不喜欢跟亲戚做生意,人情关系复杂,且吃亏占了多数;少数不吃亏的人,又得被人戳着脊梁骨骂不给亲戚面子。所以温柔对亲戚,在经济上是尽量不往来的。

现在的七哥就是被孙掌柜占尽了便宜,孙掌柜占着好位置给的租金少,还爱哭穷。萧惊堂这时候站出来收购皓月湾,算是了却了江连波的心病,哪怕是亏了,江连波也未必当真不愿意卖。

萧惊堂打的是很好的算盘,现在就看到底能不能成了。

见江连波在犹豫,孙掌柜一咬牙,站起来说道:"江老爷,我那侄女伺候你也有一年了,不看僧面看佛面,你可不能这么对我!大不了我再加一千两银子的租金,每月两千两银子,一两银子不赚,也把租金给够,如何?"

说来说去,他就是不肯按照市面上正常的价钱给,少了一千两,还要哭哭穷。

江连波笑了笑,心里当真是不舒服得很,直接就转头对萧惊堂说道:"那一处地方本也是打算卖给你的,只是半年前孙掌柜问我租了,我也就厚着脸皮没给你交代。如今我算是再也不好推托了,索性今日就将合约签了,按照你说的价钱,成交。"

孙掌柜脸色白了,眼里的神色也阴狠起来,看得温柔打了个寒战。

这种不讲道理的人最可怕了。说白了人家帮你是情分,不帮也是本分,可他偏生觉得人家不帮他就是欠了他的。

"多谢七哥了。"萧惊堂拱手，不再看孙掌柜，只认真地对江连波说道，"七哥既然这么爽快，我自然也不会让七哥吃亏。方才的价格确实不高，真那么拿了，倒是我萧某卑鄙，八十万两银子正好，不知七哥意下如何？"

老实说，江连波也是被孙掌柜这种占便宜的性子给烦着了，所以才赌气出售皓月湾，真卖五十万两银子，也会不高兴。可萧惊堂这人就是厚道——即使江连波答应了，他也加价！

同萧惊堂这样的人做的就不只是生意了，更值得做朋友，所以江连波连连点头，笑着说道："我在道上也混这么多年了，萧二少爷是我唯一佩服的人。以后萧二少爷若是有什么麻烦，江某定然二话不说便来相助。"

"多谢七哥。"萧惊堂拱手道，"既然如此，那这杯酒我便敬您。"

"好！"江连波举杯，直接将酒一饮而尽，目光落在他的衣裳上，笑道，"这料子也是称你的。今年我又得了一匹妃色的冰蚕绸缎，也送给你。饶是颜色你不能穿，也可留着给夫人。"

萧惊堂颔首，正要谢他，就听得旁边的孙掌柜低声说道："萧二少爷最近刚刚休妻，还能有什么夫人能穿这种料子？索性给你院子里的人不就好了？"

最好给他的侄女，好东西不留给自己人，这人怎么老是往外送？

温柔看那人一眼，轻轻摇头。这人说话真不讨人喜欢，处处透着小气劲，就适合摆个小摊卖菜，哪里该在这样的大场合上撒野？

"已经休了吗？"江连波倒是不知道此事，看着萧惊堂笑道，"那倒是解脱了，去年我来幸城就听闻你与你夫人不和，想着法子要休呢，今年就已经成了。看来你往后的路，必定是一帆风顺哪！"

温柔没忍住，冷笑了一声。

屋子里没其他人开口，所以她这笑声有点儿突兀，众人纷纷看了过来。

萧惊堂没回头，倒也不是心虚，就是莫名其妙地没敢回头看她。

"这是……？"江连波盯着温柔，好奇地问了一声。

温柔笑得无辜，仿佛什么都没发生似的，朝他轻轻屈膝："奴婢是二少爷的贴身侍女。"

"侍女？"目光从她的脸上扫过，江连波笑了，"萧家的侍女，都这般水灵动人？"

他瞧着面前的女人气质不凡——哪家的侍女能有这等不畏的眼神？

"只是个侍女而已。"萧惊堂补充道，"我怕等会儿喝醉了没人扶，所以顺手带了出来。"

"是吗？"旁边有个与他尚算熟悉的商人笑了，"我怎么听说，萧家原先的二少奶奶就是被休了之后贬为侍女了啊？该不会恰好就是这位吧？"

此话一出，众人开始起哄，本来今日都是想同江连波做生意才来的，谁知道大的彩头被萧惊堂几句话就拿去了，表面上不好撕破脸，总归要闹一闹出气的。

萧惊堂放下杯子，脸色沉了下来，然而面前这群人现在根本不看他的脸色，有胆子大的，直接起身就扯温柔的裙子。

温柔眯眼，心想萧惊堂也真是有先见之明。应酬的场合流氓不少，萧惊堂给她的这一身裙子，这些人想借机扯下来可没那么容易。不过被拉拉扯扯的，到底让人不舒服，于是她说道："我不是什么二少奶奶，各位认错人了。"

"认错了？我可不信。"孙掌柜哼笑一声就过来扯她的衣袖，"哪里有丫鬟像你这样细皮嫩肉的？瞧瞧，手上一点儿茧子都……"

他刚拉起温柔的手，话还没说完，就感觉腕上一痛，"啊"一声惊叫起来。

萧惊堂平静地看着他，捏着他的腕骨说道："我府上的丫鬟，还没有给人动手动脚的道理，你自重。"

"萧家就是霸道。"手腕被松开，孙掌柜气得发抖，脸上带着扭曲的笑意道，"生意不让人做，丫鬟还不让人碰了？下人就是下人，出身低贱，只要不是那杜氏，旁的人有什么不能动手脚的？"

"是啊，"旁边有人帮腔，"二少爷倒是说说这是不是那杜氏啊？"

眼瞧着闹起来了，江连波想解围都解不了。

萧惊堂起身，站在温柔面前，正想认了算了，却听得背后的人开口道："杜氏温柔是何等骄傲的女子，怎么可能同我一样，穿这一身丫鬟衣裳，站在这儿给各位羞辱呢？"

萧惊堂微微一愣，皱起了眉。

温柔拨开他，脸上的笑意极为恭敬，端起桌上的酒壶就往那孙掌柜的杯子里倒酒："今儿这么好的日子，掌柜却认错了人，该罚一杯吧？"

纤纤素手捏着酒杯递过去，一群男人哄笑起来。孙掌柜倒也受用，接过杯子将酒喝完了。

"看来这当真不是杜氏。"江连波笑道，"那杜家小姐哪里会这么活泼，大家认错了，就放过她吧。"

"哪儿能哪。"喝完酒的孙掌柜笑嘻嘻地说道,"光是喝酒吃菜,无趣得紧,正好萧二少爷这丫鬟灵透生动,不如来陪咱们玩玩。"

此话一出,旁边脑子尚算清醒的人都看了萧惊堂一眼。

二少爷脸上没什么表情,只是落在孙掌柜身上的目光再也没转开过,像是在沉思什么,那眼神看得人脊背生寒。

没人敢再跟着起哄了,萧惊堂冷笑了一声,正要开口,却听见那不知死活的女人回道:"好啊,奴婢倒是会很多种酒令,孙掌柜想怎么玩哪?"

江连波愕然,看看二少爷那如鲠在喉的表情,又看看那依旧笑得无所畏惧的丫鬟,一时倒有些不明白这是什么情况。

一杯酒下肚,孙掌柜已经壮了胆,看萧惊堂没开口,便说道:"你想怎么玩咱们就怎么玩,去过那么多窑子,我还没有输给女人过。"

"真的吗?"随便他说什么温柔都不恼,笑眯眯地给他的杯子里倒好酒,然后道,"奴婢就喜欢孙掌柜这样战无不胜的男人,既然您没输过,那咱们就来玩个大的。奴婢与您行酒令,输了第一次喝一杯酒给对方一两银子,第二次一杯酒二两银子,第三次一杯酒四两银子,依此类推,如何啊?"

这几两银子在他们这些人眼里就只能算牛毛罢了,也就她这种小丫头会觉得是玩大的。孙掌柜嗤笑,扫了一眼周围,见所有人都盯着自己呢,于是就硬气地点了头:"好啊。"

"口说无凭。"萧惊堂挥手让人拿了笔墨来,淡淡地道,"立字为据吧,我家这丫鬟经常说话不算话的。"

"哎,小事,何必立字据?"孙掌柜"哈哈"笑道,"几两银子在下还是给得起的,这丫头若是拿不出来,那就跟我回家去当姨娘吧。"

"当姨娘吗?"温柔眼里露出些犹豫之色,看了门口的方向一眼,明显有些不愿意。

孙掌柜愣了愣,顿时觉得还是立字据更靠谱儿些,不然这丫鬟输了,又有萧惊堂撑腰,自己能怎么办?

"既然二少爷都在写字据了,"孙掌柜干笑了两声,道,"那咱们签了再赌。"

"这可是有趣。"江连波笑了笑,"几两银子,换一个美若天仙的丫鬟回去,还立字据了。咱们这酒席之间,本不该这样严肃的。"

"哎,各自有各自的玩法,既然玩得大,正经一点儿也避免闹得不愉快。"有人笑道,"正好七哥在,就当个见证人吧。"

"好。"江连波微微颔首。看着那丫鬟和孙掌柜都签了字，他问："要怎么玩哪？"

"很简单，"温柔有些迟疑地看着孙掌柜，眼里一点儿底气都没有，"就你我两个人，四只手，喊五、十五、二十和零，喊的同时选择张开手或者握紧拳头，一只张开的手算五，拳头算零，喊的数目若是跟四只手加起来的数目一样，那便算喊那数目的人赢。"

这游戏温柔玩的时候从来就没输过，所以她才敢赌。不过饶是她很有信心，为了不给对面的冤大头压力，她的表情还是很谦虚。

"好的，我听明白了，先来试试，两把，不算赌注。"孙掌柜搓了搓手。

温柔点头应了，伸出双手道："准备了，三、二、一——十。"

"十五！"

她张开了两只手，孙掌柜张开了一只手。

"果然简单有趣。"赢了一把，孙掌柜就笑了，"再来！"

"五！"

"十！"孙掌柜盯着温柔的手，"哈哈"大笑，"又是我赢！你这小丫头，莫不是倾心于我，今日非要跟我走了？"

温柔含羞一笑，说道："大人果然厉害，可接下来就算赌注了。"

"好。"孙掌柜表情严肃了些，认真地跟她玩了起来。

萧惊堂冷眼旁观，就见温柔先让了姓孙的两把，输了三两银子，姓孙的高兴起来，眼里贪婪的神色一览无余。

"再来。"

温柔微笑，这次不让了，出手极快，眼睛盯着对面的人的手，嘴里冷静地喊着："二十。"

"零。"

"十五。"

"十。"

…………

他竟然再也没能赢过她了？孙掌柜有点儿不悦，当下也没算自己输了多少银子，捞起袖子就吼："再来！"

"还来吗？"温柔微笑道，"您已经输了十四把了，怕是要倾家荡产。"

"胡说！"孙掌柜冷哼，"孙某家产不多，但也不少！这几两银子的赌注，能让我倾家荡产？"

萧惊堂的脸色缓和了不少，他起身将温柔拉回了自己身边，再将方才

259

的字据放在了江连波的手里："七哥来算账吧，我也觉得孙掌柜怕是要倾家荡产了。"

江连波愣了愣，心下也觉得奇怪，就十几把的输赢，几两银子的赌注，能有多少银子？

"从第三把开始，孙掌柜输了十四次。"温柔笑眯眯地说道，"第三把是四两银子的赌注，第四把是八两，以此类推，第十六把的时候赌注就是三万两千七百六十八两。"

一听这数字，在场的人都有些不信。有会算账的人，直接就掏出了随身的小算盘敲打起来。

"二八十六，双十六为三十二……第十六把……当真是三万两千七百六十八两。"那人打完算盘，冷汗下来了，惊恐地看了温柔一眼，"没有算错。"

江连波顿了顿，仔细一想就知道不对劲了，深深地看了看孙掌柜："倒真是倾家荡产了。"

孙和容是他的亲戚，有多少家底他自然知道，几万两雪花银对萧家来说可能不是大事，但孙和容这种败家的人，当真要卖房子卖地才还得起。

"你诓我！"反应过来的孙和荣红了眼，看着温柔就骂，"婊子养的东西，竟然算计到我头上来了？！"

一听这话，江连波就白了脸。

萧惊堂一点儿也没犹豫，直接就朝孙和荣冲了过去，旁边的人甚至没有看清他的动作，就见孙和荣整个人被一拳击飞，砸在了后头的桌上！

杯盘碗"碟稀里哗啦"地砸了一地，惊得众人纷纷躲避。

温柔就蹲在江连波的身边，淡定地看着这一切。

萧惊堂的力气有多大她是知道的，孙掌柜挨这一顿肯定是要断几根骨头的。不过活该，让人嘴贱，她可没打算上前去劝萧惊堂。

"饶命哪！二少爷饶命哪！"被打得疼了，孙和荣连声叫唤起来。

萧惊堂充耳不闻，旁边也没人敢拦。

江连波长叹了一口气，侧头看着旁边的温柔说道："小丫头，你觉得我现在说情，惊堂会听吗？"

"不会。"温柔斩钉截铁地摇头，"要是他刚刚没骂我，那您凭着与二少爷的关系，说不定还能让那孙掌柜少给一些银子。不过现在……二少爷生起气来，谁也拦不住。虽说奴婢只是个丫鬟，可他当着二少爷的面儿骂我，那不是打二少爷的脸吗？七哥，这么蠢的亲戚您还是早点儿与其划清界限来得好，免得给您惹麻烦。"

没想到这丫鬟会说这么多，江连波有些惊讶，眼神微动，顿时就笑了："怪不得惊堂冲冠一怒为红颜，你这丫鬟有点儿意思。"

温柔笑了笑，没再吭声。

其实萧惊堂就是找个由头揍这姓孙的一顿罢了，虽然不知道为什么，但她能感觉到萧二少爷不喜欢这人。正好，她也不喜欢，那就揍舒服了再讲道理。

拳拳到肉，动作还潇洒无比，温柔看着萧惊堂的背影，突然觉得这人还真不是有点儿三脚猫功夫，比起经过特训的护卫也不差，而且身材好，脸蛋好，十分具有观赏价值。

这种人，是怎么做到在这短暂的二十几年里，什么都会的？

她现在终于有点儿理解杜温柔为什么为他要死要活的了，萧惊堂的确很有魅力。

萧惊堂平静下来收手的时候，地上的人已经奄奄一息了。萧惊堂转身，朝着江连波直接就拱手行礼："七哥，得罪了。"

"是他有错在先，欠你的银子，我会让他还上的。"江连波笑道，"倒是你，动这么大的肝火，手上留伤了。"

萧惊堂低头，就见自己的右手手背上不知被什么尖锐的东西划到了，已经红肿渗血。

看够了热闹的温柔立马起身，走到他面前看了看，问道："回去擦点儿药吧少爷？"

"好。"萧惊堂颔首，看着江连波说道："皓月湾的买卖契约稍后会送到七哥下榻之处，至于孙掌柜欠的银子，就当补偿他先前少给的租金，都交给七哥。若他不交，我会将他告上公堂。"

"你客气了。"江连波笑得更欢，"他少给的，怎么能让你破费？"

"就算七哥拿惊堂当兄弟，惊堂也不会占七哥的半分便宜。"萧惊堂一脸正经表情地说道，"该是多少就是多少，没道理让七哥亏那么久的租金。"

这话听得江连波心里舒坦，他"哎"了好几声，看着萧惊堂说道："那我也就不客气了。今日闹得不太愉快，但我是尽兴了，咱们改日再单独聚聚，如何？"

"好。"萧惊堂颔首，行了礼后，带着温柔就往外走。

温柔微笑，跟着他行礼，然后出门上车。

喧哗和窃语声都被挡在了帘子外头，做成了大生意的二少爷看起来却不是很开心，盯着温柔的手，脸色阴郁。

温柔在车厢里找了找，翻出个药箱子来，看了看上头贴着的纸，寻了金创药就将萧惊堂的手拉到自己腿上放着，开始慢慢地上药。

"你没什么想说的话吗？"二少爷冷声开口。

温柔挑眉，头也不抬地说道："本来看少爷受伤了，想先处理完伤口再说的，既然您问了，那奴婢就直说了……银子什么时候给奴婢？"

银子？萧惊堂冷笑："你竟然跟我说银子？"

她不解释一下为什么擅自做主跟人赌吗？也是她赢了，万一输了呢？她是不是当真要去给人当姨娘？

"为什么不能跟您说银子？"温柔翻了个白眼，抬头看着他说道，"奴婢赢回来的银子，您二话不说就拿去当人情送了，不得补偿奴婢吗？"

萧惊堂冷笑："你这一生已经被捆在萧家了，你的东西就是萧家的东西，你的银子自然也是萧家的。"

"别这么不要脸。"温柔撇嘴，"卖身契上写了的，十万两银子，今日我赢了有六万两银子吧？要是你不给我，就立个收据，我再攒四万两银子就自由了。"

身子一僵，萧惊堂眯了眯眼："你竟然真的想给自己赎身？"

"为什么不可以？"温柔嗤笑，"奴婢又不是没赚钱的本事，难道当真一辈子都当个丫鬟？"

"今日是你运气好而已，"萧惊堂冷声说道，"以后不会有这么好赚的银子了。"

"那就不用您操心了。"温柔道，"您爽快点儿，回去就写字据。"

萧惊堂冷哼了一声，别开了头："回去给你就是，急什么急？"

萧惊堂没见过这样的人，放着好好的萧家不待，竟然要挣扎着去外头。她当真以为外头海阔天空，好得很吗？

这世道上的阴暗之事，她到底是见得太少。

闷了一口气没出，萧惊堂一路都没说话，回到府里就直冲书房，找了笔墨纸砚，抬手正要写字，就看见了自己的手背。

"这是什么玩意儿？"

一个活泼的蝴蝶结，娘里娘气地绑在他的手背上。

跟着进来的温柔笑眯眯地说道："普通包扎多没意思啊？这样好看一点儿。"

哪里好看了？！萧二少爷瞪了她两眼，没好气地拿起笔开始写字据，满眼都是嫌弃之色,却没把那蝴蝶结给拆了。

凑了个脑袋过来看他写字,温柔惊讶地发现,这人的字竟然也挺好看。

"你还有什么不会的啊?"温柔忍不住感叹了一句,"难不成你二十多年都不睡觉的?所以你什么都学会了?"

手顿了顿,萧惊堂冷哼:"有一种东西称为天赋。"

温柔:"……"

这冰山不要脸起来,也是真的挺不要脸的。

字据写好了,萧惊堂伸手就画了押,然后递给她:"自己收着吧。"

温柔接过字据看了看,确定没什么不妥的地方之后,小心翼翼地按了手印,然后仔细将字据收进了怀里。

"对了,奴婢能多问一句吗?"温柔有点儿好奇,"萧家的店铺不少,做什么生意的都有,您还买皓月湾做什么?"

萧惊堂看了她一眼,别开头回道:"有新的生意要做,这个你不用多问。"

好吧,这毕竟是商业机密,温柔当真就乖乖地不多问了。

然而几天之后,正当她在收拾屋子的时候,牵穗兴冲冲地跑了进来,拉着她说道:"您听说了吗?萧家开了个烤肉场,就在皓月湾那一块儿地方,听说味道极好,香味儿也飘得远,引得运河上来往的人都忍不住停下来尝尝。好像县太爷也去了,城里的人最近都在议论这件事呢!"

哈?温柔歪了歪脑袋,眯起眼问道:"你说他开了个什么?"

"烤肉场啊。"牵穗答道,"虽然我不太喜欢这二少爷,不过他可当真是聪明。原先的皓月湾只有一排店铺,十几家卖杂货的,生意不咸不淡的。他倒好,将那十几家铺子的屋顶都掀了,与外头做成了隔断的模样,专供贵人在里头烤肉。而皓月湾外头一大片的空地上全部用石头垒了炉子,有上百桌,宽宽敞敞的,能供好多人同时用饭。并且外头桌子的价钱低,里头桌子的价钱高,食材也更好,贵人和百姓都可以去。"

温柔咬牙!萧惊堂这是窃取她的创意,还没给她创意费!

温柔扔了手里的床单,扭头就朝主屋跑。

萧惊堂正在听管家汇报情况。

"试用了两日,过往的船只很多,客人自然也不少,加上这吃法新奇,不少城中的百姓也特意赶来烤肉。再加上县太爷的作用,刚经营三日,净利润便是八百两银子。"萧管家说道,"不过有的贵人刚开始觉得新奇,最后却难免觉得有些累,老奴已经让人在贵人区里每桌加两个丫鬟,帮着烤。"

"你办事妥当。"萧惊堂颔首,"蔬菜和肉的供应渠道找到了吗?"

"找到了,试用下来最妥帖的还是张屠夫那家的猪肉,和姓李的一家菜园子。"管家答道,"不过那张屠夫好像做别的活儿去了,猪肉都是他儿子在帮着卖,倒是跟以前一样,人厚道,肉也不差。"

"皓月湾堤坝那边还有一大片空地吧?"萧惊堂想了想,说道,"猪、牛、羊的内脏都不值钱,但船夫也吃不起太好的肉……反正买这些食材也是整只一起买的,内脏和血就别浪费了,在堤坝下头再修一些灶头,放上锅和水还有调料,东西低价供应给来往的船夫。"

内脏之类的东西一般是扔掉的,只有他想得出来,还能再捞一笔钱。

萧管家颔首,算是记下了,正打算再说话,关着的门就被人踹开了。

没错,门是被一脚踹开的。

萧管家被吓了一跳,回头看过去,却见温柔端庄地端着茶,迈着小碎步就走了进来,朝萧惊堂笑了笑:"二少爷,喝茶。"

看看她这镇定的样子,再看看那被踹得直摇晃的门,萧管家有点儿纳闷。

难不成门是别人踹的?

萧二少爷已经习惯了,抿了一口茶便抬头问她:"有事?"

"听闻二少爷开了烤肉场,"温柔皮笑肉不笑地说道,"奴婢来恭喜一下。"

萧惊堂轻咳了一声,别开头,略微心虚地"嗯"了一声。

"这是菜单吗?"温柔扫了一眼桌上的东西,顺手就拿起来看了看。

萧管家张了张嘴,很想说这个不能随便看的,还没公布出去呢……但是看自家少爷都没什么反应,他还是选择不说话好了。

"就这点儿东西?"温柔撇嘴,"哪里够烤的?"

菜单上其实已经有二十多种菜品了,可在温柔眼里,这简直没什么吸引力。

"你还知道哪些东西能烤?"萧惊堂回过头来,眼眸微亮。

"这个好说。"温柔笑道,"能给贵人吃的菜肴,我还能想出五十种,给百姓吃的那就更多了,起码八十种,让人觉得你这烤肉场里有吃不完的好东西,这样生意会更好。"

"你想要什么?"萧惊堂直接问道,"除了银子,别的都可以。"

这人不肯给银子?温柔撇嘴:"那好,你放我五天的假,我想回娘家看看。"

回娘家？萧惊堂嗤笑："杜家已经与你断绝了关系，你哪里来的娘家？"

温柔微微一愣，垂下了眼眸。

完蛋了，随口撒个谎都能被拆穿，她就是想请假离开几天，也不知道裴方物那边怎么样了，自个儿总不能一直不过去的。

见她沉默，萧惊堂愣了愣，有些疑惑地看了旁边的管家一眼，用眼神问：我是不是又说错什么了？

萧管家点头：您哪壶不开提哪壶。刘氏被休，杜氏被贬，的确是没娘家了，但您这样说出来也难免伤人心。

"你去吧，应该还能找到刘氏。"萧惊堂轻咳一声，说道，"只要把菜单写出来，休假的五日，你可以照领工钱。"

哎？她还正想着该怎么办，他竟然就直接同意了？

温柔眨了眨眼，有点儿意外地看了看他，眼里还带了些方才吓出来的雾气。

被她这眼神一看，萧二少爷心更软了，抿了抿唇，道："我会帮你准备好马车和车夫，你只管去，找到刘氏，能消除误会就是好事，若是不能，你也就早点儿回来。"

温柔感动得都要哽咽了，点了点头，二话不说，折了萧惊堂的笔就开始奋笔疾书。

萧惊堂心疼地看了一眼那支崭新的紫檀木狼毫，也没吭声，看着她一连串写下来的东西，倒是微微惊讶。

世间的食物不就是菜和肉吗？她竟然能写出这么多东西？什么鱼排、青椒……青椒也能烤？

"这都是保证烤着好吃的，您试试就知道了。"写好了两份菜单，温柔笑眯眯地说道，"那奴婢就回去收拾东西了。"

"杜温柔，"看着她急忙要走的样子，萧惊堂忍不住喊了一声，"你知道奴婢私逃是什么下场吗？"

脚步一顿，温柔翻了个白眼："知道，有人说过了，您放心吧，奴婢保证会按时回来的。"

说完，她一溜烟地就跑回了屋子。

萧惊堂看了看她的背影，抿了抿唇，捏着菜单对萧管家吩咐道："让人去购这些东西回来，你们先试试，好吃再投到皓月湾去。"

"是。"管家应了，看了一眼可怜的毛笔，问，"这个要扔掉吗？"

"不用，"萧惊堂头疼地揉了揉眉心，回道，"扔了她下次还折新的，放着吧。"

管家："……"

少爷对这丫鬟的包容程度，真是出乎意料的高。

其实他本来以为少爷会很恼杜氏的，毕竟据说杜氏害死了少爷的心上人。虽然也不知道那个心上人是怎么回事，但是看少爷那么大反应地休妻，他便觉得兴许是在他不知道的时候少爷心许上的吧。

谁知道休了杜氏之后，少爷也没对人家怎么样，反倒让人家骑在头上没规没矩的……这算是怎么个事啊？

温柔兴高采烈地拉了牵穗和疏芳到小柴房里一阵嘀咕，最后报给管家的，就是牵穗陪她回娘家。

管家应了，安排了马车。第二天一大早，疏芳就去给温柔和牵穗送行。

"看好了人，若是丢了，二少爷会找你算账的。"萧管家认真地对车夫盼咐了一句。

车夫顿了顿，立马严肃起来，回到车边看见两个丫鬟上了车，便严严实实地盯着，决计不让她们离开自己的视线范围。

马车驶远了，"疏芳"却没回萧家，趁着没人注意，提着菜篮子就从后门离开了。